마농의 샘 2

마르셀 파뇰

마농의 샘 2

조은경 옮김

펭귄클래식코리아

마농의 샘 2

1판 1쇄 발행 2015년 4월 27일
1판 3쇄 발행 2022년 12월 26일

지은이 | 마르셀 파뇰   옮긴이 | 조은경

발행인 | 이재진   단행본사업본부장 | 신동해   편집장 | 김경림
마케팅 | 최혜진 이은미   홍보 | 반여진 최새롬 정지연
국제업무 | 김은정   제작 | 정석훈

브랜드 펭귄클래식코리아
주소 경기도 파주시 회동길 20 웅진씽크빅 단행본사업본부 펭귄클래식코리아
문의전화 031-956-7066(편집) 02-3670-1123(마케팅)
홈페이지 www.wjbooks.co.kr
페이스북 www.facebook.com/wjbook
포스트 post.naver.com/wj_booking

발행처 ㈜웅진씽크빅
출판신고 1980년 3월 29일 제406-2007-00046호

펭귄클래식 코리아는 유리장 에이전시를 통해 펭귄북스와 제휴한
㈜웅진씽크빅 단행본개발본부의 브랜드입니다. 펭귄 및 관련 로고는
펭귄북스의 등록 상표입니다. 허가를 받아야만 사용할 수 있습니다.
Penguin Classics Korea is the Joint Venture with Penguin Books Ltd.
arranged through Yu Ri Jang Literary Agency. Penguin and the associated logo
are registered and/or unregistered trade marks of Penguin Books Limited.
Used with permission.

이 책의 한국어판 저작권은 시빌 에이전시를 통해 프랑스 Fallois 사와의 독점 계약으로
㈜웅진씽크빅에 있습니다.
이 책은 저작권법에 따라 보호받는 저작물이므로 무단 전재와 무단 복제를 금하며,
이 책 내용의 전부 또는 일부를 이용하려면 반드시 저작권자와
㈜웅진씽크빅의 서면 동의를 받아야 합니다.

한국어 판 ⓒ 웅진씽크빅, 2015

ISBN 978-89-01-15894-5 04800
ISBN 978-89-01-08204-2 (세트)

* 잘못된 책은 바꾸어 드립니다.
* 책값은 뒤표지에 있습니다.
* 이 책은 환경보호를 위해 재생종이를 사용하여 제작했으며,
  한국간행물윤리위원회가 인증하는 녹색 출판 마크를 사용했습니다.

2부
마농의 샘

1

중요한 소식을 접하자마자 아틸리오는 단 1초도 지체하지 않고, 직접 기초 작업을 지휘하기 위해 앙티브에서 왔다. 석유로 움직이는 반짝이는 오토바이를 타고 왔는데, 총 쏘는 소리를 내고 푸른색 연기를 길게 뿜어가며 도착했다.

그는 딱 바라진 어깨에 키가 컸고 로마 왕자만큼이나 잘생겼다. 사람들이 잘 알아듣지 못하는 방언을 사용하는 아틸리오는 그럭저럭 괜찮은 불어를 구사했으나, 형용사 두 개를 나란히 사용하는 습관이 있었다. 그는 샘 앞에서 성호를 긋고 오랫동안 샘이 흐르는 것을 지켜보더니 말했다.

"샘이 아름답고 깨끗하네요."

또 샘물을 주의 깊게 음미하면서 한 컵 마셔보고는 말했다.

"맛이 좋고 시원해요."

그러고 나서 물통과 시계를 가지고 여러 가지 실험을 해보더니 마침내 입을 열었다.

"적어도 하루에 40미터는 나오겠는걸요. 40입방미터요! 앙티브에 있는 우리는 1년에 3,000프랑씩 돈을 내는데 말이에요! 일꾼 둘이서 재배하는 양인데, 자네는 세 배나 더 가지고 있는 셈이란 말이지!"

위골랭과 파페는 기쁘게 웃으면서 서로를 쳐다봤다. 그들은 밭을 거닐었다. 위골랭은 곡괭이를 한 번 휘둘렀고, 아틸리오는 작은 흙덩이를 손으로 으깨서 관찰하고 냄새를 맡아보았다.

"흙이 예쁘고 촉촉해요. 큰 꽃봉오리를 피우겠어요. 그렇지만 초기 작업을 위해서는 저 올리브나무를 죄다 뽑아버려야 해요."

"전부 다?"

파페가 놀라서 외쳤다.

"전부 다요. 저 나무들이 영양분을 다 빼앗아가요. 저쪽 집 앞에 있는 큰 나무 네 그루는 그냥 두셔도 돼요. 하지만 나머지는 전부 뽑아야만 해요. 그리고 저쪽에서 내려오는 소나무 숲은 적어도 30미터는 언덕 위로 물러나게 베어버려야 해요. 그리고 제 생각에는, 이 부근에 토끼가 있을 것 같은데요?"

"그렇지. 적지는 않아. 저기 보이는 울타리 말이야, 예전에 있던 토끼 농장 울타리야… 한 스무 마리쯤 도망쳤지. 아마도 야생 토끼와 교미를 했을걸세."

"세상에. 그럼 철책으로 화단을 둘러싸야겠네요. 철책을 땅 밑으로 50센티미터 정도 심어야 해요. 그러지 않고선 카네이션 재배에 대해 얘기할 수도 없어요. 꽃을 재배하는 사람한테 토끼란 존재는, 목동한테 늑대나 마찬가지죠. 화원에 한 마리만 들어와도 300프랑어치를 먹어치우고는 돈도 한 푼 안 내고 가버린다고요!"

"좋아. 철책을 사야겠군."

파페가 말했다.

"공책에 적어 두세요!"

아틸리오가 말했다.

"아니야. 나는 뭘 적어 두면 잊어버리거나 공책을 잃어버려."

파페가 대답하자 아틸리오가 웃으면서 말했다.

"제 아버지인 토르나부아 씨도 똑같은 말씀을 하셨어요. 그러고 나면 땅을 60센티 정도 파야 해요. 80센티면 더 좋고요. 하지만 이곳이라면 60센티도 충분할 거예요."

"80센티를 파야지. 갈리네트, 안 그러냐?"

파페가 말했다.

"제가 맡아서 할게요. 노새를 한 마리 더 빌려야겠어요. 한 고랑에 세 번 쟁기를 지나가게 하고 삽과 곡괭이를 쓰면 될 거예요. 하루에 열두 시간 일하는 건 두렵지 않아요."

위골랭이 대답했다.

"내 노새랑 앙글라드의 노새, 그리고 엘리아생의 어린 노새를 쓰면 되겠구나. 빌리는 건 내가 맡으마."

"어린놈이 맨 앞에서 가도록 해야겠어요. 다른 두 놈보다 작아서, 그놈들 사이에 두고 쟁기를 끌면 맨 앞의 놈은 땅에서 들어 올려져 허공에서 네 다리를 흔들겠죠. 그럼 걱정이 되거든요."

위골랭이 대답했다.

*

벙어리 하녀는 파페의 대저택에서 한 상 가득 차린 점심 식사를 대접했다. 자케 포도주에 맛을 들인 아틸리오는 시적인 비유를 써가며 자신의 직업에 대해 말했다. 꺾꽂이 가지가 얼마나 약한지, 말메 종 카네이션의 색깔이 얼마나 다양한지, '르 몽텅 드

니스' 종의 가지가 얼마나 긴지에 대해 찬사를 늘어놓았다. 또 붉은 거미에 대해 불같이 화를 내고, 멕시코 인들에 대해 거칠게 말했다. 그리고 부끄럽게도 이탈리아 인을 우대하는 앙티브의 경매 시장 사장을 비난했다. 아틸리오는 프랑스에서 태어났고, 그의 아버지인 토르나부아 씨는 오래전에 프랑스 인으로 귀화했다.

이윽고 아틸리오는 주머니에서 필요한 물품을 적은 기다란 리스트를 꺼냈다.

"우선 60센티짜리 보조대가 4,000개 있어야 해요. 꽃자루 한 대당 서너 개가 필요하거든요. 하지만 이건 살 필요가 없어요. 여러분께서 직접 만드실 수 있거든요."

"그건 내가 하지."

파페가 말했다.

"그리고 지푸라기 덮개를 지지할 말뚝과 가로대가 있어야 해요."

"그것도 우리가 만들 수 있을 거다."

"그러면 밤에 꽃을 덮어둘 수 있도록 보호용 덮개를 주문해야 해요. 카마르그 등나무 줄기로 짠 거면 되는데, 주문하는 데 적어도 1,000프랑은 들 거예요. 그리고 면사 50타래, 화학 비료, 살충제, 소독제 살포기 두 대가 필요하죠. 제가 계산을 해봤는데, 전부 다 하면 7,000에서 8,000프랑 정도 들어요."

위골랭은 이 정도 금액이 언급되자 파페가 당황하지 않을까 걱정하며 그를 쳐다봤다. 하지만 노인네는 간단하게 대꾸했다.

"살포기는 가지고 있다네."

"파페, 그러면 아틸리오가 우리 대신 이것을 전부 주문해도 되겠어요?"

"정말 친절하구나. 우린 이것들을 어디서 파는지 모르잖느냐!"

폭발음을 내는 오토바이에 올라탄 잘생긴 아틸리오가 말했다.

"제가 방금 말씀드린 것을 먼저 하세요. 석 달 후에 화단을 만들러 다시 올게요. 그때 심기만 하면 되게 준비된 꺾꽂이 가지를 가져오겠습니다. 그 가지들은 내 아버지 토르나부아 씨가 위골랭 자네에게 선물하는 거야. 네가 우리를 많이 도와주었으니까."

*

소나무 숲을 베어내는 일은 비교적 쉬웠다. 나무꾼 한 무리가 벌목을 도맡아 하기로 했다. 하지만 당연히 그들을 지켜봐야만 했다. 왜냐하면 자기 몫의 나무를 늘리려고 언덕 두 곳 꼭대기까지 밀어버릴 수도 있기 때문이었다. 나무꾼들은 다 그랬다.

그다음은 올리브나무를 뽑아내는 작업이었다. 수백 년은 된 나무들이어서 뿌리만으로도 커다란 덩어리를 이루고 있었다. 곡괭이와 도끼, 도르래를 이용해서 올리브나무를 다 뽑아내고 지름이 3, 4미터나 되는 구멍을 메우는 데 다섯 주가 걸렸다.

이 작업을 하면서 위골랭은 양심의 가책을 느꼈다. 자신의 범죄에 대한 용서를 구하기 위해 그는 도미니크 성인에게 작은 초를 스무 개 봉헌했고, 자기가 남겨둔 네 그루의 나무를 정성껏 돌보겠다고 약속했다.

그다음 죽은 장 선생의 우물을 막는 작업이 이어졌다. 구멍에 흙더미를 던져 넣는 데 이틀을 꼬박 할애한 위골랭은 흙을 퍼내느라고 힘들게 고생한 장 선생에 대해 연민을 느꼈다. 하지만 자신의 계획에 잔뜩 몰두해 있었기에 오랫동안 연민에 빠져 있지는 않았다.

땅에 깊숙이 골을 판 다음, 곡괭이로 흙을 깊이 가는 작업을 하는 데 새벽부터 밤까지 꼬박 일해 여섯 주를 보냈다. 밭을 떠날 때쯤엔 상체를 들어 올릴 힘조차 없을 정도로 지쳐서, 파페가 라벤더 잎으로 향을 낸 화주로 위골랭의 몸을 문질러 주곤 했다. 밭갈이 작업을 마친 그들은 울타리를 만들기 시작했다. 토끼 농장에 사용되었던 철책으로는 새 울타리의 절반밖에 채우지 못했다. 나머지는 오바뉴에서 구입해야 했고, 900프랑이 들었다. 철제 말뚝과 시멘트를 사는 데는 780프랑이 들었지만 파페는 돈을 내는 데 망설이지 않았다.

5월이 되자 아틸리오가 다시 왔다. 그는 이미 해놓은 작업에 대해 칭찬을 했고, 기초 화단을 만드는 작업을 진두지휘했다. 작은 논처럼 얕게 흙더미를 두르고 좁고 평평한 꽃 이랑을 만들어야 했다.

아틸리오가 직접 줄을 잡아당기고 위골랭은 땅을 다졌다. 낡은 구두 한 켤레와 천을 가지고 무릎 보호대를 만들어 착용한 파페는 위골랭의 뒤를 따라서 끌과 작은 곡괭이로 마무리 손질을 하면서 잘 알려지지 않은 연가를 흥얼거렸다. 그는 이따금씩 말했다.

"재미가 쏠쏠하구나!"

마지막 조언을 한 후 아틸리오는 위골랭을 데리고 마르세유로 향했다.

파페는 수베랑 가문의 마지막 후손이 시속 40킬로미터 이상으로 달리는 기계의 짐칸에 앉아서 흔들거리는 것을 보고 걱정스러움을 감추지 못했다. 하지만 친구의 허리를 꽉 붙잡고 자랑스럽게 윙크를 하는 것으로 위골랭은 파페를 안심시켰다.

그들은 아틸리오가 거래하는 마르세유 광장에 있는 화훼 중개업자인 '운송업자' 트레믈라 씨를 만나러 갔다. 뚱뚱하고 잘 웃으며 수다스러운 이 중간 상인은 위골랭의 카네이션이 고품질 카네이션일 경우 상인이 정한 '그날의 시세'에 따라 꽃을 전부 구입하겠노라고 했다. 꽃을 운반하는 문제라면, 위골랭이 매주 화요일, 목요일, 토요일 새벽 4시에 오바뉴의 심부름꾼에게 갈대 바구니에 꽃을 담아 보내기만 하면 되었다.

*

    위골랭은 체력을 아끼지 않았다. 새벽부터 밤늦게까지, 때로는 램프를 켜놓은 채 그는 카네이션 꽃밭을 가꾸었다. 파페는 참을성 있게 위골랭을 도와 비료를 뿌리거나 꽃을 따서 꽃다발을 만드는 등 비교적 쉽고 잔손질이 필요한 일을 했다.
    두 차례 호된 서리가 내렸는데도 불구하고 첫 수확은 대단히 성공적이었다. 위골랭은 파페가 지불한 비용을 전부 갚았고, 자기 몫으로 120루이를 남길 수 있었다. 트레믈라 씨가 약간 할인을 받는 대신 금화로 대금을 지불한다는 조건을 받아들인 덕이었다.
    하지만 파페와 아델리의 노력에도 불구하고 카네이션 꽃다발은 그다지 예쁘게 보이지 않아, 트레믈라 씨의 인부들이 다시 만들어야만 했다. 그래서 이런 상태라면 5퍼센트를 덜 내고 꽃다발 대신 꽃무더기째로 받는 것이 낫겠다고 트레믈라 씨는 말했다. 위골랭은 그렇게 할 수 밖에 없었으나 자신이 받았어야 할 5퍼센트의 손해에 대해서 끊임없이 생각했다. 그동안 파페는 몇 시간 동안 자기 취향에 따라서 이상적인 꽃다발을 만들어보려 애를 썼지만, 꽃다발은 여전히 트레믈라 씨의 취향과는 거리가 멀었다.

2

 얼마 가지 않아 마을에 소문이 퍼졌다. 예전에 생 테스프리 반대쪽을 타고 고원으로 올라가던 사냥꾼들이 이제는 지나가면서 꽃밭을 보려고 레 로마랭 길을 선호하게 되었다.
 사람들은 위골랭이 수백 수천 프랑을 벌었다고들 했다. 오바뉴의 심부름꾼은 '내 몫으로 받는 돈은 없고, 단지 운송비로 600프랑을 받을 뿐이며, 일주일에 세 번 트레믈라 운송회사에 큰 꽃바구니를 보통은 세 개, 때로는 네 개, 딱 한 번 다섯 개를 배달했다'고 필록센에게 털어놓았다. 사람들은 제각각 운송료와 상품의 가치 사이의 가능한 모든 관계를 계산해 보았다. 그 결과 엄청난 결론을 이끌어 내긴 했지만, 그 계산도 실이익에는 전혀 가깝지 않았다.
 이듬해에도 재배는 가히 성공적이었다. 두 차례의 서리로 코트 다 쥐르 화훼 농원이 전부 망해서, 카네이션 가격이 세 배나 뛰었던 것이다. 하늘의 변덕으로 한파가 마르세유까지 몰아닥쳤지만 위골랭의 카네이션은 아주 약간만 손해를 입었을 뿐이었다.
 그래서 아틸리오가 직접 흔들거리는 트럭을 타고 와서 위골랭에게 황홀한 재해 소식을 알리고 앙티브 시장에 내다 팔 꽃을 가져갔다. 이에 트레믈라 씨는 격렬하게 항의하며 더 높은 가격으로 꽃을 사가기 위해 레 로마랭 농가까지 올라왔다. 꽃다발의 우아함이나 한 맺힌 5퍼센트는 더 이상 문제 축에 끼지도 못했다.

트레믈라 씨가 "도둑놈일세!"라며 세 번이나 자리를 박차고 일어난 긴 협상 끝에, 트레믈라 씨가 수확의 절반을 가져가고 나머지 반은 앙티브 경매장 가격으로 꽃값을 지불하고 아틸리오가 가져가기로 합의했다. 앙티브의 경매장에서는, 한 해 전만 해도 염소 밥으로 처리해야 했던 카네이션을 사기 위해서 중간 상인들이 천 프랑짜리 지폐를 들고 서로 다투었다. 그렇게 해서 위골랭은 어느 날 저녁 테이블 위에 260닢의 금화를 전시할 수 있었다.

*

시골 농부의 가장 큰 고민은 돈을 어디에 숨겨두느냐였다. 위골랭은 자신이 찾아낸 방법을 비교적 자신 있어 했다.

그는 부엌에 있는 작은 궤짝 위에 누렇고 큰 마분지를 못으로 박아 걸어 두었다. 그 마분지 위에는 맞춤법이 엉망인 삐뚤빼뚤한 글씨로 다음과 같은 경고문이 붙어 있었다.

도둑아, 조심해라!
돈을 찬느라 고생할 피료 업다. 돈은 여기 업다. 돈은 오바뉴 한복판, 헌병대 엽, 볼테르 가 12번지에 있는 은행에 있다. 여기서 할 일은 업다.

그는 이를 실패하지 않을 계략이라고 생각했다. 사실 그의 재산은 벽난로에서 1미터 떨어진 아궁이 오른쪽 구석, 큰 돌 아래 묻혀 있었다. 게다가 경고문의 내용을 확실히 하기 위해서 그는 종종 아델리에게 연극을 하곤 했다.

"여자들은 전부 떠들고 다닌단 말이야!"

또 그는 트레플라 씨가 올 때마다 이렇게 말했다.

"저는 내일 자리를 비울 거예요. 오바뉴에 있는 은행에 돈을 맡기러 가야 하거든요. 여긴 돈을 숨길 만한 곳이 없어요. 저는 언제나 은행에 맡겨 둔답니다. 그렇게 하면 편안하거든요!"

하지만 그의 겉모습이 변한 것은 아니었다. 오히려 그 반대였다. 온 신경을 꽃 재배에 집중하느라, 파페가 가끔씩 면도를 하고 옷을 차려입으라고 강요하지 않았다면 위골랭은 토요일 저녁 클럽에 나오러 마을에 내려오지도 않았을 것이다. 복권 추첨이나 카드 게임을 하는 동안 그는 적어도 한 번은 밖에 나가서 여전히 별이 떠 있는지 확인하곤 했다. 그리고 끊임없이 한파나 서리, 지푸라기 덮개를 날려버릴 미스트랄과 늙은 거대 토끼가 나타날까 봐 두려워했다. 거대 토끼는 예전에 했던 것처럼 울타리를 넘을 수 있을 테고 당나귀 같이 튼튼한 턱으로 이랑 두세 개는 쑥대밭으로 만들어버릴 수 있기 때문이었다. 게다가 사람들과 대화를 나누는 것도 그를 난처하게 했다.

어느 일요일 필록센이 그에게 물었다.

"어떻게 꽃을 키울 생각을 했나?"

"앙티브에서 군 복무를 할 때였어요. 농부들이 꽃을 키우는 걸 봤죠. 저는 유심히 봤고, 여기서 키우면 좋겠다는 생각을 했어요."

늙은 앙글라드가 말했다.

"카네이션이라면 아무 데서나 잘될 텐데…. 얼지만 않는다면 말이야."

카지미르가 말했다.

"특히 물이 많이 필요하지요. 달라는 대로 물을 줘야 해요. 위골랭은 운이 좋아서 샘을 찾았지요."

팡필이 말했다.

"그 불쌍한 꼽추가 그렇게나 찾아 헤매던 샘이었지. 나는 꼽추가 막대기를 들고 샘을 찾는 걸 봤어…. 그는 마법사처럼 신비로운 태도로 찾았지…. 그러고는 그 옆으로 비껴갔어."

카브리당이 물었다.

"돈은 많이 벌리나요?"

파페가 대답했다.

"때에 따라 다르지. 날마다 달라."

위골랭이 말했다.

"특히 명절 때 많이 벌어요. 크리스마스 때가 최고죠. 그리고 사육제 마지막 날하고 부활절. 부활절도 쏠쏠하죠!"

팡필이 물었다.

"장례식은? 장례식 때도 벌이가 괜찮나?"

"그리 나쁘지 않죠. 장례식도 나쁘진 않다고요! 벌이가 괜찮아요!"

"누가 죽느냐에 따라 다르지. 유산을 많이 남기고 죽는 사람이 있고, 가끔씩 산 사람 발목을 잡아당겨 끌고 가려는 사람들도 있죠."

카지미르는 그렇게 말하고는 큰 소리로 웃기 시작했다. 그러자 파페가 버럭 말했다.

"그래서? 게임을 할 거야, 말 거야?"

*

 그렇지 않았다. 친절한 장 선생은 위골랭의 발목을 잡아당기러 오지 않았다. 위골랭은 현재를 생각하느라 바쁘고 정신이 없어서 장 선생 생각을 할 여유가 없었다.

 올리브나무를 다 밀어버린 덕에 계곡은 더 넓어졌다. 환하게 핀 꽃밭은 바람이 조금만 불어도 출렁였고, 언덕 아래쪽에서는 작고 둥근 저수지가 반짝였다. 저수지에는 지하 도랑을 따라 흘러온 물이 좁고 짧은 폭포가 되어 오돌토돌한 바위 위로 떨어졌다. 장 드 플로레트는 되돌아오지 않았고 다른 왕국으로 완전히 떠났다. 오랜 가난을 겪으며 사는 동안에 장은 아무것도, 아니 몇 가지만을 남기고 떠났다. 집 근처에 있는 올리브나무 가지엔 예전에 그네를 매달았던 고리 두 개가 세월이 지나면서 녹이 슨 채로 남아 있었다. 그리고 미스트랄이 부는 밤이면 저 위쪽의 홈통에 숨겨 놓은 하모니카 소리가 울려 퍼지는 듯했다.

3

한편 마농과 에메, 피에몽 출신의 늙은 밥티스틴은 황무지 분위기가 물씬 풍기는 고독한 르 플랑티에 동굴에서 함께 살았다.

에메는 밥티스틴의 기이한 궁전에서 아무것도 바꾸지 않았다. 그저 동굴 절반을 할애해 가축우리를 만들었을 뿐이다. 주세페는 한 세기에 걸쳐 방목을 하면서 쌓아두고 말린 어린 양의 퇴비를 텃밭 거름용으로 두껍게 긁어모아 두었다. 그래서 이제는 짙푸른 지의류가 곳곳에 물든, 불그스름한 얇은 이끼 층이 동굴 바닥을 뒤덮고 있었다. 레 로마랭에서 가져온 가구는 마치 골동품 상점에서처럼 한쪽 동굴 벽을 따라 죽 늘어 서 있었다.

멋들어진 화장대가 두 개의 여행 가방 사이에서 광채를 뿜어냈으며, 그 앞으로는 푸른색 석회암에 베네치아풍 거울이 걸려 있었다. 울퉁불퉁하고 길쭉한 종유석에 철사 줄을 매달아 걸어둔 거울은 쓸모없이 반짝이며 오래된 문을 여닫을 때마다 흔들리곤 했다. 침대는 방 안쪽 두 겹으로 된 노란 꽃무늬 커튼이 달려 있는 바위벽 아래 놓였다. 커튼은 마치 이탈리아의 무대 커튼처럼 열렸다. 그리고 두 침대 사이에 키가 큰 추시계가 놓여 있었다. 마농은 시계를 원상태로 조립해 두고는 거의 매일 유약을 발라 광을 냈다. 하지만 그녀는 결코 시간을 맞추지 않았고, 금색의 시계바늘 두 개는 여전히 장의 사망 시간을 가리키고 있었다.

농가를 판 4,000프랑으로 에메는 묘지를 빌리고 묘석을 세웠다. 이제 그들에게는 500프랑짜리 지폐 두 장이 남아 있었다. 에메는 그 지폐 두 장을 자신의 코르셋 안감에 꿰매어 두었다. 그 외에도 10루이 남짓의 은화가 한 줌 남아 있었다. 에메는 주화를 작은 주머니에 넣은 다음 그녀의 소중한 '재산'을 침대 머리맡에 있는 돌벽 틈에 잘 숨겨 두었다.

남편의 죽음은 에메의 정신 상태에 혼란을 가져왔다. 하지만 미친 것은 아니어서, 아침 6시부터 사랑하는 남편의 사진을 꽃으로 장식한 후 그녀는 예전처럼 집안일을 하고 아침 식사를 준비했다. 하지만 오후가 되면 종종 벽에 등을 기대고 문 앞에 앉아 말없이 먼 곳을 응시하며 시간을 보내곤 했다. 혹은 남아 있는 여러 벌의 오페라 무대 의상을 입고, 플랑 드 레글르의 황폐한 고원을 산책하거나 〈베르테르〉나 〈라크메〉를 부르며 꽃을 따곤 했다.

한 해가 지나자 에메는 미소를 띠고 온갖 다양한 표정을 지으며 작은 목소리로 거의 끊임없이 이야기하기 시작했다. 그녀가 하는 말은 놀랄 만한 것이었다. 그것은 언제나 친절하게 남을 배려해 주는 매우 잘생긴 사령관과 살짝 콧수염이 있고 심하게 상스러운 그의 아내에 대한 이야기였다. 그의 아내가 스캔들을 일으켜 사령관은 사이공을 떠나야만 했고, 그는 그 사실에 눈물을 흘렸다. 그리고 타나나리브 극장장에 대한 이야기도 있었다. 그는 정말 천박한 사내로 절대 약속을 지키는 법이 없어서, 주변 사람들이 '헌 양말처럼' 떨어져 나가는 그런 인물이었다. 그 반면에 게테 리리크 극장의 매니저인 아르망 씨는 스스로를 신사로 여기던 사람이었다.

에메가 말했다.

"그가 죽지 않았더라면 나는 지금 여기 있지 않았을 텐데. 그는 내가 파리 오페라에서 〈마농〉을 불렀으면 했거든. 게다가 나는 빅토르 덕분에 파리 오페라단에 입단했어. 물론 합창단이긴 했지만 말이야."

밥티스틴은 아무것도 알아듣지 못하면서 고개를 끄덕였고, 마농은 이 아저씨들이 분명 아버지의 친구였을 거라고 생각했지만 질문은 하지 않았다.

그로부터 얼마 지나지 않아 에메는 파리나 마르세유에 사는 사람들에게 편지를 쓰는 기이한 버릇이 생겼다. 그녀는 레 종브레의 우체국에 가서 편지를 직접 부쳤다. 가끔씩 그녀는 "사르망은 그럴 줄 알았어. 하지만 빅토르가 그렇다니 놀라운데. 전혀 그답지 않아. 어쩌면 그도 죽었을지 모르지. 그렇지만 계속 편지를 써볼 테야…" 하고 중얼거렸다. 그리고 답장이 오지 않는다고 불평하면서 에메는 책상 앞에 앉았다.

동굴을 막고 있는 돌벽과 그 벽을 따라 난 선반에 마농은 가는 철사로 된 망을 늘어뜨려 두었고 매년 봄마다 그곳에 까만 씨앗을 심었다. 가을 중반이 되면 아시아 호박은 두꺼운 푸른 커튼을 치면서 그 아래 있던 바위로 드리워졌으며, 여섯 개의 철책이 있는 상자 안에서는 열두 마리의 토끼가 자라고 있었다. 마농은 토끼를 기르는 데 정성을 다하였고, 그녀가 지속적으로 토끼 사육에 성공한 것은 장의 좌절된 희망의 당위성을 증명했다. 매달 그녀는 장의 중간 상인에게, 아시아 호박을 먹고 적당히 자라 모양이 좋은 토끼 네댓 마리를 가져다 주었다. 호박 재배는 계속 풍년이어서 가을에 밥티스틴은 당나귀가 들고 갈 수 있는 한껏 싣고 오바뉴 시장으로 팔러 갔다.

호박은 특이해서 처음에는 그리 쉽게 팔리지 않았다. 사람들은 경계심을 품고 초록색 나무 공 같은 호박을 쳐다보았고, 어느 한량은 밥티스틴에게 오뚝이를 만드는 데 쓰자며 장난을 걸기도 했다. 그러자 뚱뚱한 중간 상인이 끼어들었다. 상인은 딸을 데려다 군밤 장수의 화덕을 가져다 놓고 즉석에서 아시아 호박 파이를 만들어서 팔았다.

밥티스틴도 나이를 많이 먹었다. 하얗게 센 머리카락 아래로 얼굴에 주름이 잔뜩 졌다. 그녀는 거의 말을 하지 않았지만 기계처럼 꾸준히 일했다. 마르지 않는 작은 샘 덕분에 물을 충분히 주면서 작은 텃밭을 가꾼 사람도 바로 밥티스틴이었다.

아침저녁으로 밥티스틴은 열두 마리 염소의 젖을 짰다. 그녀는 언덕에서 나는 푸른 우유로 바농 목동 방식의 세이보리를 박아 넣은 작은 치즈를 만들었다. 그리고 등나무 줄기와 세로로 잘라낸 갈대를 가지고 둥근 광주리를 짜서 오바뉴의 바구니 만드는 사람에게 가져갔다. 그리고 저녁때는 마농이 언덕에서 가져온 약초를 분류했다.

그것은 회향나무 가지, 백리향 묶음, 세이보리, 후추 향이 나는 민트와 운향 가지였다. 운향은 매우 드문 약초로, 새끼의 유산을 유발하는 '악마의 즙'을 만드는 데 사용되기 때문에 판매가 금지된 약초였다. 염소들은 운향 가지를 잘 알고 있어 절대 건드리는 법이 없었다. 다만 새끼 염소가 배 속에서 자리를 잘못 잡아 수태를 지속할 필요가 없을 경우에만 뜯어 먹었다. 약초 거래를 비롯해 덫에 걸린 사냥감을 몰래 팔기도 했다. 그래서 언덕에서 얻은 것으로도 세 여자가 앞날을 걱정하지 않고 사는 데는 충분했다.

가끔씩 엔초와 지아코모가 찾아오곤 했다. 그들은 레 종브레나 피쇼리의 숲에서 일을 할 때면 일요일에 동굴에 와서 점심을 같이 먹었다. 그들은 도착하자마자 배낭에서 솔방울 열매나 버섯 두 자루, 포도주 네댓 병, 작은 별이 반짝이는 두꺼운 노란 종이에 잘 싸인 갈비 꾸러미를 꺼내어 부엌 테이블 위에 올려놓았다. 그리고 나서 푸른 재킷과 초록색 모자, 붉은 넥타이를 벽에 걸고, 주세페의 도끼 덮개를 푼 다음 장작을 해왔다. 밥티스틴은 날카롭게 되살아난 큰 도끼의 둥근 날이 부딪치는 소리를 들으며 행복해했다. 그들은 가을 폭우로 여기저기 쓸려나간 길을 보수하는 등, 힘이 필요한 일도 했다. 통나무로 염소 집을 만든 것도, 텃밭에 쓸 작은 저수지 벽의 미장 처리를 한 것도 바로 그들이었다. 점심을 먹고 난 후에 그들은 낮은 언덕 그늘에 앉아 피에몽 노래를 불렀다. 마농은 신성한 하모니카로 반주를 했으며 밥티스틴은 방울방울 눈물을 흘리면서 미소를 지었다. 저녁이 되어 엔초와 지아코모가 떠날 때가 되면 그들은 여러 차례 뒤를 돌아보며 손을 들어 멀리서 인사를 했다. 그리고 그들의 방문은 안전하다는 느낌, 위험하거나 문제가 생겼을 때 부르기만 하면 든든한 두 남자가 달려올 거라는 확실한 안도감을 남기고 갔다.

*

마농은 막 열다섯 살이 되었지만 다른 또래들에 비해 키가 컸다. 에메의 도움으로 마농은 오래된 무대 의상을 가지고 옷을 만들어 입었다. 세월 때문에 색감은 그대로 살아 있지 않았으나 고급 원단은 여전히 쓸 만했다. 그래서 목동 처녀는 빛바랜 수단 원피스, 색이 빠져나간 비단 카디건 차림으로 황무지를 뛰어다녔고, 비가 오면 노래를 부르며 금색 술이 달린 후드 코트를 입고 다녔던 것이다.

호화로운 누더기 사이로 가시 덤불이나 산사나무에 긁힌 구릿빛 팔이 보였고, 근육이 잡힌 긴 다리는 무더운 숲 사이를 뛰어다닌 덕에 그을렸다. 숲에는 풀이 많아서 삿갓이 없는 삿갓버섯이 한 줄로 서 있는 모습을 굳이 찾으려 하지 않아도 쉽게 눈에 띄었다. 어깨 높이로 자른 머리카락은 햇빛에 반사되어 금색으로 빛났고 바람에 물기를 말려 사자 갈기처럼 보였다. 바다처럼 푸른 두 눈은 이마를 덮고 있는 앞머리 아래서 빛났고, 잘 익은 자두는 하루만 윤기가 나지만 젊은 처녀의 부드러운 볼에서는 삼사 년씩 윤기가 나듯이, 그녀의 얼굴은 고왔다.

마흔 살로, 인생을 아는 척하는 엔초는 종종 마농에게 말을 걸곤 했다.

"아가씨, 1년만 더 있으면 겁날 정도로 예뻐지겠는걸!"

그리고 어느 날 지아코모도 말했다.

"네가 마을에 갈 때는 동정심에서라도 선글라스를 끼어라. 그러지 않으면 모두 태워버리겠어!"

그녀는 이들의 칭찬에 자랑스러워했고, 기쁨의 웃음을 터뜨렸다.

마농은 매일 아침 동이 트고 한 시간이 지나면 노간주나무 막대기를 손에 들고 밥티스틴이 젖을 다 짠 염소를 데리고 목동의 날카로운 소리를 내면서 떠났다.

"삐리삐리! 삐리삐리!"

그러면 염소 떼는 펄쩍 뛰기 시작했고, 그 뒤로 검정개와 당나귀가 따라왔다.

당나귀 안장 위에는 끈으로 한가운데를 바짝 조인 가방이 있었다. 가방에는 전지가위, 낫, 여왕개미를 땅에서 꺼내는 데 쓸 곡괭이 한 개, 풀을 묶을 밧줄, 빵 반쪽, 염소 치즈, 주석 잔과 아버지의 소중한 짐에서 우연히 집어온 책 두세 권이 들어 있었다.

마농은 어깨끈이 없는 작은 배낭을 허리띠에 매고 있었다. 배낭에는 테두리가 은으로 된 가는 빗, 언덕에서 발견한 마노, 금으로 된 듯한 가시 뽑는 작은 핀셋, 행복한 시절의 하모니카 두 개를 넣고 다녔고, 세월에 의해 마모된 지갑에는 성모마리아 사진과 잘생긴 얼굴이 반쯤 빛바랜 아버지의 사진 등 보물을 담아 두었다.

염소 무리가 앞으로 가도록 지시하면서 마농은 전날 저녁에 놓아둔 덫을 확인했다. 북풍이 서서히 불어 딱새들이 날아다니기 시작하면 그녀는 바람을 타고 오는 새를 유인하기 위해 납작한 돌로 언덕 아래쪽이나 둔덕 주위에 덫을 두었다. 그리고 미스트랄이 비스듬한 소나무 숲을 향해 세차게 불면 계곡 바닥 쪽, 테레빈나무나 도금향 덤불이 있는 절벽 아래에 덫을 놓았다. 하지만 바람이 사그라지면 언덕 위에 있는 황폐한 농가나 우리 근처, 죽어가는 오래된 과실수 주위에 덫을 놓곤 했다.

가는 길에 그녀는 약초나 식물을 채집했고, 당나귀 등에 있는 가방을 가득 채웠다. 그리고 매일매일 날씨가 좋은 날이면 같은 장소에 가서 눕곤 했다.

그곳은 레프레스키에르 협곡의 가파른 경사면이었다. 두 협곡 사이에는 로즈마리와 노간주나무, 백리향으로 덮인 길고 넓은 바위로 된 데가 있었다. 그곳에서는 위쪽에서 고원을 떠받치고 있는 높고 푸른 바위 절벽 덕분에 미스트랄을 피할 수 있고, 50미터나 되는 절벽에서 푸른 계곡 바닥이 훤히 내려다보였다. 협곡 아래쪽의 좁은 오솔길을 통해서만 도달할 수 있는 그곳에는, 보이지 않는 바위 틈에 뿌리를 뻗고 있는 매우 오래된 마가목이 한 그루 있었다. 벼락을 맞아 가지가 잘려 나가고, 앵무새의 횃대처럼 그루터기에서 새로 기둥이 솟아난 마가목은 거울처럼 반들반들하고 평평한 바위 위로 푸르른 가지를 쭉 뻗고 있었다.

그 가지의 반대쪽 나무 기둥에는 거대한 혹이 있었다. 마농은 이 나무를 매우 좋아했다. 언젠가 토끼 사료용으로 풀을 모으던 그녀의 아버지가 멀리서 이 나무를 발견하고 기분이 좋아 말했다.

"허허! 하늘이 너그러이 봐주지 않은 동지가 있구나! 하지만 이 녀석은 용기를 잃지 않았고, 여전히 꿋꿋하게 푸르구나! 가까이 가서 격려를 해주자."

그들은 마가목 발치까지 올라갔고 그곳에서 꼽추는 기쁘게 인사를 했다. 그들은 가방에 마가목 열매를 가득 채웠다. 떠나면서 마지막으로 쳐다본 다음 아버지는 웃으면서 말했다.

"나무로 된 내 동상 같아!"

마농은 바위 위에서 시간을 보내곤 했다. 검정개 비쿠는 염소 무리가 멀리 돌아다니도록 절대 그냥 내버려두지 않았는데, 그 모습을 지켜보면서 그녀는 빵과 치즈를 먹고 오랫동안 머리를 빗은 다음, 『로빈슨 크루소』, 『라 로슈푸코의 격언』, 『파리 소년의 모험』, 브뤼노가 지은 『문법』, 『일리아드』, 어린 시절에 보던 그림책 중 아무 거나 읽었다.

가끔씩 책 여백이나 간지에 아버지가 손으로 쓴 메모가 남아 있기도 했다. 마농은 소중한 필체에 키스를 하고, 구름을 갈라 아버지를 망하게 했던 잔인한 생 테스프리 꼭대기로 아득한 시선을 보냈다.

그녀는 절대 레 로마랭으로 돌아가지 않았지만, 마음속으로는 끊임없이 여러 차례 그곳에 가곤 했다. 그럴 때면 그녀는 큰 하모니카를 집어 들고 아버지가 가르쳐 주신 노래를 연주했다. 종종 〈자크 수사님〉이라는 푸가를 연주하곤 했는데, 음악은 건너편에 있는 파 뒤 루 계곡에서 메아리가 되었다. 거리와 바람 때문에 메아리가 너무나 정확하게 돌아와서 마치 건너편에 사람이 있는 듯했다. 두 눈을 감고서 마농은 아버지가 큰 동굴에 몸을 숨긴 채 그곳에 있고, 그녀가 이루어 놓은 진전에 매우 기뻐하는 상상을 했다.

높은 곳에 위치한 자신의 관찰 지점에서 마농은 가끔씩 행인들이 오는 것을 멀리서 바라보았다. 그녀는 금작화 덤불에 몸을 숨기거나 카브레트 언덕길을 이용해 고원으로 기어 올라갔다. 들키지 않고 이름도 모르는 레 종브레 밀렵꾼들의 솜씨나 아버지의 장례식에서 만났던 팡필, 카지미르 같은 레 바스티드 사람들을 보았다. 드물긴 하지만 가끔씩은 가죽으로 된 무릎 보호대를 하고 모자에 깃털을 꽂은 사냥꾼이 귀가 긴 개를 앞세우고 나타나기도 했다. 이들은 매우 잘생겼지만 위험한 사람들이었다. 왜냐하면 개들이 토끼를 모는 동안 사냥꾼들은 휘파람새를 향해 두 발을 쏘거나 지빠귀에게 한 발을 쏘곤 했기 때문이다. 그리고 너무 시끄러워서 그들이 지나가고 나면 일주일 동안 사냥감이 없었다.

마농에게 도시란 오바뉴를 의미했다. 머리에 파란 스카프를 두르고 아버지의 외투 속에 얌전히 숨어서 그녀는 거의 매주 오바뉴에 갔다. 그녀 뒤로 암탕나귀가 커다란 짐을 지고 따라왔다. 짐이라고 해봐야 약재상에 가져다 줄 향이 나는 약초거나 갈대 광주리였기 때문에 그다지 무겁지는 않았다.

오바뉴의 플라타너스 광장에 서는 큰 시장에 도착하자마자 마농은 어쩔 줄을 몰라 했고, 소음 때문에 겁을 냈다. 상인들이 외치는 소리와 행상인들의 요란한 종소리, 확성기를 사용하는 양계 상인들의 고함 소리는 전쟁을 시작하는 전주곡 같이 들려서 그녀는 종종걸음으로 서둘렀다. 하지만 플라타너스 아래 나무 가판대에서 물건을 파는 상인에게 광주리를 가져다 주려면 이 북새통을 가로질러 가야만 했다.

약재상네 안뜰에 암탕나귀를 매어 두고 마농은 그녀의 아버지처럼 7시 미사를 드리러 가서, 아버지를 위해 기도했다. 미사가 끝나면 빵, 설탕, 커피, 석유, 소금, 후추, 비누와 같은 물건을 사고 '심부름'을 하기 위해 도시 한복판을 지나가야 했다.

마농은 좁은 길을 두려워했다. 좁은 길에서는 하늘 귀퉁이만 보여서 시간을 짐작할 수도 없었고, 오 분 후의 날씨가 어떨지도 예측할 수 없었으며, 견디기 힘든 악취에 공기마저 짓눌리는 듯했다. 라벤더, 수지와 노간주나무에 익숙한 여목동은 멀리서 소금기와 치즈 냄새, 석탄을 때는 황이 섞인 연기 냄새를 맡았다. 뿐만 아니라 길을 따라 맴도는 하수도의 구역질나는 냄새, 개미처럼 바쁜 도시 사람들의 음흉하고 불결한 냄새가 가게의 좁은 입구에선 그녀를 소스라치게 만들었다.

게다가 사람들은 악의는 없지만 관심을 가지고 그녀를 쳐다봐서, 얼굴을 붉히도록 만들었다. 지나가면서 그녀에게 칭찬이나 조롱을 하는 남자들도 있었다. 어느 날인가 빵집에서 곰팡이 냄새가 나는 작은 노인이 그녀에게 큰 소리로 말했다.

"아가, 나를 보렴. 내 너를 잡아먹을 테다!"

그녀는 김이 모락모락 나는 큰 빵을 가슴에 안고 이 식인마로부터 도망을 쳤다.

마농은 절대로 사람들이 모여 사는 도시에서 살지 않으리라 생각했다. 평생을 목동으로 지낼 것이며, 언젠가 결혼을 하게 된다면, 필롱 뒤 루아의 산자락이나 바오 드 베르타뇨의 비탈에 있는 작은 성에 사는 산지기인 부유한 청년과 하리라. 그는 그녀의 소중한 나무꾼들에게 일감을 주고 레 로마랭을 다시 사들일 것이다. 그렇게 되면 모든 가구를 제자리에 두고 여름철을 그곳에서 보내리라. 하지만 우선 그곳에서 지내는 첫날, 위골랭을 더 좋아했던 불경한 샘을 영원토록 막아버릴 것이며 불행의 우물을 완성할 것이다. 그리하여 단단한 암석을 통과한 아버지의 물이 하늘까지 솟구치게 하리라.

4

 마을에 새로운 인물이 두 명이나 도착했지만, 적어도 겉으로는 평화롭고 단조로운 생활이 계속 이어졌다.
 은퇴한 후 떠난 늙은 주임 신부의 후임으로 르 가르의 시골 농가 출신인 사십대 신부가 새로 왔다. 예전에 외인부대의 군종 신부였던 새 신부는 사제복 위에 얇은 레지옹 도뇌르 훈장을 달고 적군의 포탄 아래서 죽어가는 사람들의 고해를 들으러 다녔었다. 전쟁의 상흔으로 괴로워하던 그를, 주교가 이 언덕 위의 작은 마을로 조용하게 휴식을 취하라고 보낸 것이었다.
 그의 불그스름한 넓은 얼굴에는 멋진 미소가 환하게 빛났다. 그렇지만 카지미르가 말했던 것처럼 그는 미덕을 농담거리 삼아 말하지 않았으며, 강론 시간에 전혀 거리낌 없이 강한 어조로 신도들의 무신앙과 이기주의와 탐욕을 비난했다. 거친 비난을 즐겼던 편협한 할머니들과 성모마리아의 자녀들은 그를 아주 좋아했다. 그리고 주임 신부가 농부의 자식이고 부드러운 프로방스어를 사용했기 때문에 남자들도 신부를 좋아했다.

나이든 여선생이 은퇴를 했다. 그녀는 도시에서 식료품 가게를 하는 딸과 함께 살기 위해 떠났는데, 사람들은 '사람 구경하는 것을 즐길 만한' 도시 근교로 갔다고들 했다. 그래서 9월 말에 젊은 남자 선생이 도착했다. 필록센의 요청 덕분에 '머리 굵은 녀석'들을 다스릴 수 있고 졸업시험 대비를 해줄 수 있는 남자 선생님이 오게 된 것이다.

그의 이름은 베르나르 올리비에였다. 스물다섯 살, 갈색 눈에 갈색 머리인 그는 넓은 어깨에 반듯하게 걸어 다녔고 손등에도 털이 나 있었다. 아쉽게도 콧수염은 기르지 않고 마치 동상처럼 깔끔하게 면도를 했다. 그렇지만 다행히도 목소리는 낮고 풍부한 음성이 돋보였으며 하얀 이가 가지런했다. 늙은 앙글라드는 처녀들을, 특히 자신의 고집 센 스물다섯 살 된 딸을 감시해야겠다고 생각했다.

선생은 축배 한 잔으로 클럽의 일원이 되었다. 필록센은 유쾌한 연설을 했고, 선생은 사람들이 아주 친절하고 상쾌한 분위기의 마을에서 가르치는 일을 시작하게 되어 매우 기쁘다고 말했다. 그리고 그에게 있어 언덕은 매우 흥미로운 곳인데, 자기가 광물학에 관심이 많기 때문이라고 덧붙였다. 바로 그날 '레 바스티드 산맥'에서 매우 희귀한 암석을 발견했으며 이 박식한 젊은이가 그곳에 보크사이트와 갈탄을 찾으러 갈 계획이라는 사실도 마을 의회의 모든 사람들이 다 알았다. 그는 공놀이나 체커 놀이를 잘하며, 결혼은 안 했지만 자신이 태어난 이후로 줄곧 과부이신 어머니와 함께 살고 있다고 덧붙였다. 그러고 나서 그는 즉석에서 공화당 클럽에 가입했고, 페탕크 공놀이를 하면 누구에게라도 도전을 하겠다고 말했다. 그 즉시 카지미르가 마을의 챔피언으로 발탁되었다. 선생이 요령도 피우지 않고서 이십 분 만에 한 점도 잃지 않고 이기자, 필록센이 말했다.

"대단한 사람이구먼!"

카지미르는 조금의 앙심도 없이 엄숙하게 선언했다.

"이렇게 괜찮은 사람이니, 졸업시험이 성공적일 거라고 기대해도 되겠어!"

*

오십대의 도회지 여인인 선생의 어머니는 나이에 비해 매우 젊어 보였다. 서른다섯 살밖에 되지 않은 나탈리보다도 훨씬 젊어 보였다. 게다가 그녀는 항상 깔끔하게 차려입고 다녔다. 언제나 머리 손질을 잘하고 약간 화장을 한 채로 외출을 했다. 처음에는 마을 사람들 눈에 그다지 좋아 보이지 않았다. 그렇지만 어느 오후 마을 할머니들이 광장 한구석에서 뜨개질을 하고 있을 때, 그녀가 할머니들 곁으로 허물없이 다가와 앉아서 열 몇 개나 되는 새 행주 가장자리를 감침질했다. 할머니들은 그들끼리 프로방스 방언으로만 대화했다.

약간 귀가 먹은 카스텔로 가문의 할머니 레오니가 이 여인네가 누구냐고 묻자, 선생의 어머니는 곧바로 같은 방언으로 대답했다.

"저요? 저는 학교 선생의 어미 되는 사람입니다. 이 마을에 살러 오게 되어서 매우 기뻐요. 왜냐하면 고향 생각이 나거든요. 저는 드롬 지방의 라쇼 출신이에요. 제 아버지는 고기잡이를 하고 라벤더 밭을 가꾸셨어요. 저는 제 차례가 오기도 전에 풀밭에서 낫질을 하곤 했었죠."

그날 저녁 집에 돌아가 할머니들은 '선상님'의 어머니가 매우 놀라웠다고 이야기했다. 똑똑하고 아름다운데다 용감한 선생의 어머니는 불어만큼이나 방언을 잘 구사하더라고들 했다. 나무랄 것이라곤 '아마도'라는 뜻의 방언을 '베사이'라고 말하는 대신에 '벨레우'라고 말하는 것뿐이었다. 하지만 드롬은 북쪽에 위치한 고장이니 그녀에게 무엇을 더 바랄 수 있겠는가.

일주일이 지나 동네 수다쟁이 노인들이 '선상님 부인'이라고 부르기를 고집하자 그녀가 단호하게 말했다.

"저는 선생이 아니에요. 제 이름은 마갈리예요."

베짱이 있고 가장 나이가 많은 시도니만 그 즉시 이 제안을 받아들였다. 다른 사람들은 그녀가 이사 온 것을 기쁘게 생각했으나 드물게만 그녀를 마갈리라고 부르는 모험을 감행하는 정도였다. 이리하여 최초로 외부에서 온 여인이 진정한 레 바스티드 인으로 받아들여졌으며 모두가 다 그녀 앞에서 거리낌 없이 말하게 되었다.

목요일과 일요일이 되면 '선상님'은 아침 일찍 어깨에 멋진 가죽 배낭을 메고 언덕으로 떠났다. 학교에 작은 박물관을 만들기 위해 광석 견본을 채취하러 간다고 클럽에서 설명했다. 처음에는 그의 배낭이 불뚝하게 보여, 그의 설명은 단순한 핑계에 불과하고 사실은 지빠귀를 잡을 덫을 놓으러 간다고 사람들은 생각했다. 이후에 그의 어머니가 마을의 밀렵꾼에게서 개똥지빠귀를 돈을 주고 사는 것을 알았고, 베르나르가 정말로 암석 파편이나 자갈을 가져온 것을 본 다음에야 그의 설명이 진짜라고 인정했다. 게다가 빵집과 식료품 가게의 주인이, 원기왕성한 젊은이가 언덕에서 아침을 먹기 위해 1파운드짜리 빵 하나에 소시지 반쪽, 염소 치즈 한 개와 포도주 한 병을 배낭에 담아 간다고 말했기에 그의 말은 진실로 받아들여졌다.

그는 얼마 가지 않아 저녁때 필록센의 카페로 아페리티프를 마시러 정기적으로 들렀고, 그에 따라 카페 테라스에서 이장이 주최하는 일일 회의의 중요한 일원이 되었다.

그들이 한 번도 미사에 참석하지 않았기 때문에 새로 온 주임 신부는 그들을 '불신자들 집단'이라고 불렀다. 그 무리에는 빵집 주인, 푸줏간 주인, 대장장이, 파페와 목수, 수도 관리인 앙주, 그리고 벨루아조 씨가 있었다.

예전에 공증인이었다고 밝힌 벨루아조 씨는 실제로 마르세유에서 중요한 조사를 시작했던 최초의 직원이었다. 키가 크고 말랐는데 약간 우스꽝스러운 수염 때문에 매우 눈에 띄었다. 그는 뾰족하게 다듬은 희끗희끗한 수염에 온갖 정성을 다 바쳤다. 겨울에는 중산모를 쓰고 고급 원단의 회색 재킷을 입었으며 여름에는 파나마모자에 알파카 천으로 된 재킷을 입었다. 열대나무 가지로 짠 밀짚모자는 완벽하게 방수가 된다고 말했기 때문에, 사람들은 종종 직접 보여 달라고 했고, 그때마다 그는 분수의 물을 모자에 채워서 증명해 보였다. 이 반복된 실험으로 은근히 습기가 배어 날씨나 계절에 따라 모자의 모양과 크기가 변했다. 그래서 햇빛 아래서 오랜 시간 공놀이를 하고 나면 그의 머리에서 모자를 벗겨내기 위해서 오래오래 물을 뿌려야 했다.

예전에 벨루아조 씨는 여름휴가를 마을에서 보내곤 했다. 몇 년 동안 그는 신랄한 부인과 함께 '피서객'으로서 왔었다. 그러다가 벨루아조 부인이 연옥에 항의를 하러 떠나자, 쾌활한 벨루아조 씨는 은퇴를 하고 죽을 때까지 자신의 작은 집에서 휴식을 취하기로 결정했다. 그의 집은 카페에서 네 걸음 떨어진 곳에 해변을 바라보고 있었으며 공화당 클럽으로 오는 좁은 길가에 자리 잡았다. 일층은 오래된 포도주 저장실로 사용되었다. 세월의 흔적이 남은 돌계단이 집 밖으로 나 있었고, 계단을 따라 올라가면 집 앞쪽으로 테라스가 있었다.

도시에서 데리고 온 셀레스틴이란 하녀가 벨루아조 씨를 돌보았다. 까만 눈에 가지런한 이를 가지고 있는 셀레스틴은 약간 포동포동했는데, 이제 막 서른이 되었다. 그녀는 '무엇이든지 다 하는' 하녀여서, 그녀 때문에 주임 신부는 크게 절망을 했고 마을의 청년들에겐 기쁨을 선사했다.

철학적인 표현과 외설적인 발언을 서슴없이 했던 벨루아조 씨는 귀가 살짝 먹었고, 듣지도 못한 질문에 우연찮게 대답을 했기에 그와의 대화는 무척 재밌었다. 필록센은 그의 고막이 소시지 껍질로 되어 있다고 농담했다.

위골랭은 파페의 애원에 하는 수 없이 가끔 오곤 했다. 파페는 그에게 말했다.

"첫째, 너는 사람들을 좀 만나야 할 필요가 있다. 그러지 않으면 야만인이 되어버려서 수염을 덥수룩하게 기른 채 종말을 맞게 될 게야. 두 번째로 사람들은 네가 돈을 벌고 있다는 걸 알아. 그러니 네 친구들을 버리고 있다는 인상을 주면 안 된다. 일주일에 한두 번은 6시에 마을에 내려와서 나하고 저녁 먹기 전에 한잔해라."

소집장도 필요 없는 불신자들의 모임은 언제나 같은 방식으로 진행되었다. 우선 필록센이 큰 소리로 신문 기사를 몇 개 읽었다. 그러면 사람들은 지방 정책이나 야채, 포도주, 도구 가격에 대해 논의했다. 범죄가 있을 때면, 필록센은 테이블에 신문을 내려놓고 자유로운 두 손으로 손짓을 해가면서 이야기를 했다. 그는 고리대금 업자를 목 졸라 죽이고 바람을 피운 아내의 정부를 칼로 찔러 죽이거나, 목을 매단 사람의 길게 나온 혀를 잡아당기는 이야기를 했다.

그러고 나면 이것저것에 대해 토론을 하고, 가끔씩은 '남의 일에' 참견을 했다. 하지만 언제나 학교 선생이나 벨루아조 씨가 알아들을 수 없는 정도로 은근슬쩍 비유를 해가며 말했다. 예를 들면, 어느 날 저녁 빵집 주인이 "서로들 정말 잘 지내는 가족이 있지"라고 말했다. 왜냐하면 페토피가 왔다 갔는데 사람들은 페토피를 그의 처제가 낳은 아이의 아버지라고 의심했기 때문이다.

여름에 6시경이 되어 사람들이 흥분하기 시작할 때쯤이면 지푸라기로 제비를 뽑아 두 편으로 가른 다음 클럽에서 공놀이 한 판을 하곤 했다.

5

어느 날 아침 마농은 마가목 아래에서 두 손으로 턱을 받치고 배를 깔고 엎드려 『알래스카의 금 탐색가』라는 책을 읽고 있었다. 4월의 태양은 아직까지 높은 천장에 이르지 못했으며 너무나 고요한 나머지 염소들이 풀을 뜯어먹는 소리까지 들릴 정도였다. 충실한 검정개 비쿠가 으르렁거리더니 귀를 쫑긋 세우고 코를 킁킁거리기 시작했다. 마농은 20미터쯤 아래에서 한 남자가 흙더미 가장자리를 따라 걸어 올라오는 모습을 보았다.

그는 무언가 잃어버린 물건을 찾는 것처럼 땅바닥을 쳐다보며 느릿느릿 걸었다. 갑자기 그가 몸을 숙이더니 다소 큼지막한 자갈을 주워 들었다. 그는 잠시 동안 자갈을 관찰하더니 바위 위에 올려놓고, 주머니에서 반짝이는 작은 망치를 꺼내 단숨에 내리쳐서 자갈을 여러 개의 조각으로 쪼개었다. 그러더니 배낭에서 큰 돋보기를 꺼내 파편의 깨진 단층면을 관찰하였다.

마농은 흥미로워하며 그를 유심히 지켜보았다. 그녀는 생각했다. '아마도 금을 찾는 사람일 거야.'

그는 큰 연필로 표시를 한 다음 파편 한 개를 주머니에 넣었다. 그리고 흙더미 둘레를 다시 걷기 시작했다. 그는 곧 언덕을 가르는 골짜기에 도달했다. 그런데 계속 내려가는 대신에 마가목 쪽으로 올라오기 시작했다.

마농은 노간주나무 아래 책을 숨기고 소리 없이 일어나서 달려가 손가락으로 땅바닥을 가리키며 낮은 목소리로 개에게 명령했다. 비쿠가 엉덩이를 깔고 앉았다. 그녀는 나뭇가지가 빽빽하게 자라 속이 보이지 않는 소나무를 향해 달려가서 줄기를 타고 올라가 나뭇가지 속으로 모습을 감췄다. 그러자 큰 다람쥐 한 마리가 우거진 나뭇가지 끝으로 도망쳤다. 그녀는 종종 매우 부드러운 씨앗을 감추고 있는 솔방울을 따러 이 나무에 오르곤 했었다. 그녀는 세 개의 큰 가지가 뻗어 나오는 곳의 가운데 줄기에 걸터앉아 기다렸다.

금 탐색가는 그녀 쪽으로 올라왔다. 만일 그녀가 거기에 있다는 것을 알았다면 빽빽한 가지 사이로 무언가를 봤을 수도 있었다. 하지만 그는 여전히 땅을 바라보며 느린 걸음으로 걷고 있었다.

나무 밑에 이르자 그는 멈춰 서서 귀를 기울였다. 막 종이 울리는 소리를 들었던 것이다. 그는 주위를 둘러보다가 입가에 하얀 꽃을 물고 신기하게 그를 쳐다보고 있는 큰 염소 새끼를 발견했다. 그는 염소 가까이 다가갔다. 그러자 경계심이 많은 비쿠가 짖어대면서 달려와 염소 앞에 자리를 잡고는 송곳니를 드러내면서 으르렁거렸다. 금 탐색가는 비쿠를 향해 한 걸음 앞으로 나왔다. 그러나 개는 뒤로 물러서지 않고 화가 나서 쿵쿵댔다.

"에헤! 내가 네 염소를 데려갈까 봐 두려운 모양이구나?"

그러자 염소 무리가 털이 북슬북슬한 보초 뒤쪽으로 반원을 그리며 몰려와서 침입자를 쳐다보았다. 암탕나귀만이 태평하게 그의 쪽으로 다가가서 옆구리에 주둥이를 들이댔다. 그러더니 입술을 들어 올려 누런 이빨을 보이면서 눈은 반쯤 감은 채 아주 예쁜 당나귀 미소를 선사하는 것이었다.

"하하! 쓰다듬어 줄까?"

그는 천천히 두 귀 사이의 거친 회색 털을 쓰다듬어 주었다. 그러자 암탕나귀는 그의 팔 아래쪽으로 코를 들이밀고는 멋진 가죽 배낭을 가볍게 물어뜯었다.

베르나르는 당나귀를 살짝 밀어냈다.

"자, 쓰다듬어 주는 건 이 정도면 되겠지? 나랑 점심을 같이 하고 싶은 거야? 잠시만 기다려 보렴. 그런데 네 주인은 어디 있니?"

그는 주위를 둘러보았다. 비쿠가 염소를 한데 모아 적으로부터 멀리 유도했다. 젊은 베르나르는 휘파람을 불고는 두 가지 다른 음조로 고함을 쳤다.

"야호…."

그러자 먼 언덕에서 메아리로 응답했다.

그는 소나무 발치로 와서 마른 잔가지더미 위에 배낭을 올려놓고 나무 기둥에 등을 대고 앉아 모자를 벗고는 점심거리를 꺼내 놓았다. 포도주 병을 꺼내 큰 바위에 비스듬히 기대어 둔 다음 은으로 된 컵과 소시지를 꺼냈다. 암탕나귀는 그가 하는 행동을 흥미롭게 지켜보았다. 자두만큼 커서 툭 튀어나온 당나귀의 눈은 붉은 긴 눈썹 아래서 빛나고 있었다. 소시지를 보자마자 당나귀는 갑자기 목을 들어 냄새를 맡으려고 했다.

젊은이가 말했다.

"안 돼. 이건 널 위한 게 아니야. 불성실한 정육점 주인들은 간혹 당나귀 고기를 섞어 소시지를 만들곤 한단다. 그러니까 조심

해야 해!'

그는 빵을 잘라서 쫙 편 손바닥 위에 올려놓고 당나귀에게 주었다. 마농은 그의 행동을 지켜보며 생각했다. '도시에서 온 사람인데도 당나귀에게 먹을 것을 주는 법을 아는구나.' 그녀가 있는 곳에서는 오로지 바람에 날리는 젊은이의 윤기 나는 까만 머리, 하얀 목덜미와 햇볕에 그을린 팔뚝만이 보일 뿐이었다.

그는 이제 킁킁거리는 당나귀를 팔꿈치로 밀어내며 소시지를 둥글게 자르려고 했다. 마농은 조용히 웃었다. 아마도 당나귀가 그 곁에 계속 머무른다면 금 탐색가는 분명 점심을 먹지 못하리라.

그때 기쁘게도 비쿠가 갑자기 나타났다. 염소들을 안전한 곳에 두고 온 그는 혀를 길게 빼물고는 빵 조각 하나에 무리를 버려둔 배신자 암탕나귀를 데리러 펄쩍펄쩍 뛰어왔다.

비쿠는 발길질을 당하지 않도록 피하면서 암탕나귀의 앞발을 살짝 깨물고 그 주위에서 춤을 추기 시작했다. 그러자 당나귀가 갑자기 돌아보며 개에게 대항했다. 하지만 빙빙 돌고 있던 공격자는 자기가 해야 할 일을 정확하게 알고 있었다.

일고여덟 번 발길질을 해봤지만 별 소용이 없었고, 그중 한번은 금 탐색가의 빵 위에 모래까지 날렸다. 그리고 나서야 암탕나귀는 순순히 복종했고 멀리서 들려오는 염소 떼의 방울 소리를 따라 펄쩍펄쩍 뛰어갔다. 비쿠는 나무를 쳐다보면서 낑낑거리며 사랑하는 주인을 불렀다. 젊은이는 비쿠가 자기를 부른 줄 알고 맛있게 점심을 먹기 시작했다. 주인에게서 아무런 대답이 없자 비쿠는 자신이 할 일에 책임감을 느끼고서 갑자기 획 돌아서더니 서둘러 의무를 다하러 가버렸다.

마농은 신비로운 금 탐색가의 턱 사이에서 빵이 아삭거리는 소리를 들었다. 그는 아마 반시간 정도 그곳에 있을 것이다. 하지만 이런 생각에 마농은 겁먹지 않았다. 그녀는 관찰 지점에 있으면서도 달리는 개가 가끔씩 울타리 역할을 하고 있는 염소 떼를 멀리서 지킬 수 있었다. 그리고 아래로는 나뭇가지 사이로 짧고 깔끔하며 남성미가 넘치는 부드러운 음성으로 동물들과 말을 하며, 당나귀가 주둥이를 팔 사이로 들이밀었을 때도 친절하게 웃어주는 낯선 이의 고독을 숨어 지켜볼 수 있었다.

'아빠는 물 탐색가였는데, 이 사람은 금 탐색가야…. 운이 없을지도 몰라. 하지만 무언가를 찾고 있구나….' 마농은 생각했다.

십오 분 후에 점심을 먹은 사내는 큰 잔에 포도주를 마시고 식기를 챙겨서는 일어나며 만족스러운 듯한 소리를 냈다. 그리고 어깨에 비스듬하게 배낭을 메고 염소 무리 쪽을 향해 사방을 둘러보면서 멀어져갔다. 비쿠가 다시 그를 따라갔다. 젊은이는 휘파람을 불면서 마치 염소 목동과 말을 하고 싶어 하는 것처럼 고함을 쳤다. 대답은 없었지만 말이다. 그는 다시 걷기 시작했고 라가레트로 난 오솔길로 접어들더니 소나무 숲 아래쪽으로 아득히 사라졌다.

마농은 나무에서 내려왔다. 땅으로 펄쩍 뛰어내렸을 때 그녀는 풀숲에서 무언가 반짝이는 것을 보았다. 탐색가의 칼이었다. 칼날이 네 개나 들어 있고, 송곳, 병따개, 손톱용 끌과 작은 가위가 들어 있는 스위스 칼이었다. 그녀는 칼을 오랫동안 바라본 다음, 젊은이가 다시 칼을 찾으러 올 거라고 생각했다. 하지만 그녀는 바위 위의 눈에 잘 보이는 곳에 칼을 놓고 온 것을 금방 후회했다. 왜냐하면 바위에서 떨어져 쳐다보니 니켈 칼은 매우 선명하게 반짝거렸다.

"이곳을 처음 지나가는 사람이 분명 칼을 집어갈 거야."

그녀는 중얼거렸다. 그러고는 다시 다가와 잠시 주저하더니 칼을 집어 주머니에 넣었다.

"그가 돌아오면, 그때 건네주면 돼. 돌아오지 않는다면, 그에겐 안된 일이지!"

*

학교 선생은 소나무 숲 사이로 관찰을 계속하던 중 야생 아스파라거스를 채집하는 누더기를 걸친 한 노인을 만났다. 덥수룩한 수염과 머리카락은 새하얬으나 그의 주름은 몹시 꾀죄죄했다.

"어르신, 안녕하세요?"

선생이 인사했다. 노인은 큰 푸른 눈을 들면서 겸연쩍은 웃음을 지었다.

"안녕하게나!"

"아스파라거스는 잘 돋아났나요?"

"썩 괜찮은 편이야. 조금 늦은 감이 있지만 쭉쭉 뻗고 있지."

"저쪽에 있는 염소 무리는 어르신이 돌보는 건가요?"

"아니야! 난 염소를 두 마리 기르는데, 그건 내 아내가 돌본다고. 나는 이곳 사람이 아니야. 레 종브레에서 왔어. 염소는 샘 처녀의 것이야."

"어떤 샘이요?"

"언덕 위의 작은 샘들 말이야. 그녀가 샘 주위를 정돈하고 샘을 청소하지. 아주 작고 깨끗한 물웅덩이를 흙으로 서툴게 만들어 뒀지. 이름을 모르니 난 그냥 샘 처녀라고 불러. 그러지 않으면 무어라 불러야 할지…. 그녀는 아주 용감하다고. 어느 날인가는 나한테 치즈를 줬어. 부탁도 안 했는데 말이야. 나는 절대 부탁을 안 한다우."

"레 종브레 처녀예요?"

"아니야. 확실히 아니지."

"그럼 레 바스티드에서 왔어요?"

"모르겠어. 내 생각에는 아닐 거야. 레 바스티드 사람이 아니라고. 물어본 적이 없거든. 나는 절대로 부탁을 안 해!"

노인은 그렇게 말하면서 배낭 밖으로 삐져나온 포도주 병을 쳐다봤다.

"난 절대로 부탁을 안 해!"

절대 부탁은 안 하지만 거만한 노인이 언제나 원하는 것을 얻어낸다는 사실을 즉시 깨달은 선생은 자신에게 남은 포도주를 선물했다. 노인은 고맙다는 말을 할 새도 없이 곧장 트럼펫처럼 병을 입에 가져다 댔다. 그동안 너그러운 선생은 웃으면서 계곡 아래쪽으로 향하는 오솔길로 접어들었다.

6

 그날 저녁 6시쯤 불신자들은 카페 테라스에서, 필록센과 벨루아조 팀이 이기고 있는 카드 게임 판을 둘러싸고 자리를 잡았다. 필록센과 벨루아조 팀은 카지미르와 푸줏간 주인 클로디우스를 잔인하게 몰아붙이고 있었다. 의자를 흔들면서 파페, 위골랭, 꽝필, 앙주와 빵집 주인은 침묵 속에서 그들의 계략과 술수에 감탄하고 있었지만 에이스 패가 나오자 괴로움에 작은 신음 소리를 냈다.
 판이 거의 끝나갈 때쯤 학교 선생이 도착했다. 그는 벨루아조 씨의 마지막 차례가 올 때까지 줄곧 입을 벌린 채 구경을 했다. 마침내 벨루아조 씨가 가장 좋은 카드를 가져가며 괴성을 질렀다.
 필록센이 일어서며 말했다.
 "우리가 저들을 제대로 눌러버렸다네. 그래서 내깃돈을 내라고 하기도 창피하단 말이야. 너무 고생했어. 그러니 내가 한턱내기로 하지!"

선생은 벨루아조 씨 옆에 자리를 잡았다.

벨루아조 씨가 물었다.

"이보게, 친애하는 베르나르 선생, 오늘은 무엇을 했나?"

"오늘 오후에는 학생들 숙제 검사를 하고, 내일 수업을 준비했습니다. 아침엔 언덕을 한 바퀴 돌았는데, 매우 특별한 종류의 석회 결정체를 몇 개 찾아 가져왔지요. 그런데 샘 처녀가 누군지 아십니까?"

페르노 술을 따르며 필록센이 물었다.

"샘 처녀? 책에서 읽었나?"

"전혀 아니랍니다! 레 종브레 출신의 불쌍한 노인을 만났는데요, 그분이 제게 언덕의 작은 샘을 청소하는 처녀가 있다고 말씀하셨습니다."

빵집 주인이 말했다.

"누군가가 퐁 뒤 리가우 샘을 정돈했다는 건 알았지. 그 샘은 예전보다 두 배나 많이 흐른다네."

"로리에도 마찬가지야. 누군가 청소를 했어. 난 나무꾼들이 한 줄 알았지."

푸줏간 주인이 말했다.

"아니면 목동이 했거나. 짐승들이 목을 축이려면 샘이 필요하거든…."

파페가 말했다.

"음, 그러니까 그 노인 말에 의하면 목동 처녀라고 했어요."

"그 목동 처녀는 어떻게 생겼지?"

팡필이 물었다.

"그녀는 못 봤어요. 그냥 그녀의 가축만 봤지요."

선생이 대답했다.

"양이야, 염소야?"

"염소요. 당나귀 한 마리에 검정개도 한 마리 있어요."

"누군지 알겠구먼. 마농의 가축들이야. 자네를 보고 그녀가 몸을 숨겼을 거야."

팡필이 말했다.

"왜요?"

"그게 그녀 성격이라네. 가끔씩 멀리서 그녀가 보이곤 하지. 하지만 가까이 다가가 보면 그곳에 없단 말이지! 그녀는 야생 들쥐보다 더 야생적이라고!"

"처녀들은 대개 그렇다네. 하지만 크면서 그 성격이 사라지지."

빵집 주인이 말했다.

"그녀는 몇 살이나 먹었나?"

벨루아조 씨가 물었다.

"아마 열두 살이나 열세 살일 거예요."

위골랭이 대답했다.

"뭐라고? 내 생각에는 적어도 열다섯은 된 것 같은데!"

팡필이 외쳤다. 그러자 벨루아조 씨는 손을 동그랗게 말아 귓가에 대고 다시 물었다.

"열다섯이라고!"

필록센이 다시 말했다. 그는 목수의 손까지 빌려와 손가락을 열다섯 개 들어 보였다.

"이런! 그녀는 어디서 왔나?"

벨루아조 씨가 외쳤다.

"불쌍한 꼽추 딸이라네."

팡필이 대답했다. 프로방스 지방에서는 '불쌍한'이라는 말은

'죽은' 사람을 가리킬 때 쓰는 단어였다. 이교도들이 하는 표현으로, 죽은 사람은 아무것도 가진 것이 없다는 의미에서 나온 말이었다.

"누구의 딸이라고요?"

선생이 되물었다. 말로 설명하는 것을 포기한 필록센은 목을 어깨 사이로 집어넣고 어깨를 귀까지 올려 등을 구부정하게 만들어 보였다.

"꼽추라고!"

"어떤 꼽추요?"

"어떤 미친 녀석이었지."

파페가 끼어들었다.

"그렇게 미친 건 아니었다네."

목수가 반박했다. 그러자 파페가 말했다.

"내가 미쳤다고 한 것은 바보라는 뜻이 아니네. 이성적이지 않다는 의미지. 그는 종이에 셈을 해가며 자신이 수천 마리 토끼를 기르게 될 거라고 믿었다고."

팡필이 말했다.

"물이 없어서 그는 우물을 파려고 했었지…."

위골랭이 말했다.

"게다가 폭약을 쓰고자 했어요! 하지만 제가 경고했지요. 저는 '폭약으로 장난치지 마세요' 라고 말했어요. 하지만 제가 뭘 할 수 있었겠어요. 그에게는 책이 있었고, 책이 있으면 스스로 모든 것을 할 수 있다고 믿었는데요. 그는 내 말을 들으려 하지 않았고, 첫 번째 폭약 때문에 죽었어요."

팡필이 말했다.

"그 후로 어린 딸은 머리가 약간 돈 어머니랑 주세페의 부인이었던 목석 같은 밥티스틴과 함께 언덕에서 살게 되었지."

위골랭이 잠시 생각하더니 입을 열었다.

"파페는 그녀가 열다섯이라고 생각하세요?"

"그럴 게다. 올해가 카네이션을 재배한 지 3년째고, 꼽추가 3년 머물렀으니까…. 적어도 열다섯은 먹었겠구나. 어쩌면 열여섯일 수도 있고! 이제는 기억도 안 나는 게냐?"

"카네이션 때문이에요! 카네이션 때문에 너무 바빠서 시간이 새처럼 지나가 버렸어요. 언덕에 가볼 시간이 없으니, 그녀를 다시 본 적도 없어요!"

"마을에 내려오지 않으니, 아무도 그녀가 저 위에서 무엇을 하는지 모르지."

필록센이 말했다.

"그녀는 절대 마을에 오지 않아요. 하지만 가끔씩 묘지에는 가지요."

카지미르가 말했다.

"그럼 그 젊은 처녀를 좀 묘사해 보게나."

탐식가다운 기세로 벨루아조 씨가 말했다.

"얼굴을 본 적이 없어요."

카지미르가 대답했다. 그러자 음탕한 시선으로 벨루아조 씨가 물었다.

"그럼 무엇을 봤는데?"

"지난여름에 묘지에서 봤지요. 라스투블르의 불쌍한 엘제아르의 무덤을 파야만 했어요. 게다가 그 무더위 속에서 엘제아르가 견디지를 못했기 때문에 얼른 만들어야만 했지요. 사람들이 제게 4시까지라고 했는데, 그날 저녁이 되도록 반도 못했다고요. 그래서 그다음 날 해가 막 뜨르는 시각에 묘지에 갔지요. 문에 열쇠를 넣으려 하는데 약간 슬프지만 아름다운 음악이 살짝 들렸지요. 환하진 않았지만 어쨌든 무덤 앞에 처녀가 무릎을 꿇고 있는 모습이 보이더라고요. 그래서 저는 음악을 듣고 있었어요. 그러다 갑자기 열쇠를 돌렸지요. 아! 동지들이여, 그녀는 펄쩍 뛰어서 펠리시에의 십자가 위로 넘어가더니, 다음 순간 휙 하고 벽을 넘어 날아가 버렸지요! 저는 그 무덤을 보러 갔어요. 불쌍한 꼽추의 무덤이더라고요. 그녀는 황무지에서 가져온 야생화 다발을 놓고 갔어요. 아이리스, 에델바이스, 회향꽃 같은 거요. 그런 꽃은 거의 매달 놓여 있더라고요. 하지만 꼽추의 장례식 이후로 가까이서 본 적은 한 번도 없어요."

"음, 내 생각에는 적어도 열여섯은 된 것 같다네. 왜냐하면 나는 그녀를 가까이서 봤거든!"

팡필이 말했다.

"어디서요?"

위골랭이 물었다.

"저 위, 봄 수르에서 봤지. 삿갓버섯을 따러 갔었거든."

팡필의 대답에 필록센은 자신의 잔에 페르노를 따르면서 외쳤다.

"젠장, 버섯 따러 참 멀리까지 가는구먼!"

팡필은 비밀스레 대답했다.

"저 위에서 우리 아버지가 내게 보여주셨던 장소를 알고 있거든. 그래서 뭘 바라는데! 그게 내 단점이고, 나는 언덕을 좋아한다고. 어떤 나무든지 많이 베어봐서 살아 있는 나무는 볼 엄두가 안 난단 말이야! 그래서 혼자서 저 위까지 올라갔는데, 갑자기 폭우가 내릴 것 같다는 느낌이 들었어. 계곡의 소나무들이 흔들리기 시작했지."

그는 선생 쪽으로 몸을 틀며 말했다.

"자네도 알겠지만, 바람 한 점 불지 않는데도 나무들이 바람 소리를 낸단 말이지. 테트 루즈 언덕 저 위쪽에서 끔찍한 먹구름이 내려오는 것을 봤네. 마치 시커먼 잉크가 뭉쳐 있는 것 같았지. 구름 앞쪽이 아래쪽으로 구부러져 있는지라, 라 가레트 황무지 위로 슬금슬금 기어 내려와서 내 쪽으로 똑바로 오는 것 같았어."

빵집 주인이 떨리는 목소리로 크게 말했다.

"갈라방 언덕 아래 플랑 드 프레카토리 언덕에서 그랬던 경험이 있지. 그럴 때면 팔에 소름이 쫙 돋는다니까!"

"갑자기, 우르릉 쾅쾅, 천둥이 시작되었어!"

팡필이 계속 말을 이었다. 푸줏간 주인 클로디우스는 몸을 떨면서 중얼거렸다.

"어이쿠!"

"나는 뛰어서 자리를 떴지. 그러고는 퐁 브레게트 언덕 가장자리에 있는 석탄 상인의 더러운 오두막에 가서 비바람을 피했어."

파페가 끼어들었다.

"나도 그 오두막을 알지. 내 다리가 멀쩡했을 때는 거기서 개똥지빠귀를 잡곤 했었어."

"아! 이제는 거의 폐허나 다름없지. 나는 지붕을 약간 손본 다음 파이프를 피우며 기다렸어. 화약 타는 냄새가 났고, 하늘은 회색빛이 되었지. 지빠귀를 꺼내기 위한 구멍을 통해 다들 똑같아 보이는 덤불이 보였다네. 나 말고는 움직이는 것이 하나도 없었어. 그런데 갑자기 금작화 덤불 가에서 금빛 새가 휙 지나가는 거야…. 그 새는 날고 날아서, 탁 트인 곳에 이르렀지. 그제야 그 새가 비바람 앞에서 뛰고 있는 처녀라는 것을 알게 된 거야. 금색으로 보였던 것은 머리칼이었다네. 그녀는 멈춰 서서 몸을 휙 돌리더니 구름을 쳐다보았어. 천둥이 치자 그녀는 웃음을 터뜨렸다네. 그리고 구름을 향해 키스를 보냈지."

"두려워하는 것이 없는 처녀네요!"

앙주가 말했다.

"그녀는 비탈을 따라 내려가면서 마치 야생 들쥐처럼 덤불숲 사이를 뛰어다녔다네. 만약 그 순간 비바람이 그녀를 따라잡았다면 나는 즉사했을 거라고! 물론 그런 일은 없었지만."

벨루아조는 선생을 쳐다보고 말했다.

"아주 흥미로운 젊은 아가씨로구먼! 내게 아이가 없으니 그녀에게 무언가 해주고 싶은 생각이 드는걸! 그녀는 예쁘던가?"

"벨루아조 씨, 그녀 머리카락은 금처럼 빛나요. 눈은 바다 같고, 이는 진주 같지요. 비록 헌옷을 입었다고 해도 분명 예쁜 무언가를 닮았을 겁니다."

팡필이 대답했다. 그때 우렁차고 화가 난 목소리가 목공소 위쪽 창문에서 들려왔다. 목소리의 주인은 뚱뚱한 아멜리였다.

"그래, 당신은 뭘 닮았우? 이런 호색한 같으니라고! 그게 당신이 찾고자 하는 버섯이었수?"

테라스에 있던 모든 사람들이 웃음을 터뜨렸고, 파페는 "어이쿠!" 하고 소리쳤다. 아멜리가 계속 말했다.

"당신이 나한테는 그 금빛 새 이야기를 안 했잖아!"

팡필은 세 걸음에 창문 아래로 다가갔다. 팔을 활짝 벌리고 아내를 향해 턱을 들어 올리고서 이성적인 사람이 그러듯이 말을 했다.

"아멜리, 그렇게 생각하지 마! 나는 악의 없이 말한 거야. 그냥 그런 인상을 받았다고!"

"아! 내가 당신 인상에 대해 잘 알지. 그녀가 너무 빨리 뛰어서 참으로 유감일세그려!"

"아멜리, 이해도 못했으면서! 나는 예술 작품에서 받는 인상을 말한 거라고!"

아멜리는 날카롭게 웃고 나서 소리를 질렀다.

"예술가 같구먼! 와서 이 예술가 샌님을 좀 보시게나! 애 넷 딸린 아빠라고 누가 상상이나 하겠어!"

불신자들은 빈정거렸고, 수다쟁이 동네 아낙들과 아이들은 급히 달려왔다. 아멜리의 뒤쪽에서 아기 우는 소리가 들렸다. 그녀가 말했다.

"이 사람 딸내미가 창피해서 우는 소리 좀 들어보세요! 불쌍한 것! 제 아비가 호색한이라는 걸 알 만한 나이가 되면, 그걸 어떻게 설명해야만 할까? 불쌍한 것!"

그러나 그 '불쌍한 것'은 더 큰 소리로 울기 시작했고, 아멜리는 갑자기 뒤를 돌아보며 아기에게 말했다.

"뚝 그쳐! 호색한 녀석의 딸 같으니라고!"

그리고 나서 군중을 향해 외쳤다.

"저 인간이 목동 처녀를 훔쳐봤고, 아주 깊은 인상을 받았답니다! 금으로 된 듯하고, 바다 같은 건 그녀 가슴이요, 그게 세상에서 가장 아름다운 것이지! 마리아스, 말해 봐요. 내 옷 속에 있는 이건 뭘 닮았소?"

사람들은 박장대소했다. 그러자 기진맥진한 목수는 힘을 내서 반박했다.

"아! 그건! 그건 호박 두 개가 달린 거지!"

아멜리는 화가 나서 줄기차게 소리를 질렀다.

"지금 당신 자식들의 어미를 모욕하는 거요? 한 마디만 더 하기만 해봐. 아주 비싼 대가를 치르게 될 거야!"

그녀는 창문가를 떠났다. 이미 자신의 만용에 겁을 먹은 팡필이 외쳤다.

"아멜리! 예쁜 호박이라는 뜻이었어! 예쁘다고! 아멜리!"

"불쌍한 사람 같으니라고. 일이 좋지 않게 돌아갈 것 같은데!"

필록센이 말했다.

사람들은 아멜리가 빗자루를 손에 들고 문으로 나올 것을 기대했다. 하지만 실제로 창문가에 나타난 것은 커다란 솥이었다. 그녀는 솥의 손잡이를 잡고 허공에서 흔들어대고 있었다. 그와 동시에 찢어지는 목소리로 말했다.

"텃밭에서 거둔 콩이 들어간 양고기 스튜를 좋아하는 사람이 누굴까? 이 스튜에는 까만 올리브와 절인 것, 백리향이 약간 들어가서 아주 맛있지. 밤새 약한 불로 끓인 거라오!"

관중들은 조용했고, 테라스에 앉아 있던 사람들도 일어섰다. 팡필은 겁을 먹고 솥을 향해 두 팔을 벌리고는 외쳤다.

"아멜리, 그러지 마! 안 돼, 아멜리, 안 돼! 그렇게 하기만 하면…."

무정한 아멜리는 말을 이었다.

"금빛 새의 연인, 예술가 호색한, 호박을 무시한 사람들은 양고기 스튜를 못 먹게 될 거야. 자, 내가 뭘 하는지 잘 보라고!"

팡필은 뒤로 펄쩍 뛰어 물러서서 간신히 뜨거운 솥을 피할 수 있었다. 솥은 그의 두 발 사이에서 깨졌고, 구경꾼들은 크게 박수를 쳤다. 그는 김이 모락모락 나는 고기 몇 점을 건지기 위해 서둘렀다. 하지만 개가 두 마리, 세 마리, 그리고 네 마리씩 여기저기서 모여들더니 그의 다리 아래서 살육전을 벌이기 시작했다. 팡필이 그곳에서 빠져나오기 위해 펄쩍펄쩍 뛰는 모습이 어찌나 우스웠던지, 학교 선생은 굵은 눈물을 흘리면서 울었고, 불신자들은 박장대소했다. 그동안 벽에 등을 기대고 뚱뚱한 배에 두 손을 대고 있던 필록센은 아이처럼 신음 소리를 냈다.

7

파페와 위골랭은 일찍 수베랑 저택으로 돌아왔다. 그들은 그해의 첫 넉 달분 대금을 치르러 온다는 트레믈라 씨를 기다렸다. 트레믈라 씨는 다소 작지만 새로 뽑은 자동차를 타고 왔는데, 엔진 힘이 너무 센 나머지 시동을 끄자 자동차는 제자리에서 펄쩍 뛰었다. 그들은 덧문을 닫고 문을 잠근 다음 부엌에 자리를 잡았다. 파페는 오랫동안 이 중간 상인의 명세서를 지켜보면서 심부름꾼이 가져온 명세서와 비교해 보았다. 오랜 협상 끝에 그들은 합의했고, 트레믈라 씨는 테이블 위에 84루이를 늘어놓았다. 위골랭은 진짜 금화인지 확인하기 위해 금화를 한 닢씩 벽난로 대리석에 부딪쳐 보았다.

"제가 믿지 못해서 그러는 게 아니에요. 무슨 일이 일어날지 모르니까요. 선생님도 속았을 수도 있고요."

그러고 나서 그들 셋은 개똥지빠귀 열두 마리, 폴렌타 빵, 야생 아스파라거스 끝부분을 넣은 오믈렛으로 저녁을 먹었다. 그리고 트레믈라 씨가 지푸라기로 싼 포도주와 도시에서 가져온 1킬로짜리 파이도 곁들였다. 그는 포도주가 아니라 샴페인이라고 우겼다.

대화를 통해 많은 것을 알게 되었다. 트레믈라 씨는 이런 식으로 카네이션 장사를 하다가는 망하게 될 거라고 털어놓았다. 외국 시장을 순식간에 휩쓸어버린 이탈리아 사람들과의 경쟁으로 그는 자동차와 시골 별장을 팔아야 할 처지라고 말했다.

위골랭과 파페는 슬퍼하며 그가 꽃값을 비싸게 쳐주지 않아서 겨우 비료나 살충제 값밖에 안 되므로 이집트콩을 대규모 경작하는 것으로 완전히 전환해야 하지 않나 고려 중이라고 대답했다. 트레믈라 씨는 이번 결정이 현명하다고 칭송했고, 매 분기마다 이렇게 친절한 두 친구를 못 만나는 것이 유일하게 안타까운 점이라고 말했다.

파이를 먹은 다음에 상인은 샴페인 병을 땄다. 병 따는 소리가 어찌나 컸던지 위골랭은 샴페인이 어쩌면 이렇게 오랫동안 병 안에 들어 있었는지 의아해했다. 그들은 거품이 보글보글 올라오는 잔을 들어 건배를 했다. 거품은 입으로 들어가서 코로 올라오는 듯했다. 그들은 서로에게 번영하며 오래오래 살기를 빌어 주었다. 아직 결정을 못한 척하면서 파페가 말했다.

"남은 비료와 살충제로 뭘 해야 할지 모르겠소. 이집트콩에는 아무짝에도 소용이 없을 텐데."

파페의 말에 트레믈라 씨는 한참 생각을 한 다음에 대답했다.

"올해도 계속 재배를 하신다면, 서비스하는 차원에서 제가 여러분을 위해 일을 계속하지요. 이런 식으로 친구를 저버릴 수는 없지 않습니까. 하지만 즉시 지금 있는 카네이션을 뽑고 새 가지로 꺾꽂이를 하라고 충고하고 싶습니다."

위골랭은 이에 항의했다. 왜냐하면 그의 카네이션은 지금 활짝 핀 상태였기 때문이다. 하지만 중간 상인은 예쁜 꽃을 피우는 것보다 좋은 가격을 받는 것이 중요하다고 대답했다. 트레믈라 씨가 보기에 올해 장사는 이미 끝났기에 10월까지는 카네이션을 가져갈 생각이 없다고 하면서, 이제 막 시작된 5월은 모두에게 끔찍한 달이 될 거라고 말했다. 성당의 축일이 닷새나 취소되어서 지정된 성인도 없고, 지낼 축일도 없어졌기 때문이라고 했다. 게다가 닷새는 아타나즈, 파이, 세르베, 위르뱅, 페트로니유 등등 이름도 괴상한 성인의 축일이라 그런 이름을 가진 사람도 거의 없었다.* 게다가 5월에는 결혼도 안 하고, 12월에 비해 죽는 사람도 적다는 것이 꽃장수들의 편견이었다!

그러므로 이번 달의 재배를 희생해 성 레미 축일, 성 프랑수아 축일, 성 콩스탕 축일, 성녀 브리지트 축일, 성 드니스 축일, 성 에두아르 축일, 성녀 테레즈 축일, 성 레오폴드 축일, 성 라파엘 축일, 성녀 앙투아네트 축일, 성 시몽 축일, 성 아르센 축일이 포함된 10월을 위해 월초에 수확할 수 있도록 하는 것이 현명했다. 찬란한 이름에 장사도 잘되는 10월은 무서운 독감이 시작되는 철이어서 장례식도 많고, 11월의 만성절과 만령절로 이어지며 성공적으로 마무리할 수 있는 시기였다.

그들은 11시쯤 되어서 서로 만족하여 헤어졌고 위골랭은 금화 주머니를 목에 걸고 가슴에 소중히 끌어안은 채 레 로마랭으로 가는 길에 접어들었다.

샴페인을 마신 탓에 그는 10미터마다 한 번씩 서서 개 짖는 소리처럼 들리는 트림을 했다. 마사캉 농가 앞의 평평한 땅을 지날 때, 구름이 몰려오더니 세찬 비가 비스듬히 내리기 시작해서 그

---

* 프랑스에서는 가톨릭 관습에 따라 아기 이름을 태어난 날의 성인 이름으로 정하는 경우가 많다.

는 레 로마랭 농가까지 뛰어왔다.

그는 문에 빗장을 걸고, 금화를 센 다음 베개 밑에 금화 주머니를 넣었다. 그러고는 기왓장에 떨어지는 빗방울 소리를 들으며 자러 갔다. 천둥소리에 덜덜 떨리는 메아리 소리가 덧문에 부딪쳐 울렸으며, 그 소리에 유리창이 진동했다.

위골랭이 죽은 장 선생과 우박보다 빠르고 여우처럼 숨는 그의 딸을 떠올린 것은 분명 이 유익한 장대비 때문이었으리라…. 그리고 개들 사이에서 펄쩍펄쩍 뛰는 팡필을 떠올렸고, 미소를 지으며 잠이 들었다.

*

위골랭이 일어났을 때, 비구름은 이미 멀리 떠났고, 날이 밝아 덧문 틈으로 하얀 빛이 들어오고 있었다. 그는 즉시 손을 베개 밑에 넣어 작은 주머니가 여전히 그곳에 있는지 확인했다. 주머니를 가능한 한 높이 들어 올리고는 배 위로 떨어뜨려서 금화의 훌륭한 무게를 느껴보고자 했다. 주머니는 약 0.5킬로 정도 나갔다. 이 얼마나 감미로운 음악이란 말인가! 그는 이미 410루이를 가지고 있었다. 이번에 받은 84루이를 더하면 496루이였고, 비용은 전부 지불된 상태였다. 500루이를 만들기 위해서는 6루이가 부족했다. 그는 파페에게 6루이를 달라고 하기로 결정했다. 파페는 분명 거절하지 않을 것이다. 침대에 누워 뒤척이면서 그는 무언가에 홀린 듯한 어조로 낮게 반복해서 중얼거렸다.

"500루이라니! 위골랭, 넌 500루이를 가진 거야."

그는 바지를 찾아 입었지만, 문도 덧문도 열지 않았다. 새로 도착한 84루이를 자기 재산과 합쳐 안전한 곳에 보관해야 했기 때문이었다. 오만 가지 주의를 기울여 그는 아궁이의 돌을 빼내고 냄비 뚜껑을 열고, 다른 금화 위에 84루이를 집어넣고 도둑질하는 사람만큼이나 빠른 속도로 제자리에 넣었다. 그 위에 판판하고 넓은 돌을 올려놓고, 손으로 접시에 있는 석고 가루 한 줌을 가져다 얼른 틈을 막은 다음 그 틈 위를 정성스럽게 흙으로 발랐다. 석고가 마르는 동안 그는 금작화 가지로 만든 빗자루를 들고 그을음이 섞인 돌 위를 대여섯 번 쓸었다.

"자! 이제 아델리가 집안일을 하러 와도 아무것도 볼 수 없을 거야. 도둑 걱정은 안 한다고."

하지만 스스로 위안을 삼기 위해서 그는 자기가 가장 좋아하는, 도둑이 실망하는 장면을 연출했다.

그는 문밖으로 나가더니 문을 닫고, 천천히 조심스럽게 소리 없이 문을 열었다. 그러고는 마치 집이 비었다는 것을 확인하려는 것처럼 귀를 쫑긋 세우고 발끝으로 살살 걸어 넓은 부엌으로 들어왔다. 그는 중얼거렸다.

"아무도 없다. 좋아!"

그리고 침대로 다가가 베개를 들고 오랫동안 매트리스를 더듬었다.

"음, 아무것도 없군."

그는 큰 벽장을 열고, 이불 행주 양말 등을 들추어 본 다음 인상을 몇 번 쓰며 실망한 도둑을 연기했다. 그러고 나서 찬장으로 가, 양쪽 문을 다 열고 두 칸을 샅샅이 뒤지며 수프 그릇 뚜껑도 열어 보고, 오래된 커피메이커도 흔들어 보았다. 그러고는 화가 난 어조로 중얼거렸다.

"대체 돈을 어디다 숨겨 놓은 거야? 어디다 숨겼지?"

그는 찬장 서랍을 거칠게 열어 본 후 욕설을 내뱉었다. 그리고 갑자기 고개를 들더니 경고문을 발견하고 놀랐다. 마치 힘들게 암호를 해독하듯이 큰 소리로 천천히 경고문을 읽었다.

"도둑아, 조심해라!"

이 문장은 그의 호기심을 자극하는 듯했다. 그는 눈썹을 찌푸렸다.

"돈을 찬느라 고생할 피료 업다. 돈은 여기 업다."

그는 빈정거리며 "거짓말!" 하고 외치더니 계속 읽었다.

"돈은 오바뉴 한복판…."

이제 그는 슬슬 걱정하는 척하며 외쳤다.

"맞아, 그는 일주일에 세 번 오바뉴에 가지! 이 돼지 같은 놈은 그러고도 남지! 그리고 카네이션 재배를 할 생각을 하다니 현대적인 농부란 말이야! 바보는 아니지! 그런데 오바뉴 어디?"

그는 읽었다.

"헌병대 옆, 볼테르 가 12번지에 있는 은행에 있다."

헌병이라는 단어에 겁에 질린 가짜 도둑은 입을 크게 벌린 채 뒷걸음질을 하더니 문으로 달려가 정신없이 도망을 갔다. 그는 문가에 멈춰 서서 크게 웃고는 기쁘게 손을 비비며 외쳤다.

"도둑이 되는 걸로는 충분치 않아. 더 영악해야 한다고. 영악해야 위골랭답지!"

*

위골랭은 시급하게 뽑아내야 하는 소중한 카네이션을 보러 나왔다. 밤새 오랫동안 비가 와서 꽃봉오리가 잔뜩 맺혀 있었다.

"불행이야! 음, 안 되지. 더 기다렸다가 카네이션을 뽑을 거야. 트레믈라 씨가 올해 카네이션을 원하지 않는다면 오바뉴의 꽃집에 가져다 줄 테야. 5월이라고 해도 조금은 팔 수 있을지 몰라….”

그는 주머니에 손을 넣고 발끝을 쳐다보며 잠시 산책을 했다.

“솔직히 불평할 일은 없지. 이제 곧 500루이가 된다고! 항상 부족한 부분만 보아서는 안 된다고 누가 그랬지? 불쌍한 꼽추가 500루이를 벌었다면 그의 딸은 메뚜기처럼 언덕을 뛰어다니지 않아도 됐을지 몰라. 어쨌든 각자 자기 운이 있는 법이고, 자신의 운명에 따르는 거지. 남의 일이니, 나와는 상관없어.”

거대한 태양 때문에 옅은 안개가 흩어졌고, 왕복하는 제비는 기뻐서 날고 있는 듯이 보였다. 뒤늦게 작은 올빼미와 큰 올빼미가 한차례 울고 나더니 잠을 자러 집으로 들어갔고, 이번엔 뻐꾸기가 규칙적으로 울기 시작했다. 위골랭은 고개를 들어 하늘을 쳐다보고는 깊이 숨을 들이마셨다. 마침내 그는 주머니에서 손을 꺼내더니 갑자기 말했다.

“언덕을 한 바퀴 돌아보러 가면 어떨까? 어쩌면 새 삿갓버섯이 나왔을 수도 있어. 그리고 멧도요 사냥도 하고…. 그러면 기분전환도 되겠지…. 부자라면 즐길 권리가 있어. 자, 가자! 오늘은 일요일처럼 쉬는 거야!”

그는 농가로 돌아와서 수건과 큰 비누를 집어 들고 작은 양동이 옆에서 몸을 씻었다. 그러고 나서 창문이 있는 벽에 못 세 개로 걸어둔 조각난 삼각형 모양의 거울 앞에서 면도를 했다. 붉은 수염은 매우 뻣뻣했고 면도날은 이상하게도 가늘었다. 면도칼 가는 돌에 칼날이 닳아버렸기 때문이었다. 하지만 위골랭은 그 면도칼을 사용하는 데 익숙했고, 붉은 머리의 사람들이 그러하듯이 피부가 놀랍도록 매끈한데도 불구하고 오랫동안 시간을 들여 결국 수염을 모두 미는 데 성공했다.

그는 깨끗한 셔츠에 옆선에 벨벳 띠가 있는 바지를 입고 밑창이 넓은 사냥용 운동화를 신었다. 사냥용 배낭에 두꺼운 빵 두 조각, 양철 상자에 든 올리브 한 줌, 염소 치즈, 큰 양파와 포도주 한 병을 담았다. 벨트를 매고, 장총과 배낭을 집어든 다음 그는 집에서 나왔다. 덧문을 잠그고 문을 닫은 뒤, 집안일을 하러 올 아델리를 위해서 열쇠를 마구간 벽에 난 구멍에 숨겨 두었다. 그런 다음 위골랭은 언덕으로 향했다.

8

위골랭은 높은 언덕의 능선이나 낮은 둔덕 가장자리를 따라 올라갔다. 사냥철이 시작되지는 않았지만, 어떤 면에서는 헌병들을 두려워해야 하는 시기였다.

그날은 다른 여름날처럼 뜨겁고 지치는 어느 쾌청한 아침이었다. 덤불에는 탄약 한 알 값도 안 되는 작은 새 수천 마리가 앉아 있었다. 새들이 가장 키가 큰 덤불 위에서 목청 좋게 노래를 하고 있어서 지나가던 사냥꾼도 길에서 버젓이 볼 수 있었.

맑은 하늘에 멀리 생트 빅투아르 산맥은 밤 동안 더 가까워진 것 같아 보였다. 비로 인해 다소 산뜻해진 백리향 꽃향기는 플랑 드 레글르 황무지 위를 떠다녔다.

위골랭은 르 플랑티에 계곡 위에 있는 고원 가장자리를 천천히 걸었다. 푹 팬 구멍 저편에서 보이지 않는 티티새가 지저귀더니 갑자기 크게 웃는 듯했다.

"적어도 저 녀석들은 걱정거리가 없구나. 새들에게 가장 힘든 일은 둥지를 마련하는 거야. 옷이나 신발을 살 필요도 없고, 공짜로 먹고 원하는 만큼 자고, 말할 필요도 없고…. 정말 태평한 팔자야!"

위골랭이 이 정도로 철학적인 생각을 하는 건 매우 드문 일이었다. 그는 스스로 감동해서 자신의 생각을 더 발전시켜 나갔다.

"그래, 태평한 팔자는 오래가지 않는 법이지. 게다가 총알이 날아와 등에 박히지 않는다는 전제 하에 사는 거고. 게다가 종종 바보같이 덫에 걸리곤 해. 각자 자신에게 맞는 기쁨이 있고, 슬픔이 있지…. 나는 왜 내가 일하는지 생각해 보곤 해. 500루이가 있으면 파페의 유산을 받을 때까지 떵떵거리고 살 수 있을 텐데 말이지. 평생 아무것도 안 해도 돼. 중요한 사실은 가지면 가질수록 더 갖고 싶어 한다는 거야. 사람은 결국은 죽는데 말이야. 그러면 재산이 다 무슨 소용이겠어?"

그는 자신이 르 플랑티에 동굴 위에 있다는 것을 깨달았다. 거기서 잠시 멈춰 서 있다가 마치 일요일에 소풍 나온 사람처럼 경치를 구경했다.

동굴 벽 앞에 걸린 밧줄에 빨래가 널려 있었다. 작은 텃밭에는 아무도 없었지만 깨끗하게 잘 가꾸어져 있었다. 콩대엔 받침대가 세워져 있고, 양배추, 양파, 파, 예쁜 아티초크 줄기 몇 개, 이미 푸르게 자란 감자 줄기가 대여섯 이랑에 심어져 있었다. 그리고 딸기나무와 멋진 까치밥나무도 두 그루 있었다. 텃밭 위로는 허수아비 한 개가 팔을 쭉 뻗고 있었는데, 팔 끝에는 새카만 장갑이 씌워져 있었다. 허수아비는 푸른 원피스 누더기를 입고 긴 깃털 장식이 올라와 있는 여성용 모자를 쓰고 있어서 이상하게 보였다.

"여자 허수아비네. 이런 건 한 번도 본 적이 없어. 이 여자들이 불쌍한 꼽추의 옷을 입혀 놓을 엄두를 못 냈구나. 아마 어린것이

싫어했을 거야…."

위골랭은 중얼거렸다.

그는 염소들이 그곳에 없다는 사실을 알아차렸다. 그는 다시 걸어가기 시작했고 갈라방 언덕 아래로 크게 돌아 봄 수른 언덕 쪽으로 내려갔다. 산토끼, 집토끼, 자고 한 마리도 눈에 띄지 않았다.

"오늘따라 이 녀석들이 어디로 숨었는지 모르겠네. 아니면 내 귀가 먹고, 눈이 멀었나. 빵집 주인네 개를 빌려 와야겠어."

그는 르 자르디니에 계곡을 모두 헤집고 다녔다. 계곡에는 버려진 옻나무가 시스투스 덤불 위로 우거져 있어서 사람이 겨우 지나갈 만한 작은 숲을 이루었다. 갑자기 예쁘게 생긴 산토끼 한 마리가 가시덤불 속에서 튀어나왔다. 성가신 관목 가지 때문에 위골랭은 두 번이나 산토끼를 놓쳤다.

"내가 잘하는 게 하나도 없지! 하나도 없어! 3킬로그램밖에 안 나가는 산토끼 한 마리를 잡으려고 한 통에 20수나 하는 화약 두 통을 쓰다니. 이런 식으로 한꺼번에 다 잃고 말 거야! 저놈의 토끼를 꼭 잡고 말 테다. 우선 타오메 언덕 끝자락에서 점심을 먹어야지! 저 위에서라면 이 지역을 한눈에 볼 수 있으니까. 참고 기다리면 내가 그 녀석을 다시 보지 못할 이유가 없어!"

그는 주위를 둘러싸고 있는 작은 언덕 때문에 여러 차례 끊어진 가파른 비탈길을 내려왔다. 마지막 언덕에 도착했다. 산들바람이 불어 땀에 젖은 이마가 시원해졌다. 700미터 고도에서 그는 경치를 한눈에 내려다보며 그 규모에 놀랐다. 대부분의 레 바스티드 사람들처럼 그는 한 번도 꼭대기까지 올라와본 적이 없었다. 꼭대기에는 사냥감도, 버섯도, 땔감이나 야생 아스파라거스도 찾을 수 없고, 꼭대기까지 쓸데없이 오르락내리락하는 건 도시 사람들에게나 필요한 운동일 뿐이었다. 그는 천천히 지평선을 따라 경치를 내려다보며 말했다.

"넓구나. 넓다는 것밖에 할 말이 없어!"

그는 절벽 끝에 가서 앉아 그 주위에 드리워져 있는 계곡과 협곡을 면밀히 관찰하며 맛있게 점심을 먹었다. 처음에 위골랭은 어릴 때부터 이름을 들어왔던 계곡들을 알아보지 못했다. 그리고 테트 롱드 뒤에 숨어 있는 레 바스티드도 보이지 않았다. 그의 눈에는 자기가 살고 있는 익숙한 고장의 다른 풍경만이 보일 뿐이었다. 위골랭은 오른쪽에서 찾고 있었던 작은 르 플랑티에 동굴을 왼쪽에서 찾았다. 이렇게 해서 그는 경치를 파악할 수 있었고, 계곡에 전부 이름을 붙였다.

"좋아! 저쪽에 저 계곡은 르 플랑티에야. 저것은 라스클라고, 저기는 벡 팽이지. 토끼는 언덕이 있어서 저기까지 넘어가지는 못했을 거야. 아니면 아직까지 꼭대기에 머물러 있거나, 파 드 라세르를 통과해 레프레스키에르로 내려갔거나…. 그 녀석은 스튜감으로 딱 좋았는데 말이야. 오늘 하루 종일 돌아다녀서라도 꼭 찾고야 말겠어!"

그는 레프레스키에르가 내려다보이는 평원을 향해 내려갔다. 그곳은 프로방스에 있는 푸른 석회암 위로 수천 년 동안 녹아 표면이 울퉁불퉁해진 몇몇 빙하가 지나가며 형성된 깊은 계곡이었다. 계곡 양쪽 면에는 빽빽한 소나무 숲이 덮인 가파른 언덕이 계곡 바닥에서부터 수직으로 올라가는 절벽 발치까지 이어져 있었다. 그리고 절벽 위쪽으로는 두 개의 고원이 있었다. 계곡 바닥은 사방에 긴 틈새가 나 있는 넓은 바위로 뒤덮여 있고, 바람과 비에 의해 자갈, 모래, 먼지가 쓸려 왔다. 빛깔이 두드러지는 언덕의 식물들이 이 틈에서 자랐다. 백리향, 운향, 라벤더와 시스투스가 작은 덤불을 형성하고 있었으며, 넓은 틈새 사이로 구부러진 소나무와 노간주나무가 어두운 초록 숲을 이루었다. 숲 위로 가끔씩 방울새들이 날아다녔다.

계곡 한가운데는 폭우로 형성된 급류가 석회암 층을 쓸어내려 마치 대리석같이 벗겨지고 반들반들해졌다. 급류는 납작한 소용돌이 모양으로 휘몰아치며 여기저기에 구멍을 내고 지나가곤 했다. 그 규모도 제각각이어서 대부분은 냄비 한 개 크기였지만 지름이 2미터나 되는 구멍도 있었다. 비가 올 때마다 계곡에는 이웃한 고원에서 내려오는 실개천이 흘렀다. 그 실개천으로 인해 바닥은 점점 더 깊어졌고, 바위로 이루어진 계곡 바닥 위로 하루만에 형성된 실개천은 빠른 속도로 흘러 지나갔다.

많은 양의 물이 빠져나가도 팬 구멍에는 반짝이는 물이 한가득 남아 있곤 했지만, 새나 염소, 사냥꾼과 태양으로 인해 며칠이면 바닥을 드러내곤 했다. 밤에 내리는 폭우와 아침에 비치는 맑은 햇살 때문에 계곡의 모든 구멍은 반짝였고, 비교적 큰 웅덩이에는 바람이 지나갈 때마다 조용한 계곡을 가르며 물결이 출렁였다. 위골랭은 조용한 풍경을 쳐다보다가 가냘픈 방울 소리를 들었다. 그는 그 자리에 멈춰 서서 귀를 기울였다.

"이런, 분명 레 종브레의 목동일 거야."

그는 먹잇감을 잡으러 가는 것처럼 조용히 앞으로 나아가, 병에 걸린 소나무 몇 그루 근처에서 급류의 좁은 틈새에서 자란 마른 풀을 뜯어먹고 있는 두 마리 새끼 염소와 열 마리의 염소를 발견했다. 검정개 한 마리가 납작하게 엎드려서 가지런히 모은 두 발 위에 주둥이를 대고 있었다.

"이것 봐라, 이건 마농의 염소야."

위골랭은 놀란 듯이 말했다. 그러고는 오랫동안 주위를 둘러보았지만 목동 처녀는 보지 못했다.

"허허! 요 말괄량이는 덫을 놓으러 갔구나. 분명히 내 산토끼에게 겁을 줬을 거야. 그 녀석은 지금쯤 멀리 도망갔을 거라고!"

걱정스러운 표정으로 고개를 끄덕거리면서 위골랭은 뒤로 두 발짝 물러섰다. 그는 언덕에서 깊고 편리해 보이는 갈라진 틈을 찾는 중이었다. 덤불숲에서 틈을 하나 발견했고, 그 틈을 따라 들키지 않고 언덕의 내리막길까지 내려갈 수 있었다. 소나무 숲 나무 밑동의 작은 풀 사이로 모습을 감춘 위골랭은 장총을 겨냥하고 방아쇠에 손가락을 건 다음 귀 기울이며 조용히 걸었다. 하지만 앞을 바라보지 않고 골짜기 쪽을 자주 쳐다보았다. 총소리에 20여 미터 앞에서 새끼 자고가 푸득 날아올랐고, 총알 파편이 덤불 사이로 떨어졌다. 그는 장총을 겨누었지만 이번엔 쏘지 않았다.

작은 소리로 그가 속삭였다.

"위골랭, 너는 겁쟁이라고. 불쌍한 겁쟁이야."

그는 금작화 덤불 뒤에서 몸을 숙이고 다시 걷기 시작했다. 조금씩 계곡의 암석층을 향해 내려갔다. 그러다가 가끔씩 멈춰 서서 귀를 기울였다.

방울 소리는 아주 가까운 곳에서 들려왔다. 하지만 이제 내리막길이 끝났다는 것을 깨닫고, 그는 언덕 옆으로 4, 5미터 정도 떨어져 빽빽한 송악이나 클레마티스 덤불로 덮인 둔덕 가장자리 길을 따라갔다. 덤불은 계곡 바닥까지 이어져 있었다. 덤불에 몸을 숨긴 채 그는 신발 소리를 내지 않고 발을 놓을 곳을 찾으며 한 발짝 한 발짝 앞으로 내디뎠다.

이렇게 몇 백 미터를 걸어오던 그는 갑작스럽게 멈췄다. 방금 물이 찰랑거리는 것 같은 가벼운 소리가 들렸다. 그는 천천히 클레마티스의 회색 줄기와 송악의 두툼한 잎을 젖혔다. 마침내 위골랭은 새벽부터 찾아 헤맸던, 그를 이곳까지 이끌었던 그녀를 보았다.

*

둥근 물웅덩이 가에 앉아서 다리를 흔들며 엄지발가락으로 수면에 파문을 일으키고 있는 그녀는 실오라기 하나 걸치지 않았다. 목덜미의 그을린 흔적은 목에서 가슴까지 내려왔고, 팔목에서 팔꿈치, 무릎 아래 종아리는 갈색이었다. 하지만 그녀의 상체는 우유처럼 하얘서 햇빛이 반사되어 반짝거리는 장갑이나 양말과 확연히 대조되었다.

위골랭은 돌처럼 움직이지 않고 숨도 쉬지 않았다. 목동 처녀가 있는 곳에서 멀리 떨어지지 않은 뜨거운 바위 위에는 칙칙한 원피스와 셔츠가 햇볕 아래서 마르고 있었다. 그녀 곁에는 네모난 비누 조각과 작은 하모니카가 놓여 있었다. 금발은 가슴까지 내려왔고, 생각에 잠겨 고개를 숙인 채 둥근 다리를 여전히 흔들고 있었으며, 발끝에서 빛나는 물방울은 태양을 향해 튕겨 올라왔다.

위골랭은 얼굴로 피가 쏠려 관자놀이가 뛰는 것을 느꼈다. 그는 두 번 침을 삼켰다. 푸른 바위 위에 눌린 그녀의 하얗고 부드러운 허벅지에서 눈을 뗄 수가 없었다. 어두운 광기가 그의 내부에서 올라오기 시작했다. 그는 고개를 들고 사방을 둘러보았다. 아무도 없었다. 목동도 나무꾼도 밀렵꾼도 없었다. 그는 귀를 기울였다. 귀뚜라미 울음소리를 제외한 그 어떤 소리도 정적을 깨뜨리지 않았다. 그는 그녀 뒤쪽으로 다가갈 수 있는 숨은 길을 눈으로 찾았다.

그런데 그때 그녀가 염소처럼 민첩하고 가볍게 일어나서 원피스를 입으려고 몸을 숙여 축축한 바위 위로 그늘을 드리웠다. 그러나 옷이 아직 다 마르지 않았다는 걸 깨닫고, 뾰족한 노간주나무에 옷을 걸었다. 그러더니 다시 몸을 구부려 하모니카를 집어들었다. 그녀는 입술에서 머리카락을 떼어내고, 몇몇 가벼운 화음을 연주했다. 화음은 가까이에서 매혹적인 메아리가 되어 울렸다. 오랜 프로방스 민요를 불더니 갑자기 팔을 벌리고 태양 아래서 춤을 추기 시작했다.

위골랭은 개 짖는 소리와 빗소리처럼 가볍게 뛰어오르는 소리를 들었다. 염소 떼는 그들을 음악으로 이끄는 검정개를 따라 작은 바위를 돌아서 모습을 나타냈다. 개는 엉덩이를 땅에 대고 앉아서 그녀를 쳐다보았고, 염소 떼는 반원을 그리고는 바위 틈새에 난 풀을 뜯었다. 그런데 새끼 염소 한 마리가 뒷다리를 길게 뻗어 몸을 세우더니 짧게 구부러진 수염을 목으로 당기고 날카로운 뿔을 앞으로 내밀었다. 새끼 염소는 잠시 머뭇거리더니 무희를 향해 뛰어올랐다. 무희는 한 걸음 옆으로 가서 새끼 염소를 피했다. 하지만 새끼 염소는 착지를 한 다음 뒤로 돌아서서 다시 폴짝 뛰었다.

마치 산들바람이 실어 나르는 것처럼 전혀 힘들이지 않고 염소들은 한 마리씩 차례로 뛰어오르면서 서로 부딪히지도 않고 엇갈려 지나가며 젊음의 기쁨을 만끽했다. 곡괭이 자루란 자루는 다 부러뜨리고, 문을 지날 때마다 문가에 어깨를 부딪히곤 하는 수베랑 가의 불쌍한 위골랭은 탄력 있게 바위를 치고 튕겨 오르는 염소의 둥근 다리를 바라보았다. 붉은 새끼 염소는 음악만큼이나 가벼웠다. 그는 음악을 연주하는 사람이 그녀인지, 감미로운 메아리가 춤을 추도록 음악을 지어내고 있는지 더 이상 구분할 수 없었다. 황홀한 두려움의 신비 속으로 빨려 들어갔다. 턱을 라벤더 덤불에 묻은 채 위골랭은 심장 고동 소리를 들으며 맑은 빗물만큼이나 신선한 춤추는 소녀가 봄의 여신, 소나무 숲의 여신, 언덕 위의 여신인 것처럼 어렴풋이 느껴졌다. 그는 자신이 이 마법에 서서히 끌려 들어가고 있다는 것을 깨닫지 못했다. 그때 갑자기 그의 손바닥 아래서 작은 돌이 굴렀다.

개가 머리를 들어 반짝이는 코를 킁킁거리며 조용히 으르렁댔다. 처녀는 회전을 멈추고 손으로 가슴을 가리며 노간주나무 뒤로 뛰어가서 숨었다.

위골랭은 높은 금작화 덤불 속에서 무릎으로 기어 뒷걸음질로 도망갔다. 그가 덤불을 통과할 때 자갈 한 줌이 비탈길에서 굴러 떨어졌다. 작은 언덕 아래까지 달려온 개는 화가 나서 짖어댔다. 위골랭은 일어섰지만 여전히 마을의 백 살 먹은 노인처럼 몸을 구부리고선 향기 나는 노란 꽃밭에 묻혀 이유도 모른 채 도망쳤다.

노간주나무의 부드러운 가지 뒤에 숨은 마농은 금작화 덤불의 물결을 따라 불경한 사람이 달려가는 것을 보았다. 하지만 그의 얼굴을 볼 수 없었고, 마을의 청년이라고 생각했다. 발가벗은 채로 화가 난 그녀는 새총을 들고 꽃밭의 물결 속에 파묻힌 보이지 않는 도망자를 향해 돌을 날려 추격했다. 위골랭은 가끔씩 멈춰서서 그녀가 자신을 보지 않았는지 확인하려고 뒤를 돌아보다가 세 번째로 날아온 돌에 이마를 맞았다.

조약돌은 호두 정도 크기밖에 안 됐지만, 멀리서 날아온 데다 둥근 돌이 아니었다. 위골랭은 잠시 바보처럼 서 있다가 집게손가락 끝으로 콧잔등에 흘러내리는 땀을 닦았다. 그때 그는 손가락에 묻은 붉은 피를 보았다. 그러나 화를 내는 대신에 신성한 공포를 느꼈다. 언덕 위에서 쉬익 하고 포물선을 그리며 날아오는 마법의 돌에 쫓기면서 그는 한 마리 멧돼지처럼 화가 난 가지들 사이로 돌진했다.

숨을 헐떡이며 그는 이제 사정거리에서 벗어났다고 판단해 큰 산사나무 뒤에서 천천히 일어섰다. 가지 사이로 멀리 그녀가 보였다. 양팔을 들고 그녀는 원피스를 입고 있었다. 금발머리가 다시 보였다. 그녀는 허리띠를 차고 양치기의 휘파람 소리를 내면서 계곡 위쪽으로 뛰어갔다.

"삐리삐리… 삐리삐리삐리!"

개는 깡충깡충 뛰어 그녀를 따르는 염소를 모았다. 살짝살짝 뛰어가는 가벼운 염소 떼는 건너편 언덕 위로 모습을 드러냈다가 곧 어두운 소나무 숲으로 사라졌다.

위골랭은 큰 바위 위에 앉아 곰곰이 생각하기 시작했다. 자신이 빠져 들었던 광기에 대해 생각하며 낮게 중얼거렸다.

"조금만 더 강했더라면…."

그는 이마에 흐르는 피를 닦으며 손가락 아래 둥글고 말랑말랑한 혹을 느꼈다.

"조금 더 강했더라면, 머리가 깨졌을지도 몰라!"

자고가 멀리서 노래를 불렀고, 그는 장총을 잊고 왔다는 사실을 깨달았다. 여전히 설명할 수 없는 공포에 사로잡힌 채 그는 총을 찾으러 빙 돌아갔다.

작은 방울 소리는 건너편 숲에서 들려왔다. 그는 꼭대기까지는 미끄러지듯 움직이고 고개를 넘자마자 전속력으로 달렸다. 그는 얼른 자신의 집, 연장, 식탁 등 신비롭지 않은 진짜 물건, 실제 물건들을 보고 싶었다.

그는 집으로 돌아왔다. 모든 것이 제자리에 있었고, 의자들이 춤을 추지도 않았다. 뚱뚱한 아델리가 왔고, 냄비는 불 위에서 소리를 내며 끓었다. 접시, 컵, 포도주와 빵이 질서정연하게 테이블 위에 차려져 있었다. 하지만 그는 열쇠로 문을 잠그고 벽에 총을 걸어둔 다음 팔짱을 끼고 침대에 누웠다.

9

 오후 5시쯤 위골랭을 깨운 사람은 다름 아닌 파페였다. 그는 언덕에서 땔감을 해오는 길이었다. 파페는 먼저 나뭇단을 실은 노새를 테라스 기둥에 묶고, 문을 연 다음, 자고 있는 위골랭에게 불평을 했다.
 "이봐, 벌써 5시라고. 희한한 낮잠이구나!"
 파페가 말했다. 위골랭은 눈을 비비면서 하품을 하고 중얼거렸다.
 "일사병에 걸린 게 아닌가 싶어요."
 파페는 덧문을 열고 조카를 쳐다보았다.
 "얼굴에 붉은 기색이 없어. 늦게 잠이 온 거란다. 이제 카네이션에 관한 큰 걱정거리가 없으니, 휴식을 취하는 건 바람직해."
 파페가 말했다. 위골랭은 물병을 들고 병 바닥이 천장을 향하도록 높이 들어서 주둥이를 입에 대지 않고 오랫동안 물을 마셨다.
 "나는 백포도주가 더 좋다."

파페는 그렇게 말하고는 가서 찬장을 열어 잔과 병을 집어 든 다음 테이블 앞에 앉았다. 그동안 위골랭은 세수를 하고 머리를 빗었다.

"갈리네트, 르 플랑티에 아래로 나무를 하러 갔었단다. 돌아오는 길에 이쪽으로 건너온 거야. 너하고 단둘이 할 말이 있어서 말이다. 벙어리 하녀는 아무 말도 못 듣지만 전부 유추하곤 하지. 내가 말하려는 것은 우리 둘만 해당되는 거란다."

파페는 진지했다. 위골랭은 파페 앞에 와서 앉았다. 노인네는 포도주를 마시고 오랫동안 수염을 쓰다듬고는 말했다.

"갈리네트, 너는 곧 서른이 되는데, 네가 수베랑 가의 마지막 후손이잖니…."

위골랭은 파페가 무슨 말을 하려는지 전부 알고 있었다. 그리고 반복적인 지루한 설교의 결론도 알았다.

"파페가 하시려는 말씀이 뭔지 알아요. 파페는 여전히…."

"말 좀 하자꾸나! 내가 같은 말을 자주 반복했다면 그건 다 네 잘못이다. 네가 알아들을 때까지 반복해 말할 거야."

파페가 소리쳤다. 그러고는 잠시 뜸을 들인 다음 가끔씩 눈을 감으면서 천천히 말했다.

"수베랑 가는 마을에서 가장 큰 가문이란다. 내 아버지께는 노새 네 마리에 말이 두 마리 있었고…."

위골랭이 뒤를 이어 말했다.

"바도크에 살구나무가 오백 그루, 르 솔리테르 고원에는 오백 그루 과실수가 있었지요."

"플랑 데 자드레에는 만이천 그루의 포도나무가 있었지,"

"프레카도리 언덕에도 그만큼 있었어요!"

"르 플랑티에 밭에는 삼백 그루가 넘는 자두나무가 있었단다.

그리고 이집트콩을 재배하던 때에는….."

"열 대가 넘는 수레에 가득 실었지요."

"열두 대였어. 그리고 멜론은 재배해서…."

노인네가 고쳐 주었다.

"마르세유에 가져가서 팔아야만 했지요. 오바뉴 시장에서는 양이 너무 많아 제 가격을 못 받았으니까요."

"할아버지 생신 때는…."

"서른 명이 넘는 사람들을 초대했고요."

"수베랑 가문의 모든 가족들은 금화로 가득 찬 솥단지를 집 안 곳곳에 숨겨 두었단다. 사람들은 멀리서부터 우리에게 인사를 했고, 성당 지붕을 수선하도록 도운 것도 바로 우리였지."

"종루에 있는 십자가는 파페의 할아버지께서 수리비를 대셨고, 그것을 세우셨지요. 보시다시피, 저는 파페의 레퍼토리를 잘 알고 있어요. 그리고 파페한테 평소처럼 대답을 하겠죠. 모든 것이 지속되지 않는다면, 그건 제 잘못이 아니에요. 그건 운명이라고요!"

"말도 안 된다! 운명 같은 건 없다고! 잘난 게 하나도 없는 사람들이나 운명 핑계를 대지! 뿌린 대로 거두는 법이야…. 그러니까 지금 일어나는 일은 다 조상 탓인 게야. 자존심 때문에, 재산을 나누기 싫어서, 조상들은 서로서로 사촌끼리, 삼촌 조카끼리 결혼을 했어. 토끼에게도 해로운 근친혼이 사람에게 이로울 리가 있겠니…. 네다섯 세대를 거치면서 내 큰 삼촌 엘제아르 같은 미친 사람이 나왔단다. 사람들은 1870년 전쟁 때 돌아가셨다고 알고 있지만 그는 20년을 정신병원에서 보냈어. 미친 사람이 둘이나 더 있었고 셋은 자살했지. 그리고 이제는 우리 둘밖에 안 남았단다. 나는 늙어서 더 이상 중요하지 않아. 이제 수베랑 가문은 널 말하는 거야!"

"또 결혼을 하라고 말씀하시네요…. 이번엔 파페에게 묻고 싶어요. 파페는 왜 결혼을 안 했어요?"

노인네는 고개를 끄덕이며 마치 답을 찾는 것처럼 생각에 잠겼다. 마침내 파페가 대답했다.

"결혼은 내 성격에 안 맞았어…. 결혼할 생각도 했었지. 알고 있으려무나…. 그런데 잘 안 됐어. 결국 난 바보처럼 군인이 되어 아프리카로 파병되었지. 제대했을 때는 당연히 그 나이 때 청년들처럼 여자에게 관심을 가졌어…. 만일 그중 하나라도 내 아이를 가졌다면 즉시 그녀와 결혼을 했을 거다. 그런데 그런 처녀가 없더구나. 나는 꽃은 많이 피우지만 열매를 맺은 적이 없는 앙글라드의 버찌나무 같은 존재였어. 이제 너밖에 안 남았다."

"그래서 파페는 저더러 파페 대신에 결혼하라는 말이군요!"

"갈리네트, 그래야만 한다…."

"왜요? 왜냐고요?"

노인네는 일어서서 문을 열러 갔다. 엿듣는 사람이 없는지 확인하려고 사방을 둘러본 다음 그는 위골랭 곁으로 와서 낮은 목소리로 말했다.

"재산은 어떡할 거냐? 수베랑 가문의 재산을 그대로 두고 죽을 게냐? 우리 재산은 쥐들이 갉아먹는 지폐가 아니란다. 금화야. 금화 단지들이지. 그래, 재산은 내가 가지고 있지. 조상들이 죽을 때 그들은 살아남은 사람 중 최고 연장자에게 재산을 숨긴 곳을 알려줬단다. 그래서 우리 집까지 오게 된 거야! 언젠가 네가 그걸 갖게 될 게다. 그런데 대체 누구에게 물려줄 거냐? 이웃에게? 주임 신부에게? 땅에 묻을 게냐? 레 종브레의 4분의 1에 해당하는 토지가 다 우리 땅인데? 이 모든 건 저축, 절약, 고생으로 만들어진 재산이다. 그러니까 이 모든 걸 버리겠다는 말이냐?"

"물론 아니지요! 저도 금화를 좋아해요."

위골랭이 대답했다.

"네가 금화를 좋아하니까 주인 없이 그것들을 버려두지는 않겠구나. 금화만 있으면 네 자식들이 클 때까지 하녀를 둘 수도 있단다."

"오, 파페. 꿈을 꾸고 계시는 거예요…. 가족은 그렇게 한다고 되는 게 아니에요."

"갈리네트, 언젠가 부스카를르 숲에 화재가 났을 때 경종을 울리러 간 적이 있었지. 그곳에 도착했을 때 사람들이 말했단다. '다 끝났어요. 불을 껐다고요.' 그래서 모두가 도로 떠났지…. 그런데 자정이 되자 네 곳의 마을에서 종이 울렸어. 왜냐하면 꺼진 재 속에 불씨가 남아 있었던 거야. 네 머리카락처럼 붉은 불씨가 남아 있었지…. 갈리네트, 우리 조상들이 살던 수베랑 저택에 가서 저녁을 먹자꾸나. 그들이 네게 조언을 해줄 게다."

*

식사를 하면서 파페는 자세하게 말했다. 그는 암말처럼 건강해서 튼튼한 아이를 낳을 만한 엘리아생의 누이를 염두에 두었다. 그리고 발라 데 잘루에트 땅과 분수 물의 소유권 일부를 지참금으로 가져올 수 있는 까무잡잡하고 부지런한 앙글라드의 딸도 물망에 올랐다. 지참금으로 아마 새로운 카네이션 밭을 가꿀 수 있을 것이다. 게다가 그녀는 거의 벙어리 수준으로 말을 더듬었다. 마지막으로 푸줏간 주인 클로디우스의 딸이 있었다.

클로디우스가 딸을 예뻐하므로 어느 정도 지참금을 가져올 수 있을 것이며 평생 동안 고기를 공짜로 먹을 수 있을 것이다. 집안은 그다지 재산이 많은 건 아니었지만 그녀가 상속받을 조그마한 여섯 떼기 밭은 전부 수베랑 가의 자랑인 르 솔리테르 고원에 둘러싸여 있어 밭의 통행권도 수베랑 가문이 가지고 있었다. 그러므로 그녀와 결혼하면 농부들 사이의 오랜 원한이 해소되는 결과를 가져올 것이다…. 하지만 단점도 있었다. 클라리스는 교육을 많이 받았고, 도시에 있는 학교를 나왔다. 공부를 많이 한 사람이 진정한 노동을 좋아하지 않는다는 것은 누구나 아는 사실이었다. 결국 헤아려 보고 생각해서 한 번에 잘 결정해야 했다.

위골랭은 아무 말도 하지 않았지만 산딸기 향이 나는 까만 포도주를 벌컥벌컥 들이마셨다. 그러더니 마침내 말문을 열었다.

"파페, 들어보세요. 저는 파페를 이해해요. 하지만 제게도 시간이 필요해요…."

"네게 이 말을 한 지 거의 10년이 다 되어간다."

"하지만 이렇게 진지하게 이야기하신 적은 없잖아요…. 들어보세요. 시간을 1년만 더 주세요. 제가 결정을 하게 두시고요. 말씀하신 세 명 다 마음에 안 들어요."

"그럼 마음에 둔 사람이라도 있는 게냐?"

"어쩌면요."

"그런데 누군지 내게 말을 안 할 거냐?"

"파페, 전 오늘 일사병을 앓았고 포도주도 많이 마셨어요. 그래서 뭣 때문에 이러는지 모르겠어요. 미친 것 같단 말이에요. 그러니 더 이상 묻지 마세요. 나중에 말하도록 해요."

"좋다, 좋아. 갈리네트, 네가 마음에 드는구나. 원하는 대로 하려무나. 다만 한 가지만 묻겠다. 여자를 고를 때는 후세를 생각해라."

"무슨 말이에요?"

"예쁜 얼굴에 현혹되지 말라는 얘기야. 우리에게 필요한 건 펑퍼짐한 엉덩이에 긴 다리, 크고 예쁜 가슴이란다. 씨암말 같은 여자를 고르렴."

"게다가 예쁘기까지 하면요?"

"예쁘기까지 하면 문제가 안 되지. 그 반대지. 그렇게 되면 예쁜 수베랑 가문의 며느리가 되는 거고, 그녀를 쳐다보는 기쁨을 누릴 수 있겠지."

10

 위골랭은 열 시 반이 되어서야 레 로마랭으로 돌아왔다. 만월은 푸른빛을 발하며 시커먼 그림자를 만들었다. 그는 가파른 오솔길을 따라 마사캉으로 올라가면서, 숨이 차서가 아니라 생각에 잠겨 가끔씩 멈춰 섰다.
 하지만 그가 생각하고 있는 것은 파페의 훈계 때문이 아니었다. 가문을 영속시키기 위해 해야 하는 의무 따위는 논외 문제였다. 그는 아침에 일어났던 모험과 별것 아닌 일이 불러일으킨 기이한 감정에 대해서 생각했다.
 어찌되었건 그녀가 그렇게 금방 자랐다는 사실은 놀라웠다. 게다가 벌거벗고 언덕에서 춤을 춘다는 것도 충격이었다. 사냥꾼이나 레 종브레의 밀렵꾼이 지나갈 수도 있었다. 발가벗은 처녀를 보면 당연히 여러 생각이 들기 마련이다.
 그는 2년 전부터 내버려둔 마사캉 농가에서 멈추지 않고 계속 갔다. 늙은 뽕나무는 무관심한 태도로 고독하게 달빛 아래서 꿈을 꾸고 있었다. 갑자기 위골랭은 물병을 실은 암탕나귀를 따라

오솔길을 걷는 어린 마농의 그림자를 다시 본 것 같았다. 그는 그 자리에 서서 눈을 비비고는 큰 소리로 말했다.

"위골랭, 너 괜찮냐?"

그리고 레 로마랭으로 올라가는 동안 그는 작은 하모니카 소리를 들었다. 올리브나무 잎사귀 사이로 가냘픈 음색이 들려왔다. 그는 다시 중얼거렸다.

"이제 내가 미쳐가는 거야! 아니면 취했거나!"

램프를 켜지 않은 채 그는 열쇠로 문을 잠갔다. 위골랭은 신발을 벗고, 목 뒤로 팔을 베고 침대에 누웠다.

*

자정이 되자 올빼미들의 회의가 열렸다. 올빼미 여러 마리가 동시에 우는 것을 보니, 분명 공동 관심사에 대한 논의 중이리라. 덧문의 긴 틈새로 달이 파란색 타일 위에 밝은 빛을 비추었다. 위골랭은 머리가 지끈거리며 아팠고, 귓가에선 윙윙거리는 소리가 들렸다. 그는 작은 목소리로 중얼거렸다.

"파페는 나한테서 '네'라는 대답을 들으려고 포도주를 마시게 했어. 하지만 나는 '네'라고 대답하지 않았지. 엘리아생의 누이에게는 관심이 없어. 수베랑 조상도 상관없어. 그들은 전부 죽었다고. 그리고 파페도 죽을 거고, 나도 마찬가지지. 전부 어리석은 짓이야. 사람들은 언제나 만족하는 법이 없어."

그는 큰 소리로 하품을 하고, 옆으로 돌아누워 잠이 들었다.

잠들자마자 위골랭은 새끼 염소와 그녀가 춤추는 것을 보았다. 하지만 꿈속에서 그녀는 금색의 작은 뿔을 달고 새처럼 팔을 펼친 채 날아가고 있었다. 조금씩 조금씩 그녀는 위골랭에게 다가왔다. 그는 그녀를 잡기 위해 세차게 뛰어올랐는데, 격렬한 충격에 의해 잠에서 깼다. 침대 아래로 떨어졌던 것이다.

그는 한밤중에 몇 마디 욕을 퍼붓고는 일어나서 더듬더듬 성냥을 찾았다. 석유램프의 환한 불꽃으로 그림자가 천장까지 길어졌다. 그는 기지개를 켜고 기침을 한 다음 문을 열고 맨발로 테라스에 나왔다.

*

올빼미의 합창 소리가 멈추었다. 쟁반 같은 달은 너무나 밝게 빛나 별마저 주위에서 물러난 듯했다. 올리브나무의 시커먼 그림자가 드리워졌고, 밭 한가운데 불빛을 받아 붉은 카네이션은 보라색으로, 하얀 카네이션은 푸른색으로 보였다.

주머니에 손을 넣고 고개를 숙인 위골랭은 꽃밭 가운데로 걸어갔다. 그러고는 갑자기 멈춰 서더니 고개를 들고 온 힘을 다해 외쳤다.

"전혀 아니에요. 전혀 아니라고요! 잘못을 한 사람은 첫 번째로 실수한 사람이라고요. 누가 먼저 시작했나요? 그건 바로 선생이에요."

그는 몇 걸음 간 다음 다시 말했다.

"농부가 될 생각을 한 게 누구죠? 내가 세금 징수원이 되고자 했다면 선생은 나한테 뭐라고 했을 것 같아요? 내가 선생께 가서 '이봐, 나한테 세금을 내, 그러지 않으면 네 가구를 팔아 치울 거야!'라고 했다면 뭐라고 대답했을 것 같아요?"

그는 빈정거리며 어깨를 으쓱하고는 천천히 집으로 걸어왔다.

"나쁜 건 바로 샘이라고요. 그래요. 하지만 내가 그 짓을 했을 때, 난 선생을 몰랐어요. 그리고 생각을 많이 했는데, 샘이 있었다고 해도 성공하지 못했을 거예요. 선생은 호박이나 재배했어야만 해요. 맞아요. 하지만 토끼를 기르는 일은 잘 안 됐잖아요. 내가 우정에서 우러나온 말을 했었죠. 하지만 선생은 내 말을 들으려 하지 않았어요."

그는 올리브나무 그늘로 들어가서 나무 기둥에 몸을 기댔다.

"왜냐고요? 왜냐하면 토끼가 백 마리나 같이 있으면 병에 걸려 죽게 돼요. 금방 그렇게 되었던 걸 잊었냐고요! 생 테스프리 봉우리는 내 잘못이 아니잖아요! 그건 아주 옛날부터 그랬던 거예요!"

"좋아요, 좋아. 그래요. 가끔씩 내가 선생께 그걸 말했어야 한다고 생각해요. '이봐, 같이 카네이션을 심자' 라고 말이에요. 하지만 선생은 그러고 싶어 하지 않았을 거예요. 책하고 통계를 들먹였겠지요. 그렇고말고요. 그렇고말고요."

"내가 선생한테 도시로 돌아가라고 말했지요! 난 솔직하게 말했어요. 그러자 선생은 대답했잖아요. '난 내가 어디로 가는지 알아!' 라고. 그렇지만 선생은 몰랐어요. 어디로 가고 있는지…. 선생은 죽음으로 다가가고 있었던 거예요! 엉덩이를 의자에 붙이고 다른 사람 돈이나 긁어모았다면 백 배쯤 나았을지도 모르죠…. 그랬으면 선생 딸은 언덕에서 발가벗고 춤을 추는 대신에 진짜 숙녀가 되었을 거예요. 딸아이가 누굴 닮겠어요? 나중에 뭐가 되겠냐고요? 이제는 위에서 다 지켜보고 있겠지요…. 내가 카네이션 때문에 그랬다는 걸 이해해야 해요…. 악의가 있어서 그런 게 아니에요. 선생께 악감정은 없었어요. 오히려 그 반대지요. 여자들이 농가에 머물고자 했다면, 아직도 여기서 살고 있겠죠. 그녀들은 꽃다발을 만들고, 내가 임금을 줬을 거예요. 여자들끼리만 사는 건 염소들이 개 없이 지내는 거나 마찬가지지요. 어리석은 짓이라고요…."

그는 한숨을 깊이 내쉬고는 말했다.

"어쨌든 이제는 다시 돌아오지 않을 시절이야. 말해 봤자 무슨 소용이 있겠어…. 그래도 난 선생이 했던 일 때문에 걱정을 많이 했었다고…."

그는 집을 향해 걸어갔다. 집에서는 열린 문틈으로 램프의 노란 빛이 새어나오고 있었다. 그는 고개를 숙이고 중얼거렸다.

"어쩌면 아직 끝나지 않았는지도 몰라…."

11

 5월의 어느 아침 위골랭은 아틸리오가 보낸 꺾꽂이 가지가 담긴 상자를 찾으러 오바뉴 역으로 내려갔다. 이번에 온 품종은 기르기는 다소 어렵지만 가장 높은 가격에 팔 수 있는 알몽도, 오로르, 글루와 드 니스 종이었다. 위골랭이 헛간에서 상자를 열어 보고 있는 동안 파페가 나타났다.
 "갈리네트, 이장이 네가 더 이상 회의에 오지 않는다고 불평이 대단하구나. 그리고 내일 아침에 라 페르드릭스에 있는 마을 저수지를 청소하는 일을 앙주와 카지미르, 그리고 네게 맡기기로 오늘 아침에 결정했단다."
 그 저수지는 위골랭의 샘물을 받아 하룻밤에 100입방미터가 넘는 물을 담아두는 저수지였다. 바람에 날려 온 낙엽이나 소나무 가시뿐 아니라 붉은 모래가 쌓여서 6개월마다 청소를 해야만 했다.
 위골랭이 대답했다.
 "저수지 청소라고요! 못해요. 제가 막 받은 이 꺾꽂이 가지 좀 보세요. 멋진 품종이라 그냥 썩게 내버려둬선 안 된다고요. 바로 땅에 심어야 해요. 그러려면 사흘 꼬박 일을 해야 한다고요. 저수지 일은 안됐지만, 시간이 없어요."

파페가 말했다.

"잘 들어라. 지금 당장 꺾꽂이 가지를 함께 심자꾸나. 필요하다면 오늘 자정까지 말이다. 내일 아침에도 새벽 4시부터 계속 일하자꾸나. 8시가 되면 너는 저수지에 가고 그동안 아델리와 내가 계속 일을 할 거야. 너는 정오쯤 돌아올 수 있을 게야."

"그렇게나 저수지가 중요해요?"

"그래. 왜냐하면 너는 크게 성공했기 때문에 거절할 권리가 없단다. 모두가 다 봉사하는 일이야. 우정에서 비롯된 일이라고. 너는 적어도 지난 3년 동안 하지 않았잖니. 수베랑 가의 사람들은 항상 자기 차례에 일을 하러 갔단다. 내일 가거라."

*

그날 마농은 염소 떼를 비쿠가 돌보도록 내버려두고 라 페르드릭스 계곡의 바로 위에 있는 테트 롱드 언덕의 능선에 꽃을 따러 갔다. 멀리, 멀리서 은빛 바다가 반짝였다.

그녀가 비스듬한 언덕 아래 앉아서 기름기 있는 줄기를 다발로 묶고 있을 때 계곡 아래쪽에서 올라오는 한 목소리를 반대쪽 벽에 부딪혀 울려 퍼진 메아리를 통해 들었다. 돌멩이에 삽이 부딪히는 강철 소리도 함께 들렸다. 그녀는 언덕 아래쪽의 노간주나무 밑으로 숨었다.

빈 저수지에서 세 명의 남자가 윗옷을 벗고 손에는 삽을 든 채 바닥을 긁어 붉은 진흙을 저수지 밖으로 퍼내고 있었다. 그녀는 아버지의 관을 들고 갔던 네 명 중 한 사람인 팡필과, 이름은 모르지만 여러 차례 보았던 수도 관리인 앙주를 알아보았다. 마농은 앙주가 라 보도크에 버려진 올리브나무 사이에서 자고 잡기 위해 깃이 달린 올가미를 놓는 광경을 보았었다. 세 번째 남자는 귀 윗부분까지 내려오는 구부러진 챙이 달린 모자를 쓰고 있었는데, 모자에는 진흙이 묻어 있었다.

그들 세 사람은 어떤 이와 대화를 나누고 있었는데, 저수지 가장자리 가까이에 새 한 마리가 오래전에 심어 놓았던 큰 무화과나무 가지 사이로 마농은 그를 간신히 볼 수 있었다. 그 사람의 목소리는 금 탐색가의 것처럼 들렸다.

그녀는 뒤로 물러서서 멀리 우회해 좁은 바위틈에 자리를 잡았다. 그곳에서는 그 사람이 다 보였다. 바로 금 탐색가였다. 그는 돋보기로 관찰한 흙을 반죽하고 있었다.

팡필이 삽자루에 몸을 기대고선 말했다.

"찰흙 색 같은데 찰흙은 아니구먼. 달라붙지를 않아."

"이건 보크사이트 가루입니다. 철과 알루미늄이 든 광석이에요. 다소 약한 편이죠…. 이 가루가 어디서 왔는지 생각하고 있었습니다…."

전문가가 말했다.

"대단한 폭우가 온 다음에 샘에서 떠내려 오지요. 한 일고여덟 시간 후에 말이에요. 하지만 분수까지 이어지지는 않아요. 이곳에 다 쌓이죠."

앙주가 대답했다. 그러자 모자를 쓴 사람이 맞장구쳤다.

"나도 알아요. 밤새 비가 오면 아침 10시쯤에 제 샘도 약간 붉게 흐르죠. 그러고 나면 돌에 녹이 스는 것 같아 보여요."

그의 목소리는 목동 처녀를 당황하게 했다. 그는 더러운 모자를 벗어 얼굴에 흐르는 땀을 닦는 데 사용했다. 그녀는 위골랭의 붉은 고수머리를 알아보았다.

*

4년 전부터 마농은 그를 다시 본 적이 없었지만, 위골랭이라는 존재는 그녀의 과거에서 큰 자리를 차지하고 있었다. 어린 시절부터 그는 마농에게 비이성적인 혐오감을 불러일으켰는데, 그가 농가를 빼앗은 후부터 그 혐오감은 증오로 변했다. 하지만 가끔씩 소나무 아래 누워서 옛 나날들을 떠올릴 때면 그녀는 그 증오감에 정당한 이유가 있는지 스스로에게 묻곤 했다. 그녀의 아버지는 자신을 도와주곤 했던 위골랭에게 우정을 느꼈다. 위골랭에게 아무것도 요청하지 않았지만 그는 자기네 우물에서 깨끗한 물을 선물했고, 이사 온 첫날 기와를 주었으며, 밭을 일구어 주러 왔었다. 그 이후에 그들이 그렇게나 필요로 했던 돈을 구해다 준 것도 바로 위골랭이었다. 비극적인 사건이 벌어졌을 때 의사를 불러온 사람 역시 바로 그였다.

하지만 결국 그 기왓장 아래서 살고 있는 사람도, 일구어진 밭을 소유한 이도 그였으며, 그녀는 아버지에게 빌려 준 돈을 갚기 위해서 농가를 떠나야만 했다. 게다가 바로 그 돈으로 화약 값을 지불했고, 그 때문에 날카로운 돌이 하늘을 날아 사랑하는 아버지를 죽음으로 몰아갔다….

뿐만 아니라 그는 샘도 찾지 않았는가!

눈이나 깜빡이는 저 멍청이가 세상에서 가장 훌륭한 사람을 잔인하게 거부했던 반짝이는 물을 하늘로부터 받았다니, 이 얼마나 부당한 일인가….

하지만 가끔씩 그녀는 논리적으로 생각했다. 어찌되었든, 비가 오지 않았고, 치명적인 돌멩이가 떨어졌으며, 그녀의 아버지가 샘을 발견하지 못했다고 해도, 그것이 저 불쌍한 농부의 잘못은 아니었다. 만약에 위골랭이 스스로 샘을 발견했다면 마농이 무슨 이유로 그를 비난할 수 있을까? 하지만 가장 결정적인 이유로 그녀는 경계심과 원한을 없앨 수 없었다. 마농은 여러 선한 행동에서 얻어진 유리한 결과는 결국 감추어진 속셈을 드러내 보일 것이라고 확신했다.

*

"이것은 녹이 맞아요. 바로 산화철이랍니다."
금 탐색가가 말했다.
"그러면 이게 안 좋은 것은 아니군."
팡필이 말했다.
"그 반대지요! 저희 증조부는 마실 물이 담긴 병에 일부러 못을 넣어두곤 하셨어요! 녹이 근육에 철분을 공급해서 몸을 튼튼하게 만드는 건 누구나 다 아는 사실이에요!"
위골랭이 외쳤다.
"저수지하고 비교했을 때 선생의 샘은 어디 있습니까?"
금 탐색가가 물었다.
"비교했을 때라니요?"
"더 높은 곳에 있나요, 더 낮은 곳에 있나요?"
"말하기 어려운데요…."
"제 생각에는 레 로마랭 계곡이 조금 더 높은 곳에 있는 것 같은데요."

앙주가 대답했다.

"그렇다면 마을의 물이 그 계곡에서 흘러오고, 위골랭 씨의 샘에도 붉은 가루가 보이는 것은 당연합니다. 왜냐하면 위골랭 씨의 샘도 같은 보크사이트 광맥을 지나가기 때문입니다. 이 고장에서 이런 붉은 돌멩이를 찾을 수 있습니까?"

"가끔씩은 보이지. 하지만 호두보다 더 큰 건 없다고."

팡필이 대답했다.

마농은 그 돌을 알고 있었다. 그녀는 새총 총알로 쓰려고 그 돌을 찾았다. 다른 돌보다 무거워서 더 멀리 날아가기 때문이었다. 그녀는 레프레스키에르 계곡 바닥에서 그 돌을 찾곤 했다. 하지만 빗물에 의해 멀리서부터 왔다고 생각했다.

멀리서 종이 울렸다. 레 바스티드의 종소리였다. 위골랭은 종이 울리는 횟수를 세었다.

"10시군요!"

"젠장! 늦어도 정오까지는 물을 채워 놓는다고 약속을 했어요!"

앙주가 외쳤다.

"그래서, 뭐? 정오에는 끝나 있을 거라고!"

팡필이 말했다.

"그래서 걱정이 된다고요. 저수지가 제 높이까지 차올라서 물이 관을 타고 흐르려면 대략 한 시간이 걸려요. 그리고 그 물이 마을에 도착하려면 삼십 분이 더 걸린다고요! 어서요! 얼른 퍼냅시다! 자, 위골랭, 저 빗자루를 잡아!"

금 탐색가는 일어서며 말했다.

"여러분, 함께해서 매우 즐거웠습니다만 저는 마을 회관에서 해야 할 일이 있답니다."

"그럼 목요일에는 수업이 없나?"

팡필이 물었다.

"물론 없습니다! 학교 선생이 이장의 서기라는 사실을 잊지 마세요! 이장님은 관보를 읽고 논평하기 위해 10시 반에 저를 기다리고 있을 겁니다."

마농은 실망했다. 그는 금 탐색가가 아니었고 학교 선생이었다. 오바뉴 또는 마을 학교 선생일 것이다. 하지만 그는 괜찮은 사람이었다. 그리고 유쾌한 목소리로 광석에 대해 말했다.

갑자기 마농은 주인을 찾지 못했다는 이유로 자신이 간직하고 싶어 했던 칼을 생각해 냈다. 지금 그녀의 눈앞에 칼 주인이 있고, 그는 선생이었다…. 그녀는 들키지 않기 위해 뒤로 물러나 몸을 일으켜 세워 보물을 넣어두는 배낭에서 그가 잃어버린 멋진 칼을 꺼냈다. 반들반들한 니켈 칼에 입을 맞추고 그것을 젊은 선생 뒤에 있는 금작화 덤불러 던졌다. 칼은 금작화 꽃 아래로 떨어졌다. 나뭇가지를 스치고 떨어지면서 돌 위에서 딱 하는 소리를 냈다. 위골랭이 고개를 들었다.

"이런, 누가 우리에게 돌을 던져요!"

위골랭이 말했다.

"돌이 아니야. 작은 번개가 지나가는 것 같았다고."

팡필이 말했다.

"아이고! 아침 9시에 번개가 보이는 거면 일찍부터 술을 마셨어야 했을 거예요!"

앙주가 말했다.

"부모님 무덤에 맹세코 나는 여기 오기 전에 커피 한 잔만 마셨다고!"

목수가 엄숙하게 단언했다.

그동안 선생은 덤불을 뒤졌다. 그는 멈춰 서서 몸을 숙이고는 무언가를 집어 들었다. 놀란 선생이 말했다.

"이건 제 칼인데요!"

"그런가? 그걸 잃어버렸었나?"

팡필이 물었다.

"사오 일 전에 언덕에서 잃어버렸어요."

"여길 지나간 게야?"

"확실히 아닙니다. 이 계곡에는 처음 왔거든요."

"그렇다면 그것 참 희한한 일이네요."

위골랭이 말했다.

"생각해 보면, 낡은 우리가 있는 근처에서 점심을 먹다가 잃어버렸어야 하는데요. 제가 목동이 없는 염소 떼를 본 날 말이죠…."

선생이 말했다.

"그러면 그건 목동 처녀가 던진 건가 보네. 자네가 점심 먹는 걸 봤고, 그 칼을 찾은 게야. 그래서 지금 막 자네에게 칼을 돌려 준 거고!"

팡필이 말했다.

"뭐라고요? 마농 말씀이세요?"

위골랭이 말했다.

"그래. 꼽추 딸 마농 말이야. 그럼 누구 이야기 같은가?"

팡필의 대답에 선생이 고개를 들며 물었다.

"여러분은 그녀가 저 위에 숨었다고 생각하세요?"

"생각해 봐요! 그녀는 도망갔다고요!"

"그것 참 유감이네요. 감사를 전하고 싶은데 말이에요."

선생이 말하자 팡필은 짓궂게 윙크를 했다.

"아하, 당연한 일이지. 볼에 살짝 키스를 하면서 친절하게 감사의 인사를 한다는 말이지?"

"키스라면 이미 했는걸요! 지난번에 여러분께서 제게 말씀하신 걸 듣고 그녀가 나오는 꿈을 꿨어요. 세상에나, 고백하자면 이미 그녀에게 몇 차례나 키스를 했는걸요."

선생이 말했다.

"그녀가 가만 내버려 둡디까?"

위골랭이 불쑥 물었다. 그러자 팡필은 크게 웃기 시작했고 선생은 단호하게 반박했다.

"제 꿈인데, 어느 여자가 저항을 하겠어요?"

마농은 얼굴이 빨개지는 것을 느꼈다. 그녀는 뒤로 물러나 일어서서 도망갔다.

*

늙은 무화과나무의 늘어진 가지 아래 숨어서 무릎을 끌어안은 채 마농은 금 탐색가도 아니면서 자신에 대해서 그렇게 가볍게 언급한 학교 선생을 생각했다.

태어난 이래로 그녀의 이마나 머리카락에 키스한 남자는 아버지밖에 없었다. 도시에서 온 낯선 젊은이라서 두려울 것이 없을 터였다! 그는 놀랄 만큼 경망스럽게 그녀에 대해 말했고 다른 사람들에게 과감한 꿈에 대해 털어놓았다. 그것은 둘 다 무례한 언사였다. 게다가 그 꿈 이야기 때문에 그녀는 약간 걱정스러웠다. 다른 사람의 꿈에 나타나는 것은 아주 위험하다고 밥티스틴이 말했기 때문이다. 자고 있을 때 사람들이 마농을 부르고 매혹시킨 다음 몸에서 기를 뽑아낼 것이라고 했다. 그래서 마농이 그들 꿈에 나타나면 더 이상 스스로를 방어할 수 없게 되는 거라고 덧붙였다. 밥티스틴은 고향 마을 처녀 이야기를 예로 들었다. 처녀의 연인이 매일 밤마다 꿈속에서 그녀를 불러 결국 그녀는 어떻게, 왜 그런지 모른 채로 아기를 갖게 되었다는 것이다. 마농은 이 이야기를 실제로 믿지는 않았다. 하지만 어쨌든 이 청년은 그녀의 방에 그림자를 드리우고 찾아와, 그녀를 팔에 안으며 키스를 했다. 어쩌면 그날 저녁에 다시 꿈을 꿀지도 모른다…. 그러나 마농은 그가 자신을 본 적이 없다는 사실에 안심했다. 그러므로 꿈에 나온 것은 그녀가 아니라 사람들의 말을 토대로 그가 상상한 창조물일 것이다.

하지만 마을에서는 그녀에 대해 젊은 선생이 꿈을 꾸도록 만든 이야기가 오간 것이다. 즉 사람들이 여러 번 이야기했다는 사실이 증명되었다. 그렇다면 누가 이야기를 한다는 것인가? 다른 사람들처럼 못된 사람 같아 보이지 않는 팡필일 수도 있다. 하지만 팡필이나 다른 누구라 해도 어린 그녀를 보았을 뿐, 비극이 있었던 이후로 그녀를 만난 사람은 없었다.

그래서 마농은 아마도 자고를 잡으려고 숨어 있었던 마을의 사냥꾼들이 자신도 모르는 사이 보았던 것이라고 결론을 내렸다. 그러다 갑자기 그녀는 레프레스키에르에서 목욕을 하던 날 훔쳐보던 사람이 금작화 아래서 물결을 만들며 도망갔고, 자기가 그를 보지 못했던 사실을 떠올렸다. 귀까지 빨개진 얼굴로 그녀는 웃음을 터뜨렸고 두 손에 얼굴을 묻었다.

*

그동안 위골랭은 어깨에 삽을 지고 앙주와 팡필 뒤를 따라 마을로 내려가고 있었다. 그는 자신의 행동에 대해 무례하게 말한 그 학교 선생의 불손한 태도에 대해 생각했다.

'꿈속에서는 모든 게 쉬워…. 나도 가끔씩 꿈속에서 그녀를 본다고. 하지만 나는 공손해서 말도 안 건다고…. 그런데 그는 그녀에게 키스를 하고 그녀가 아무 저항도 안 하는 상상을 한단 말이야! 이런! 그는 그녀에 대해 감정을 품고 있어. 그녀와 즐기고 싶어 하는 거야…. 아버지가 없는 틈을 타서 말이지. 내가 잘 지켜봐야 해. 그녀가 언덕에서 살게 된 건 조금은 내 잘못이니까…. 불쌍한 장 선생에 대한 추억으로 내가 그들을 돌봐야 해….'

12

 일주일 후 수베랑 저택에서 램프 불빛 아래 저녁 식사를 하던 중 파페가 말했다.
 "갈리네트, 얼마 전부터 네 안색이 안 좋은 것 같구나. 그러다가는 바지도 안 맞게 될 게야….'
 "요새 식욕이 없는 건 사실이에요. 제 생각에는 빨간 거미를 막기 위해 매일 저녁 카네이션 위에 뿌려야 하는 독약 때문인 것 같아요."
 위골랭이 말했다.
 "왜 저녁에 뿌리는데?"
 "왜냐하면 그 약은 햇볕에 약하거든요. 햇볕이 약의 작용을 방해해 약효가 사라지고 약의 안 좋은 점만 전부 나타나죠. 그래서 제가 대개 열두 시에 자는 거예요."
 파페는 이집트콩을 씹어 삼키고 백포도주를 한잔 마신 뒤 말했다.
 "갈리네트, 들어 봐라. 네가 그렇게 늦게까지 일을 해야만 한다면 여기 와서 저녁을 먹는 건 도움이 안 된다. 왜냐하면 한 시간 넘게 낭비하는 셈이니 말이다. 그러니 내가 정오에 네 농가로 우리 둘이 먹을 음식을 싸 가마. 오후 내내 너를 도와 일하고, 저녁거리를 놓고 돌아오마. 그러면 조금 일찍 잠자리에 들 수 있을 게야."

*

위골랭이 자정까지 램프 불 아래서 카네이션을 돌본다는 것은 사실이었다. 그러나 '독약'이 햇볕에 약하다고 한 것은 거짓말이었다. 사실은 그는 잃어버린 오전 시간을 대신하기 위해서 밤에 일을 했던 것이다. 그는 새벽 6시경에 레 로마랭 농가를 떠나 정오에 돌아왔다. 아델리에게는 매일 아침 황폐해진 파페네 포도밭에 일을 하러 간다고 설명했다. 포도나무에 열매가 다시 맺히기를 바란다고 하면서, 수확기에 파페를 놀래주고 싶으니 노인네에게는 절대 말하지 말라고 당부했다.

침대에서 일어나 정성들여 몸을 씻고 커피를 마신 다음 그는 배낭에다 기름에 적신 빵 조각과 둥근 양파를 넣고 아침의 상쾌한 바람을 맞으며 집을 떠났다.

그는 우선 레 로마랭 위에 위치한 언덕에서 덫 열두 개를 둘러보았다. 매일 아침 그는 티티새, 지빠귀, 꾀꼬리, 참새, 독일 방울새를 가지고 나왔다. 헌병을 만날까 두려워 위골랭은 이 새들을 주머니와 옷 속에 숨겨 다녔다. 그리고 플랑 드 레글르까지 올라가서 르 플랑티에 동굴 위쪽, 언덕 가장자리에 심어진 노간주나무 사이에 자리를 잡았다.

7시쯤 되면 마농은 동굴에서 나와 염소 우리에 가서 문을 열고, 날씨에 따라 언덕이나 계곡으로 길을 나섰다. 위골랭은 사냥꾼답게 신중히 그녀 뒤를 쫓았다. 그는 그녀가 어느 정도 거리를 두기를 기다렸다가 황무지 덤불 아래 들어가서 그녀가 놓은 덫을 둘러보았다. 그런 다음 덫을 해체하고 자기가 가져온 죽은 새들을 놓은 뒤, 기쁨에 차서 웃으며 자신의 장식품이 고통스러운 태도로 죽어간 것처럼 꾸며 놓았다.

그러고 나서 자신이 지나간 흔적을 세심하게 지운 다음 그는 빙빙 돌아서 들키지 않게 자스 드 밥티스트 고원으로 올라갔다. 그 고원에서는 레프레스키에르가 한눈에 보였고 위골랭은 그곳에서 그녀를 다시 발견했다.

매복 장소에 가기 전에 그는 송악으로 덮인 바위로 둘러싸여 있고 언덕 위의 갖가지 식물들이 뒤얽혀 있는 높은 덤불 아래로 들어갔다. 우선 붉은 머리에 두터운 송악 가지 화환을 써서 가리고 목에는 클레마티스 꽃 장식을 두른 다음, 이 사이에 백리향 뿌리를 꽉 물었다. 이렇게 만반의 준비를 한 그는 절벽 위까지 기어 올라갔다. 두 돌멩이 사이의 넓은 바위에 턱을 괴고 위골랭은 그녀가 움직이는 것을 바라보았다.

마농은 혹이 달린 마가목 그늘 아래 평평한 바위 위에서 시간을 보냈다. 책을 읽고 꿈을 꾸었으며 다양한 색상의 천을 꿰매거나 오랫동안 빗질을 했다. 또는 갑자기 일어서서 새총을 쏘거나, 인사를 하면서 마가목 주위에서 춤을 췄다. 때론 검정개를 불러 인내심 있게 개털 사이에 붙은 작은 엉겅퀴 꽃이나 가시가 있는 작은 방울, 귓구멍이나 콧구멍 속으로 들어가곤 하는 해로운 벌레들을 제거해 주었다. 비쿠의 단장이 끝나면 그녀는 해방된 개의 복슬복슬한 볼을 두 손으로 잡고 눈을 바라보며 개에게 말을 했다. 위골랭은 그녀가 무슨 말을 하는지 듣기에는 너무 멀리 있었다. 비밀 이야기를 하거나 마술을 부리는 것이 분명했다. 왜냐하면 눈까지 털로 덮인 검정개들은 좋게 알려진 법이 없었기 때문이다.

게다가 위골랭은 매일매일 매우 놀랄 만한 다른 의식도 지켜보았다. 열한 시쯤 되면 그녀는 뚱뚱한 하얀 염소를 불러 평평한 바위 위, 자기 옆에 놓아둔 양철 그릇에다 우유를 짰다. 그러고 나서 작은 하모니카를 입으로 가져가 언제나 같은 옛 노래를 불었다. 그 노래는 날카롭고 가냘픈 소절이었는데, 계곡의 조용한 정적 속에서 희미하게 들렸다. 그러면 금색과 파란색의 반점이 있는 레프레스키에르의 초록색 거대한 도마뱀이 멀리 가시덤불 사이에서 조용히 기어 나왔다. 빛이 새어 들어오는 것처럼 도마뱀은 음악을 향해 다가와서 황무지의 푸른 우유에 주둥이를 담갔다.

이 도마뱀은 거의 1미터가 넘는 몸집 때문에 예전부터 마을에서 유명했다. 사람들은 녀석이 뱀과 같은 눈을 갖고 있어, 작은 새들을 현혹시켜 자신의 커다란 주둥이에 빠지게 만든다고 말했다. 도마뱀은 끝이 양쪽으로 갈라진 뾰족한 혀로 우유를 핥아 마셨다. 그리고 하모니카 소리가 끝나면 그것은 납작한 머리를 들어 마농을 보았다. 그녀는 낮은 목소리로 웃으며 도마뱀에게 말을 했다. 걱정하면서도 이에 반한 위골랭은 빛나는 처녀의 말을 듣고 있는 길고 반짝이는 동물을 쳐다보며 생각했다.

'노파들이 그녀더러 마녀라고 한 게 틀린 말은 아니었어!'

어느 날 그는 기뻐서 웃으며 중얼거렸다.

"마녀가 예쁘면 요정이라고 부르지!"

위골랭은 책을 딱 한 권 가지고 있었는데, 그림이 그려져 있는 아동용 동화집이었다. 수베랑 할머니가 선물한 것으로, 그녀는

50년 전 학교에서 상으로 이 책을 받았다. 시간이 흐르고 쥐가 쏠아 이제는 가장자리가 해지고 까만 점과 붉은 얼룩으로 더러워진 종이 뭉치만 남아 있었다.

그는 테이블 위에 종이를 펼쳐놓고 그림을 보았다. 공주와 젊은 왕자, 빛이 뿜어져 나오는 요정 그림이 있었다…. 램프의 노란 불빛 아래서 위골랭은 「고수머리 리케」와 「미녀와 야수」를 천천히 다시 읽었다. 야수가 왕자로 변하는 장면은 터무니없는 이야기 같아 보였다. 하지만 하모니카 소리에 뛰쳐나와 그녀를 오랫동안 바라보는 거대한 도마뱀은 어쩌면 저주에 걸린 왕자라서, 어느 날엔가 마농의 키스 한 번으로 저주에서 풀려나 성당에서 그녀와 결혼을 하게 될까 걱정스러웠다…. 그는 빈정거리며 이런 생각을 지우고는 큰 소리로 말했다.

"이건 어린애들 이야기야…. 헤롯 왕 시절에는 없었던 이야기라고! 마치 산타클로스 같은 이야기야. 그 이상도 이하도 아니지."

그날 밤 위골랭은 늦게 잠이 들었고, 끔찍한 꿈을 꿨다. 미소를 짓고 있는 마농은 도마뱀에게 말을 걸면서 머리를 쓰다듬었다. 그러자 갑자기 소리 없이 황금빛 광휘가 뿜어 나오더니 폭발이 일어났다. 도마뱀이 있던 자리에는 금색 장식이 달린 푸른 정장을 입은 갈색머리 청년이 나타났다. 그는 목동 처녀에게 고맙다는 인사를 했다. 그 왕자는 학교 선생이었고, 마농은 그의 품에 안겼다…. 그는 벌떡 일어나 분노에 찬 소리를 질렀다. 한밤중에 성냥을 찾으며 위골랭은 램프를 떨어뜨렸고, 램프 유리가 경쾌한 소리를 내며 두 발 사이에서 깨졌다. 마침내 촛불을 밝히는 데 성공한 그는 찬물로 세수를 했다. 그리고 다시 침대로 가서 앉으며 길게 한숨을 쉬었다.

"이런 식으로 계속된다면, 결국 어떻게 될지…. 파페는 우리 가문에 이미 미친 사람이 셋 있다고 했어. 네 번째가 되고 싶지는 않아."

*

얼마 가지 않아 위골랭에게는 큰 소리로 혼자 말하는 습관이 생겼다. 낮에는 그녀를 향해 말했다. 자신이 잘생기지 못해 미안하다고 사과하며, 일하는 사람의 근면한 태도와 자신의 끈기, 잔꾀, 유일한 사랑에 대한 진실함을 거창하게 이야기했다. 그는 자기 꽃밭을 그녀에게 보여줬으며 낮은 목소리로 벽난로 바닥의 첫 번째 줄 왼쪽에서 두 번째 있는 벽돌 아래 숨겨져 있는 많은 양의 금화에 대해 말했다. 밤에는 올빼미가 우는 가운데 '독약'을 뿌리면서, 꼽추에게 말을 걸어 어린 딸이 아침에 무얼 하며 보냈는지 이야기를 들려줬다.

"우선 그 돼지 같은 선생은 오지 않았어요. 하지만 그가 언덕에 있는 걸 봤지요. 그는 테트 루즈 쪽에서 올라와 돌을 주워 갔어요. 결국 지난번에는 웃으려고 한 말이었고 이제는 그런 생각을 안 하나 봐요. 하지만 여전히 주의하고 있어요. 특히 목요일 아침에 말이죠. 일요일에는 그가 마을에 있으니 그럴 필요가 없어요. 저를 믿으세요. 딸아이는 잘 있어요. 그녀의 허벅지는 매우 아름답고, 예쁜 블라우스를 입은 채 종종 혼자서 웃곤 하지요. 선생을 기쁘게 하려고 이런 말을 하는 게 아니라, 그게 사실이에요. 오늘 아침에는 다른 날처럼 오래된 마가목 언덕에 왔어요. 책을 읽고, 짧은 음악을 연주하며 또다시 그 도마뱀에게 말을 걸었죠. 그 도마뱀은 자주 봐야 하는 동물은 아니죠. 마을에서 이 사실을 안다면 좋지 않은 결과가 생길 거예요. 뭐, 어쨌든 그녀 성격이죠. 그리고 테트 롱드 바위 위에서 춤을 췄어요. 물론 옷을 입고 말이죠. 그녀는 금색 천을 두른 것 같았어요. 너무 예뻤죠. 플랑드 라 쉐브르의 매가 뭔가 하고 구경하러 왔었어요. 그러고 나서 그녀는 세이보리를 캤지요. 그다음에…."

그는 자질구레한 수천 가지 일을 묘사하며 자신의 아침나절을 떠올렸다. 독백을 하면서 혼자 고개를 끄덕이거나 어깨를 으쓱하고, 윙크를 하거나 눈꺼풀이 떨려 더욱 끔찍해 보이도록 인상을 쓰는 등 여러 가지 몸짓도 함께 했다. 하지만 그는 카네이션을 내버려 두지 않았다. 내버려 두기는커녕 일에 미친 사람처럼 열심히 일을 했다. 하지만 이것은 더 이상 금화가 좋아서 그러는 것이 아니었다. 그가 금화를 산만큼 쌓고자 하는 이유는 마농에 대한 사랑을 위해서였다.

*

토요일에 마농은 9시가 되어서야 동굴에서 나왔다. 어두운 색 원피스를 입고 리본이 달린 밀짚모자를 썼으며 구두를 신어 키가 커 보였다. 암탕나귀의 안장 위에 얹힌 둥근 가방 두세 개는 가벼워 보였지만 향이 나는 약초로 가득 차 있었다. 약초들 사이에는 죽은 새 서른 마리 남짓이 담겨 있었다. 위골랭은 그녀가 오바뉴에 가는 걸 알았지만, 그때마다 실망하곤 했다. 그는 마농이 멀어져 가면서 마을의 인파에 섞이는 모습을 지켜봤다. 그리고 사랑하는 마농이 즐겨 지나가는 오솔길을 배회하면서 그녀의 자취를 찾았다. 위골랭은 부러진 작은 가지들과 밧줄로 된 신발이 모래 위에 남긴 흔적들을 수천 가지 다른 흔적들 사이에서 알아보았다. 굽 자국이 겨우 표시가 나는데도 말이다. 그리고 평평한 푸른 바위에 다가가서는 마치 제단인 것처럼 경외심을 보였다. 그는 바위의 냄새를 맡고, 어루만진 후 열정적으로 키스를 했다. 이 신성한 장소 주위에서 그는 빵 부스러기와 묶이지 않은 리본 끝자락, 마농이 빗에서 빼낸 금발 머리카락 뭉치 등 기념물을 발견했다. 그가 머리카락 뭉치에 키스를 하는 동안 갑자기 큰 도마뱀이 나타났다. 귀가 없는 이 동물은 짧은 다리를 위로 들고 위골랭을 똑바로 쳐다보았다. 주문에 걸릴지도 모른다는 생각에 겁을 먹은 위골랭은 도망쳤다. 하지만 멀리서 그는 소리쳤다.

"네놈을 나흘 안에 총 한 방으로 산산조각 내줄 테야!"

13

 한 이 주 동안 파페는, 밤에 약품을 뿌리기 때문이라는 위골랭의 말을 믿었다. 그는 매일 갈리네트와 점심을 먹으러 왔지만 그는 항상 농가에 없었다. 그러다 정오경에 돌아와서, 독약 때문에 손상된 폐에 신선한 공기를 쐬기 위해서는 짧은 산책이 필요하다고 설명했다.
 노인은 꼭 필요하지만 해로운 살충제를 써야 하는 상황을 한탄하면서 이 현명하고 신중한 생각을 인정했다. 그러나 파페는 곧 조카의 성격이 변한 것에 의심을 품었다. 조카는 거의 말을 하지 않았고, 가장 정확한 질문에조차 두루뭉수리한 대답만을 하고는 별처럼 빠르게 눈을 깜빡였다.
 파페는 생각했다. '만약에 이것이 약품 때문이라면 내가 직접 그 약품을 뿌리기 위해 올 테지만, 다른 이유가 있는 것이 틀림없어. 고민이 있는 것 같단 말이지. 그런데 무슨 고민이지?'

*

 어느 맑은 아침 10시쯤 파페는 장이 죽은 이후 더 이상 사용하지 않았던 관찰 지점에 와서 자리를 잡았다. 12시까지는, 행주로 잘 싸서 묶은 둥근 빵을 가지고 마을에서 오는 아델리만을 봤다.
 '갈리네트는 자고 있지. 다행이야. 잠이 필요할 테니까. 그렇지만 이제는 깨워야 할 시간이야!'
 파페는 그렇게 생각하며 일어나서 농가로 내려가려고 했다. 바로 그때 소나무 숲에서 위골랭이 생각에 잠긴 채로 걸어 나왔다. 배낭을 하나 메고 장총은 지니지 않았지만 '매우 깔끔하게' 차려입은 상태였다.
 '오호라, 10시 이전에 집을 떠난 모양이로군. 그런데 어딜 다녀왔지?'
 파페는 잠시 기다렸다가 평소처럼 점심을 먹으러 방금 도착한 척했다. 그는 곤란한 질문은 전혀 하지 않으면서 3시까지 카네이션에 물을 주고, 류머티즘을 탓하면서 집에 돌아가서 쉬겠다고 말했다.
 그리고 나서 우회해서 다시 관찰 지점으로 돌아와 오랫동안 조카의 행동과 태도를 지켜보았다. 그는 위골랭이 보이지 않는 상대에게 말을 하는 것을 보았지만, 무슨 말을 하는지는 한 마디도 들을 수 없었다. 그렇지만 파페는 독백과 함께 얼마나 다양하고 활동적인 무언극이 곁들여지는가에 매우 놀랐다. 한 마디도 하지 않고 그는 가엾은 갈리네트의 정신 상태를 심각하게 걱정하며 집에 돌아왔다. 최악의 불행이 수베랑 가의 마지막 후손에게도 닥친 것일까?
 나흘 동안 동이 트자마자 파페는 매복 장소에 와서 자리를 잡았다. 나흘 내내 그는 '정갈하게 차려입은' 위골랭이 아침 6시에 떠나 덫들을 한 바퀴 돌아본 다음, 조금 멀리 있는 오바뉴로 가는 길로 이어지는 오솔길을 빠른 걸음으로 걸어가는 모습을 지켜보았다. 나흘 내내 오후에도 첫날과 마찬가지였다. 위골랭은 계속해서 혼잣말을 했다.

그러다가 저녁 7시가 되어 아델리가 떠나고 나자 노인은 마침내 기쁜 소식을 접했다. '바보' 녀석이 곡괭이를 던져버리고 무릎을 꿇고 앉아 오바뉴로 가는 길에 키스를 퍼부어대는 모습을 발견한 것이다. 위골랭이 넓적한 바위에 앉아 올리브나무에 등을 기대고 양 주먹을 관자놀이에 대고 있을 때, 파페는 모습을 감추려는 노력도 하지 않고 곧장 위골랭을 향해 내려왔다. 골똘히 생각에 잠겨 있던 철학자는 파페가 오는 소리를 듣지 못했을 뿐 아니라 석양 아래 길어지는 파페의 그림자를 보고서야 노인의 존재를 알아차렸다.

위골랭은 소스라치게 놀라 일어나며 고개를 들었다. 파페는 심각한 태도로 그를 쳐다보면서 간단하게 말했다.

"누구냐?"

깜짝 놀란 위골랭이 일어서서 바보 같은 대답을 했다.

"전데요."

"그래, 한 달째 나한테 거짓말을 하고 바보가 되고 있는 녀석이 너란 말이다. 그런데 그 여자가 누구냐?"

위골랭은 말을 얼버무렸다.

"그 여자요? 어떤 여자요?"

"네가 오바뉴에 매일 아침 보러 가는 그 여자 말이다!"

"저는 오바뉴에 안 가는데요."

"그러면 어디를 가는 게냐?"

위골랭은 대답을 하지 않았다. 그저 땅을 쳐다보며 손가락 마디를 딱딱 꺾을 뿐이었다.

"지난 나흘 동안 너를 지켜보았다. 그래, 나도 알 권리가 있지. 내 책임이기 때문이야. 너는 아침 6시에 집을 떠나더구나. 네 덫에 걸린 새를 모아서 누군가 그것을 가져간 게야. 네 집에는 그 새들이 안 보이니 말이지. 관절염 때문에 너를 따라갈 수는 없었지만, 오바뉴나 로크베르 쪽으로 가더구나. 그리고 오후에는 혼잣말을 하질 않나, 몸짓 손짓을 하고 기도를 드리더니 키스를 보내더구나. 누구냐?"

위골랭은 계속 입을 다물고 있었다.

"사랑에 빠졌다는 이유로 널 나무라지는 않겠다. 내가 보기에 뭔가 과장하고 있고, 잘못된 행동을 하고 있다고 해도 말이다. 언젠가는 사랑에 빠지게 되는 거지. 가끔씩 사랑이 늦게 오면 아주 푹 빠지기도 하거든. 어쨌든 자연스러운 거란다. 다만 너를 나무라는 것은 그것을 내게 비밀로 했기 때문이란다…."

파페가 말을 이었다. 위골랭은 어깨를 으쓱하고 고개를 끄덕였지만, 오랫동안 입을 다물고 있었다.

"내게 말을 하지 않는 것을 보니 분명 무언가 정직하지 못한 것이 있는 모양이야. 결혼한 여자냐?"

그 말에 위골랭은 미친 듯이 웃으며 발을 구르더니 외쳤다.

"네! 네! 그녀는 도마뱀이랑 결혼했어요! 하하하!"

위골랭은 집 쪽으로 도망쳤고, 파페는 자물쇠가 두 차례 잠기는 소리를 들었다. 파페는 매우 놀라서 걱정스러워하며 중얼거렸다.

"이건 좋지 않아. 좋지 않은 징조야."

그는 잠긴 문 쪽으로 서둘러 가서 지팡이로 문을 두드렸다.

"열어라, 이 바보 녀석아!"
"싫어요. 안 열 거예요. 원하시면 문을 사이에 두고 말해요."
"왜?"
"왜냐하면 파페를 보면 제가 뭔가 말해버릴 거예요."
파페는 잠시 생각을 하고 확실히 말했다.
"너는 네 아비만큼이나 겁쟁이구나. 내가 앉을 의자를 가져오는 동안 기다리거라. 다리가 아프구나."
"의자는 없어요. 하지만 헛간에서 빈 상자를 가져오세요."
파페는 상자 위에 앉아서 지팡이 위에 두 손을 모으고 문을 바라보았다.
"내게 무슨 말을 하고 싶으냐?"
"제가 파페에게 말하고 싶은 게 아니라, 파페가 제게 강요한 거예요. 그러니 질문을 하세요."
"그래. 좋다. 왜 도마뱀이라고 했는지 설명해 보거라. 그게 가장 걱정이 되는구나."
"반은 웃으라고 한 말이에요. 왜냐하면 큰 도마뱀이 한 마리 있는데요, 그녀가 도마뱀을 부르면 그놈이 나와 그녀 발치에서 우유를 마셔요."
"시장에서 본 거냐?"
"아니요. 언덕에서 봤어요."
"그러니까, 그녀가 도마뱀을 부를 줄 알기 때문에 반한 게냐?"
"아니에요. 아니에요. 그게 궁금한 점이에요."
"나도 그게 궁금하구나. 그건 네가 도마뱀만큼이나 바보라는 거다. 그리고 또 뭐냐?"
"그리고 또라니요?"
"누군지 말해."

잠시 짧은 침묵이 이어진 뒤 위골랭은 단호하게 대답했다.

"아니요. 파페에게 말 안 할 거예요."

"적어도 그녀가 도시 여잔지 아닌지 말해."

"아니에요. 그 반대예요."

"다행이구나. 내가 아는 여자냐?"

"말하자면 아니에요."

"말하자면이라니?"

"파페, 그런 식으로 질문하지 마세요. 왜냐하면 파페는 너무 교활해서 질문을 네 개만 하면 제가 모르는 새에 다 아시게 되잖아요."

"그러니까 내가 아는 여자냐고?"

"보세요, 보세요. 제가 누군지 말하기 싫다는 걸 아시잖아요. 그러면서 제게 유도심문을 하시잖아요. 싫어요. 말하기 싫다고요!"

"왜 그러는데?"

"제 비밀이란 말이에요. 제 첫사랑의 비밀이라고요. 그러니 간직할래요."

"그래, 좋다. 당분간은 간직하거라. 그러니까 바로 그녀랑 아침에 약속을 하는 게냐?"

파페가 물었다.

"네. 그런데 그녀는 몰라요."

"네가 수수께끼처럼 대답을 한다면 계속할 필요가 없구나. 잘 있거라."

파페는 일어섰다.

"파페, 가지 마세요. 파페에게 그녀에 대해 말하는 게 좋아요."

"나는 누군지 모르니 관심이 안 생기는구나!"

"네, 그렇지만 저는 누군지 알잖아요. 그래서 좋아요."

파페는 어깨를 으쓱하고는 상자 위에 다시 앉아 물었다.

"그녀는 모른다면서, 그럼 어떻게 그녀가 약속에 나오는 거냐?"

"매일 아침 저는 그녀가 어디 있는지 알아요. 그래서 제가 그곳으로 가요. 멀리서 그녀를 쳐다보죠. 이게 다예요."

파페는 잠시 생각을 하고는 말했다.

"그래서 무슨 소용이 있는데?"

"제가 즐거운걸요. 매일 아침 그녀를 보면, 제 삶의 가장 멋진 날이 되는 거예요."

"아이고! 네가 누군가와 사랑에 빠지기도 전에 넌 그 일을 잊어버릴 게다."

파페가 말했다.

"아니에요! 절대 잊지 않을 거예요! 절대로요! 그 반대지요! 생생하게 생각할 거예요!"

파페는 파이프를 채우면서 생각에 잠겼다.

위골랭이 바보처럼 물었다.

"가셨어요?"

"아니다. 파이프를 채우는 중이야. 그런데 그 여자와 결혼하고 싶은 거냐?"

"네! 그러고 싶어요. 그렇지만 그녀는 원치 않을 것 같아요."

"왜?"

"왜냐하면 그녀는 아름답고 전 못생겼잖아요."

"그건 아무런 의미가 없단다. 너처럼 못생겼지만 성모상처럼 아름다운 여자와 결혼한 사람들이 있단다. 이제 좀 더 진지한 이야기를 해보자꾸나. 그녀에게 재산이 있느냐?"

"아니요. 조금은 가지고 있긴 한데, 그다지 많은 건 아니에요."

"그러면 남편감을 쉽게 찾지는 못하겠구나. 건강하긴 하고?"

"네. 근육도 있어요. 아시겠지만 암말 같진 않다고요! 그렇지만 여자치고는 힘도 세고 젊어요!"

"그녀가 네 일을 도와줄 수 있겠냐?"

"네! 확실히요. 곡괭이질을 하는 걸 봤어요. 물론 그녀가 50센티씩이나 땅을 팔 수 있을 거라고는 말할 수 없죠. 하지만 카네이션 밭을 가는 건 매우 섬세한 일이라서 저보다 그녀가 잘할 거예요. 그리고 그녀는 교육을 받았어요."

"그건 어떻게 아는데?"

"언제나 책을 읽거든요. 가끔씩은 한 시간 동안 쉬지 않고 책을 읽어요."

"갈리네트, 그건 별로다. 책을 읽는 가난한 처녀라니, 내가 보기엔 별로 좋지 않아. 어쨌든 오래전부터 네가 결혼하기를 바라왔다는 걸 알잖니…. 네가 말한 걸 보면 내가 바라왔던 상황은 아니구나. 하지만 네게 강요하고 싶지는 않다. 언제나 유용한 돈 말이다, 두 식구 먹여 살릴 정도는 있지. 그녀가 너무 아름답다면, 그것 때문에 귀찮은 일이 생길 수도 있단다. 그리고 사람들은 너무 아름다운 여자를 좋게 보지는 않는단다. 예쁘면 진지하게 생각하질 않는 법이야. 그녀가 막돼먹은 여자여서는 안 될 거야. 네 생각에는 그녀가 진실한 여자 같으냐?"

"파페, 그건 확실해요. 야생의 성모마리아 같다니까요. 설명하긴 어렵지만 그래요. 그녀가 좋다고만 한다면 제게는 분에 넘치는 아내가 될 거예요. 그리고 전 파페가 상상도 못할 만큼 행복할 거고요. 그렇지만 그녀는 절 원치 않을 거예요."

파페는 격렬하게 반박했다.

"가난한 처녀가 수베랑 가의 남자를 거절한 적은 한 번도 없었다. 미치지 않고야 거절할 리가 없지."

"그녀가 승낙만 한다면 파페도 승낙하실 거예요?"

"네가 말한 게 사실이면 승낙하지. 그렇지만 그녀가 누군지 알지도 못하는 채로 좋다고 말할 수는 없다. 이 바보 녀석아, 어서 문을 열고 누군지 말해!"

"싫어요. 싫어요. 문을 안 열 거예요. 생각을 좀 해봐야겠어요."

위골랭이 소리쳤다.

"생각해 보거라."

파페가 말하고는 파이프에 불을 붙였다. 석양 노을에 붉게 물든 구름 사이로 태양이 저물어가고 있었다. 부끄럼 타는 귀뚜라미 한 마리가 가는 소리로 음악을 연주했다. 고개를 들면서 파페는 테라스 지붕 위로 오렌지만큼 큰 하얀 줄무늬가 있는 녹색 아시아 호박 두 개가 매달려 있는 것을 보았다. 그는 소용없는 노력을 기울이며 물통을 지고 가던 꼽추를 떠올렸다. 그때 위골랭이 말했다.

"파페, 파페에게 누군지 말해야겠어요. 그렇지만 이름을 듣자마자 제게 한 마디도 하지 않고 즉시 떠나겠다고 수베랑 조상님들께 맹세해 주세요."

"왜 그러는데?"

"왜냐하면 오늘 저녁에는 파페와 그 문제에 관해 말하고 싶지 않아요. 우선은 파페가 받아들이셔야 해요. 원하시면 내일 이야기하겠어요. 계속 이야기해도 좋아요. 하지만 오늘 저녁에는 부끄러워요."

"이런 세상에! 얼간이 같으니라고! 네가 원하는 대로 하자꾸나."

"맹세하세요! 수베랑 조상님께 맹세하세요."

파페는 입에서 파이프를 빼며 일어서서 모자를 벗고 엄숙하게 맹세했다.

"좋아요. 맹세하셨어요. 이제 제가 마음을 먹게 잠시만 기다리세요."

파페는 하늘을 쳐다보고 어깨를 으쓱한 후 다시 상자 위에 앉았다. 그는 적어도 이 분을 기다렸다. 그러고 나자 문에서 쇠붙이 소리가 났다.

"문은 안 열어요. 하지만 열쇠는 뺐어요. 열쇠 구멍에 귀를 대 보세요."

위골랭이 말했다. 파페는 몸을 구부리고 귀를 기울였다. 마침내 위골랭이 속삭였다.

"꼽추 딸 마농이에요."

조용한 가운데 노인은 몸을 일으켜 말없는 문에 등을 돌리고 해가 지는 언덕으로 떠났다.

*

이튿날, 정오에 점심을 먹으면서 파페는 우선 계곡의 포도밭과 과수원에 피해를 주고 있는 가뭄에 대한 이야기를 꺼냈다. 오주째 비가 내리지 않았기 때문에 온 마을이 걱정하고 있는 터였다. 그렇지만 위골랭은 그 사실조차 알지 못했다.

위골랭이 말했다.

"하늘에서 내리는 물은 걱정이 되죠. 주문한다고 내려오는 게 아니니까요. 항상 너무 많거나 턱없이 모자라게 오죠. 그렇지만 샘물은 조절이 가능해요. 그리고 겨울엔 눈이 녹아 물이 생기는 만큼 여름이나 겨울이나 언제나 콸콸 흘러요…. 다행스럽게도 무더위가 와도 저는 올해도 역시 돈을 많이 벌 수 있을 거예요. 왜냐하면 물을 듬뿍 받고 자란 카네이션은 더울수록 더 아름답게 피거든요!"

파페가 말했다.

"무더위는 미리 예측할 수 있지. 적어도 이 주 전에 매미가 울어대거든. 다시 말해 해가 쨍쨍해서 포도주를 반병이나 마셔야 한다는 말이지!"

그러자 위골랭이 어깨를 으쓱했다.

"포도주라면 우리에겐 충분히 남아 있어요. 게다가 최고급으로 말이죠!"

그들은 즐거운 마음으로 건배를 하고 신선한 무화과가 담긴 작은 디저트를 먹기 시작했다. 잠시 후 파페가 물었다.

"그것에 대해서 말할까?"

"오! 그럼요."

"좋다."

파페는 한 마디도 않고 시간을 들여 파이프를 채웠다. 위골랭은 조바심에 몸을 흔들면서 기다렸다. 그는 눈을 심하게 깜빡이며 사방을 흘낏거렸다. 생각할 시간을 가진 파페는 웃기 시작했다.

"어제저녁에 내가 한 마디도 못하도록 한 건 잘한 일이다. 내가 말을 했다면 아마도 너는 괴로워했을 게야."

"그녀는 안 돼요?"

창백해진 위골랭이 물었다.

"내 말 좀 들어보렴. 내가 '어제저녁' 이라고 말하지 않더냐. 그러니까 어제저녁에는 '미친 게야. 그 아이는 겨우 열다섯이나 열여섯밖에 안 됐는데 말이지'라고 생각했단다. 열여섯이면 너한테는 아주 어리지."

"그래서 안 된다는 말씀이세요?"

"말 좀 하자꾸나! 아주 어리지. 아마 한 20년쯤 후에는 네가 아주 늙었다고 생각할 거고, 그러면 애인을 거느릴 게야."

"그녀를 모르시잖아요! 그녀 같은 여자라면, 우연히 그녀가 나를 원한다 해도…."

위골랭이 외쳤다.

"다 똑같은 여자일 뿐이야. 하지만 그게 뭐가 중요하다고 그러니? 20년 후면 아주 예쁜 수베랑 자손이 태어날 거야. 그녀가 아름다우니 말이다. 언덕에 사는 야생동물 같단 말이지. 난 찬성이다."

위골랭의 두 눈에서 눈물이 흘렀고, 눈을 깜빡이자 눈물이 부챗살처럼 테이블 위에 흩어졌다.

"그리고 그녀는 나이에 비해 성숙해 보이더구나. 거의 열여덟은 되어 보여."

파페가 말했다.

"그녀를 보셨어요?"

놀란 위골랭이 물었다.

"물론이지."

"언제요?"

파페는 웃으며 대답했다.

"오늘 아침에 봤지."

"말도 안 돼요. 오늘 아침에는…."

"오늘 새벽 5시에 나는 생 테스프리 꼭대기에서 몸을 숨기고 있었단다. 네가 그쪽으로 간다는 걸 알고 있었다. 그래서 너보다 조금 먼저 갔단다. 너를 따라가지 못할까 봐서 말이야. 그리고 결국 다 봤단다. 네가 언덕 위쪽에 몸을 숨기고 있는 동안 폐허가 된 목장 옆 큰 무화과나무 아래 있었지!"

"운이 나빴으면 그녀가 파페를 봤을 수도 있잖아요!"

위골랭이 말했다.

"그렇다 해도 어떡하려고? 착한 늙은이는 버섯이나 세이보리를 찾을 권리가 있단다. 어쨌든 내가 너보다 더 가까이 있었고, 그녀를 자세히 봤단다. 그녀가 누구를 닮았는지 모르겠더냐?"

"아무도 안 닮았어요."

위골랭이 힘주어 말했다.

"입 다물어라. 바보 녀석 같으니라고. 네가 모르는 누군가를 닮았어."

파페는 생각에 잠겨 덧붙였다.

"레 로마랭에서 태어난 플로레트, 제 할미를 꼭 닮았어."

그러고는 한순간 꿈을 꾸는 듯한 표정이 되더니 불쑥 물었다.

"그런데 언제 말할 거냐?"

"몰라요…. 지금은 보는 것만으로도 족해요."

"일단은 네게 시간이 있단다. 그렇지만 너보다 잘생기고 말을 거는 것을 두려워하지 않는 누군가가 나타나지 않게 조심해라. 그런 일은 일어날 수도 있거든…."

파페가 말했다. 그러고는 잠시 꿈을 꾸는 듯하더니 마침내 외쳤다.

"자, 갈리네트, 카네이션을 돌봐야지!"

14

 어느 아침, 날이 밝자마자 덫을 확인하러 간 위골랭은 가장 보기 드문 사냥감을 발견했다. 그것은 반쯤 죽은 작고 멋진 산토끼였는데, 그는 머리와 귀가 이어지는 부분을 주먹으로 때려 기절시켰다.
 "이번에는 그녀가 좋아할 거야. 무게가 3파운드 조금 더 되니 5프랑은 받을 수 있을걸!"

*

 그는 보통 때처럼 마농을 따라갔다. 그녀는 낮은 마가목 언덕을 향해 곧장 나아갔다. 그날 위골랭은 계곡 아래쪽과 언덕 위에 놓인 덫들이 그가 숨어 있는 곳과 매우 가깝다는 사실을 알아차렸다. 그래서 여느 때처럼 덫을 살펴보고 마농에게 귀중한 사냥감을 주기 위해 들키지 않고 그녀 뒤를 따라가 볼 수가 없었다.
 그녀는 덫을 둘러보았지만, 밤새 동풍이 불어 닥치다 이제 겨우 멈춘 상태라 고작 새 몇 마리밖에 거두지 못했다. 그녀는 곧바로 넓은 바위로 올라갔다. 그곳에서 마른 풀로 채운 배낭을 돌 위에 올려놓고 베개 삼아 잠이 들었다.

이 광경에 감동한 위골랭은 '아기처럼 새근새근'이라는 옛 자장가를 떠올리며 그녀를 오랫동안 쳐다보았다. 그리고 잠시 동안 울었다. 문득 산토끼가 떠올랐다. 그는 개 때문에 한참을 돌아서, 자고 있는 마농과 적어도 100미터는 떨어진 곳에서 덫을 찾았다. 그는 덤불을 통과해 제일 먼저 발견한 덫에 긴 귀가 달린 토끼 머리를 끼워 넣고 덫의 잠금장치를 꽉 조였다. 이후 토끼 시체 주변의 풀을 몇 가닥 뽑고 땅바닥에 손톱자국을 남긴 후 자신의 관찰 지점까지 위험한 절벽 틈을 따라 힘겹게 올라왔다. 마농은 여전히 자고 있었다.

'오늘은 파페와 카네이션에게는 미안하지만, 그녀가 덫을 보러 갈 때까지 여기 있을 거야. 산토끼를 발견했을 때 그녀가 어떻게 행동하는지 보고 싶어. 확실히 춤을 추겠지!' 그는 속으로 중얼거리고는 즐거운 생각에 잠겼다.

그러나 한 십오 분이 지나자 앞발 위에 머리를 대고 주인 옆에 누워 있던 검정개가 갑자기 일어섰다. 개는 계곡 아래쪽을 향해 고개를 돌리더니 조용히 으르렁거렸다. 마농은 팔꿈치를, 그리고 손바닥을 땅에 짚고 일어나서 같은 방향을 바라보았다.

베르나르 선생이 나타났다. 그는 고개를 숙인 채 작은 자갈을 주의 깊게 살피면서 파 뒤 루 계곡에서 올라오는 중이었다. 젊은 선생이 다가오는 것을 보면서 위골랭은 일종의 불안감을 느꼈다. 그는 처녀와 방해꾼을 번갈아 쳐다보았다. '그녀가 선생을 보았다면 벌써 자리를 떴겠지….'

"도망가라고. 도망가. 그가 오고 있다고!"

그는 중얼거렸다. 하지만 마농은 위험을 인식하지 못한 듯 머리카락을 모아 리본으로 묶었다. 그리고 치마 벨트를 조인 다음 책을 펼치고 바위 위에 엎드려서 입에 회향꽃을 물고 책을 읽기 시작했다.

베르나르는 조약돌 하나를 주워 들고 돋보기로 관찰한 다음 그것을 던졌다. 주위를 둘러보다가 그는 염소와 마농을 발견했다. 그러자 오솔길 가에 나 있는 덤불 뒤로 몸을 숨기는 것처럼 옆으로 한 발짝 가더니 발끝으로 소리를 내지 않고 살며시 걸었다.

위골랭은 이 광경을 보며 크게 우려했다.

"불행이로군! 얼른 가라고! 그는 짐승이야! 너한테 키스를 할 거라고 말했단 말이야!"

위골랭은 속삭였다. 왜냐하면 그 못된 선생은 몸을 숨긴 채 다가갔고, 확실히 그녀를 놀래줄 심사였던 것이다….

위골랭은 고통과 분노에 몸을 떨며 조용히 말했다.

"오! 하는 수 없지. 그런 짓을 하도록 내버려두지 않을 거야! 강제로 키스를 하려고 들면 내가 내려가겠어!"

마농은 그가 계곡에 첫발을 내디딜 때부터 다가오는 소리를 들었다. 그리고 작은 망치를 두드리는 소리도 벌써 들었다. 파 뒤 루의 조약돌 위로 걸어오는 사람은 자기 꿈에 그녀를 불렀던 바로 그 무뢰한이었다. 그녀는 볼이 달아오르는 것을 느꼈지만, 꼼짝하지 않고 마치 책에 몰두한 듯이 읽는 시늉을 했다.

그가 노간주나무 사이에서 갑자기 모습을 드러냈을 때 그녀는 조금도 놀라지 않고 고개를 들어 그를 쳐다봤다. 베르나르는 미소를 지은 채 윤이 나는 뿔과 강철로 된 반짝이는 스위스 칼을 얼굴 높이로 꺼내 보이며 다가왔다.

"아가씨, 제게 이 연장을 돌려준 데 감사의 말을 할 수 있겠군요. 당신을 만나서 기쁩니다."

베르나르가 말했다. 위골랭은 그의 말을 이해하지 못했지만, 칼을 보면서 생각했다. '그래. 고맙다는 말을 했구나.'

마농은 일어났지만 아무런 대답도 하지 않았다.

"사실, 이것은 하늘에서 날아왔습니다. 하지만 저와 함께 계셨던 농부 분들이 아가씨의 존재를 생각해 내셨고, 제게 말씀해 주셨습니다."

그녀 쪽으로 다가오면서 선생이 말했다.

"선생님, 그건 언덕의 큰 소나무 아래서 발견했어요."

마농이 대답했다.

"그런데 어떻게 제 것인 줄 아셨나요?"

"어느 날 점심 때 당신이 그 나무 아래서 식사를 하고 계신 걸 봤어요."

"저는 아가씨의 염소 떼와 개, 그리고 소시지를 무척 먹고 싶어 하던 당나귀를 보았지요."

"암탕나귀예요. 변덕을 부리곤 하죠…."

"그런데 아가씨께서는 어디에 계셨나요?"

"나무 위에 있었죠."

"왜 나무에 계셨어요?"

그녀는 어깨를 으쓱할 뿐 대답은 하지 않았다.

위골랭은 갖은 방법으로 대화를 들으려 했지만 한 마디도 들을 수 없었다. 선생이 웃으며 말을 하고, 마농은 눈을 들어 쳐다보지 않은 채 회향나무 줄기를 만지작거리며 선생 말에 귀 기울이고 있는 모습을 보자 위골랭은 심장이 세차게 뛰는 것을 느꼈다.

유혹하려는 선생이 계속 말을 했다.

"사람들이 제게 아가씨 이야기를 했어요. 사람들이 말이 정말 흥미롭더군요…."

"알고 있어요. 당신께 칼을 던지기 전에 저수지 근처에서 대화를 들었어요."

그녀가 대답했다. 그러자 선생은 갑자기 '키스'란 말을 했던 것을 떠올리며 당황해서 빠르게 말했다.

"저는 폭우가 내린 다음에 저수지 바닥에 쌓이는 붉은 가루에 무척 관심이 많아요…. 말하자면 거의 광적으로 광물학에 흥미를 느끼고 있지요. 저는 마을 선생인데, 언덕에서 나는 광물 견본으로 자그마한 컬렉션을 만들려고 해요. 그래서 자신들이 태어난 곳의 땅이 어떤 성분으로 구성되어 있는지 제 학생들이 배울 수 있도록 말이죠."

"그래서 작은 망치하고 돋보기를 가지고 다니시는 거예요? 저는 당신이 금을 찾는 분인 줄 알았어요."

"이곳에서 석영층이나 편암층이 발견된다면 금도 찾을 수 있겠죠. 그렇지만 이곳은 그 경우가 아니거든요."

"이곳은 신생대 4기의 제2세, 쥐라기의 백악기 지층으로 이루어져 있어요."

마농이 말했다. 선생은 눈을 몹시 동그랗게 떠서 눈썹이 치켜 올라갈 정도였다.

"염소를 치는 분으로서는 매우 박식하군요!"

그녀는 미소를 지었다.

"아니에요…. 저는 아버지가 하신 말씀을 그대로 따라하는 것뿐이에요…. 그리고 아버지께서 남겨주신 책을 자주 읽어요. 그다지 이해는 안 가지만, 책을 읽으면 아버지 생각이 나거든요. 아버지는 전부, 정말 전부 알고 계셨어요!"

그녀는 계속 미소를 짓고 있었지만 갑자기 눈가에 눈물이 핑 돌았다. 선생은 그녀의 절제된 슬픔에 감동했다. 그러다 문득 생각이 났다. 그는 배낭을 뒤져서 첫 번째 칼과 똑같은 다른 칼을 꺼내 들어 햇빛에 두 개를 나란히 비추어 보았다.

"자, 쌍둥이에요."

그가 말했다.

"하나 더 사셨어요?"

"아니에요! 제가 첫 번째 칼을 산 날 점심을 먹으러 집에 돌아왔더니 제 가방 아래 이것이 놓여 있었습니다. 성 베르나르 축일을 기념해 어머니께서 주신 선물이었는데 잊고 있었어요…. 저는 당연히 놀랐지만, 어머니께 저도 칼을 샀다는 말을 하지 않았어요. 하지만 어머니께서 첫 번째 칼을 발견하실까 봐 언제나 우려하고 있답니다. 당신이 칼을 받아 주신다면 제 작은 걱정거리를 덜어 주시는 겁니다."

위골랭은 두 젊은이가 서로 세 걸음 정도 거리를 유지하고 있는 점에 약간 안심했다. 그렇지만 대화가 생각보다 오래 계속된다고 느꼈다. 그러다 칼 두 개를 보는 순간 생각했다.

'이럴 수가! 그가 그녀를 위해 칼을 하나 샀어! 칼은 적어도 7프랑 정도 하겠지! 이것은 그가 꿈속에서 뿐만 아니라 머릿속으로도 그녀 생각을 하고 있다는 뜻이야! 키스라고! 키스는 내가 할 거야!'

그렇지만 마농은 젊은이가 미소를 지으며 내민 멋진 선물이 햇빛에 반짝이는 것을 쳐다보고만 있었다.

그녀가 중얼거렸다.

"아! 아니에요. 고마워요…. 저도 하나 있어요…. 제 칼이 있다고요…. 그리고 이건 제가 가지기엔 너무 좋은 거예요!"

"전혀 그렇지 않아요. 이건 목동들이 쓰는 칼이라고요. 그러니 너무 좋은 건 아니에요. 칼날이 네 개나 있고 병따개, 송곳에 손톱용 끌도 있어요."

"작은 가위도 하나 있지요. 며칠 동안 선생님 칼을 가지고 있으면서 써봤거든요."

마농이 시선을 낮추면서 말했다.

"그러면 이제는 이 칼 없이는 안 되겠군요. 받으세요…."

"아니에요. 고마워요. 그럴 필요 없는데…. 고맙습니다."

마농이 말했다. 선생은 그녀에게 다가갔지만 그녀는 뒤로 물러서지 않았다. 그는 계속해서 반짝이는 칼을 내밀었고 그녀는 고개를 들지 않고 회향나무 가지만 만지작거렸다. 위쪽 언덕에서 머리에 송악 가지로 된 화관을 쓰고 기어가던 위골랭은 백리향 뿌리를 이로 꽉 물고 무겁게 침묵을 지키며 덤불 사이로 그들을 지켜보고 있었다.

그때 갑작스레 화가 난 검정개가 목이 멜 정도로 세차게 짖어대며 덫으로 향하는 오솔길을 달려가기 시작했다. 마농은 몸을 낮추고 막대기를 집어든 채 개 뒤를 따라 성큼성큼 달려갔다. 놀란 선생도 역시 마농의 뒤를 따랐다. 그러자 덤불 위로 10미터쯤 떨어진 곳에서 큰 날개를 퍼덕이며 매달려 있는 크고 붉은 말똥가리가 보였다. 개는 노간주나무 사이로 사라지고 마농은 막대기를 치켜들고 피에몽 욕설을 퍼부으며 달려갔다. 달려가는 소리와 개 짖는 소리, 마농이 외치는 소리에 잡혀 있던 말똥가리는 점점 겁에 질려갔다.

"이 녀석은 도둑이에요. 저보다도 능숙하게 덫을 감시해서 이미 덫에 걸린 어린 자고를 제 눈앞에서 가져간 적이 있다고요. 덫을 매단 채로 말이에요!"

마농은 그렇게 말하면서 덤불 속으로 들어갔다. 잠시 후 짙은 녹음을 헤치고 나오는 그녀 손에는 크고 붉은 토끼의 귀가 들려 있었다.

"이 못된 녀석이 원한 걸 보세요! 산토끼라고요!"

그녀는 기쁘고 흥분해서 상기된 얼굴로 올라오면서 손으로 귀를 잡고 있는 멋진 포획물을 보여줬다.

"제가 덫을 놓아 잡은 첫 토끼예요! 어려서 잡힌 거지요…. 더 큰 녀석이었으면 덫을 달고도 도망가거든요!"

위골랭은 마농이 기뻐하는 모습을 보며 행복해했다. 그는 소리를 내지 않고 웃기 시작했다.

"그 산토끼는 내가 너한테 주는 거야! 그래 바로 나, 위골랭이 주는 거라고!"

위골랭은 그들이 마가목 쪽으로 다시 올라가는 것을 보았다. 선생은 칼 두 개를 보여주면서 말을 계속 이어갔다.

"그럼 안 되지! 그녀는 네 칼을 원치 않는다고! 벌써 두 번이나 거절했단 말이야."

짜증이 난 위골랭이 중얼거렸다.

이번에도 마농은 그가 내밀고 있는 것을 거절했다. 그러자 선생은 시계를 쳐다보며 말했다.

"벌써 12시 45분이군요! 제 수업이 1시 반에 시작하니 겨우 점심 먹을 시간만 남았네요…. 아가씨, 다시 한 번 감사드립니다. 그리고 아가씨가 이 여분의 칼을 제게서 거두어가길 원치 않으시니, 저는 이 돌 위에 칼을 두고 가겠습니다. 그러면 누군가에게는 기쁜 선물이 되겠죠!"

위골랭은 그 행동을 보고 중얼거렸다.

"안 돼. 그녀는 그걸 받지 않을 거야! 안 되지, 안 돼…."

선생은 빠른 걸음으로 오솔길을 내려갔다. 손에 산토끼를 든 마농은 그가 떠나는 것을 지켜보았다. 위골랭은 안도의 한숨을 내쉬었다. 그녀는 여자를 유혹하는 선생의 선물은 거절하고, 산토끼 덕분에 기쁘고 만족스러워 하는 것이다. 다시 말해 위골랭의 승리였다. 그런데 언덕 위쪽의 덤불숲으로 향하는 길로 꺾어질 무렵이 되자 그 선생은 돌아보면서 손을 흔들어 인사했다. 그러자 마농이 소리쳤다.

"산토끼를 받아 주시면 칼을 가져갈게요!"

위골랭은 이 끔찍한 말을 들으면서 눈을 세 번 깜빡였다.

"좋습니다!"

유혹하려는 선생은 대답했다.

그녀가 붉은 토끼를 크게 휘두르고는 매우 능숙하게 던진 덕에, 공중에서 날아오는 토끼를 잡았다기보다 토끼가 날아와 선생의 가슴에 정확히 떨어졌다.

"브라보! 감사합니다!"

선생이 외쳤다. 그리고 그는 사라졌다.

"내 산토끼!"

위골랭이 신음했다.

마농은 이미 스위스 칼에 들어 있는 여러 칼날을 하나씩 차례로 꺼내 보고 있었다.

*

위골랭은 상처를 받고 걱정에 몸을 떨며 레 로마랭 농가로 내려왔다. 그는 열 발짝마다 한 번씩 걸음을 멈추고 큰 소리로 말하며 혼자서 이번 모험의 중요성과 의미를 상기했다.

"첫째로 그녀는 선생의 칼을 돌려줬어. 그건 흔히 하는 행동이 아니야. 사람들은 칼을 발견하면 대개 그걸 가지지…. 그렇기 때문에 그녀가 정직하다고 할 수 있어. 그건 너무나 도덕성을 강조한 그녀 아버지 잘못이야. 그리고 선생이 그날 저수지에 있었다는 걸 어떻게 알았을까? 그게 계속 걱정이 돼. 어쩌면 우연이었을지도 몰라…. 나도 그때 마을 저수지에 있었지. 이유는 몰라도 말이야…. 오늘 일은 더 이상해…. 맞아. 선생이 그녀를 찾아다닌 거야. 그녀에게 주려고 칼을 샀다는 게 바로 그 증거야. 맞아. 확실히 그녀를 찾아다니다가 만난 거야…. 하지만 키스는, 키스는 안 했잖아! 안 되고말고! 그는 성공 못하리란 사실을 잘 알고 있을 거야…."

"단지, 단지 그들은 좀 오래 대화를 나눴을 뿐이야. 맞아. 하지만 말을 한 건 그였어…. 쉴 새 없이 말을 하고 친절한 행동을 하는 건 도시 사람들의 습관이잖아…. 그리고 칼에 대해서 그녀는 적어도 두 번이나 '싫다'고 말했어. 그건 그녀가 자신감에 차 있다는 증거야…. 문제는, 문제는 토끼를 던진 거야. 그게 비극이지! 그녀는 내 토끼보다 그의 칼을 더 좋아해!"

그는 겁에 질려서 몇 걸음을 더 간 다음 갑자기 멈춰 서더니 집게손가락을 들어 올리고 아주 빠르게 말했다.

"미안해요, 위골랭 씨. 미안해요! 그녀는 그 토끼가 내 토끼라는 걸 몰랐디저. 그녀는 덫을 놓아 잡았다고 믿었잖아!"

"그녀는 공짜 선물을 받고 싶지 않아서 그걸 준 거야! 하지만 결국은 수지맞은 행동이었지! 칼은 적어도 10프랑은 나갈 테고

토끼는 해봤자 5프랑밖에 안 되니까! 그러니까 그녀가 잘한 거야!'

하지만 이런 생각이 위안이 되기는 해도 걱정을 없애지는 못했다. 왜냐하면 그들은 오랫동안 대화를 나눴고, 앞으로도 대화를 나눌 것이라는 사실은 끔찍한 일이었기 때문이다. 그 선생은 여기서 그만둔 것이 아니었다. 분명 아무짝에도 쓸모없을 돌멩이를 찾는답시고 돌아올 것이고 선물 공세로 결국 그녀의 사랑을 얻을 것이 분명했다. 그래서 위골랭은 더 이상 시간을 낭비하지 않고 빠른 시일 내에 '사랑 고백'을 하기로 결심했다.

한밤중에 짚을 깔아 놓은 침대 위에서 그는 장과 오랫동안 대화를 나눴다. 불행하게도 장은 선생 편을 드는 것처럼 보였고, 후회막급인 샘 문제로 그를 비난하는 것 같았다. 장의 유령이 보여준 비호의적인 태도에 위골랭은 파페의 조언을 구하는 즉시 '구애'하기로 결심을 굳혔다. 파페는 여자에 대해서 많이 알고 있는 영리한 노인네였다···. 하지만 우습게 보일까 두려워 위골랭은 베르나르의 술책에 대해서는 한 마디도 언급하지 않기로 했다.

15

이튿날, 아델리가 떠나자 파페와 위골랭은 단둘이서 부엌에 앉아 점심을 먹었다.

"파페, 여자들에게 말을 하려면 어떻게 해요?"

파페는 작고 부드러운 녹색 씨앗을 소금 통에 넣으면서 간식거리인 듯 씨앗을 씹고 있었다. 그는 미소를 띠면서 윙크를 하고는 말했다.

"그래, 결국 마음을 정한 게냐?"

"네, 네. 빠른 시일 내에 해야겠어요. 그녀는 가끔씩 오바뉴에 들르는데, 그녀처럼 예쁜 여자라면 결국 누군가가 제게서 그녀를 채갈 거예요…. 그러니까 당장 그녀에게 말을 거는 것이 더 나아요. 그런데 파페도 아시다시피, 저는 여자한테 말거는 데 서투르잖아요. 그러니 설명을 해주세요…."

"좋다. 잘 듣거라. 우선 어디서 말을 걸 거냐?"

"물론 언덕에서죠. 버섯이나 달팽이를 찾는 척하면서 다가갈 거예요…. 마치 그녀를 보지 못한 것처럼 말이죠…. 그러고는 우연히 그녀를 발견하고 말을 거는 거예요. 무슨 말을 건넬까요?"

"그렇게 급하게 하면 안 되지! 우선 버섯이나 달팽이를 찾는 건 그다지 좋은 생각이 아니란다. 가난해 보이거든. 부자라면 돈이 많다는 것을 보여줘야 해. 가장 좋은 방법은 멋진 사냥꾼 복장을 하고 사냥을 하는 척하는 거란다. 그렇지. 하지만 뒤에서 보기에 10프랑짜리 옷을 입고 있으면 안 된단다. 새 옷을 입어야 해. 드러나 보이게 말이다! 무릎에 노란 가죽을 덧댄 진정한 사냥꾼 복장을 입고 옷과 같은 색상으로 된 천 모자를 써야 한단다. 그리고 멜빵을 꼭 해야지!"

"멜빵은 보이지도 않잖아요!"

"바보 녀석 같으니라고! 돈이 많은 사람들을 좀 보란 말이다. 그들은 쫙 빠진 바지를 입는 반면, 양털 허리띠나 두른 농부들은 바지가 엉덩이에 걸쳐서 다리께에 대롱대롱 매달려 있지 않느냐. 필록센이 결혼식 주례를 서거나 도시에 갈 때 멜빵을 매잖니. 그리고 선생도 언제나 멜빵을 메고 다니고!"

이것이 결정적인 이유였다.

"그러고는요?"

"그러고는 사냥꾼 넥타이를 매는 거지. 약간 스카프같이 생긴 건데 네 목을 가릴 수 있단다. 그렇게 입으면 멋쟁이처럼 보일 게다! 어쨌든 오바뉴의 게 라부뢰르 가게에 옷을 사러 가자꾸나. 아주 비싼 건 말고 말이지…."

위골랭은 일어나 불 위에서 끓고 있는 스튜 냄비를 들고 와서 접시에 덜었다. 잠시 동안 그들은 말을 하지 않았다. 위골랭은 미소를 지으며 생각에 잠겨 있었다.

"제가 생각한 게 있는데요, 그냥 생각만 했어요. 조심스럽게요. 아직 결정은 안 했고요. 콧수염을 깎으면 어떨까 해요."

"어쩌면…. 사람 얼굴에 따라 다르겠지. 그렇지만 어떤 경우엔 여자들에게 콧수염이 인기가 좋을 때도 있단다. 매일 아침 7시 미사에 참석하는 두 여인네 기억하니? 눈을 감고 내 콧수염을 만지던 여자들 말이다!"

파페의 말에 위골랭은 생각했다. '그건 너무 멋져요…. 하지만 그녀는 나한테 절대로 그러지 않을 거예요. 그런 타입은 아니거든요. 그리고 그녀의 아버지나 학교 선생도 콧수염을 다 깎았어요.'

"어쨌든 시도는 해볼 수 있을 거예요."

위골랭이 말했다.

그들은 조용한 가운데 여유 있게 식사를 하면서 가끔씩 미소를 교환했다. 위골랭이 쭈뼛쭈뼛하며 말을 꺼냈다.

"머리에 향수를 뿌리는 건 어떻게 생각하세요?"

여우처럼 냄새를 잘 맡는 파페가 대답했다.

"네가 향수 냄새를 견딜 수만 있다면 여자들이야 좋아할 게다. 나는 한 번도 해본 적이 없단다. 냄새 때문에 머리가 아프거든…."

*

이튿날 그들은 오바뉴에 갔다.

우선 이발소부터 들렀다. 이발사는 실력이 좋아 그들이 이발소에서 나올 때는 서로 알아볼 수 없을 정도로 변해 있었다. 파페는 머리를 감은 것을 후회했다. 왜냐하면 그가 이때까지 생각했던 것보다 머리가 더 하얗게 셌기 때문이다. 하지만 이발사가 작은 고데기로 끝을 살짝 말아 올려준 콧수염 모양에 매우 만족했다. 위골랭은 콧수염을 밀어버렸는데, 그 결과 그의 코가 두 배는 더 길어 보였다. 하지만 정면에서만 거울을 본 위골랭은 옆모습이 더 심각해졌다는 사실을 알아채지 못했다. 파페는 약간 걱정을 하긴 했지만 아무 말도 하지 않았다.

그들은 한 시간 후에 게 라부뢰르 양장점에서 나왔다. 양장점에서 그들은 돈을 많이 썼다. 파페는 감청색 벨벳 정장에 반해서 안 사고는 배길 수가 없었고, 또 그 정장에 어울리는 챙이 넓은 까만 펠트 모자를 사야 했기 때문이다. 새 옷을 차려입고 매우 어색해하는 위골랭은 지나가면서 유리창에 모습을 비추어 보고는 자신감에 얼굴이 빨개지며 미소를 지었다.

"갈리네트, 그렇게 입으니 교황 딸과 결혼해도 될 것 같구나."

파페가 말했다.

"저한테 잘 어울리는 것 같아요…. 제가 저를 만난다면 감히 말도 못 붙이겠는걸요."

위골랭이 대답했다.

16

 평소처럼 마농은 마가목 언덕으로 나 있는 계곡의 가파른 비탈길을 따라 올라갔다. 무리의 맨 앞에서 가던 하얀 새끼 염소가 갑자기 멈춰 서서 줄기가 굵은 털가시나무 아래 빽빽이 난 도금향 덤불을 호기심 어린 눈으로 바라보았다. 개가 펄쩍 뛰더니 으르렁거리기 시작했다.

 그녀가 덫을 놓아둔 장소가 바로 그 덤불 아래였다. 그녀는 바로 흰 담비나 족제비 같은 야생 동물이 자신의 덫에 잡힌 먹잇감을 탐식하고 있을 거라고 생각했다. 그녀는 즉시 막대기를 들어 올려 던졌다. 그때 막대기 부러지는 소리가 나면서 그녀 앞으로 사냥꾼 한 명이 불쑥 나타났다. 그는 자고 깃털이 달린 모자를 쓴 도시에서 온 이방인이었다.

 그녀는 도망칠 준비를 하고 뒤로 물러섰다. 그동안 개는 사납게 짖으며 이방인 주위를 맴돌았다. 이방인은 겁에 질린 듯했고, 불안한 목소리로 말했다.

 "방해를 했다면 죄송해요…. 저는 언덕 위에서 제가 쏜 총을 맞고 상처를 입었을 토끼를 찾고 있었어요…."

마농은 이 목소리에 매우 놀랐다. 그녀가 그의 얼굴을 보며 이름을 생각해 내고 있는 동안 그의 얼굴은 경련으로 일그러졌고, 그녀는 위골랭을 알아보았다. 그는 계속 짖어대며 물러나는 개를 향해 걸어 나오면서 눈을 깜빡이며 미소를 지었다. 그는 도시 사람 같은 어조로 말했다.

"그런데 혹시 당신은, 세상을 떠난 장 선생님의 딸 마농이 아닌가요?"

그는 최선의 효과를 내길 기대하면서 이 말과 미소를 오랫동안 연습해왔다. 하지만 마농은 대답을 하지 않았고, 놀란 태도로 다갈색 천을 덧댄 사냥복을 쳐다보았다.

그는 똑바로 서려고 노력했다.

"내 생각엔 나를 알아보지 못하는 것 같다. 당연하지. 내가 많이 변했으니까. 네 돌아가신 아버지 친구였던 위골랭이야."

가까이서 보니 그녀는 더욱 아름다웠다. 하지만 마농이 바라보자 위골랭은 그녀를 똑바로 쳐다볼 수 없었고 심장이 세차게 뛰는 것을 느꼈다. 필히 무슨 말이든 해야 했다.

"너도 많이 변했구나…. 이제 어엿한 처녀가 되었어. 너를 알아보기 위해서는 한참 쳐다봐야겠는걸…."

그는 매우 친절하게 말했으나 마농은 예전처럼 불편해했다.

"아주 오랫동안 언덕에서 만나질 못했으니 네가 놀라는 것도 당연하지. 지금은 사냥을 하러 다닐 시간이 없거든…. 카네이션 때문이야. 내가 카네이션 재배를 한다는 건 알고 있니?"

"아니요. 몰랐어요."

"오바뉴에서 사람들이 네게 말하지 않던?"

"아니요."

"하지만 말들이 많았는데 말이야. 왜냐하면 이 고장에서 카네이션을 재배할 생각을 한 사람은 나밖에 없거든. 그리고 생각만 한다고 되는 게 아니라 필요한 지식이 있어야 해. 뿐만 아니라 땅도 좋아야 하고 일도 많이 해야 하지."

"그리고 샘도 있어야 하죠."

그녀가 또렷하게 대꾸했다.

"맞아. 그게 가장 중요한 거지."

"알고 있어요."

"그리고 난 크게 성공했단다. 돈도 벌었고 말이야. 많이 벌었어…."

마농은 이 의기양양한 바보를 쳐다보면서 그의 성공을 의심하지 않았다. 그의 성공으로 인해 그녀 아버지의 실패가 더욱 두드러져 보였다. 새 옷은 누더기 재킷과 비교되었고 가죽 신발은 맨발의 서글픈 기억을 모욕하는 듯했다.

그는 가까이 다가와 낮은 목소리로 말했다.

"그리고 돈은 전부 금화란다. 잘 숨겨 두었어…. 그리고 이건 아무한테도 말한 적이 없는데, 네게만 말하는 거란다. 왜냐하면 이건 네 아버지가 옳았다는 증거거든. 내가 저축한 돈까지 세면 2년 후에는 적어도 5만 프랑이 될 거야! 어떻게 생각하니?"

"저랑은 상관없어요. 아저씨가 부자면, 아저씨한텐 잘된 일이죠."

마농이 대답했다. 그러고는 살짝 뛰어서 오솔길 옆쪽으로 내려와 덤불을 가로지르고 있는 염소들과 합류했다.

위골랭은 말을 하면서 마농을 따라갔다.

"가지 말고 들어 봐. 너한테 하고 싶은 중요한 말이 있어. 네 어머니께 부탁하고 싶은 거야."

마농은 놀라서 멈춰 섰다.

"밥티스틴과 르 플랑티에서 살고 있는 게 맞지?"

"네. 그게 우리한테 남은 전부예요. 어쨌든 우리는 우리 집에서 사는 거죠."

"나한테는 여자 셋이 그 위에서 지낸다는 사실이 걱정되는구나. 게다가 창피하기도 해. 하지만 그게 내 잘못이 아니잖니. 나는 레 로마랭에서 지내도 된다고 말했고, 아무 설명도 없이 그곳을 떠난 건 너희들이야. 어쨌든, 가끔씩은 창피한 생각이 들어."

"왜요? 그건 아저씨와는 상관없는 일이에요!"

"맞아. 하지만 자주 그 일을 생각한단다. 레 로마랭으로 돌아와 사는 것이 기쁘지 않을까?"

그녀는 갑작스럽게 대꾸했다.

"아저씨랑 같이요?"

그는 재빨리, 하지만 겸손하게 대답했다.

"아니지, 아니야! 내게는 마사캉의 작은 농가가 있잖니. 그곳이 내게는 좋단다. 레 로마랭에서는 내 집이란 생각이 안 들어. 왜냐하면 내게 그곳은 언제까지나 장 선생님 집이거든. 하지만 카네이션 때문에 그곳에 있어야만 하지…. 카네이션은 민감해서 걱정거리가 아주 많단다. 그리고 누군가 옆에 있어 줘야 하고 말이지…. 만일 레 로마랭 집에 아무도 살지 않는다면 토끼들 때문에 문제가 생길 거야…. 그리고 카네이션은 매우 비싸니 어쩌면 사람들이 밤에 와서 카네이션을 훔쳐가기도 하겠지. 하지만 만일 네가 거기서 네 어머니와 밥티스틴과 함께 산다면, 나는 마사캉으로 돌아갈 거야…. 그럼 너희들은 샘을 이용해도 되고, 너의 어머니가 매우 좋아하는 꽃밭 한가운데서 살게 되는 거지…."

'또 선한 행동을, 관대한 선물을 하는구나! 대체 무엇을 바라는 거지?' 경계를 하고 반항하려는 마음에도 불구하고 마농은 선뜻 매몰차게 대답하지 못했다. 그녀는 침입자를 향하여 짖으면서 그녀의 손을 핥으려고 곁에 바짝 붙어 있는 개의 머리를 쓰다듬었다.

마침내 마농이 대답했다.

"감사합니다만 저는 이미 대답을 했어요. 르 플랑티에에서 저희는 잘 지내고 있어요. 그리고 저희에게 레 로마랭은 너무 슬픈 장소예요. 고맙지만 사양하겠어요."

그러고는 그녀는 다시 떠났다.

"마농, 들어 보거라. 네가 왜 사양하는지 잘 알고 있어. 왜냐하면 네가 자존심을 세우고 있기 때문이야. 너는 공짜 선물을 받는 것을 싫어하지…. 어릴 때부터 내가 아몬드 한 줌을 갖다 주면 너는 도망치곤 했지…. 잘 들어 봐. 자존심 문제는 해결할 수 있는 거야. 내 이야기를 좀 들어 보렴."

호기심이 일어 마농은 멈춰 섰다.

"내가 너한테 말했지? 내 일은 카네이션을 키우는 거라고. 그건 땅을 파고 식물을 심는 게 다가 아니야. 물도 줘야 하고 카네이션도 꺾어야 하고 꽃다발도 만들어야 해…. 그리고 이건 여자들이 할 수 있는 일이야. 그러니까 너와 네 어머니, 밥티스틴은 내게 도움이 많이 될 거야. 그리고 내가 너희들에게 돈도 지불할 거고…."

마농은 안심했다.

"아! 이제야 이해가 가네요! 하녀가 필요하신 거죠?"

쓰디쓴 웃음을 지으며 그녀가 대답했다. 위골랭은 성이 나서 격렬하게 항의했다.

"아니란다! 아니고말고! 그렇게 받아들이지 마라. 나는 네 아

마농의 샘 137

버지를 생각해서 너의 집을 돌려주려는 거야. 일손도 빌리고 말이야. 그렇게 해야 네가 공짜로 받았다는 생각을 하지 않을 것 아니냐…. 하지만 정말 내가 바라는 것은 너를 그 야생 동굴에서 나오게 하는 것이고 그러니 친구로서 네게 선물을 하는 거라고!"

그녀는 거세게 저항했다.

"아저씨는 선물을 하는 데 매우 능숙하군요. 하지만 아저씨 선물은 언제나 아저씨에게 유리하게 되잖아요! 아버지에게 선물을 해 결국 우리 집에 살게 되셨죠, 샘을 찾아낸 것도 바로 아저씨죠, 부자가 된 것도 바로 아저씨예요! 어쩌면 아저씨가 나쁜 짓을 전혀 안 하셨는지도 모르지만, 제 생각엔 아저씨 선물은 불운을 불러 와요. 그러니까 저희에게 신경 쓰실 것 없어요. 저희는 누구의 도움도 필요 없어요. 특히나 아저씨 도움은 더더욱 필요 없어요!"

그녀는 휙 돌아서서 염소들을 향해 올라갔다. 그리고 돌 언덕을 따라 아래쪽으로 멀어져갔다.

위골랭은 계속 외쳤다.

"마농, 마농, 내 말을 들어 봐…."

그녀는 뒤도 돌아보지 않았다.

불쌍한 위골랭은 그 자리에 돌처럼 우뚝 섰다. 그는 시간이 지나면 근거 없는 마농의 적대감이 누그러질 줄 알았다. 왜냐하면 마농은 샘에 대해 모르고 있기 때문이다…. 물론 마농이 자신의 품에 와서 안기길 기대하지는 않았다. 하지만 그가 마농에게 제안한 것은 가난한 목동에게는 황홀할 만큼 이익이 되는 제안이 아닌가. 그럼에도 마농은 무시하는 투로 그것을 거절했고, 그를 가리켜 불운을 불러오는 사람이라고 말했다. 이것이 진정한 비극이었다. 그는 눈물을 흘리면서 온몸이 아픈 것을 느꼈다.

충분히 멀어졌다고 생각했을 때 그가 쫓아오지 않는지 확인하려고 마농은 뒤를 돌아봤다. 아무도 보이지 않자, 그녀는 후추 향이 나는 박하를 따기 위해 멈춰 섰다. 언덕 아래쪽으로 길게 박하가 자라고 있었다.

위골랭과의 만남으로 과거의 기억이 전부 되살아났다. 그것은 잊어버렸던 기억이 아니었다. 외부 인자가 들어오는 즉시 온몸으로 거부하는 청소년기를 보내면서 크나큰 기쁨을 느꼈기 때문에, 나쁜 기억은 희미해지고 잔인한 색상으로 덧칠되었으며 결국 책에서 읽은 이야기처럼 비현실적인 이야기가 되어버렸다.

그런데 위골랭의 존재, 그의 얼굴 경련과 목소리로 지난 4년간의 노력은 모두 물거품이 되었다. 게다가 목소리며 체구를 포함해 그라는 존재는 너무도 또렷하게 나쁜 기억을 되살려놓았다. 땅에 굴러다니는 자갈 위로 걸어 다니는 발걸음 소리…. 그것은 물병을 나르던 아버지의 발소리였다. 그녀는 달리기 시작했다….

*

갑자기 찢어지는 듯한 목소리가 두 차례나 그녀의 이름을 불렀다. 그녀는 멈춰 서서 주위를 둘러보고는 고개를 들었다. 그녀는 저 위쪽 하늘을 가르는 절벽 끄트머리에서 그를 보았다. 위골랭이 소리쳤다.

"마농! 달리지 마! 잠시만 내 말을 들어 봐! 마농, 그건 사실이 아니야! 너한테 일을 시키려는 아니라고! 너를 사랑하기 때문이야! 마농, 너를 사랑해! 진심으로 사랑한다고!"

가슴에서 뿜어져 나온 그의 외침은 메아리로 울려 퍼졌다. 절벽 바위에 부딪쳐 '사랑'이란 말은 네 차례나 울려 퍼졌다.

놀란 처녀는 손짓을 하고 있는 그 사내를 쳐다보았다. 그녀는 경악을 금치 못해 입을 벌리고 그 자리에 섰다. 그는 계속 소리를 지르고 있었다.

"마농! 네 옆에서는 차마 말할 용기가 없었어. 하지만 나는 이미 사랑이란 병에 걸렸어! 숨이 막힐 지경이라고! 병에 걸린 지 한참 됐어! 무서운 폭우가 레프레스키에르를 지나간 다음이었다고! 나는 새끼 자고를 잡으려고 숨어 있었어…. 빗물에서 목욕을 하는 널 봤어…. 나는 오래 지켜보고 있었어. 얼마나 아름다웠다고. 범죄를 저지르는 게 두려웠어! 그래서 금작화 아래로 도망갔는데 네가 돌을 던졌다고!"

마농은 화가 나서 얼굴이 빨개졌다. 그녀는 다른 욕설을 몰랐기 때문에 손으로 확성기 모양을 만들어 피에몽 욕설을 퍼부어댔다. 날카로운 목소리로 그를 '늙은 돼지'라고 부르면서 한바탕 욕을 퍼붓고 난 후 그녀는 염소 떼를 따라 오솔길로 떠났다. 위골랭은 언덕 가장자리를 달려오면서 외쳤다.

"그렇지 않아! 늙지 않았어! 나는 서른 살밖에 안 됐는데 내년에는 5만 프랑을 갖게 된다고! 그리고 그건 나 혼자만 기쁘기 위한 게 아니야! 너랑 결혼하고 싶어! 그게 바로 수지맞는 장사라고! 가족이라곤 없어! 먹여 살릴 사람이 아무도 없다고! 할아버지는 돌아가셨어! 할머니도 돌아가셨고! 우리 아버지는 내가 어렸을 때 목을 매달아 자살하셨고, 어머니는 감기로 돌아가셨어! 내게 남은 사람은 파페밖에 안 계셔! 나의 대부 파페 말이야! 그는 부자라서 내게 재산을 전부 남겨 주실 거야. 내가 수베랑 가의 마지막 자손이거든! 그리고 파페는 늙어서 얼마 안 있으면 돌아가실 거야! 그러면 마을의 대저택이 우리 것이 된다고! 그리고 카네이션은 전부 너를 위해 가꾼 거야! 그래, 하늘에 맹세코 너를 위한 거라고! 왜냐하면 내가 널 사랑하기 때문이야! 널 사랑해!"

그의 고함 소리는 온 계곡에 쩌렁쩌렁 울려 퍼졌다. 그러자 개가 마구 짖어대며 그의 고함 소리에 답했다. 마농은 속이 꽉 막힌 듯한 심정으로 달리기 시작했다. 그러나 못난 바보는 말을 하기 위해 잠깐씩 멈추면서 그녀를 쫓아 계속 언덕 주위를 큰 걸음으로 달려왔다.

"마농! 너는 여왕처럼 지내게 될 거야! 너를 위해 가정부를 두 명 고용할게! 너는 원할 때 일어나면 돼! 내가 매일 아침 침대로 커피를 가져다 줄게! 하늘에 맹세코 말이야! 너를 사랑하기 때문이야!"

하지만 '내 사랑, 내 사랑' 이라고 외치며 그녀를 향해 두 팔을 벌린 순간 그가 갑자기 딸꾹질을 하더니 말을 멈췄다. 그러고는 두 손으로 배를 움켜쥐며 앞으로 푹 고꾸라졌다. 마농이 새총으로 쏜 돌에 맞았던 것이다. 마농은 펄쩍펄쩍 뛰는 개와 방울 소리를 내며 따라오는 염소 떼를 이끌고 가볍게 도망갔다.

불쌍한 위골랭은 숨을 가다듬었다. 허리를 구부리고 상체를 가로로 흔들다가 백리향 덤불 앞에 무릎을 꿇고 털썩 주저앉았다. 그리고 몇 초 뒤 통증이 멈추자 목이 멘 소리로 말했다.

"놀라울 정도로 뛴단 말이야!"

고통으로 신경은 다시 경련을 일으켰고 그는 황무지를 덮은 자갈 위에 두 손을 짚은 채 엎드려 있었다. 그러다 그의 시선이 벌꿀 색 작은 계란 모양의 돌멩이에 이르렀다. 바로 그 돌에 맞은 것이었다. 그는 돌을 주워 들어 키스를 하고 주머니에 넣고는 일어섰다. 마농은 언덕의 돌출된 바위 뒤로 사라져 버렸고, 염소 목에 달린 방울 소리조차 들리지 않았다. 그는 장총을 주워 들고는 느린 걸음으로 레 로마랭을 향해 내려갔다.

마농의 샘 141

위골랭은 꺾꽂이 가지 사이에서 보호대를 심느라고 분주한 파페를 발견했다.

"어찌되었냐? 말은 했냐?"

"오늘은 못 만났어요. 아마도 오바뉴나 피쇼리에 사냥감을 팔려고 갔나 봐요."

"오늘 못 보면, 내일 하면 되지."

"아니면 그다음이든지요. 제가 이 옷차림에 익숙해지는 게 좋겠어요."

위골랭이 대답했다.

"너는 멋지다고! 마르세유 사냥꾼 같아 보인단 말이다! 얼른 가서 옷을 갈아입고 오너라!"

그들은 저녁때까지 카네이션 밭에서 일을 했다. 위골랭은 물이 흐르는 도랑을 지켜보면서 생각에 잠겼다. 마농의 거친 대답에도 불구하고 그는 조금씩 용기를 회복했다. 위안을 삼을 만한 이유를 찾았고, 희망을 가져야 한다고 스스로를 설득했다.

"첫 번째로, 그녀는 야생에서 자라서 사람들에게 말을 하는 데 서툴러…. 두 번째로, 마치 처음으로 숫염소를 만난 암염소처럼 그녀는 처음이라서 겁을 먹었을 거야. 아주 당연한 거지. 그리고 이 옷차림이 너무나 멋졌을지도 몰라. 인상적이긴 하지만 진지해 보이지는 않았을 거야…. 그리고 목욕하는 걸 봤다는 말은 하지 말았어야 했어. 그것 때문에 화가 난 거야. 기분이 나빴을 테지…. 전부 다 내 탓이야."

혼자서 몇 입 만에 금세 저녁 식사를 해치운 다음 위골랭은 식탁에 팔꿈치를 괴고 두 손을 관자놀이에 대고서 오랫동안 앉아 있었다. 그는 커다란 바다색 눈동자와 굽이치는 금발머리, 도톰한 입술을 떠올리면서 중얼거렸다.

"끔찍해, 끔찍하다고…. 그녀는 너무 예쁜 거야. 그래서 끔찍해…. 조금 덜 예뻤다면 나는 그 정도만큼만 그녀를 사랑했을 테고 더 쉬웠을지도 몰라…. 그리고 그 선생이 걱정거리야…. 어떻게 해야 하지? 어떻게 해야 하냔 말이야?"

*

다음 날, 그는 마농이 주위를 경계하고 있다는 사실을 알아차렸다. 길을 가는 동안 내내 개를 덤불에 보내 보고, 마가목 아래 자리를 잡기 전에도 오랫동안 주위를 둘러보았다. 위골랭은 화환을 쓰고 언덕 꼭대기 백리향 덤불 뒤쪽에 납작하게 엎드려 있었기 때문에 그녀는 그를 보지 못했다. 하지만 확실히 위골랭의 존재를 느끼고 있었다. 왜냐하면 주위 덤불에서 조금만 소리가 나면 그녀는 새총을 들이대고 잔인하게 돌을 쏘아서, 사랑에 빠진 불쌍한 위골랭의 마음을 아프게 했다.

"딱 한 번만 그녀에게 말을 할 수 있다면! 확실히 그녀가 생각을 바꾸게 할 수 있을 텐데…. 생각을 바꾸는 것. 바로 그거야. 그런데 어떻게?"

17

 어느 날 저녁 충혈된 눈처럼 붉은 달빛 아래서 올빼미들의 놀라운 노래 실력에 잠이 깬 위골랭은 지금이 마법의 의식을 치르기 좋은 때라고 생각했다.
 종잇조각에 마농의 이름을 써 넣은 다음 위골랭은 식탁 한가운데 종이를 놓고 초록색 리본 끝자락, 머리카락 뭉치, 칠보 조각, 올리브 씨앗 세 개 등등 성스러운 기념물을 이름표 주위에 늘어놓았다. 그러고 나서 소중한 냄비를 꺼내어, 마치 마농을 자신의 재산 안에 가두어 두려는 듯이 냄비 둘레를 두꺼운 금화로 둘렀다. 주문의 힘을 강화하기 위해 그는 두 손을 가지런히 모아 성모마리아를 부르며 테이블을 일곱 바퀴 돌았다. 이 무례한 부름에 분명 성모마리아가 놀랐을 것이다.
 올빼미들이 잠잠해지자 그는 금화를 냄비 안에 넣고, 금화 한가운데 자리를 만들어 소중한 금발 머리카락 뭉치를 둔 다음, 뚜껑 위에 철사 두 줄을 매서, 벽난로 돌 아래에 냄비를 가져다 놓았다. 그는 마법의 힘을 가지고 있다고 알려진 금이 갇혀 있는 머리카락에 강하게 작용해서 사랑하는 마농에게 자신의 메시지를 전달해 주기를 바랐다. 그래서 잠자는 동안에 그녀의 머릿속에 위골랭의 마음이 전해져, 어느 맑은 날 아침 위골랭이 문을 여는 순간 문 앞 계단에 앉아 있는 그녀를 발견하게 될 날이 올지도 모른다….

그런 다음 그는 리본을 손에 들고 쳐다보고는 그것을 쓰다듬고 키스를 하더니 갑자기 일어나 작은 나무 상자의 서랍을 열었다. 그는 그곳에서 실과 바늘을 꺼냈다. 바늘귀에 실을 넣는 것은 쉽지 않았다. 그는 셔츠를 벗은 채로 램프 가까이에 앉아 왼쪽 가슴에 초록색 리본을 대고 꿰매기 시작했다. 바늘은 두꺼웠고 피가 방울방울 흘러내렸다. 이를 꽉 물고 그는 살을 통과한 까칠한 실 두 겹을 잡아당겼다. 그는 네 차례나 바늘로 살을 꿰뚫은 다음 실을 잡아당겼다. 다섯 번째 바늘땀이 리본을 통과한 후 그는 매듭을 지었다. 마침내 하얗게 질리고 땀과 눈물범벅이 된 얼굴로 위골랭은 벽에 걸린 깨진 거울로 다가가 붉은 털이 난 가슴에 매달려 있는 핏자국으로 얼룩진 초록색 리본을 바라보았다.

"이렇게 하면 리본은 언제나 내 마음에 있는 거야."

포도주를 큰 컵에 따라 마신 다음 위골랭은 타오르는 가슴에 떨리는 손을 얹고 지푸라기 침대에 가서 누웠다.

수베랑 가의 불쌍한 위골랭은 미쳐가는 중이었고 한눈에 봐도 피골이 상접한 상태였다.

18

 어느 오후, 레프레스키에르 계곡 아래쪽에서 마농은 마른 풀 위에 앉아 야생 당근 줄기에 붙어 있는 선사 시대 미물의 누런 번데기를 바라보고 있었다. 이 커다란 번데기는 움직이지 않았다. 하지만 내부에서 무언가가 움직였다. 갑자기 번데기 등이 반으로 쫙 갈라지더니 연한 초록색 벌레가 오랜 감옥에서 나오기 위해 꿈틀거렸다. 벌레는 물기가 촉촉하고 부스럭거리는 날개로 싸여 있었는데, 천천히 서투르게 줄기 끝까지 기어 올라가 7월의 작열하는 햇볕을 받으며 꼼짝 않고 있었다. 매미였다. 그의 몸은 갈색으로 변해갔고, 날개를 쫙 펼치자 잎맥이 있는 나뭇잎처럼 투명하고 단단해져 갔다.

 마농은 매미의 첫 비행을 기다렸다. 그때 그녀는 멀리서 사냥꾼 둘이 계곡을 내려오는 모습을 봤다. 어깨에 장총을 멘 사냥꾼들은 언덕 옆으로 겨우 보이는 오솔길을 따라 내려왔다. 그러더니 그들은 갑자기 그곳을 떠나 언덕 발치를 따라 자란 빽빽한 덤불 속으로 사라져버렸다. 그녀는 총소리를 기다리고 있었다. 하지만 고요한 가운데 아무 소리도, 돌에 따닥따닥 부딪히는 신발 소리조차 들리지 않았다. 그녀는 조금 걱정하기 시작했다. 그 덤불 속에 그녀가 소중한 토끼 덫을 네 개나 놓아 뒀던 것이다. 그 사냥꾼들은 어쩌면 레 종브레에서 온 아무것도 모르는 순진한 사람들일지도 모른다. 그래서 그녀는 매미를 포기하고 개를 얌전히 앉아 있도록 한 뒤, 언덕 위쪽으로 우회해서 모습을 들키지 않고 사냥꾼들이 있는 곳에 도착했다.

그녀는 노간주나무 아래로 숨어 들어가 언덕 가장자리까지 갔다. 허공에 흔들리고 있는 가로로 난 테레빈나무 사이로 마농은 털가시나무 아래 앉아 있는 두 남자를 보았다. 그들은 왕성한 식욕으로 식사를 하고 있었다. 그녀는 아버지의 관을 짰던 목수 팡필을 알아보았다. 하지만 키가 작고 얼굴이 큰 카브리당은 알아보지 못했다.

소시지를 싸고 있는 껍질을 벗기면서 목수가 말했다.

"나는 다른 사람 덫은 절대 건드리지 않지. 덫이란 신성한 것이거든. 특히 이 덫들은 더욱 그러하지."

그녀는 이 특별한 경외심에 놀랐다.

"왜 이 덫들은 더 그런데요?"

"왜냐하면 꼽추 딸의 것이거든…. 어제저녁에 개똥지빠귀 둥지를 찾느라 저 위에 숨어 있다가 그녀가 덫을 놓는 것을 봤어."

카브리당은 음식을 오래 씹었다. 목수는 컵에 포도주를 따르고 그것을 마신 다음 손등으로 입술을 훔치고 말을 이었다.

"그녀는 생계를 꾸려나갈 방법이 덫밖에 없거든. 그러니 그녀의 덫을 채가는 건 범죄라고. 우리가 그녀에게 그런 짓을 했으니 말이야."

"뭐, 뭐라고요? 나는 그녀에게 아무 짓도 안 했어요…. 공 이야기라면 그게 내 잘못이 아닌 걸 아시잖아요!"

입 안 가득 음식을 넣은 채로 카브리당이 말했다.

"그래! 하지만 그걸 말하려는 게 아니야."

팡필이 대꾸했다.

"그럼 뭘 말하려는 건데요?"

"샘 말이야. 레 로마랭의 샘을 자네는 모르는 겐가? 50년도 넘게 샘이 존재했던 걸 모른다고?"

"제가 아저씨들보다 젊다는 걸 잊지 마세요."

"샘이 흐르는 걸 본 적이 한 번도 없다고?"

카브리당은 대답하기 전에 잠시 주저했다.

"어쩌면 제가 어렸을 때 한 번쯤은 봤을지도 몰라요. 아버지와 함께 사냥을 했을 때 말이죠…. 작은 개울에서 물을 마셨어요. 그게 그 샘인 것 같네요."

"샘인 것 같다니? 이 고장에는 다른 샘이 있었던 적이 없다네! 그리고 꼽추가 오기 전에 샘을 막은 사람이 위골랭이란 걸 자네도 잘 알고 있잖나."

"알기도 하고 모르기도 해요. 어쨌든 저는 그 문제에 아무 관련이 없어요. 그리고 파페가 우리에게, 샘이 오래전에 사라졌다고 말했잖아요…."

카브리당이 웅얼거렸다.

"사라졌다고? 하지만 수베랑 가를 위해서는 사라지지 않았지! 그들은 농가를 손에 넣자마자 얼른 물이 다시 솟아 나오게 했잖아."

목수가 비웃었다.

마농은 그 자리에 얼어붙어 대화를 엿들으면서 내용을 머릿속에 각인시켰다. 하지만 아직까지 이 말들이 마음에 와 닿지는 않았다. 그녀는 그 말의 의미를 다시 생각해 보았다. 하지만 이미 등줄기가 오싹해졌고 숨이 가빠졌다. 대화는 빵과 소시지를 먹는 와중에도 계속되었다.

목수가 말을 이었다.

"그 불쌍한 사람이 이유 없이 죽어가는 것을 보면서 자네는 아무렇지도 않았나?"

"어쨌든, 저는 한 번도 다른 사람들처럼 비웃은 적은 없어요…. 저는 그들이 그 이야기를 할 때면 자리를 떠났지요. 왜냐하면 생각을 안 하는 것이 더 나으니까요…. 제가 용감하고 정직하다는 걸 아시잖아요. 하지만 용기가 없었어요. 그리고 5년 전에 저는 파페에게 200프랑을 빌렸었어요. 제 아이들이 홍역에 걸렸을 때 말이에요…. 저는 파페에게 10프랑씩 갚아 나갔어요. 제가 돈을 갚지 못할 때면 파페가 '걱정하지 마라, 갚을 수 있을 때 갚으면 되지'라고 말했다고요. 제가 저와 상관도 없고 확실하지도 않은 일에 대해서 수베랑 가에 맞설 수 없을 거라는 걸 알고 계시잖아요…."

카브리당이 말했다.

"수베랑 가 놈들은 더러운 놈들이야. 그 노인네는 자네가 샘에 대해서 말을 못하게 하려고 돈을 빌려 준 걸 거야. 다 계산한 거라고!"

카브리당은 포도주를 한 잔 마시고 소심하게 대답했다.

"아저씨는 그럼 왜 아무 말씀 안 했는데요?"

목수는 소시지를 여러 조각 얇게 썬 다음 말했다.

"난 아멜리 때문이었어. 어느 날인가 나뭇가지를 들고 물을 찾고 있는 꼽추를 멀리서 보았어. 나는 그가 샘을 찾게 될 거라고 생각해서 기뻐했었다고. 그런데 이런 젠장! 그는 아무것도 몰랐고, 샘에서 20미터쯤 떨어진 곳을 여러 차례 지나갔지. 그리고 그 이튿날 전혀 다른 곳을 파고 있는 그를 보게 된 거야…. 그는 곱사등에 물병을 지고 맨발로 걸어 다녀야 했고, 그의 발아래로 우리 고장에서 가장 멋진 샘이 흐르고 있다는 사실 때문에 난 밤새 고민을 했어…. 그래서 아침에 아멜리에게 말했지. '우리는 전부 죄인이야. 이렇게 계속되어서는 안 되지. 내가 그에게 말을 할 거야.' 한데 이런 불행할 데가! 그녀는 한바탕 잔소리를 늘어놓기 시작했지. 나 때문에 아이들이 먹을 양식을 잃게 될 거고, 남의 일에 간섭하는 것은 부끄러운 일이며, 곱사등은 불운을 불러오는 데다가 그는 크레스팽 사람이고 어쩌고저쩌고 말이야. 결국 아멜리는 목공소까지 따라와서 나한테 똑같은 잔소리를 늘어놓았어. 결국 그녀에게 아무 말도 안 하겠다고 말했지. 그랬더니 그녀는 '약속하는 걸로는 불충분해요. 작업대에 대고 맹세해요'라고 하지 뭔가. 맹세하는 건 나한테는 별 상관없는 일이거든. 그런 걸 안 믿는다고. 그래서 나는 작업대 위에 손을 올려놓고 맹세를 했어. 그러자 아멜리는 따가운 눈초리로 나를 쳐다보더니 말했지. '당신이 어디다 손을 올려놓고 맹세를 했는지 봐요'라고 말이야. 평평한 내 삼각자를 들어 올리자 그녀가 그 아래 깔아 뒀던 사진이 보이더군. 내 딸이 손에 기도서를 들고 첫 영성체를 하는 사진이었어!"

"이런, 이런, 부인이 아저씨를 제대로 끌어들였군요."

카브리당이 말했다.

"그렇다니까! 그녀가 나보다 한 수 위야! 그래서 졸지에 나는 한 마디도 말을 할 수 없었어. 하지만 걱정은 했다고. 그래서 어느 날 아침 사냥 가는 길에, 까만 페인트를 가지고 가서 꼽추 집 근처 샘 쪽으로 난 길 위에 있는 하얀 자갈에다 화살표를 두 개 그려 두었지. 25미터쯤 간격을 두고 말이야"

"왜요?"

"샘을 가리키는 두 화살표였다고! 그렇게 하면 나는 말을 하지 않은 셈이고, 그 불쌍한 사람이 화살표를 보고 추리를 해낸다면 제대로 된 장소를 찾았을 거야. 곡괭이질 네 번이면 물이 얼굴 높이까지 치솟았을 거라고!"

"알아차리는 게 쉽지 않았을 거예요… 저라도…."

카브리당이 말했다. 그때 목수가 갑자기 집게손가락을 입술에 대더니 눈을 크게 뜨고 귀를 기울였다. 자고 암컷이 가족을 불러 모으기 위해 내는 소리가 들렸다…. 매우 주의를 하면서 그들은 일어나 총을 들었다. 발끝으로 성큼성큼 걸어가면서 총을 조준한 채 서로 흩어져 금작화 사이로 사라졌다.

공포로 얼어붙은 마농은 누런 종이 위에 빨갛고 하얀 소시지 네 조각과 돌에 비스듬히 기대놓은 포도주 병을 바라보았다. 두 발의 총성이 그녀를 놀랬다. 그녀는 퍼뜩 소나무 숲 속으로 떠났다.

그녀는 오래 걸었다. 비쿠가 모아서 이끄는 염소 떼가 약간의 거리를 두고 그녀를 따라오고 있었다…. 서서히, 강렬한 고통이 찾아왔고 가슴이 조여들었다. 장의 오랜 고통과 3년간의 영웅적인 노력은 이렇게 해서 우스꽝스러워진 것이었다….

작은 사냥꾼은 말했다. 비웃은 사람들이 있었다고…. 장이 그렇게 오랫동안 맞서 싸웠던 것은 자연의 맹목적인 힘도, 운명의 잔인함도 아니었다. 그것은 어리석은 농부들의 위선과 계략이었던 것이다. 그리고 그 위선과 계략에 대해, 그들의 발만큼이나 더러운 영혼을 가진 미천한 사람들은 하나같이 침묵으로 일관했다. 그는 더 이상 실패한 영웅이 아니었다. 끔찍한 장난의 가여운 희생자이자 마을 사람들의 여흥을 위해 모든 힘을 소진시켜버린 불구였다….

그녀는 라벤더 숲 속을 걸었다. 가쁜 숨결에 이를 꽉 문 그녀의 얼굴은 화끈거렸으며 마음은 황무지만큼이나 황폐해졌다…. 의도한 건 아니었지만 발 가는 대로 가다 보니 그녀는 어느새 마가목나무 앞에 서 있었다. 상처 입은 짐승처럼 소리를 지르며 그녀는 나무를 향해 달려가 끌어안았다. 단단한 기둥에 상처 입은 볼을 비비면서 결국 울고 말았다.

태양은 테트 루즈 뒤편으로 저물고 있었다. 저녁 바람이 꼭대기 쪽으로 불어왔다. 자고 한 마리가 언덕 위에서 소리를 내고 있었다. 염소는 주위에서 풀을 뜯었고 마농 앞에 우뚝 선 개는 그녀의 손을 핥았다.

그녀는 가난 속에서도 행복했던 날들을 회상했다. 창백한 얼굴 위의 까만 머리카락, 항상 웃고 있던 멋진 눈과 큰 손, 따가웠던 볼…. 아니었다. 장이 실패한 것이 아니었다. 짐승들의 잔인함을 이해하지 못한 장의 승리였다. 시커먼 속을 가진 위골랭은 장의 후광에 가려져, 장은 스스로 상상할 수도 없었던 위골랭의 위선을 알아챌 수 없었던 것이다. 하지만 그녀 자신은 본능적으로 알아차리고 있었다. 위골랭이 적이라는 사실을 항상 인식하고 있었다. 그가 끊임없이 가져다 준 불필요한 도움, 수많은 작은 선물들, 우정 어린 태도를 끔찍하게 생각했었다…. 그가 말을 하고 가뭄에 대해서 한탄하는 동안 샘은 언제나 그곳에 있었다. 붉은 고수머리 밑에서는 언제나 반짝이는 샘물이 흐르고 있었다. 백포도주 잔을 앞에 두고 앉아 있던 이 짐승은 단 세 마디로 기적을 일으킬 수 있었다. 그런 범죄로 부자가 된 위골랭이 이제 감히 자신에게 사랑을 외치고 그를 섬기라고 제안하는 것이다! 그녀의 슬품은 이제 조용하고 깊은 분노로 탈바꿈했다. 마농은 주먹을 꽉 쥐었다. 아니지, 이 미천한 인간이 그 거짓된 성공을 즐겨선 안 되는 거야. 그녀는 레 로마랭을 향해 뛰기 시작했다.

*

마농은 자신이 무엇을 하려는지 알지 못했다. 하지만 무엇이 됐든 범죄가 일어난 장소를 다시 보고 복수를 준비할 것이었다. 그녀는 라 가레트 언덕으로 내려와서 르 플랑티에 협곡을 지나 생 테스프리 언덕을 통과해 자신이 어린 시절을 보냈던 농가로 이어지는 언덕 꼭대기에 도달했다. 그녀는 저녁 바람에 흔들리는 울창한 소나무 숲으로 들어갔다. 하지만 커다란 소나무 숲이 더 이상 밭까지 이어지지 않는다는 사실을 알고는 놀랐다.

벌목꾼들이 밀어버린 소나무가 있던 자리에 노간주나무나 금작화, 산사나무가 새로이 자라고 있었다. 비옥한 땅의 유일한 주인인 나무들은 거의 통과하지 못할 정도로 빽빽한 숲을 이루었다. 그 아래로는 여름 볕에 마른 높게 자란 누런 풀이 두툼하게 자리를 잡았다. 이 풀들의 뿌리가 카네이션 밭까지 닿지 않기에, 위골랭은 아직 낫질을 하지 않았다.

마농은 숲으로 들어갔지만 밭을 알아보지는 못했다. 올리브나무를 다 베어버린 탓에 훨씬 넓어 보였기 때문이다. 하지만 지붕 위로 가지를 뻗고 있는 세 그루의 큰 소나무 아래 서 있는 소중한 집을 보는 순간 그녀는 눈물을 흘렸다.

위골랭이 약을 살포하는 기구를 가지고 헛간에서 나왔다. 그러고는 푸른 가지들 사이를 천천히 걸으면서 구리 튜브 끝에서 파란색 구름을 만들어 내기 시작했다.

그는 일에 시달려 활기가 없어 보였다. 그리고 고개를 숙인 채로 이유도 없이 가끔씩 멈춰 서곤 했다. 그녀는 비스킷 상자에 화약이 한 다스는 남아 있고 나뭇가지 두 개로 받쳐 놓은 동굴 벽에 아버지의 장총이 그대로 있을 거라고 생각했다. 동이 트기 전에 이곳으로 오기만 하면 되는 거였다. 그녀는 집 근처에 있는 덤불 속에 몸을 숨기고 있다가 그가 밖으로 나오자마자 냄새 나는 동물인 양 그를 향해 발포하면 될 것이다. 마농은 아직까지 한 번도 총에 손 댄 적이 없었으나 금방 배우리라….

위골랭이 밭 가장자리에 도착했을 때 마농은 다시 덤불 아래로 기어가 소리 하나 내지 않고 언덕 꼭대기로 올라갔다.

날이 어두워지고 있었다. 마농은 집으로 가는 길을 따라 염소를 천천히 따라갔다. 그러다 퐁 드 라 세르 우물가에 멈춰 서서 눈물로 빨개진 눈가를 찬물로 씻었다. 그녀는 에메나 밥티스틴에게 이 끔찍한 사실을 알리지 않겠다고 결정했다. 한편으로는 아버지에 대한 값진 기억에 해가 될까 두려웠고, 다른 한편으로는 그녀 혼자 행동하는 게 더 낫다고 생각했다. 그래서 아픔과 화를 억누르려 노력하면서 머리가 아프다는 핑계를 대고 자러 갔다.

눈을 감고 마농은 오랫동안 생각하다 불쑥 중얼거렸다.

"총은 위험해. 빗나갈 위험이 있거든. 그리고 그를 죽이는 것을 누군가 본다면 헌병이 찾아올 수도 있어. 그러니 불을 내는 게 더 낫겠어."

그녀는 언덕 위에 있는 키가 큰 덤불, 마른 풀들과 꽉 막힌 소나무 숲, 미스트랄이 불 때면 지붕을 쓰다듬곤 했던 진이 많은 큰 가지들을 드리운 집 앞의 올리브나무 네 그루를 생각했다.

마농은 어느 날 저녁 그곳에 가서 몸을 숨기고 기다릴 것이다.

그러면 위골랭이 마을에서 돌아오고, 그녀는 그가 램프 불을 끌 때까지 기다릴 것이다. 사방에 마른 풀 뭉치를 준비해 놓고 새벽 1시쯤 가장 깊은 잠에 빠졌을 때, 불을 놓을 것이다…. 그러면 붉은 불이 덤불까지 번지고 큰 소나무들이 연기에 가지를 흔들어대면서 횃불처럼 단숨에 타오를 것이다. 그녀는 돌로 둘러싸인 곳에서 못된 전갈이 죽어가는 모습을 볼 시간이 있을 것이다.

마을 사람들이 도착할 때쯤에는 너무 늦을 것이고, 레 종브레의 소방관들이 이튿날 도착할 때면 폭삭 무너져 어쩌면 샘까지 흩어질지도 모르는 농가의 잔해나, 늙은 올리브나무 밑동처럼 시커멓게 불에 타버린 시체를 발견하게 될 것이다….

이런 생각에 약간은 진정이 된 마농은 다음 날 동이 틀 때까지 푹 잤다.

*

아침이 되자 그녀는 생 테스프리 언덕 위로 염소를 데리고 가서 레 로마랭 쪽으로 다시 내려왔다. 위골랭은 노새를 데리고 마사캉으로 떠났다. 그녀는 소나무 숲을 한 바퀴 돌아보면서 화재가 죄인에게 어떠한 흔적도 남기지 않는지 확인했다. 그녀는 마을 쪽을 향한 계곡 아래에는 길이 나 있어 나무가 별로 없는 것을 확인했다. 하지만 마른 풀들이 높이 솟아 있었고, 덤불숲에는 불똥이 튀기만 해도 활활 오랫동안 타오를 것으로 보이는 테레빈나무의 반들반들한 나뭇잎이 촉촉하게 반짝이고 있었다. 그녀는 불길에 겁을 먹고 연기에 길을 잃은 한 남자가 도망가는 길을 막기에는 숲이 충분할 것이라고 생각했다.

그날 저녁 어머니가 잠든 동안 마농은 르 플랑티에 동굴을 몰래 빠져나왔다. 그리고 삐죽 튀어나온 달빛 아래서 예전에 물을 뜨러 다니던 언덕 옆으로 난 끔찍한 오솔길을 처음으로 따라갔다. 그 길을 따라 그녀는 암탕나귀 꼬리를 붙잡고 흔들흔들 걸어가던 아버지의 뒤를 따라다녔었다. 그녀는 흔들리는 나뭇가지 아래 쉼터에 도달했다. 그곳에는 아직까지 S자 모양의 갈고리가 걸려 있었다…. 그녀는 그것을 보면서 이마의 땀을 닦고 눈을 감았다. 그녀는 잠시 무릎을 꿇고 앉아 있다가 창백하지만 단호한 표정으로 손에는 작은 성냥갑을 꽉 쥐고 다시 길을 떠났다.

레 로마랭 집 뒤에 있는 큰 소나무 숲에서는 예전처럼 올빼미들이 서로의 부름에 대답을 하고 있었다. 창문은 여전히 닫혀 있었다….

'위골랭이 돌아온 걸까?'

마농은 몇 분을 더 기다렸다. 그러자 철로 된 징이 박힌 구두가 돌 위에 부딪히는 소리가 들렸다. 천천히 산책하는 발걸음이 가끔씩 멈추는 듯하더니 가까워졌다. 고개를 숙이고 주머니에 손을 넣은 그림자 하나가 꽃밭을 천천히 가로지르고 있었다. 그녀는 열쇠가 자물쇠에 들어가는 소리와 경첩이 돌아가는 익숙한 소리를 들었다. 노란 불빛이 희미하게 더러운 유리창을 밝혔다. 시간이 조금 지나자 창문이 열렸고, 나무로 된 덧문이 소리를 내기 시작했으며 창문에 달린 손잡이는 행복했던 시절의 저녁때처럼 끼익 하는 소리를 냈다. 덧문의 틈새로 환하게 밝혀진 불빛이 반짝였다. 그녀는 잠시 기다렸다. 무례한 개구리의 가냘픈 울음소리가 잔인하게 샘의 존재를 알려주는 듯했다….

이윽고 그녀는 일어서서 첫 불을 지필 마른 풀더미를 준비했다. 하지만 그녀가 두 번째 불을 붙이는 동안 달이 모습을 감추더니 아예 사라져버렸다. 그녀는 고개를 들었다. 바다에서 형성된 두꺼운 구름 층이 별을 하나씩 하나씩 집어삼키고 있었다. 오 분이 지나자 멀리서 오랫동안 번개 치는 소리가 들리고, 큰 물방울이 이마에 떨어졌다. 분노의 눈물이 그녀의 눈에서 솟아 흘렀다. 그녀의 아버지를 그토록 오랫동안 배반했던 비가 살인자를 구원해 주기 위해 내리는 거였다. 그녀는 풀더미를 흩뿌리고는 어둠을 가르고 비를 맞으며 달렸다.

*

침대 속에서 그녀는 용기를 되찾았다. 이 갑작스러운 비는 어쩌면 그녀에게 좋은 기회일 수도 있었다. 그녀는 너무 성급했다. 미스트랄이 불어오는 날을 기다리는 편이 더 나을 것이라는 생각을 못했다…. 피쇼리에 큰 화재가 나서 소방관 두 명이 불길에 휩싸여 사망했을 때 그녀의 아버지가 말했었다.

"바람이 불지 않았다면 소나무에 난 불은 그 자리에 머물렀을 거고, 불길은 언덕을 올라가는 데서 멈췄을지도 몰라. 하지만 미스트랄이 불었기 때문에 말이 달리는 것처럼 불이 빠르게 사방으로 번진 거야!"

커다란 붉은 말과 같은 바람이 불 때까지 기다리는 것이 더 현명했다. 별똥별이 떨어지는 것처럼 송진으로 덮인 솔방울들을 떨어뜨릴 만한 긴 불길이 가로로 번지게 될 것이다.

*

비는 이틀 간 꼬박 내렸다. 아버지를 살리고 땅속 깊이까지 스며들 만한 단비였다. 신경이 날카로워진 마농은 거의 아무것도

마농의 샘

먹지 않았으며, 잠도 안 자고 사방에 촛불을 켜놓은 상태에서 일어났다. 그녀는 소나무 숲이 마르기 위해서는 사흘 동안 햇볕이 내리쬐고 이틀 동안 바람이 불어야 한다고 생각했다. 8월 초였고 아무것도 잃은 것은 없었다. 다만 약간의 인내심만이 필요했다.

*

달팽이를 잡는 데 유용했던 비가 그치자 해가 다시 나타났고, 아지랑이가 피어나는 언덕에 녹음이 우거졌다. 마농은 바위의 움푹 팬 곳이 마치 거울처럼 반짝거리는 레프레스키에르 언덕을 따라 가축을 데리고 떠났다. 언덕 아래쪽 테레빈나무 사이에 개가 주의 깊게 경계하는 틈을 타 덫을 놓았다. 그리고 개가 귀를 쫑긋 세우기라도 하면 그 즉시 쏜살같이 도망쳤다. 그때 아주 어린 숫염소 새끼가 모험심을 발휘해 무리에서 멀어졌고, 작은 언덕 아래쪽의 흙더미 위에서 이 바위 저 바위를 깡충깡충 뛰어다니기 시작했다. 그녀는 전혀 걱정하지 않았고, 비쿠가 능숙하게 주위를 맴돌면서 일부러 사납게 짖어 위협을 가해 염소를 데리고 오리라 확신했다. 하지만 어린 염소는 갑자기 언덕 아래 덤불 속으로 사라져버렸다. 비쿠가 염소를 따라갔고, 마농은 귀가 멍멍할 정도로 짖어대는 비쿠의 소리 뒤로 진정 놀라서 내는 신음 소리를 들었다. 그녀는 즉시 달려가서 덤불을 헤치고 지나가 개의 안쓰러운 고함 소리가 들리는 바위틈의 좁은 입구 앞에 섰다.

그녀는 엎드려서 그 안으로 미끄러지듯 들어갔다. 좁은 동굴 바닥에서 비쿠가 자신이 통과하지 못하는 구멍을 넓히기 위해 화가 나서 땅을 긁어대고 있었다. 개가 흙과 이끼를 뜯어낼 때마다 발톱이 바위에 긁히는 소리를 냈다. 마농은 두 손으로 비쿠의 꼬리를 잡아 뒤로 끌어당기고는 틈새로 자신의 머리를 집어넣었다. 하지만 입구가 좁아 어깨를 넣기 전에 걸리고 말았다. 그녀는 동굴 벽에 메아리쳐 더 길게 울려 퍼진 절망적인 염소 울음소리를 들었다.

'동굴이구나!'

그녀는 어둠 속에서 길을 잃은 어린 짐승을 불렀다.

"삐리삐리."

긴 메아리가 그녀에게 대답을 했고, 즉시 아주 멀리서 들려오는 것 같은 염소 울음소리가 들렸다. 그녀는 뒤로 물러나서 로 빛이 들어가게 한 다음 동굴 틈새 주위를 관찰했다. 단단하지 않았으며, 반들반들하고 허여스름한, 거의 우윳빛이 나는 바위였다. 마농은 바위 위에 칼끝으로 금을 그었다.

그녀는 개가 지키는 가운데 염소 무리를 두고 르 플랑티에 동굴로 달려갔다. 어머니와 밥티스틴은 레 종브레에 가고 없었다. 하지만 그녀는 재 안에서 익고 있는 감자와 벽난로 한구석에서 끓고 있는 토끼고기 스튜, 무화과 바구니를 보았다. 그녀는 자신이 발견한 것에 매우 흥분해서 급하게 점심을 먹었다. 그녀가 몰랐던, 어쩌면 어느 누구도 한 번도 들어가 본 적이 없는 동굴이었다!

아마도 지질학 책에서 본 것처럼 레 바스티드까지 이어지는 지하 동굴과 크리스털 바위로 반짝이는 공간이 있을 것이 틀림없다…. 입구가 매우 좁았기 때문에 그곳에는 큰 동물은 없을 것이다. 하지만 뱀은 있을지도 모른다. 설령 있다 해도 마주치기만 해도 도망가는 물뱀일 것이다. 게다가 비쿠는 어떻게 그러는지 볼 새도 없이 단번에 뱀을 죽이는 법을 알고 있다.

그녀는 무화과를 먹으면서 다시 떠났다. 하지만 지팡이를 들고 가는 대신에 작은 광산용 막대기를 들고, 배낭에는 미장이의 망치와 초 세 개, 성냥, 그리고 지하 동굴에서 길을 찾을 수 있도록 동굴 입구에 묶어둘 수 있는 밧줄 한 뭉치를 챙겼다.

그녀는 도망갔던 어린 숫염소가 무리와 어울려 있는 것을 금방 발견했다. 하지만 충실한 비쿠는 제자리에 없었다. 그녀는 동굴 입구에 가까이 다가가서 개를 불렀다. 소리가 울려서 여러 마리 개들이 짖는 것처럼 응답이 들려왔다. 그녀가 없는 새에 비쿠는 입구를 통과하는 데 성공했으나 그곳에서 나오지를 못했던 것이다.

그녀는 작업을 시작했다. 주위로 망치질을 할 만큼 충분한 공간이 없었기 때문에 쉬운 작업은 아니었다. 다행히도 석회석은 바위에 강력하게 붙어 있지 않아서, 그녀는 겨우 눈에 보일 정도의 틈새에 곡괭이를 찔러 넣어 석회석 층을 몇 판 떼어낼 수 있었다.

한 시간쯤 일하자 마침내 두꺼운 암석 판을 떼어내는 데 성공했다. 그리고 입구도 약간 넓어져서 그녀가 기어서 들어갈 수 있을 정도였다. 하지만 신비로운 모험을 감행하기에 앞서 그녀는 뒷걸음질로 동굴 입구에서 나와 주위를 둘러보았다. 아무도 없었다. 염소들은 멀리 당나귀 주위에서 평화로이 풀을 뜯어먹고 있었다. 그녀는 오랫동안 귀를 기울여 주위를 관찰했다. 그리고 나서야 마침내 구멍 안으로 들어갔다. 무릎을 꿇은 채로 그녀는 우선 촛불 한 개를 밝혔다. 그리고 용감하게 개 짖는 소리가 들리는 곳을 향해 나아갔다.

좁은 동굴은 조금씩 넓어지다가 갑자기 텅 빈 공간으로 이어졌다. 하지만 손끝으로 든 촛불에 드러난 발아래 바닥은 이끼로 뒤덮여 있었다. 마농은 초를 바위의 튀어나온 부분에 고정시켰다. 개는 여전히 짖어대며 마농을 불렀고, 그녀는 개가 달려오는 소리를 들었다. 그녀는 이끼 위에 두 손을 짚고 조심스럽게 기어서 좁은 터널에서 몸을 빼냈다. 마침내 똑바로 설 수 있었고 다시 작은 촛불을 들었다.

아니었다. 이것은 지하 성전이 아니라 불그스름한 암석이 이리저리 튀어나온 일종의 지하 광산이었다. 어떤 것은 천장에서 내려왔고, 다른 것은 땅에서 솟아올랐다. 그녀는 석순 사이로 미끄러지듯 나아갔다. 개가 앞장을 섰고 가끔씩 돌아와 그녀가 알아듣지 못할 말을 전했다.

한 십여 미터 나아갔을 때 동굴 바닥에서부터 무언가 지속적으로 중얼거리는 것 같은 소리가 들렸다. 그녀는 바닥이 차츰 비스듬하게 내려가고 있는 것을 느꼈다. 마침내 길쭉한 동굴은 종유석이 거꾸로 매달린 천장이 낮은 공간으로 이어졌다. 중얼거리는 소리는 점점 더 커졌다. 마치 투명한 음악 같았다. 그녀는 멈춰 서서 눈높이까지 작은 촛불을 들어 올렸다. 그러자 바닥에서 별이 반짝이는 것 같았다. 몸을 구부리자 그녀를 향해 사람이 모습을 드러냈다. 바로 그녀 자신이었다.

그녀는 열 걸음 정도 길이의 타원형 지하 호숫가에 있었다. 호수는 깊지 않았다. 개는 물에 빠지지 않은 채로 호수를 건너갔다. 오른쪽으로 돌벽 아래에서 작은 물줄기가 이끼로 덮인 경사를 따라 흘러 물결이 출렁이는 호수로 떨어졌다. 타원형 호수의 반대쪽 끝에는 작은 소용돌이가 일어 보이지 않는 구멍으로 물이 빨려 들어갔다. 마농의 눈에서 눈물이 흘렀다. 불모의 바위와 어두운 지하에 가산을 탕진했던 그녀의 아버지를 살릴 수도 있었을 언덕의 샘이었다….

반대쪽 바위벽 수면 가장자리에는 작은 동굴이 어둠 속으로 이어져 있었다. 수면이 높아지면 그쪽으로 물이 빠졌다. 그렇기 때문에 물이 절대로 동굴 밖으로 흘러나오지 않았던 것이다. 아름다운 샘은 그렇게 해서 사람들이 모르는 곳에 숨어 있었던 것이다⋯.

마농은 거꾸로 된 종유석의 이미지가 반영되어 흔들리는 차가운 거울 속으로 한 걸음 한 걸음 들어갔다. 발 아래서 어두운 구름이 올라왔다. 그녀는 호수 바닥에 손을 담가 새까맣게 보이는 모래를 한줌 쥐어 올렸다. 그런 다음 동굴 안을 기어 햇빛이 드는 곳으로 나와 손을 활짝 펼쳐 보았다. 그러자 자비로운 태양이 라 페르드릭스 저수지의 붉은 모래를 비추었다.

19

 마농은 이튿날 아침 허리춤에 톱니 칼을 매달고 자루가 없는 작은 갈퀴를 손에 든 채 동굴로 다시 갔다. 계곡에서 그녀는 오랫동안 길고 곧은 나뭇가지를 찾았다. 나무들의 발육이 나쁘고 구부러진 채 자라는 이쪽 언덕에는 그런 가지가 별로 없었다. 결국 그녀는 높은 덤불 가운데 불뚝 튀어나와 하늘을 향해 똑바로 자란 어린 소나무를 골랐다. 그녀는 가지를 잘라 칼로 튀어나온 부분을 베어낸 다음, 나뭇가지에 갈퀴를 얹어 못으로 박아 자루를 만들었다. 오랫동안 사방을 유심히 관찰한 다음 그녀는 비밀 동굴로 미끄러지듯이 들어가 바위벽의 튀어나온 부분에 초를 네 개 고정시켰다.
 투명한 물은 여전히 졸졸 리듬감 있게 흐르고 있었다. 마농은 지하 호수에 갈퀴를 넣고 바닥을 휘저었다. 붉은 모래 구름이 곧바로 수면 위로 올라와 빠르게 퍼졌다. 잠시 기다리던 마농은 두 시간이 넘게 계속 갈퀴질을 했다. 갈퀴의 철 이빨이 바위를 긁는 소리가 나면 그녀는 바닥을 긁어 물속에 붉은 모래를 퍼지게 했다.

 정오경이 되자 그녀는 마침내 밝은 곳으로 나와 돌 더미 아래에다 갈퀴를 묻으러 갔다. 그러고 나서 소나무 아래서 염소 떼에 둘러싸여 점심을 먹었다.

 마농은 자신이 한 일에 어떤 운이 따를지 곰곰이 생각해 보았다. 그 남자는 마을 저수지 물이 큰 비가 내린 후면 살짝 붉어진다고 말했다. 그러면 얼마나 시간이 흐른 후에 붉어지는가? 그녀는 그가 한 말을 그대로 기억하려 애를 썼다. 몇 시간이라고 말한 것 같았다. 일고여덟 시간? 정확히 기억나지는 않았지만 확실히 여덟 시간은 넘지 않는 듯했다. 점심을 먹은 마농은 염소 무리를 데리고 마을 저수지를 향해 떠났다.

 물은 맑고 깨끗했다. 저수지 벽에서 1피트 정도 높이에 도달하는 수도관 앞에서 그녀는 투명한 물이 흐르는 소리를 들을 수 있었다. 회색 시멘트 위에는 붉은 가루 뭉치가 남아 있었다. 마농은 이 가루가 최근에 흘러온 것이 아니라 지난번 청소할 때 빗자루와 삽에서 나온 것임을 금방 알아차렸다. 그녀는 주위를 눈으로 관찰하고는 학교 선생이 전에 앉았던 나무 아래 자리를 잡고 책을 펼쳤다.

 십 분에 한 번씩 그녀는 수면 위로 다가가 몸을 구부려 보았다. 하지만 오후 내내 저수지의 물은 무정하게도 맑기만 했다. 저녁 6시경이 되자 그녀는 절망하기 시작했다. '아닌가 봐. 이 물은 저 위에서 흘러오는 것이 아닌가 봐…. 아니면 내가 밑바닥까지 잘 젓지 않았거나 말이야….' 마농은 생각했다.

 그녀는 무엇을 해야 할지 몰랐기 때문에 차가운 물 위로 몸을 숙여 염소처럼 천천히 물을 마시고는 세수를 했다. 그리고 물을 거울 삼아 머리를 단정하게 빗고 있는 동안 저수지 바닥에서 붉은 불꽃이 반짝거리는 것을 보았다. 그 불꽃은 소용돌이 모양으로 피어오르더니 천천히 수면으로 올라온 다음 휘몰아치며 다시 가라앉았다…. 이 분 동안 구름은 저수지 양쪽 벽에 닿을 정도로 넓게 퍼졌다. 이제야 마농은 신께서 자신에게 위골랭의 몰락과 마을의 단죄를 허락하셨다는 것을 알았다. 기적과 같은 카네이션은 옥수수와 호박처럼 말라죽을 것이고 레 바스티드의 무성한 채소밭은 며칠 만에 말라버릴 것이다. 그녀는 이 소식을 전하러 언덕의 마가목을 향해 달려갔다. 그녀를 몰아댄 감정은 매우 격한 것이어서 결국 그녀는 눈물을 흘리면서 웃음을 터뜨렸다.

그녀는 즉시 준비 작업을 시작했다. 우선 언덕 위에 올라가 주위를 살펴보았다. 사냥꾼이 우연치 않게 지나간다든지 위골랭이 지켜보는 것을 걱정했기 때문이다. 그런 다음 암탕나귀를 데리고 빗물이 흐른 푸르스름한 긴 자국이 거의 깨끗하게 남아 있는 레프레스키에르 협곡으로 내려갔다. 소중한 칼을 꺼내 마농은 흙덩어리를 잘라 안장 주머니를 채웠다. 그녀는 동굴까지 두 차례 왕복했다. 그런 다음 르 플랑티에에 다시 올라와, 서툰 수선 공식으로 못과 노끈 두 줄을 이용하고 황마 조각을 접고 꿰매어 작은 주머니를 만들었다. 그녀는 주머니에 바람은 안 들지만 물속에서 굳어질 만한 덩어리진 시멘트를 담았다.

"그걸로 뭘 할 건데?"

밥티스틴이 물었다.

"내일 저녁쯤에 말해 줄게요."

마농이 대답했다.

저녁을 먹은 다음 그녀는 달빛이 비치는 가운데 어깨에 시멘트 자루를 메고 비쿠와 함께 길을 나섰다. 마농은 언덕의 그림자를 따라 걸어가다가 소리를 듣기 위해 가끔씩 멈춰 섰다. 비쿠는 주둥이를 쭉 내밀고 바람 냄새를 맡고 있었다. 그녀는 동굴 입구에 비쿠를 앉혀 보초를 세우고 낮은 목소리로 지시를 내린 다음 입구를 통과했다.

*

촛불 네 개에 불을 붙이고 허리에 옷을 묶은 다음, 마농은 무릎 높이까지 올라오는 차가운 물속으로 들어갔다. 그녀는 시멘트 주머니를 물이 나오는 틈에 집어넣고 갈퀴자루로 주머니를 밀어 넣었다. 그러고 나서 물속에서 단단한 흙덩어리를 만들어, 시멘트 주머니와 주머니 주위의 바위 위에 잘 부수어 넣어 주머니를 덮었다.

물은 천천히 올라왔다. 일을 끝냈을 즈음 그녀의 손은 찬물 때문에 마비된 상태였고, 다리는 아무런 감각을 느끼지 못했다. 그녀는 힘겹게 물이 넘치는 비탈로 올라와 바위벽의 돌출된 부위를 잡고 가서 동굴 입구에 앉았다. 얼어붙은 허벅지가 떨리는 가운데 그녀는 거울같이 투명한 물이 동굴 맞은편 끝에 도달해 그곳을 넘어서 비탈을 타고 흘러 내려가는 것을 보았다…. 그녀는 위골랭의 금화와 그의 공범들의 작물을 어둠 속으로 이끄는 작은 폭포수 소리를 듣고 있었다.

"바로 이런 걸 비웃어야지!"

그녀는 낮은 목소리로 말했다. 그리고 오랫동안 이 감미로운 노랫소리를 들었다. 그런 다음 연장을 챙겨 꺼져가는 촛불을 불어서 끄고 동굴 밖으로 나왔다. 개가 그녀를 기다리고 있었다. 자기 임무를 잘 알고 있는 비쿠는 작은 소리에 귀를 쫑긋 세웠다. 토끼 하나가 숨으러 동굴에 들어왔다가 개와 사냥꾼이 그 뒤를 쫓아 들어올까 두려워 그녀는 한참 동안 동굴 입구에 돌을 쌓았다. 별빛이 반짝일 때 마농은 저주받은 입구 앞에 심어 두었던 가시 달린 거대한 금작화와 테레빈나무를 뿌리째 뽑아냈다. 그리고 무거운 연장을 짊어지고 보호자인 비쿠 뒤를 따라 르 플랑티에로 올라왔다.

그녀의 어머니는 손에 책을 들고 램프를 켜둔 채로 잠들어 있었다. 옷장 위의 자명종이 자정을 가리키고 있었다. 마농은 노란 불꽃을 불어서 끄고 자러가며 계산을 했다. 아침 7시쯤 되면 샘물은 마을 저수지에 도달하지 않을 것이다. 하지만 동굴에서 좀 더 가까운 레 로마랭 샘물은 분명히 그보다 더 일찍 마를 것이고, 마을 저수지로부터 물을 끌어오는 분수는 정오나 오후까지 흐를 것이다. 어찌되었든 내일은 위대하고도 멋진 날이 될 것이다.

그녀는 우선 레 로마랭의 소나무 숲에 숨어서 위골랭의 놀라움과 절망을 지켜볼 것이다. 그러고는 분수의 종말을 확인하기 위해서 공동묘지를 방문하는 척하며 마을을 지나갈 것이다. 하지만 그녀는 재앙이 닥친 곳에 너무 일찍 방문하는 것은 신중하지 못하다고 생각했다. 왜냐하면 아버지를 죽음으로 이끌었던 범죄를 알고 있는 사람은 모두 그녀의 방문을 의심할지도 모르기 때문이었다. 그래서 결과를 알기 위해서는 늙은 밥티스틴을 마을에 보내는 것이 더 나았다. 지친 마농은 다음 날 아침까지 깊은 잠을 잤다.

밥티스틴은 오두막 앞에서 염소젖을 짜고 있었다.

마농이 말했다.

"밥티스틴 아주머니, 아주머니가 필요해요. 조금 있다가 언덕에 꽃을 따러 갈 거예요. 그러면 아주머니가 꽃을 공동묘지에 가져다 주세요."

"그래. 마침 그곳에 가고 싶은 마음이 들더구나. 대장장이에게 열쇠를 달라고 해서 우리 주인님과 나의 주세페에게 얘길 하러 가야겠다."

"그리고 심부름을 좀 해주세요. 큰 빵 두 개, 소금, 후추, 그리고 갈비 세 대를 사다 주세요."

"종이에 적어 주려무나. 가게 주인에게 그걸 보여 주면 알아들을 게다. 지금 당장 갈까?"

"아니요. 11시에 가세요. 생 테스프리 언덕까지 제가 바래다 드릴게요. 염소 떼랑 함께요. 아주머니를 기다릴 거예요."

20

 광장에 있는 필록센의 카페 테라스에서 불신자들은 낮술을 마시고 있었다. 학교 선생이 불신자들에게 오랜 프로방스 격언에 대한 짧은 강의를 하고 있었다. 격언을 불어로 옮기면, '밤바람이 부는 동안, 빵은 익는다.' 즉, 빵이 구워지는 시간을 의미하는 것이었다.
 선생이 말했다.
 "제 생각에 이 격언은 의미가 왜곡된 전형적인 경우입니다. 이 격언은 예전에는 '벵 드 두에 뒤로 파 앙퀴에'였다고 생각합니다. 마지막 두 단어를 줄여 '팡퀴에'가 되는 거죠. 그러면 '밤바람은 오늘까지 계속 불지 않는다'라는 의미가 됩니다."
 빵집 주인이 말했다.
 "그건 분명하지가 않아! 격언의 의미가 퇴색되는 것 같구먼."
 벨루아조 씨가 말했다.
 "내가 보기에는 선생이 백번 옳은 것 같소. 왜냐하면 '빵이 익는다'는 부분은 밤바람이 정해진 시간 동안 분다는, 즉 적어도 한 시간 동안 분다는 의미를 지칭하는데, 사실 밤바람은 자정 전에 불기 시작해서 해가 뜰 무렵에 사라지지 않소! 그리고 덧붙이자면…."

하지만 벨루아조 씨에게 덧붙여 설명할 시간은 주어지지 않았다. 강한 목소리가 그의 말을 끊었기 때문이다. 한 시간 전에 와서 카지미르에게 공동묘지의 열쇠를 달라고 했던 늙은 밥티스틴이 광장 끝에 나타났다. 그녀는 저주와 욕설을 퍼부으며 왔다. 아이들이 크게 웃으면서 그녀 뒤를 따랐고, 여자들이 문 앞에 모습을 드러냈다. 피에몽 출신의 밥티스틴은 테라스까지 다가왔다. 그녀는 남자처럼 우렁찬 목소리로 계속 소리를 지르고 있었는데, 갑자기 카지미르의 머리를 향해 무거운 공동묘지 열쇠를 던졌다. 카지미르는 열쇠를 기적적으로 피했으나 카페 유리창은 산산조각이 나서 흩어졌다.

"이봐! 이 늙은 여편네가 미쳤나! 다른 사람의 유리창을 깨는 법이 어디 있소? 특히나 피해를 보상할 돈이 한 푼도 없는 사람이 말이야!"

필록센이 외쳤다.

그녀는 계속 소리를 질렀고, 분노로 일그러지고 눈물 젖은 얼굴로 카지미르를 향해 주먹질을 해댔다. 카지미르는 얼른 참사에 대해 해명했다.

그 전날 카지미르는 주세페의 시체를 공동 무덤에 쌓아둘 수밖에 없었는데, 왜냐하면 매우 인색한 건축업자가 묘지 값을 2년 어치만 지불했고, 막 마지막 성사를 받은 늙은 부스카를르의 자네트를 위한 묏자리를 만들어야만 했기 때문이다.

"좀 전에 열쇠를 주면서 그녀에게 설명했는데요, 이제야 이해했나 봐요. 밥티스틴, 제 말을 잘 들어 보세요…."

카지미르가 말했다.

하지만 그녀는 정신없는 손짓을 동원해 야수처럼 울부짖었다. 그래서 개 세 마리가 그녀 주위를 에워싸고 미친 듯이 짖어댔다. 필록센의 폭스테리어가 그녀 뒤로 돌아가 치마의 일부를 물어뜯었다. 그녀는 발길질을 해 폭스테리어를 멀리 차버리고 벨루아조 씨 집의 외부 계단을 두 칸 올라가서 팔을 위로 쭉 뻗은 채 엄숙하게 저주를 퍼부었다.

"돼지들아, 죽어라! 염소들아, 죽어라! 올리브는 떨어지고, 열매들아 말라버려라! 여자들은 불임이 되고, 남자들은 애꾸눈이 되어라! 노인네들은 모두 치매에 걸리고 닭장에는 병이 돌 것이다! 지하실에는 쥐가 득실할 것이며 다락방에 불이 나리라! 성당에는 번개가 내릴 것이다!"

대략 뜻만 간신히 알아들을 정도의 이 끔찍한 저주를 들으며 불신자들은 눈물이 날 정도로 웃어댔고, 아이들은 기쁨의 함성을 질렀다. 하지만 두 노파는 성호를 그으며 겁에 질려 도망갔고, 뚱뚱한 아멜리는 창문으로 몸을 내밀고 절망적으로 외쳤다.

"조심하세요! 저 여자를 조용히 시키란 말이에요! 지금 우리에게 주술을 걸고 있다고요!"

팡필과 빵집 주인은 주먹을 쥔 상태에서 집게손가락과 새끼손가락을 들어 올리고는 마녀를 향해 손 모양을 일곱 번 들이대며 액막이 주문을 외웠다.

"히… 히… 히이이…."

그럼에도 밥티스틴은 끔찍한 저주를 계속 퍼부어댔다. 바로 그때 마귀를 쫓아내는 데 전문가라는 신부님의 하녀가 손에 사발을 들고 나타났다. 하녀가 들고 나타난 것은 바로 성수였는데, 그녀는 용감하게 흥분한 여인의 얼굴에 그것을 부어버렸다. 그러자 정신을 차린 피에몽 여인은 성호를 긋고는 계단을 내려가며 외쳤다.

"저주를 내렸다! 당신네들은 모두 망했어!"

그녀는 몸을 휙 돌려 야유 속에서 멀어져갔다.

*

마농은 한 시간 전부터 풀밭에 누워 풀을 뜯어 먹는 염소들 틈에서 마을 쪽을 계속해서 지켜보며, 그녀의 친구가 돌아오기를 초조하게 기다렸다.

집들로 둘러싸여 있는 광장에서 아무것도 발견할 수는 없었지만 마농은 하늘을 향해 두 팔을 활짝 벌리고 절망에 빠진 사람들이 무더기로 동요되어 소리를 지르며 길거리로 나오기를 바라고 있었다. 하지만 마을은 정오의 작열하는 태양 아래서 매우 조용했다….

갑자기 어떤 생각이 그녀의 머리를 스쳤다. 동굴에서 샘물을 우회하도록 만든 방향이 어쩌면 기존의 지하 수로로 연결되어 있어 그녀가 애써서 한 모든 작업이 헛수고가 된 건 아닌가 하는 거였다. 그것은 가능할 뿐 아니라 거의 확실한 일이었다. 왜냐하면 물은 경사를 따라 흘렀고, 경사를 따라가면 마을 저수지에 도달하기 때문이었다.

실망스러운 생각에 잠겨 있던 그녀는 야유와 소리를 질러대는 어린애들에 앞서서 밥티스틴이 마을을 빠져나오는 것을 보았다. 피에몽 여인은 갑자기 아이들에게로 몸을 돌려 지팡이를 휘두르며 욕설을 퍼부었는데, 욕설이 매우 끔찍한 나머지 아이들은 도망을 쳤다. 밥티스틴은 계곡으로 이어지는 비탈길을 따라 내려오더니 그녀를 만나러 뛰어온 마농을 향해 다시 올라왔다.

"밥티스틴, 왜 그러세요? 사람들이 무슨 짓을 했어요?"

피에몽 여인은 말을 하려 했으나, 입술이 파르르 떨리더니 울음을 터뜨리고 말았다. 마농은 그녀를 끌어안고, 소나무 가지 아래에 위치한 바위 위에 앉혔다. 그러자 밥티스틴은 마농에게 넋두리를 섞어가며 자신에게 닥친 불행에 대해 이야기했다.

"그들이 남편을 멋진 나무 상자에서 꺼냈단다. 그가 자리를 너무 많이 차지해서래…. 그들은 남편을 우리가 모르는 다른 사람들, 어쩌면 몹쓸 병에 걸린 다른 사람들하고 섞어 놨어…. 그 구덩이 안에는 성질 고약한 스페인 나무꾼 페피토도 있었단다. 바구니에 담겨 있던 주세페의 포도주를 훔쳐가려 해서 주세페가 두 번이나 패줬던 그놈 말이야. 주세페를 놀리기 위해 얼굴을 찌푸리곤 도망치기도 했었어. 이제는 영원히 그 짓거리를 할 수 있을 거야…. 이제는 최후의 심판 때 주세페의 뼈를 어떻게 찾아 모으지? 다들 비슷비슷한데 말이야. 아무도 자기 뼈를 제대로 알아보지 못할 거야. 왜냐하면 한 번도 본 적이 없어서 헷갈리기 쉽거든…. 이제 주세페의 뼈는 낱낱이 흩어져서 나라고 해도 전부 모을 수가 없어. 그러니 이제 그 구덩이에 대고 그를 위해 기도를 드린다 해도 무슨 소용이 있겠어? 확실히 다른 사람들이 그의 기도를 절반 이상 훔쳐갈 거라고! 마을 사람들은 정말 돼지 같은 녀석들이야. 내가 그들에게 세상에서 가장 끔찍한 저주를 퍼부어줬어. 아마 끔찍한 불행을 가져다 줄 거야."

마농은 최선을 다하여 그녀를 위로했다. 최후의 심판 날에는 성모마리아께서 모든 일을 잘 처리하셔서, 확실히 주세페를 온전하게 만날 수 있을 거라고도 말했다. 그러다 불현듯 마농이 밥티스틴에게 물었다.

"그런데 우리 아빠는요? 우리 아빠 무덤도 파헤쳤어요?"

"모르겠어. 너무 슬퍼서 주위를 제대로 둘러보지 못했단다. 사방에 구멍이 나 있었어."

밥티스틴이 말했다.

마농은 일어서서 마을을 향해 달려갔다.

*

하지만 카페의 테라스에는 사람들이 더 많이 모여들었다. 뚱뚱한 아멜리는 화난 모양으로 허리에 손을 얹었고, 학교 선생의 어머니는 야채가 가득 든 바구니를 들고 나타났다. 앙글라드는 어깨에 곡괭이를 멘 채 밭에서 돌아왔고, 카브리당은 물통 두 개를 사이에 두고 서 있었으며, 늙은 시도니도 왔다.

파페는 조소를 머금으며 말했다.

"이건 할미들 잔치로구먼."

시도니가 반박했다.

"두고 보게. 두고 보라고! 난 레 종브레의 마녀를 알아. 그녀가 네 마디만 하면 노새나 염소가 꼬꾸라져 죽어버린다니까!"

아멜리도 외쳤다.

"피에몽 여자는 네 마디보다 더 퍼부었다니까요! 사정이 우리에게 안 좋다고요!"

카브리당이 말했다.

"어쨌거나 늙은 밥티스틴이 저주를 걸고 있을 때 제 아내가 밭에서 돌아왔는데요, 집에 돌아오자마자 찌개는 전부 타버렸고 할머니가 계단에서 넘어지셨어요. 할머니 이마에 자두 반만 한 혹이 생겼다니까요!"

"그러니까 아저씨 말은 집 안에서 일어난 두 불행이 저주 때문에 생긴 결과란 말이죠?"

선생이 물었다.

"확실하진 않지만 약간은 그런 것 같아요!"

"자네 할머니가 생수를 마셨다면…."

파페가 말했다.

"이보게나, 저게 무슨 광경인고?"

팡필이 말했다.

선생은 팡필이 바라보는 곳으로 눈길을 돌렸다. 마농이 머리를 휘날리며 달려오고 있었다. 그녀는 선생을 발견하고 그 앞에서 멈춰 섰다. 하얗게 질린 이마 위로 땀방울이 송송 맺혀 있었다. 그녀가 갑자기 말했다.

"공동묘지에 무슨 일이 일어난 거예요?"

필록센이 바로 대답했다.

"불쌍한 나무꾼의 자리를 바꿨단다. 왜냐하면 그가 그 묏자리를 영원히 빌린 게 아니었거든!"

"그럼 저희 아버지는요?"

"그 묘는 손대지 않았단다. 앞으로도 절대로 손대지 않을 거고!"

그녀는 눈을 감고 깊이 숨을 들이쉬었다.

"그녀를 앉혀요! 쓰러질 것 같다고!"

마갈리가 외쳤다.

선생이 바로 마농의 어깨를 붙잡았다. 마농은 금세 몸을 곧추세우고 얼굴을 붉히면서 선생을 얌전하게 밀어냈다.

"고마워요…. 감사합니다…. 제가 묘지 열쇠를 받을 수 있을까요?"

마농이 물었다.

"물론이지."

카지미르가 말했다.

"단 조건이 있단다. 네 친구 밥티스틴처럼 유릿장을 깨뜨리러 오지 않는다는 조건에서 가져가거라!"

필록센이 말했다.

"그래도 뭐 좀 마시게 해요…. 커피라도 말이에요!"

마갈리가 말했다.

"괜찮아요. 감사합니다. 그럴 필요 없어요. 감사합니다."

마농이 말했다.

벨루아조 씨는 매우 큰 관심을 가지고 그녀를 쳐다보았다. 그는 자신이 속삭이는 줄 알고 큰 소리로 말했다.

"놀랍고도 사랑스러운 여자로구먼!"

아멜리는 팡필을 쳐다보았다.

"어쨌든 당신의 금빛 작은 새를 가까이서 보니 기분이 매우 좋겠구려!"

팡필은 갑자기 격하게 화를 내며 응수했다.

"당신, 당장 집으로 돌아가! 집으로 돌아가든지 입을 다물든지! 그러지 않으면 모두들 앞에서 양쪽 뺨에 따귀를 맞을 줄 알아!"

아멜리는 허리춤에 손을 대고 소리를 질렀다.

"나한테 따귀를 때리시겠다? 나한테?"

"점점 흥미로워지고 있군."

벨루아조 씨가 말했다. 하지만 이 유쾌한 장면은 절망적인 목소리가 들려옴으로써 갑작스럽게 중단되었다.

"파페, 파페!"

위골랭이 온몸에 진흙을 덮어쓰고, 엉망인 얼굴에 숨을 가쁘게 몰아쉬며 큰 걸음으로 뛰어왔다. 열 걸음 정도 앞에서 그가 외쳤다.

"파페! 샘이요! 샘이요! 샘이 멈췄어요!"

"무슨 말을 하는 게냐?"

"오늘 아침부터 샘이 흐르질 않는다고요!"

"전혀?"

"한 방울도 안 나온다고요!"

어두운 기쁨이 마농의 심장을 달구었다. 경련으로 일그러진 얼굴에 초점 없는 시선, 진흙에 젖어 뻣뻣해진 바지가 보여 주는 광경은 참으로 멋졌다…. 그는 숨을 몰아쉬며 말을 이었다.

"오늘 아침 9시부터 말이에요…. 제가 도랑도 팠고요, 구멍에 막대기도 찔러 넣어 보았어요…. 하지만 아무것도, 아무것도 안 나와요…. 세상에, 어쩌면 좋죠?"

"샘이란 변덕이 심하다고! 특히나 네 건 더 그래! 예전에는 물이 흘렀지. 그러다가 도시의 선생이 도착하자 물이 멈췄어. 그리고 네가 도착하니 너를 위해 다시 물이 흘렀지. 그리고 갑자기 멈춰버렸어. 그게 바로 네 샘의 성격이야…. 걱정하지 말라고. 한 석 달만 지나면 돌아올 게야!"

팡필이 말했다.

"하지만 불행하게도 제 카네이션이 전부 싹을 틔우고 있단 말이에요! 게다가 고급품에 특산 품종이라고요!"

"그걸 위해 만오천 프랑을 투자했지!"

파페가 말했다.

"제 전 재산을, 제가 벌었던 걸 전부 올해 카네이션을 위해 쏟아 부었어요! 이런 햇볕 아래서는 물 없이 일주일만 지나도 다 망한다고요!"

그때 마농의 목소리가 뚜렷하게 들렸다.

"물탱크가 있잖아요!"

"물탱크로는 이틀 밖에 못 버텨요. 그 이상은 안 되죠!"

흥분한 위골랭은 마농의 목소리를 알아채지 못했다. 하지만 그는 갑자기 그녀를 쳐다보았고, 잠시 동안 아무 말이 없었다.

"네가 말한 거야? 너라면 그 물탱크로 아무것도 못한다는 걸 잘 알고 있잖아!"

"그렇지. 그녀야말로 그걸 잘 아는 사람이지."

팡필이 말했다.

"나한테는 매일 물 800미터씩(위골랭은 늘 '입방미터'라는 단위를 제대로 기억치 못했다.) 필요하다는 사실을 알아야만 해요! 그 물이 없으면 엿새 만에 나는 거지가 될 거라고요! 그리고 태양 말이에요! 이 태양을 보라고요! 호박을 말라죽게 했던 그 태양이라고요. 이 태양이 제 카네이션을 모두 태워 죽일 거예요!"

위골랭은 무릎을 꿇고 털썩 주저앉아 하늘을 향해 두 팔을 벌리고 탄식했다.

"세상에! 세상에!"

"그만 해라. 일어나, 바보 녀석아! 일단 물은 우리가 대화를 하는 동안 벌써 흐를 수도 있다…. 그리고 물이 흐르지 않아 기다려야 한다면 분수가 있잖니. 노새 두 마리, 필요하다면 네 마리도 가능하다. 그리고 네 사람이 노력을 한다면 버틸 수 있을 게야…. 자 언덕, 위로 보러 가자꾸나!"

파페가 거칠게 말하고는 앙주를 향해 몸을 돌렸다.

"수도 관리인, 우리랑 같이 갈 텐가?"

"일단 먼저 점심을 먹고요. 지금 12시 반이라고요! 그다음에 올라갈게요."

"저도요."

카브리당이 말했다.

"우리 집에 먼저 들르게나. 내가 작은 펌프를 자네에게 빌려 주도록 하지."

앙글라드가 말했다.

그때 갑자기 한 여자의 목소리가 들렸다.

"거기 여러분들, 이쪽으로 와 보세요!"

앙글라드의 부인인 베랄드였다. 그녀는 분수의 물이 나오는 곳 아래에다 물병을 내려놓았다.

"무슨 일이오?"

앙글라드가 물었다.

"제 생각에는 분수가 썩 잘 돌아가는 것 같지 않아요. 제 새끼 손가락만큼만 흘러요!"

"말도 안 돼!"

앙주가 말했다. 그는 즉시 베랄드 쪽으로 뛰어갔다. 사람들 대부분이 그를 뒤따라갔다. 몇 년 전부터 구리 수도관에서는 물이 철철 넘치게 흘렀으나, 지금은 그 절반도 안 되게 흘렀다. 매우 조용한 가운데 남자들은 걱정스러운 눈빛을 교환했다.

"분수가 위골랭의 샘처럼 그러면 안 될 텐데!"

앙글라드가 말했다.

"이건 말도 안 돼. 분수는 50년 전부터 한 번도 멈춘 적이 없다고!"

필록센이 외쳤다.

하지만 바로 그들 눈앞에서 물줄기는 점점 더 가늘어졌다. 마농은 그녀가 알지 못하는 사람들, 샘의 비밀을 간직했던 사람들,

그리고 그들의 샘이 죽어가는 것을 지켜보고 있는 이들 전부를 쳐다보았다. 그녀는 차마 이 광경을 믿을 수 없었다. 다리는 후들거리기 시작했다. 마갈리는 테라스의 의자 위에 마농을 앉게 했다. 그동안 모든 사람들은 분수 쪽으로 다가갔다. 침묵 속에서 마농은 물이 물병 안으로 떨어지는 소리를 들었다. 갑자기 수도관이 꾸르륵 소리를 내며 오랫동안 한숨을 쉬더니 마침내 입을 꾹 다물었다.

위골랭은 얼이 나가 외쳤다.

"이것도 마찬가지예요! 파페, 이제 다 망했어요!"

놀란 앙주는 수도관을 손으로 더듬어 보았다. 아멜리의 날카로운 소리가 뒤를 이었다.

"제가 여러분께 말씀드렸지요, 그녀가 우리에게 주술을 건 거예요! 아까는 비웃었죠, 안 그래요? 이제 재난이 우리에게 닥친 거라고요! 우리가 할 일은 단 한 가지예요. 그 나무꾼을 관 속에 다시 넣는 거죠. 그러지 않으면 분수에는 영원히 물이 흐르지 않을 거라고요!"

"그녀가 우정 어린 친절을 발휘해 주술을 거두어주지 않는다면, 우리는 그녀에게 성수 1리터를 억지로 마시게 하고 뜨거운 잉걸불 위에서 발을 지지도록 해야 해요!"

늙은 시도니가 외쳤다.

마농은 그녀의 친구에 대한 발언에 겁을 먹었다. 이 야만인들은 밥티스틴에게 복수를 하기 위해 무슨 짓이든지 할 사람들이었다. 하지만 벨루아조 씨가 끼어들었다.

"여러분들, 논리적으로 생각하십시오!"

"무슨 논리요? 그녀가 우리한테 한 걸 보고도 말이에요?"

그러자 공증인은 말했다.

"제가 말하고 싶은 것은, 그녀가 초자연적인 힘을 가졌다고 생각한다면, 고문은 섣부른 짓이라는 겁니다. 물론 저는 이렇게 믿습니다만, 만일 그녀에게 초자연적인 힘이 없다고 한다면, 이 사고의 원인을 다른 곳에서 찾는 것이 좋을 겁니다."

"오, 수도 관리인, 이건 네 문제야. 어떻게 된 일인가?"

필록센이 물었다.

"이장님이 아는 이상으로 아는 바가 없어요. 아마도 두꺼비나 물뱀이 관을 막고 있는 것 같은데요…. 어쨌든 저수지를 보러 갈게요…."

앙주가 말하고는 급히 뛰어갔다.

"제 생각에는 수도관 문제는 아닌 것 같은데요. 왜냐하면 저수지보다 높이 위치한 위골랭의 샘이 먼저 멈췄잖아요…. 분명 일시적이겠지만 이 사고는 아무래도 가뭄 때문인 것 같은데요…."

학교 선생이 말했다.

"아닌 것 같아. 열흘 전부터 비가 내리지 않았고, 불덩이 같은 태양이 떠 있는 것도 사실이네…. 하지만 열흘 동안 비가 안 오는 것은 자주 있는 일이고, 여태까지는 한 번도 물이 멈춘 적이 없다네."

막 도착한 앙글라드가 말했다.

빵집 주인이 아연실색했다.

"이게 일주일 동안 계속된다면 무엇으로 빵을 만든답니까?"

"파스티스 칵테일에는 무얼 넣지?"

필록센이 말했다.

파페는 너무 놀라 경직된 위골랭을 데리고 갔다. 그러는 동안 아이들과 수다쟁이 부인들이 광장을 점령했고, 하녀 뒤로 주임 신부가 큰 걸음으로 도착했다.

분수에 전혀 관심이 없는 아이들은 마농을 보러 왔고, 마농은 이처럼 많은 사람들이 모여들자 겁을 먹었다. 그녀는 테이블 위에 놓여 있는 공동묘지의 열쇠를 집어 들고 일어섰다. 그녀의 얼굴이 너무나 창백해서 마갈리가 마농에게 말했다.

"제가 아가씨를 바래다 주는 게 좋을 것 같아요."

"감사합니다, 아주머니. 저는 언덕 위에서 혼자 지내는 게 익숙해서요…."

"알고 있어요! 제 아들의 칼을 발견하고 돌려주신 게 바로 아가씨지요…. 제가 묘지 입구까지 바래다 드릴게요…."

그녀들은 길을 떠났고, 마농은 입을 다물었다.

"저는 이 주위의 언덕을 무척 좋아한답니다. 때로는 목요일마다 아들을 따라가곤 하지요. 우리는 테트 루즈 위쪽이나 생 테스프리 언덕 아래로 점심을 먹으러 간답니다…. 어느 날 아들이 제게 아가씨가 사는 곳을 멀리서 보여 줬어요…. 오랜 동굴에서 산다는 것은 너무나 멋져 보였답니다. 하지만 그렇게 편하지는 않죠?"

마갈리가 물었다.

"그곳이 아주 익숙한걸요. 부엌에 샘이 하나 있어요. 차갑고 맑은 샘이요…."

"세상에나, 그 샘도 역시 멈춘 건 아닌가요?"

마갈리가 놀라서 말했다.

"오늘 아침에는 평소처럼 흐르던걸요…."

숨을 가쁘게 쉬면서 급한 걸음으로 언덕을 올라오던 두 농부가 지나갔다.

"선상님 부인, 무슨 일인가요? 물이 우리 저수지까지 흐르지 않아요. 앙주가 물을 끊은 건가요?"

"세상에. 분수에 무슨 문제가 생겨서 사람들이 걱정을 하고 있는 것 같아요."

마갈리가 대답했다.

"불행이야! 물이 부족할 시기가 아닌데! 6월 말까지 꺾꽂이해 둔 토마토 자루가 천 개나 되는데…. 큰 재앙이에요…."

폴리트가 말했다.

그들은 오르막 비탈길을 따라 올라갔다. 마농과 마갈리는 공동묘지 입구에 도착했다.

"이제 아가씨를 이곳에 두고 가야겠군요."

"네. 감사합니다. 감사합니다."

마농은 무거운 철책을 열었고 마갈리는 다시 마을로 향하는 길을 따라 떠났다. 호기심이 많은 마갈리는 멈추었다 되돌아 왔지만 묘지 입구 문 앞까지 올 엄두를 내지는 못했다. 안개 사이로 매미가 우는 소리가 들리는 가운데 마갈리는 하모니카 음악 소리를 들었다. 하모니카 곡은 춤곡이었다.

마갈리는 가까이 다가가 조심스럽게 철책 사이를 엿보았다. 무릎을 꿇고 앉은 마농은 마갈리에게 등을 돌리고 있었다. 짧고 즐거운 음악이 조용한 묘지에 울려 퍼졌다. 마갈리는 뒷걸음질로 묘지에서 멀어지다가 다시 멈추어 서서 말했다.

"저 아가씨는 조금 이상해…. 그래, 아주 이상해…. 하지만 어찌나 예쁘게 생겼는지!"

21

언덕 위로 다시 올라오면서 마농은 바오 언덕 위쪽에서 그녀를 기다리던 피에몽 여인을 발견했다. 밥티스틴은 샘이 멈췄다는 소식에 기뻐서 춤을 추기 시작했다. 그리고 이 '이집트콩을 먹는 사람들'을 비웃어주고 필요하다면 새로운 저주로 '주술'을 강화하기 위해 마을에 내려가고 싶어 했다. 마농은 그녀를 막으면서 그들이 밥티스틴의 발을 구워 삶아버릴 만한 사람들이고 당분간은 모습을 보이지 않는 게 좋겠다고 말했다.

*

마농은 평소처럼 염소를 돌보고 덫을 놓으며 며칠 동안 언덕 위에서 지냈다. 그녀는 의무를 마친 것을 자랑스러워했고, 그것이 자신의 당연한 권리라고 확신했다. 왜냐하면 확실히 샘의 비밀을 그녀에게 가르쳐 주신 것은 바로 하늘이었기 때문이다. 하지만 그녀는 점토와 시멘트로 매우 급하게 만들어진 마개가 물에 녹아버려 지하수의 새로운 이동 경로가 돌고 돌아 결국 예전의 경로와 만나게 되지는 않을지 자문해 보았다. 밤낮으로 마농은 물이 아직 돌아오지 않았다는 사실을 확인하기 위해서 저수지 위에 있는 언덕까지 덤불숲을 통과해 다녀오곤 했다. 하지만 물은 아직 돌아오지 않았다. 그녀는 햇볕 때문에 하얗게 빛바랜 직사각형 시멘트 저수지를 보았고, 그곳에는 샘의 부활을 알리는 역할을 맡은 두세 명의 아이들이 있을 뿐이었다. 기다리는 동안 아이들은 도마뱀 사냥을 하거나 솔방울을 돌멩이 두 개로 깨뜨리고, 노래를 시키려고 매미의 배를 간질이곤 했다.

*

마을에는 재앙이 닥쳤다. 매일 아침마다 필록센은 토목공학 전문가를 보내 주겠다고 약속한 도청에 전화를 했으나 전문가의 도착은 계속 늦어졌다. 그리고 매일매일 상황은 더욱 악화되었다. 텃밭의 잘 익은 채소들은 시들시들 죽어갔고, 우물은 메말랐다. 파페의 우물만은 예외였는데, 파페는 우물 위에 뚜껑을 덮어둬서 불신자들의 아페리티프를 위해 하루에 물 2리터를 공급할 수 있었다.

광장에서 여자들은 불쌍한 앙주를 쳐다보며 빈정거렸다. 그는 창피한 탓에 멍한 채로, 정성을 들이면 구리 관에서 다시 물 흐르는 소리가 날지도 모른다는 생각에 바보처럼 분수의 구리 관을 문질러 광을 냈다.

즐거운 빵집 주인은 물 문제를 밉살스런 협박을 통해 해결했다. 그는 냉소적으로 말했다.

"빵을 원하면 내게 물을 가져와요!"

그래서 매일 아침 농부 한 명이 세 마리의 당나귀를 차례로 이어 작은 행렬을 만들고 레 종브레 분수로 '빵을 위한 물'을 뜨러 떠났다.

속이 꽉 찬 양배추 밭을 절망적으로 가꾸던 앙글라드의 쌍둥이 형제는 매일 아침 노새 두 마리를 데리고 뤼사텔에 다녀왔다. 비참한 위골랭은 물통을 실은 수레 세 대와 함께 레 로마랭과 카트르 세종을 왕복했다. 파페가 장비와 이탈리아 수레꾼 둘을 구해 준 덕이었다.

위골랭은 새벽에 떠났다. 하루 종일 뜨거운 햇볕 아래서 그는 행렬 맨 앞에서 걸었고, 저녁에 가축들이 쉴 시간을 달라고 피에몽 인부들이 요청했을 때도 위골랭은 지쳐 쓰러지기 일보직전인 파페의 노새를 이끌고 두 차례 더 왕복했다. 무거운 발걸음으로 한 발 한 발 내딛는 파페의 노새는 기적적으로 땅에 쓰러지지는 않았다. 밤에 그는 '불쌍한 장 선생'에게 말했다.

"이봐요, 이봐요. 내 샘물을 끊은 사람이 선생이라는 걸 알아요…. 참 잘하셨어요. 저는 당해 마땅하거든요. 하지만 절 위해 일한 게 아니란 걸 잘 아시잖아요! 이 모든 꽃은 마농을 위한 거고, 그녀를 위해 일을 했어요! 들어보세요. 저는 선생을 잘 알아요. 선생은 용감하시고, 지금은 천국에 있죠. 제 발은 신발을 벗을 수 없을 정도로 퉁퉁 부었고, 노새는 곧 죽을 지경이에요. 이렇게 일주일만 더 계속되면 어쨌든 카네이션 농사는 끝장이라고요…. 성부, 성자, 성령의 이름으로 마농의 샘을 우리에게 돌려주세요. 하느님의 이름으로 기도드려요. 아멘!"

*

 어느 날 아침 7시쯤에 마농은 뚱뚱한 아멜리와 나탈리를 데리고 대장장이 카지미르가 르 플랑티에를 향해 올라오는 것을 보았다. 그들은 밥티스틴에게 저주를 취소해 달라고 요청하러 온 마을 대표단이었다. 분수는 아직도 조용했고, 마을의 근심은 날로 커져갔기 때문이었다.

 카지미르는 주세페의 뼈를 전부 정성스럽게 다시 가져왔고, 그의 관은 깨끗하게 손질되었으며, 주임 신부께서 두 번의 이사로 동요된 주세페의 영혼을 달래기 위해 위령 미사를 드리실 거라고 전했다. 그동안 같이 온 여자들은 피에몽 여인에게 간청을 하고 있었고, 카지미르는 마농에게 윙크를 했다. 마농에게 가까이 다가온 그는 낮은 목소리로 주술을 믿지는 않지만 밥티스틴이 마을에 내려와 가짜로라도 주문을 되돌리는 연기를 해서, 밥티스틴을 찾아가 보라고 남자들을 귀찮게 하는 노파들을 진정시켜 달라고 설득했다. 그리고 마을이 보기에 딱한 상황이라고 덧붙이며 그는 연민 어린 마음에서 비틀거리는 위골랭의 고행을 묘사했다. 그는 머지않아 카네이션과 같이 '시들어버릴' 것이라고 했다.

 이렇게 즐거운 향연을 보고 싶어서 마농은 밥티스틴을 따라 레 바스티드로 갔다.

*

 주세페는 두 번째 장례식을 치르는 명예를 누렸다. 카지미르가 회수된 뼈들이 정말 그 나무꾼의 것이 맞는지는 확실치 않지만 어쨌든 '있을 건 다 있다'고 털어놓자, 불신자들은 이 의식이 주는 위안 효과에 대해 의심을 품었다. 합당한 미사를 드린 후 밥티스틴은 분수 앞에서 저주를 푸는 주문을 외웠다.

우선 그녀는 군중들에게 물은 멀리서 흘러오기 때문에 오늘 다시 흐르지는 않을 것이라고 경고를 했다. 그런 다음 마른 마편초 뭉치에 불을 붙인 후 예전에 내렸던 저주를 하나씩 없애고 축복을 내리는 기도문을 읊었다. 이 마법 작용은 여자와 아이들 사이에서 큰 효과를 가져왔지만, 분수 곁에서는 마녀의 능력을 증명할 만한 어떤 사건도 생기지 않았다.

마농은 위골랭과 노새를 보러 가기 위해서 어서 구릉으로 올라가고 싶었다. 그런데 학교 선생이 길을 막고 친근하고 멋진 미소로 그녀에게 말을 걸었다.

"아가씨를 찾았어요. 사람들이 마을 회관에서 아가씨를 기다리고 있어요."

그녀는 놀라면서 걱정하기 시작했다. 누가 그녀를 보고자 한단 말인가. 선생이 말을 이었다.

"도청에서 이장님께 샘의 신비로운 비밀을 풀어낼 토목공학 기술자를 한 사람 보내 준다고 했어요. 위골랭은 그를 이미 레 로마랭으로 데리고 갔지요. 바로 그곳에서 재앙이 시작되었거든요. 하지만 그 기술자는 지도에 나와 있지 않은 샘을 알려 달라고 했고, 사람들은 아가씨가 알 거라고 생각해요. 함께 가요."

그는 그녀를 마을 회관으로 인도했다.

"왜 저죠?"

"왜냐하면 어느 날엔가 언덕에서 아스파라거스를 찾아다니는 노인이 아가씨를 '샘 처녀'라고 불렀거든요."

마농의 걱정은 더욱 커졌다. 그 기술자는 그녀에게 이런저런 질문을 할 것이다. 그러면 그녀는 기술자 앞에서 거침없이 대답을 해야 할 것이다. 그 사람은 분명 똑똑한 사람일 테고, 아마 계산이나 이성적인 사고를 하는 사람이라면 동굴의 비밀을 알게 될 것이다. 어쩌면 지도에 나와 있지 않은 그 샘을 알지도 모른다. 그러면 사람들은 남아 있는 초와 발자국을 찾아낼 것이다.

*

  토목공학 전문가와 이장은 큰 테이블 위에 펼쳐 놓은 채색이 된 지도를 세심하게 연구했다고 한다. 기술자는 털이 많고 새카만 젊은이였으며 금테 안경을 쓰고 사냥 조끼를 입고 다녔다.
  "아가씨, 이 지도를 좀 보세요. 우리가 알고 있는 샘이 여기 파란색 둥근 원에 그려져 있어요. 그 외에 샘이 또 있나요?"
  기술자는 마농 쪽으로 지도를 밀어 주었고 연필 끝으로 라 페르드릭스, 르 플랑티에, 페테랭 샘을 보여주었다. 마농은 동굴이 나와 있지 않은 지도를 보며 크게 안심했고 알려지지 않은 샘인 로리에, 라 퐁들라 세르, 니쉬, 페테병 등 네 개를 찾아보았다. 하지만 그녀는 종이 위에서 그것이 어디 위치한 것인지 알 방법이 없었다.
  "그럼 저희를 그곳으로 안내해 줄 수 있나요?"
  선생이 물었다.
  "그럼요, 물론이죠."
  선생이 일어서며 말했다.
  "그럼 저희가 아가씨를 따라가죠."

 가는 길에 나르본의 멋진 억양으로 기술자는 다른 샘의 위치로 말라버린 샘물의 경로를 밝혀낼 수 있으며, 이번 연구는 이 지역의 산악 지형을 완벽하게 파악하는 좋은 기회라고 설명했다. 그는 매 순간 지도를 펼쳐 보았으며 주위를 오랫동안 바라본 다음 지도에 신비로운 기호를 그려 넣었다. 그동안 베르나르는 마농에게 수천 가지 질문을 던졌다.
 "여덟 살 이후로 친구들이 없었어요?"
 "없었어요. 제 친구는 당나귀하고 개, 염소, 그리고 엔초와 지아코모 아저씨가 다예요. 아저씨들은 밥티스틴처럼 피에몽 출신의 나무꾼들이죠."
 "그러면 혼자라서 심심하지 않으셨나요?"
 "언덕에서는 절대로 혼자가 아니에요. 보이지는 않지만 저를 쳐다보는 동물들이 많아요…. 그리고 가끔씩은 저를 지켜보는 사람들도 지나다니죠…."
 "첫날 제가 그랬던 것처럼요."
 "네, 선생님처럼요."
 "그럼 아가씨는 평생 황무지에서 살 생각이세요?"
 "그러고 싶어요. 지금은 그러고 싶다고 말하지만, 나중에는 생각이 바뀔지도 몰라요…."
 "아가씨는 열일곱 살이에요?"
 "아니요. 아직 아니에요. 조금 지나면 열여섯이에요."
 "더 많은 줄 알았는데요…."
 "밖에서 자라서 그럴 거예요. 자연과 함께 말이죠…. 자, 여기가 로리에 샘이에요."

그녀는 매우 오래되고 구부러진 월계수 나무 아래 마른 돌이 쌓여 있고 그 위는 큰 암석 판으로 덮인 곳에 올라갔다. 그곳에서는 매우 가는 물줄기가 흘러나오다가 금방 돌 사이로 사라졌다. 전문가는 가까이 다가가서 물에 손을 담가 보았다.

"이것이 평상시의 유량입니까?"

"네. 폭우가 내린 후에야 더 세차게 흘러요."

그는 주위를 조사하고 기록을 했다.

학교 선생은 돌을 주워 담았고, 마농은 세이보리 가지를 꺾었다. 그때 갑자기 산토끼보다 더 빠른 속도로 비쿠가 달려와서 사랑하는 주인을 발견하고는 기뻐서 어쩔 줄을 몰라 하며 괴상한 행동을 했다. 비쿠는 마농이 한 시간쯤 안 보이자 영원히 잃어버린 줄 알았던 것이다. 그러더니 물뱀이나 들쥐를 찾으려고 수풀을 뒤적거리기 시작했다.

레프레스키에르에서 방울방울 떨어지는 샘이었던 라 퐁들라세르 샘으로 가는 길에 그들은 비밀의 동굴에서 그리 멀지 않은 곳을 지나가게 되었다. 마농은 눈을 돌려 반대쪽 언덕으로 관심을 끌기 위해 노력했다. 습기가 어느 정도 있어 오래오래 푸른 풀이 나는 곳이라서 자기가 염소를 데리고 자주 가는 곳은 그 반대쪽 언덕이라고 설명했다. 하지만 기억력이 좋은 비쿠는 동굴을 향해 쏜살같이 달려가서 열정적으로 주인을 부르며 짖어댔다. 걱정스러운 기색으로 마농은 즉시 비쿠를 불렀다.

"이리 와! 얼른 이리 와!"

비쿠는 뛰어와서 기뻐하며 마농 주위에서 몇 차례 폴짝폴짝 뛰었다. 그러면서 그녀의 원피스 끝자락을 잡아당겨 마농을 운명의 장소로 데려가려고 했다. 선생이 놀란 표정으로 말했다.

"개가 당신께 무언가를 보여 주고 싶어 하는군요."

"그런가 봐요. 초록색 도마뱀이나 들쥐 같은데요."

마농이 대답했다. 하지만 비쿠는 다시 가서 동굴 입구에 몰래 쌓아 놓은 돌무더기를 발로 긁어댔다. 겁이 난 마농은 배낭에서 새총을 꺼내 빨간 사과만 한 크기의 둥근 돌을 날렸다. 그녀는 평소처럼 겁만 주고 살짝 빗나가기를 바랐으나 그 돌이 정확하게 비쿠의 머리를 맞히자 그녀 자신도 매우 놀랐다. 비쿠는 찢어지는 듯한 소리를 지르더니 르 플랑티에 쪽으로 도망을 가면서 고통스러운 신음 소리를 냈다. 그 소리는 메아리가 되어 돌아왔다. 마농은 비쿠가 한쪽으로 비스듬하게 기운 채 달리는 모습을 끔찍해하며 바라보았다.

선생은 놀라서 그녀를 보았다.

"능숙하시네요. 하지만 잔인하군요. 개의 두개골이 울리는 소리까지 들렸는걸요."

"하는 수 없죠. 말을 잘 들었어야지요."

전문가가 말했다.

"그렇군요…."

선생이 대답했다.

"여기가 라 퐁들라 세르 샘이에요."

마농이 말했다.

*

그들은 정오경이 되어서야 조사를 마쳤다. 테트 롱드 언덕에서 헤어질 시간이 다가오자 마농은 젊은 선생에게 금작화 가지로 묶은 세이보리 다발을 내밀었다.

"어머니께 드리세요. 이 지방에서 가장 향이 좋은 세이보리예요…. 토끼 스튜에 좋아요."

"어머니가 고마워하실 거예요. 저도 고맙고요! 내일 아침에 마을 회관에서 전문가가 이 상황에 대한 보고를 하실 겁니다. 오시지 않을래요?"

"어쩌면요."

22

"친애하는 이장님, 불행히도 이 용감한 마을 주민들 앞에서 발표할 즐거운 소식이 없습니다."

"그렇기 때문에 당신이 우리에게 이 소식을 말해야 하는 거요."

필록센이 말했다. 전문가는 학교 선생과 함께 이장을 돕느라 마을 회관의 사무실에 있었다.

"아시겠지만, 내가 당선이 되려면 마을 사람들의 표가 필요하단 말이오. 그리고 난 나쁜 소식을 발표하는 것을 좋아하지 않지요. 하지만 당신에게는 그것이 중요한 문제가 아니잖소. 그러니 보고서를 이들에게 읽어 주시오."

"보고서는 제 상관을 위해서 작성했기 때문에 기술적인 언어로 되어 있습니다. 그러니 마을 사람들은 하나도 이해하지 못할 겁니다."

"더 좋군요. 그럴 수록 이들은 보고서가 제대로 작성되었다고 생각할 거고, 희망을 가질 겁니다."

"사람들이 삼십 분 전부터 우리를 기다리고 있었어요."
학교 선생이 말하자 필록센이 일어서며 말했다.
"갑시다."
회의실에는 긴 테이블이 앞에 놓였고, 테이블 주위에 하얀 난간이 삼면을 둘러싸며 보호하고 있었다. 그 주위로 실내를 가득 메운 사람들이 말없이 서 있었다. 파페, 앙글라드, 위골랭, 팡필, 카지미르, 빵집 주인, 앙주와 푸줏간 주인으로 구성된 자문 위원은 팔짱을 끼고 초록색 카펫 위에 팔꿈치를 댄 채 꼼짝 않고 기다리고 있었다.

상당히 엄숙한 태도로 필록센은 토목공학 기술자를 자기 옆에 앉혔고, 마을 서기인 학교 선생은 테이블 끝에 놓인 장부와 서류 더미 뒤에 가서 앉았다. 그는 난간 너머에 서 있는 오십여 명의 얼굴을 쭉 훑어보았다. 마을 농부들이 거의 다 온 듯했고, 여자들도 많이 왔다. 뚱뚱한 아멜리, 베랄드, 미에트와 필록센이 '예수쟁이의 스파이'라고 부르는 주임 신부의 하녀 마리네트도 왔다. 베르나르는 회의실 끝에 서 있는 마농을 발견했다. 그녀는 파란 스카프로 머리를 가리고 있어 갸름한 얼굴이 더 돋보였다. 그녀는 첫 번째 줄에 서서 갈색 손을 하얀 난간에 올리고 있었다. 그녀 뒤에는 회진줏빛 멋진 펠트 모자를 쓴 벨루아조 씨의 커다란 모습이 보였다. 그는 마농이 옆에 있다는 사실에 감동한 듯이 콧구멍을 벌렁거렸다.

마농은 조용했고 긴장한 상태였다. 그녀는 전문가의 보고서를 두려워했다. 위골랭은 온갖 노력을 다하여 그녀를 쳐다보았고, 파페도 눈으로는 그녀를 좇고 있었다.

마침내 우울한 침묵 속에서 이장이 종을 흔들고 말했다.
"회의를 시작합니다."

필록센은 카페 테라스에서는 수다스럽게 말이 많다고 해도, 미리 정해진 어떤 주제에 대해서 연설을 할 정도의 위인은 아니었다. 조용한 채로 자신을 쳐다보고 있는 많은 사람들을 바라보는 것으로 그는 온몸이 마비되었다.

'생각이 혼란스러워지고 머릿속에서부터 말을 더듬게 되는군.'

마침내 그가 입을 열었다.

"자, 물 문제를 위해서 회의를 소집했습니다."

위골랭이 갑자기 일어서서 큰 소리로 말했다.

"이건 문제가 아니라 재앙이라고요!"

사람들은 이 강경한 발언에 수군거리는 것으로 동의를 표시했다. 위골랭은 자신감에 찬 미소를 지으며 마농을 쳐다보고는 자리에 앉았다.

"물론입니다. 이건 재앙입니다. 하지만 내 개인적인 노력과 전화 덕분에 우리를 도울 토목공학 전문가를 부를 수 있었습니다. 전문가를 소개합니다!"

전문가는 고개를 끄덕여 인사를 했고 발언권을 이어받았다.

"여러분, 저는 여러분의 문제를 조사했습니다. 그러나 제 상관을 위해 간밤에 제가 작성한 보고서를 읽어드리는 것 외에 별 도리가 없습니다."

희망적인 수군거림이 스쳐 지나갔다.

"우선 저는 매력적인 목동 처녀에게 감사를 드리고 싶습니다. 그녀의 도움이 매우 유익했습니다. 저희에게 지도에 표시되어 있지 않은 샘을 알려줌으로써, 이 지역의 산악 지형도를 매우 정확하게 완성할 수 있었습니다."

위골랭이 즉시 일어서서 박수를 치며 "브라보!" 하고 외쳤다.

벨루아조 씨와 학교 선생만이 그의 행동을 따라했을 뿐이고, 마농은 머리끝까지 새빨개졌다.

"자, 이제 보고서를 읽겠습니다."

그는 서류 가방에서 종이 뭉치를 꺼내서 읽기 시작했다.

"마을 분수까지 물을 공급하는 라 페르드릭스 샘은 이 고장의 가장 중요하고 가장 오랫동안 이어져 내려온 샘이었다."

샘을 언급하는 과정에서 과거시제를 사용했다는 것은 사람들에게 좋은 인상을 심어주지 못했다.

"샘은 백악기 전기에 속하는 두 석회암층 틈새에서 흘러나왔다. 그러므로 절리에서 생성된 샘이 아니라 용출 지하수가 분출된 형태에 해당된다."

필록센은 엄숙한 태도로 군중을 돌아보고는 집게손가락을 들고 말했다.

"혼동하면 안 됩니다!"

전문가는 한 마디 한마디 또박또박 끊어 읽었다.

"이곳에는 지하수층이나 상부 모세관이 없다. 이는 암벽과 지표면을 조사할 때 증명되었다."

빵집 주인은 학교 선생 쪽으로 몸을 기울여 속삭였다.

"그는 똑똑한 사람이야. 진짜 똑똑하다고."

사람들은 걱정스러운 침묵 속에 경청했고, '진짜 똑똑한' 전문가는 계속 읽었다.

"그러므로 두 불투수층 사이에 투수층이 있어 가장자리에서 분출했던 것이다. 물은 아래쪽 불투수층을 따라 흘렀으며 위쪽 불투수층 천장으로부터 압력을 받아 갇혀 있는 지하수층을 형성하게 되었다. 이 지하수층이 용출되어 저수지에 물을 공급했던 것이다. 그리고 저수지에서 수도관을 매개로 분수에 물을 공급했고, 중력 작용으로 마을까지 물이 흘러왔다."

우울한 위골랭은 중얼거렸다.

"네, 맞아요. 바로 그 단어에요! 얼마나 중요한지!"

"하지만 지난 8월 26일 분수의 물이 갑자기 멈추었고, 마을은 전체적으로 물이 공급되지 않는 상황에 처했다. 이장의 부름에 따라 정부의 위임을 받아 우리는 이 한탄할 만한 사건의 하나 또는 여러 원인을 찾아보았다. 우선 샘의 수원은 어디인가? 다행히 우리는 그에 관한 매우 귀중한 자료를 소유하고 있었다."

한 가닥 희망이 군중들 사이를 지나갔다. 그동안 전문가는 책상 위에 색으로 칠해진 큰 지도를 펼쳤다. 마농은 발끝으로 서 보았으나 녹색, 빨간색, 파란색으로 칠해진 여러 표시 외에는 아무것도 볼 수가 없었다. '매우 귀중한 자료'를 면밀히 살펴본 후 필록센은 미소를 띠며 고개를 두 번 끄덕여 군중들에게 믿음을 주었다. 팡필은 책상 위로 몸을 숙여 큰 소리로 말했다.

"흥미롭구먼!"

선생은 약간 걱정스러운 기색의 마농을 쳐다보았다. 그사이에 토목공학 전문가가 말을 시작했다.

"이는 이 지방에서 5년 전에 이루어졌던 조사를 가장 분명하고 가장 효과적인 방법으로 정확하게 요약해 놓은 토목과 과장의 연구 결과다."

이 발언이 보고서를 읽게 될 힘 있는 상관에게 아첨하려는 다른 목적을 담고 있다는 사실은 아무도 눈치 채지 못했다. 군중들은 조용히 주의 깊게 경청했으며 위골랭은 구멍에서 토끼가 나오기를 기다리는 사냥꾼의 표정을 하고 있었다.

"사실, 토목과에서는 정성을 기울여 생트 봄 산맥의 모든 샘은 레조르시놀프탈레인, 즉 플루오레세인이라고 알려져 있는 물질을 이용해 초록색으로 표시했다. 이 실험을 통해 우리는 확실한 방법으로써 색상으로 등곡선을 추적할 수 있었고, 수질의 경도 측정에서 나오는 아이소그래드 곡선과 결합하여 이 지역의 수리지역학적인 산악 지형을 완벽하게 파악할 수 있었다."

젊은 토목 전문가가 말을 이었다. 나르본 억양에 굴러가는 R 발음이 결합된 이 문장은 매우 과학적인 내용으로 들려, 사람들에게 강한 효과를 주었다. 하지만 파페는 빈정거리며 큰 소리로 말했다.

"이보게, 한잔 들게!"

사람들의 시선이 파페를 향했지만, 전문가는 발표를 계속했다.

"하지만 현장 조사에 따르면 레 바스티드 블랑슈의 샘은 플루오레세인으로 표시가 되어 있지 않았다."

그러자 갑자기 필록센이 소리쳤다.

"아! 어느 날엔가 잘 다듬어진 수염 난 사람이 와서 카페 테라스에서 하루 종일 시간을 보냈었어. 그 사람은 파스티스를 열두 잔이나 마셨지. 그리고 가끔씩 일어나서 분수에 물을 뜨러 갔었어. 물을 마시는 대신에 컵을 높이 들어 햇빛에 비추어 보고 버리곤 했지. 당연히 난 그에게 무엇을 하는지 물어보았고, 그는 물의 색을 관찰한다고 대답했어. 그리고 만일에 물이 초록색으로 흐르면 102번 자리로 전화를 하라고 말했지."

"그게 제 사무실 번홉니다."

전문가가 말했다.

"그런데 난 그가 미친 사람인 줄 알았지. 왜냐하면 파스티스를 마시고 싶어서 분수 물이 흐르는 걸 보고 있는 줄 알았단 말이야!"

전문가는 미소를 지으며 반박했다.

"그 '미친 사람' 덕분에 이 샘은 제 상관의 귀중한 지도에 표시되지 않은 것이랍니다. 그리고 우리는 위본 강이나 그 지류의 산악 지형을 이 지도에 포함시키는 것이 불가능한 일이라는 걸 알고 있습니다."

"그래서 무슨 진전이 있었는데?"

파페가 물었다.

"그건 대단한 진전이랍니다! 왜냐하면 물이 이웃 마을에서 오는 것이 아니라고 확실히 알고 있기 때문에, 그 물이 멀리서 오는 것이라고 결론지을 수 있는 겁니다."

전문가가 대답했다.

"그건 아무짝에도 쓸모없는 짓이야!"

노인네가 반박했다.

"물론, 그렇다고 여러분의 문제가 해결되는 것은 아닙니다. 하지만 우리는 문제를 똑바로 파악했고, 그런 이유로 여러분께 해답을 찾아드리는 것이 쉬운 일이 아닐 거라고 말할 수 있습니다."

파페는 너무 크게 빈정거린 나머지 여러 차례 기침을 했다. 전문가는 무서운 눈초리로 그를 본 다음 계속 말했다.

"그러나 지하에서 물이 흐르는 거리가 긴 만큼 사건의 원인을 파악하는 데 어려움이 따른다. 그에 따라 네 가지 가정이 가능하다."

그때 위골랭이 손을 들었다.

"저도 한 마디 할게요!"

"지금은 말할 때가 아닙니다."

필록셴이 대답했다.

"제가 말하고자 하는 건 간단합니다. 제가 말하고 싶은 건, 오랫동안 설명을 하는 대신 일단 물을 되돌려주고 그다음에 설명을 했으면 해요!"

"친애하는 선생님, 제 생각에는 여러분께서 저를 열쇠를 가지고 수도관을 열기만 하면 되는 수도 관리인으로 생각하는 모양인데요, 이제 곧 제가 열쇠를 하나도 가지지 않은 사람이란 걸 아시게 될 겁니다."

그는 계속 말을 이었다.

"첫 번째 가정은 중단 원인이 가뭄 때문이라는 것이다. 이 지방은 비가 많이 오는 곳은 아니다. 그러므로 사실상 진정한 가뭄에 의한 것은 아니라고 볼 수 있다. 이 지방에는 지난 50년 동안 그보다도 더 혹독한 가뭄이 여러 차례 있었다. 하지만 문제의 원인은 지하수 수위의 미약적인 감소 때문일 수도 있다. 왜냐하면 용출된 지하수는 쥐라기의 고회질 석회암층 두 층 사이에 갇혀 있기 때문에 사이펀을 이용하여 그 층을 뛰어넘었을 것이 분명하다. 사이펀이 무엇인지 아십니까?"

"네! 그건 포도주 통에서 고무관으로 포도주를 빼낼 때 사용하는 방식이죠."

위골랭이 대답했다.

"정확히 맞습니다. 그러므로 비가 오기만 하면 한 개 혹은 여러 개의 사이펀이 다시 작동하고, 여러분에게 물을 공급하는 지하 호수의 수위가 평소만큼 다시 높아지게 될 것입니다."

마을 사람들은 희망적인 술렁임을 통해 지하 호수의 존재를 확인하는 이 발언을 반겼다. 필록센은 집게손가락을 곧추세우고 힘차게 말했다.

"지하 호수라고!"

그런 다음 그는 파페를 진지하게 쳐다보며 덧붙였다.

"'진전'에 대해 논하는 사람들이 언제나 옳은 건 아니지!"

위골랭은 기쁨에 넘쳐 일어서서 전문가를 향해 두 팔을 활짝 벌렸다.

"저는 '진전'이 제게 물을 돌려준다면, '진전'을 끌어안을 거예요! 어쨌든 제 샘이 다시 흐르기만 하면 '진전'을 위해 100프랑을 내지요! 네, 100프랑이요! 자, 여기 있어요!"

위골랭은 네 번 접힌 지폐를 테이블 위에 올려놓았다. 그러자 파페의 목소리가 다시 울려 퍼졌다.

"그다음을 들어 봐야지! 바보들이 뭐라고 하는지!"

몇몇 웃음소리가 들렸고, 그때 전문가가 다시 말했다.

"이제 여러분께 사건에 대한 세 가지 다른 설명을 드리겠습니다."

"거의 끝나갑니다. 들어봅시다!"

필록센이 외쳤다.

"두 번째 가정은 자연적인 현상에 의해 아래쪽 불투수층 위로 흐르는 경로의 어느 한 곳에서 물이 빠져나갔다는 것이다. 그래서 물은 하느님만 아시는 다른 어느 곳으로 흘러 다른 쪽에서 솟아나게 되었을 것으로 보인다. 바다 밑에서 분출되었을 수도 있다."

놀란 나머지 사람들은 조용하다가 중얼거리기 시작했다.

"그렇지! 제대로 된 가정이구먼! 선생 가정은 우습기까지 한데!"

파페가 외쳤다. 필록센이 작은 종을 흔들며 외쳤다.

"기다려 보시오! 그가 세 가지 설명을 한다 하지 않았소! 전문가 선생, 계속하시지요…."

"세 번째 가정은 바닥을 뚫고 지나가는 지하 개울이 현재 공동

(空洞)이나 불투수층이 있는 팬 곳을 지나고 있을 것이라는 가정이다. 이 공동이 가득 차면 물은 예전의 수위를 회복하여 샘에 물이 흐르게 될 것이다."

"그렇게 되면 더 낫지요! 이건 받아들일 만해요."

필록센이 말했다.

"며칠이나 걸릴까요?"

위골랭이 물었다.

"정확한 날을 알 수는 없습니다. 어쩌면 이틀이 걸릴 수도 있고, 2년이 걸릴 수도 있지요."

"100년이 걸릴 수도 있지!"

파페가 외쳤다.

위골랭은 자신의 100프랑짜리 지폐를 정확하게 도로 집어넣었다. 화가 난 술렁임이 군중들을 동요시켰다. 하지만 전혀 듣지 않은 채 전문가는 계속해서 보고서를 읽었다.

"네 번째 가정은 지하 산사태가 일어난 것이다. 이 지역에 몇몇 갈탄 탄광이 있는 만큼 일어날 가능성이 높다고 볼 수 있다. 갈탄 탄광에서 암석층을 뚫기 위해서 폭약을 사용하기 때문이다. 이 폭발로 야기된 지층의 흔들림은 멀리까지 전달될 수가 있으며 불안정하거나 부드러운 지층이 강하하여 수로를 막았을 수도 있다."

걱정스러운 중얼거림이 퍼져 나가는 가운데 몇몇 유감스러워하는 발언들이 이어졌다.

"아이고!" 하고 팡필이 외쳤고, 앙글라드는 "말도 안 돼" 하며 고개를 저었다.

"아닙니다. 동요하지 마십시오. 이 경우에는 희망이 있습니다."

전문가가 말했다.

"들어 보십시오! 잘 들어 보세요!"

필록센이 외쳤다.

"왜냐하면 수로를 막고 있는 것은 모래나 자갈, 점토로 되어 있을 가능성이 있습니다. 그런 경우 물의 압력이 마개를 통과하며 쓸어 가다가 결국 마개를 무너뜨릴 수 있습니다. 이런 작업은 상대적으로 짧은 시간에 완수될 가능성이 큽니다…."

사람들의 표정이 밝아졌다. 하지만 전문가는 매우 침착하게 덧붙였다.

"일주일에서 한 달 정도 걸립니다. 왜냐하면 실험에 따르면, 한 달이 지나면 희망을 걸고 기다리는 것이 소용없기 때문입니다."

"그럼 그 이후에는 어떻게 되는 건가요?"

위골랭이 물었다.

"그리고 빵은요?"

빵집 주인이 물었다.

수군거림은 점점 커져갔다.

"그래도 마을에 우물이 있지 않습니까?"

전문가가 말했다.

"이 마을에 우물은 세 개밖에 없다고요. 그리고 지금은 세 개 전부 말랐고요! 매일 아침 빵과 수프를 만들기 위한 물을 뜨러 수 킬로미터를 가야 한단 말이에요!"

빵집 주인이 대답했다.

"물탱크는요? 대개 집집마다 물탱크가 있지요!"

전문가가 말하자 카지미르가 대답했다.

"물론 물탱크가 있긴 하지만 아주 오래전부터 사용하지 않아.

그걸 포도주 창고로 사용하지. 당연히 우리는 그것을 원래 상태로 되돌릴 수는 있지만, 비가 오지 않으면 어떻게 할 텐가? 그리고 작물에 물을 뿌리는 데는 물탱크의 물로 일주일밖에 못 버틴다고!"

"그러면 우리를 위해 무엇을 해주실 수 있나요?"

위골랭이 물었다.

"집에서 사용할 물은 보내드릴 수 있습니다."

"그럼 제 카네이션은요?"

"네 카네이션 이야기로 골치 아프게 하지 마. 네 카네이션은 돈을 벌기 위한 건데다, 넌 돈이 필요 없잖아."

빵집 주인이 거칠게 말했다.

"그래, 네 빵은 공짜로 주려나 보군?"

파페가 외쳤다.

필록센은 종을 울리고 선포했다.

"빵이 우선이지. 꽃은 묘지에나 필요한 거야. 기다릴 수 있는 거잖아. 전문가 선생, 계속하시지요."

"그럽시다. 마을 주민이 몇이나 됩니까?"

학교 선생이 장부를 펼쳤다.

"백마흔세 명입니다."

"거기다 가축도 세야지. 노새가 열두 마리 정도 있고 당나귀가 스무 마리쯤 돼."

앙글라드가 말했다.

"그럼 돼지는요? 집집마다 적어도 돼지 한 마리씩은 있다고."

푸줏간 주인이 말했다. 그의 말에 나탈리가 웃기 시작하자 그는 덧붙였다.

"내 말은 귀가 길고 네발 달린 동물 말이야!"

마농의 샘 205

"돼지는 몇 마리 있습니까?"

"오십 마리쯤이요."

선생이 대답했다.

전문가는 연필을 들고 계산을 해보고는 말했다.

"그러면 여러분께 하루에 5,000리터를 보내줄 수 있습니다."

위골랭은 신경이 날카로워져 일어섰다.

"제 카네이션은요? 제 카네이션을 위해 얼마나 보내줄 수 있어요?"

팡필과 카지미르는 같은 생각으로 손을 확성기 모양을 하고 소리를 질렀다.

"젠장할!"

전문가는 이 대답이 충분하다고 생각하고 말을 이었다.

"매일 물 운반차가 오는 걸로 급한 물을 확보하는 데는 충분하실 겁니다. 이것도 저희 관청에서 큰 노력을 기울인 것입니다. 그러니 한 달 이상 지속하기는 어려울 것 같군요."

"그렇다면, 물이 한 달 이내에 돌아오지 않는다면, 우리를 위해 무엇을 하시겠소?"

파페가 물었다.

"여러분께 심심한 위로의 말씀을 드리고 다른 곳에 가서 농사를 지으시라고 말씀드릴 겁니다. 물이 풍부하고 여러분을 기꺼이 맞이할 만한 인적이 드문 마을이 적지 않습니다."

거센 항의가 일었고, 필록센은 군주와 같은 위엄으로 말했다.

"안 됩니다, 선생. 안 됩니다. 마을 의회에서는 그것을 받아들일 수 없소이다."

"이장님께 말씀을 드리자면 지하수 문제에 대해 의회의 권한은 거의 없다고 확신합니다."

필록셴이 눈을 동그랗게 뜨는 동안 파페의 목소리가 울렸다.
"다섯 번째 가정이오. 이건 괜찮을 거요."
"말씀해 주신다면 기꺼이 경청하지요!"
전문가가 말했다. 파페는 이미 일어서서 두 손으로 책상을 짚고 있었다.

"전문가께서는 좀 전에 샘에 푸른 가루를 넣었다고 말했소. 나는 그 푸른 가루가 전부 뭉쳐서 회반죽처럼 단단하게 되어 우리 분수를 막은 것이라고 하겠소!"

말도 안 되는 가정이었지만 늙은 농부들에게는 엄청난 효과를 주었고, 그들은 고개를 끄덕였다. 반면 학교 선생은 어깨를 으쓱했고 벨루아조 씨는 크게 웃었다.

파페는 베르나르 쪽으로 몸을 돌리며 강조해서 말했다.
"그 가루가 화학 가루란 사실을 잊지 마시게. 화학 가루가 무엇인지 다들 잘 알지!"

전문가는 비꼬는 듯 조소를 띠고 반박했다.
"정확하게 말하자면 아니올시다. 여러분은 화학 가루가 뭔지 모르고 계시고, 몇 킬로미터나 되는 강을 물들이기 위해서는 한 줌만 뿌려도 충분하다는 사실을 무시하고 있습니다."

"그러면 한 잔의 물을 초록색으로 물들이기 위해서 몇 잔의 페르노 술이 필요하다고 보시오? 내 생각에는 강물 색을 변화시키기 위해 오십 통이 필요할 것으로 보네만."

전문가는 자료를 챙기고 베르나르를 바라보며 미소 지었다.
"과학적인 회의에 관심을 가져준 데도 불구하고 저는 여러분의 물 운반차를 요청해야 하니 이만 물러나겠습니다."

그가 서류가방을 닫는 동안 파페는 책상 아래서 발을 동동 구르며 소리쳤다.

"내 생각이 확실해! 이런 식으로 끝날 줄 알고 있었어. 저 인간은 거짓말쟁이고, 이장은 겁쟁이지. 나는 이럴 줄 알았어! 관청이 하는 짓이 이렇지. 보라고, 관청이 하는 짓이라고!"

전문가는 완벽한 평정심을 유지하며 반박했다.

"선생님, 저는 관청이 선생님을 엿 먹이고 있다는 점을 알려드리게 되어 영광스럽습니다. 물 운반차는 내일모레 일요일에 올 것입니다. 신사 숙녀 여러분, 안녕히 계십시오."

하지만 회의가 어떻게 되어 가는지 유리에 귀를 대고 창문 앞에 서 있던 작은 소년이 외쳤다.

"도시에서 온 저 사람이 초록색 가루를 트럭째 부어 샘을 막았대!"

그래서 스무 명이 넘는 아이들이 소리를 지르고 야유를 하며 전문가를 둘러싼 채 그를 따라갔고, 불바르에서 주임 신부가 호통을 치면서 그들을 쫓아냈다.

23

 사람들은 조용히 나갔다. 어떤 사람들은 고개를 푹 숙이고 나갔으며 다른 사람들은 자신의 밭을 보러 서둘러 달려 나갔다. 위골랭과 파페가 앞서서 나갔고, 그 뒤로 앙글라드와 카지미르가 따라갔다. 연단 주위에 남은 사람들은 이장인 필록센과 학교 선생, 빵집 주인, 푸줏간 주인뿐이었다. 이들은 방금 발표된 끔찍한 보고서에서 위안이 되는 결론을 내리려 애를 썼다.
 마농은 느린 걸음으로 읍사무소 앞마당을 지나가고 있었다. 바로 그때, 벨루아조 씨가 마농에게 다가와 매우 호감 가는 어조로 말을 걸었다.
 "자, 아가씨, 아가씨의 도움에도 불구하고 저 젊은 학자가 우리보다도 아는 게 없으며 이 문제를 해결하지 못할 지경에 처했다는 생각이 드는군요. 하지만 다행히 신부님이 우리 곁에 계십니다!"
 마농이 놀라서 그를 쳐다보자 그가 말을 이었다.
 "맞아요. 신부님의 충실한 하녀가 방금 전 동네 수다꾼들에게 신부님께서 샘의 비밀을 알고 계시며, 일요일 아침 미사 강론 시간에 그 비밀을 밝힐 것이라고 전했답니다."

"신부님은 어떻게 아신대요?"

"세상에! 하녀는 신부님이 방에서 강론 준비를 하시는 소리를 들은 척했답니다. 신부님께서 '누가 샘을 막았을까요? 저는 누군지 알고 있습니다. 제가 여러분께 누군지 말씀드릴 겁니다!'라고 큰 소리로 말씀하시는 것을 들었대요. 우리끼리 이야기지만, 제 생각에는…."

벨루아조 씨는 미처 자신의 생각을 전개할 새도 없이 의아하지만 걱정스러운 목소리로 말했다.

"아니, 저것은 무슨 일이지?"

언덕 위에서 작은 농가를 경영하는 키가 큰 거인인 엘리아생이 읍사무소로 성큼성큼 내려오고 있었다. 그는 방금 지나가면서 늙은 프라지 할머니를 밀치고는 당연히 이어지는 욕설에 대꾸하러 돌아보지도 않았다.

손에는 두꺼운 노간주나무 막대기를 들고 까만 펠트 모자를 눈까지 눌러쓴 채로 엘리아생은 눈길도 주지 않고 그들 곁을 지나 회의실로 들어갔다. 쏜살같이 들어가면서 문을 너무 세게 닫은 나머지 문의 유리가 흔들거렸다. 즉시 거칠고 쩌렁쩌렁한 목소리가 들려왔다. 마농은 보고 듣기 위해 닫혀 있는 창문가로 달려갔고, 그 뒤를 벨루아조 씨가 따랐다.

손을 허리에 짚은 엘리아생은 필록센의 면전에 대고 소리를 질러댔다.

"대체 누가 물 조합 위원장입니까? 내가 아니라 당신이라고요!"

베르나르와 빵집 주인, 푸줏간 주인은 그 즉시 자리에서 일어났고, 그와 마찬가지로 허리에 손을 얹었다. 매우 조용하고도 완벽한 위엄을 자랑하며 필록센이 반박했다.

"내가 이장이니 바로 내가 물 조합 위원장이지. 그리고 나한테 전화가 있으니 내가 이장이고."

그러자 엘리아생은 주머니에서 종이를 한 장 꺼내 학교 선생의 눈앞에 들이댔다.

"그럼 이건? 이건 뭐란 말입니까?"

선생은 냉정하게 대답했다.

"이건 선생의 수도 요금 청구서군요."

"그렇습니다! 52프랑에 인지세까지 포함되었지요! 당신이 내 돈을 가져갔잖아요? 그런데 내가 돈을 낸 그 물은 대체 어디 있답니까?"

거인이 소리쳤다.

"엘리아생, 상식적으로 생각하세요! 지금 현재 우리 샘은 더 이상 흐르지 않고 있지 않습니까…."

선생이 말했다. 그러자 푸줏간 주인 클로디우스도 단호하게 말했다.

"오늘 아침에 여기 왔으면 전문가가 산악 지형에 대해 자네에게 설명을 해줬을 거야."

필록센이 집게손가락을 들고 말했다.

"자네는 산악 지형을 고려해야만 하네."

하지만 엘리아생은 격렬하게 반박했다.

"난 아무것도 고려하지 않는다고요. 게다가 그것은 더더욱 아니죠! 아! 당신이 제게 '물 조합을 만들 건데, 그건 단지 네 돈을 가져가기 위해서야'라고 말했다면 저는 제 돈을 잘 보관하고 있었을 테고, 작은 목장도 만들지 않았을 겁니다. 하지만 지금 목장은 멋지고 거기에 소도 두 마리나 있죠. 아무튼 저는 물 값을 냈으니 내 물을 줘요."

"이보게, 분수에서 물이 다시 흐를 때까지 물 운반차가 매일 올 거야. 자네 노새와 큰 물통 두 개를 가지고 이곳에 내려오기만 하면 내 자네에게 하루에 150리터의 물을 제공해 주겠네."

필록센이 말했다.

"첫째, 내겐 노새가 없어요. 둘째, 150리터면 술집을 운영하긴 괜찮지만 목장에는 부족하죠. 셋째, 난 샘물 값을 냈지 물 운반차에서 나오는 물 값을 낸 게 아니라고요!"

"제 생각에는 운반되는 물도 확실히 샘에서 나온 걸 거예요."

선생이 말했다.

"내 샘에서 나온 게 아니잖아요! 물 값을 냈으니 내 샘물을 줘요."

엘리아생이 외쳤다.

"그렇게 크게 소리 지르지 말게. 자네 스스로 진을 빼고 있고, 우리도 진 빠지게 만들고 있어. 그래 봤자 아무 소용이 없다고."

필록센이 말했다.

"세상에나!"

엘리아생이 탄식하며 눈을 감았다. 그의 큰 머릿속에 이미지들이 스쳐 지나갔다. 그는 하늘을 향해 두 팔을 벌리고 절망적으로 고함을 질렀다.

"내 가지들! 이백 개 가지가 너무나 탐스럽게 자라났는데 이미 콱 고꾸라져 버렸어요. 토마토 줄기 육백 대는 어떻고요. 이미 주먹만 하게 익었는데, 푸르게 자라고 있는데, 그냥 푸른 채로 남아있겠죠? 아, 안 돼요! 안 된다고요! 말도 안 돼요!"

눈물이 얼굴로 흘러내렸다. 학교 선생은 자리에서 일어서며 말했다.

"엘리아생, 저희도 매우 유감이라고 생각한다는 걸 알아 줘야 해요…. 이건 마을 전체의 불행이자 어쩔 수 없는 자연의 힘에 의한 거예요…."

하지만 엘리아생은 화가 나서 소리쳤다.

"나도 자연히 어쩔 수 없다고! 그리고 그렇기 때문에 내 물을 달라는 거야!"

이번엔 목수가 소리쳤다.

"지금 샘에 물이 흐르지 않는데, 대체 어디서 물을 가져오라는 건가?"

"원하는 곳 아무 데서나 퍼 오세요. 그냥 내 수도관에 물이 흐르게만 하라고요! 그리고 당신은 내 일과는 상관없죠. 자칭 마을 자문 위원이라고 하지만 난 한 번도 당신한테 투표한 적이 없다고요. 그러니까 이 일에 참견하지 마세요. 그러지 않으면 주둥이에 몽둥이질을 당할 거예요!"

"뭐, 뭐?"

팡필이 외쳤다. 그는 선한 사람이었지만 다혈질이었다. 그는 즉시 크로켓 막대를 집어 들었다. 그러자 필록센이 한 발짝 앞으로 나서면서 소리쳤다.

"결국 자네가 우리를 엿 먹이는구먼! 대체 여기가 어딘 줄 아는 게야? 이 언덕 위의 촌놈 같으니라고!"

"여기가 물도둑 집이지, 어디긴 어디예요!"

'촌놈'이 외쳤다. 갑작스러운 분노에 사로잡혀 엘리아생은 몽둥이질 한 방으로 프랑스 공화국을 상징하는 마리안 흉상을 조각내 날려버리고, 이미 책상 위에 올라가 있는 목수에게 몽둥이를 들이댔다. 필록센이 뒤에서 몽둥이를 잡았고, 그사이에 팡필은 엘리아생의 모자 위로 정확하게 막대를 날렸다. 하지만 어깨 위에 네안데르탈인의 튼튼한 두개골을 달고 사는 엘리아생은 단 2초 동안만 멍하게 있었을 뿐이다. 필록센은 재빨리 양팔로 격분한 엘리아생의 목을 감싸 쥐었다. 뒤에 대롱대롱 매달린 이장의 무게에도 불구하고 야수는 테이블 위로 몸을 던져 팡필의 허벅지를 눌렀고, 넘어진 팡필은 덥수룩한 엘리아생의 머리채를 세차게 잡을 수 있었다. 세 사람이 숨을 헐떡이고 화가 나서 으르렁거리며 뒤엉켜 싸우고 있는 틈에 이번엔 빵집 주인이 테이블 위로 뛰어올라 가세했다. 한 손으로 샹들리에를 잡은 빵집 주인은 야만인의 목덜미 위로 뛰어내려, 마치 포도주를 담그러 둥근 통에 들어간 사람처럼 밟아 뭉갰다. 싸우고 있는 사람들을 떼어내려고 학교 선생은 초록색 카펫 위로 세 발짝 걸어가 싸움판에 뛰어들었다. 하지만 더 이상 버티고 있을 수 없었던 테이블이 비틀비틀하더니 딱 소리를 내며 우르르 무너져 내렸다.

밖에서 마농과 벨루아조 씨는 더러운 유리창 때문에 잘 보이지는 않지만 우지끈하는 소리를 들으며 이 대서사시의 한 장면을 지켜보고 있었다.

"대단한 살육전이야! 도움을 요청해야겠어!"

공증인이 말했다.

"얼른 오세요! 사람들이 싸우고 있어요!"

마농이 외쳤다.

길을 가고 있던 수도 관리인 앙주는 클럽 앞마당으로 내려와서 마치 산책을 하는 듯이 다가오더니 말했다.

"심각한 거라고 생각하세요?"

앙글라드의 쌍둥이 아들도 다가왔다.

의자가 부러지고 목이 쉰 고함 소리가 들리는 소란이 계속되더니, 갑자기 잉크병 한 개가 반짝이는 유리창을 가르고 날아왔다. 그러자 벨루아조 씨는 단호한 발걸음으로 문을 향해 걸어갔다. 그때 문이 벌컥 열리더니 곤두선 머리카락에 볼이 부푼 데다 코는 빨갛고 입에 거품을 문 엘리아생이 모습을 드러냈다. 그는 윗옷 소맷자락을 손에 들고 있었다.

"보십시오, 친구. 이게 상식적이라고 생각합니까?"

벨루아조 씨가 말했다. 하지만 이어진 엘리아생의 행동은 상식적이지는 않았다. 그 야만인은 벨루아조 씨의 회진줏빛 펠트 모자의 양쪽 챙을 꽉 잡고 거세게 아래로 잡아당겨, 결국 인자한 도덕군자인 공증인의 얼굴은 턱까지 모자에 가려지고 말았다.

바로 그때 네 명의 크로켓 선수들이 막대를 들고 문가에 나타났다. 엘리아생이 그들을 향해 몸을 돌리고는 외쳤다.

"내일까지 물이 안 나오면 내가 이 건물에 불을 놓으러 올 테다!"

"그러려면 이 막대보다 더 긴 성냥을 가져와야 할 게다!"

이장이 대꾸했다.

엘리아생은 화가 나서 어깨를 으쓱하더니 쌍둥이 형제를 밀치고 놀란 수도 관리인의 따귀를 갈긴 다음, 뒤로 멀찍이 물러서 있던 호기심 많은 사람들 사이를 지나갔다. 그는 손에 소맷자락을 쥐고 성큼성큼 걸어 언덕으로 올라갔다.

24

 일요일 아침이 되자 광장은 나무 물통과 양철통을 실은 노새와 당나귀로 가득했다. 그리고 테라스 난간 발치에는 양철 물통과 단지, 물뿌리개의 행렬이 이어졌다. 물통들은 물 운반차가 오기를 기다리고 있었다.
 미사가 있는 날이라 한껏 차려입은 물통 주인들은 광장 한구석에 모여 있었다. 미사 시간을 알리는 첫 번째 종소리가 울렸다. 그들은 작은 그룹으로 모여서 자기들끼리 낮은 목소리로 재난에 대한 이야기를 주고받았다.
 그날은 가뭄이 시작된 지 엿새째로 작은 저수지들은 모두 바닥을 드러냈고, 하늘은 수리가 된 물탱크에 물을 채우기를 여전히 거부하고 있었다. 입을 다문 분수 주위에는 사람들이 둥글게 서서 주의 깊게 분수를 바라보았다. 젊은이들은 수도관에 바람을 불어넣어 보았다. 수도 관리인 앙주는 늙은 뽕나무에 등을 기대고 서서 손가락을 열쇠 모양인 T자 모양으로 구부리고는 수치심에 시달려 아무도 쳐다보지 않으면서 고개를 설레설레 저었다.

그동안 카페 테라스에서는 필록센이 서서 자신의 패거리인 팡필과 빵집 주인, 클로디우스, 푸줏간 주인과 카지미르에게 술을 따르고 있었다. 그들도 다른 사람들처럼 걱정스러워 보였지만 이미 술을 한 잔 마시고 난 뒤였다.

시간이 얼마 지나지 않아 학교 선생이 물 배급을 지켜보러 온 전문가와 함께 도착했다. 전문가가 사람들 사이를 지나가자 들리지 않는 수군거림이 뒤를 이었다. 왜냐하면 그가 어쩌면 분수가 영원히 흐르지 않을지도 모른다고 예언했고, 그 예언은 거의 밥티스틴의 저주와 맞먹는 것으로 보였기 때문이다. 그리고 나서 사람들은 벨루아조 씨가 파나마모자에 밝은 회색 정장을 입고 시가를 피우면서 테라스의 외부 계단을 통해 내려오는 모습을 보았다. 벨루아조 씨는 사람들을 가르고 지나가는 길에 고개를 끄덕여 인사를 하면서 불신자들과 합류하러 왔다. 그는 열정적으로 악수를 한 다음 자리를 잡고 앉았다.

미사 시작을 알리는 두 번째 종이 울리자 여자들은 교회 안으로 들어갔다. 그때 멋진 사냥꾼 복장을 한 위골렝이 일요일의 미사 복장을 한 파페와 함께 나타났다. 그들은 테라스 앞을 지나가며 잠시 멈춰 섰다.

"오, 자네들, 미사에 안 가나? 주임 신부가 분수에 대해 말하기로 했다는데."

"그래서요? 우리도 여기서 그것에 대해 말할 겁니다."

전문가가 눈을 크게 뜨고는 덧붙였다.

"사이펀에 물을 흘려보내는 데 신부님의 강론이 얼마나 효과가 있는지 잘 모르겠습니다."

바로 그때 광장으로 향한 작은 길을 돌아서 마농이 모습을 드러냈다. 프로방스풍의 예쁜 원피스에 가죽 신발을 신고 푸른 레

이스가 달린 까만 스카프로 금발머리를 덮은 마농은 도시의 처녀 같아 보였다. 학교 선생은 도시의 처녀인 줄 알았지만, 위골랭은 금세 그녀를 알아보았다.

마농은 눈을 내리깔고 자연스러운 자태로 춤을 추듯이 다가왔다. 위골랭은 잔기침을 하고 세 번 연속으로 눈을 깜박였다. 카네이션이고 샘이고 다 잊은 채 그는 그녀를 쳐다보았고, 심장이 세차게 뛰어 초록색 리본 아래 염증 때문에 부풀어 오른 상처가 타는 듯했다. 테라스 앞을 지나가면서 그녀는 얼른 눈을 들었고 보일락 말락 하는 엷은 미소가 입가를 스쳤다.

"이런, 이런, 이런. 누구를 쳐다보고 미소 짓는 거야?"

팡필이 말하며 학교 선생을 향해 윙크를 했다.

"나한테 한 거야. 베르나르 선생, 그렇지 않소?"

필록센이 말했다.

그녀는 성당 안으로 들어갔다.

"그런데 우리도 갑니까?"

베르나르가 불쑥 물었다.

"그래. 가지. 오늘은 흥미로울 것 같단 말이야. 자, 가자고!"

필록센이 말했다.

"가려면 강론 때까지 기다렸다가 가지그래. 그러지 않으면 미사 내내 억지로 앉아 있어야 하잖나."

팡필이 말했다.

"미사를 본다고 손해가 될 건 없지. 그리고 조금 더 기다린다면 사람들이 다 들어차 한 자리도 남지 않을걸세."

파페가 대꾸했다.

"그럼 이만 가죠."

빵집 주인이 말하며 일어섰다.

필록센이 말했다.

"기다리게나. 사람들이 우리가 미사에 가는 거라고 생각하면 안 된다고. 그러면 토끼들처럼 모두 성당에 몰려들어 혼잡해질 거야. 테이블 위에 모자를 두고 날 따라오게나."

성당 앞에서 부인이 오기를 기다리며 끼리끼리 모여 담배를 피우고 있던 독실한 신자들은, 불신자들이 마치 위급한 일을 하러 가듯이 일어서서 성큼성큼 걸어 광장을 지나가는 모습을 바라보았다. 몇몇은 무슨 일인지 알아보려고 불신자들을 따라가려 했다. 그러다 필록센이 성당 입구를 통과하자 그들은 전부 '우향우' 해서 성당 안으로 들어갔다.

*

여자들이 앉는 자리는 거의 꽉 차서 마농은 연단 바로 아래 한 자리 남은 곳에 가서 앉았다.

위골랭은 그녀를 보았고, 그녀 가까이 있기 위해 오르간 앞 남자들이 앉는 자리 첫줄에 가서 앉았다. 파페가 투덜거리며 그를 따라갔고, 필록센은 다른 사람들을 데리고 계단을 올라가 2층 회랑에 자리를 잡아 공연을 보러온 사람들처럼 다섯 명이 주르륵 난간에 기대어 섰다. 하지만 미사가 시작되자, 벨루아조 씨는 그들에게 점잖게 있으라고 말했다. 그러자 그들은 조금 늦었지만 똑바로 서서 바르게 신성한 미사 예식을 따라했다.

마침내 주임 신부가 신도들을 향해 몸을 돌리고 연단으로 올라갔다. 그는 이렇게 많은 신도들이 참석한 것을 보고 놀라면서도 감동한 듯했고, 불신자 무리를 알아보고 미소를 지었다. 연단에 선 그는 맑은 목소리와 친근한 어조로 강론을 시작했다.

"형제들이여, 저는 기쁩니다. 그래요. 우리의 작고 소중한 이 성전에 모두 모인 여러분을 보니 감개무량합니다. 모든 교구민이 다 모였고, 성스러운 미사 시간을 카페 테라스에 앉아서 보내는 매우 똑똑한, 어쩌면 너무 똑똑한 사람들도 보이는군요. 어느 카페라고 말하지는 않겠습니다. 하나밖에 없으니까요. 그리고 그들이 누구인지도 말하지 않겠습니다. 그러면 전부 그들을 쳐다보게 될 테고, 만일 사람들이 웃지 않는다면 분명 그들은 당황할 것이기 때문입니다."

모든 신도들은 고개를 돌려 난처한 표정으로 웃고 있는 불신자들을 쳐다봤다. 짧은 침묵이 흐른 뒤, 주임 신부는 좀 더 무거운 어조로 말을 이었다.

"어쨌든 그들이 왔습니다. 그러니 환영합시다. 게다가 오늘 미사는 그들을 위한 것이라고 말씀드리고 싶습니다. 오늘 이렇게 많은 사람이 미사에 참석하시어 기쁘게 생각합니다. 하지만 다른 한편으로는 죄송스럽고, 유감인데다 화도 납니다. 그 이유를 말씀드리겠습니다.

저희 아버지는 여러분처럼 시스테롱 근처의 작은 마을에 사는 농부셨습니다. 제가 어릴 때 아돌팽이라는 사촌이 있었는데, 그는 마을에서 매우 먼 다른 지방에 살았지요. 아돌팽은 명절에도, 돌잔치에도, 장례식에도 찾아온 적이 없었습니다. 그런데 가끔씩 1년에 한 번 정도는 아버지께서 말씀하셨습니다. '이런, 저기 아돌팽이 오는구나. 뭐가 또 필요한가 보군!' 그럴 때면 아돌팽이 정장을 차려입고 오솔길을 따라 올라오고 있었답니다. 그는 정답게 인사를 하고 칭찬을 했으며, 가족 이야기로 눈물을 자아냈습니다. 그리고 떠날 때가 되면 가족들을 한 명 한 명 끌어안고는 말했습니다. '그런데 펠리시앙, 쟁기 하나 남은 것 없나요? 올리브나무 밑동에 찍혀 내 건 부러졌거든요.' 저희 아버지가 포도주 양조로 유명하셨는데, 한 번은 꺾꽂이용 포도나무 가지 한 단을 요구하고, 그리고 또 한 번은 노새를 빌려 달라더군요. 자기 말은 복통에 걸렸다나요. 저희 아버지께서는 절대 거절하는 법이 없으셨지만, 가끔씩 이렇게 말씀하셨답니다. '아돌팽 녀석은 성격이 좋질 않아.'"

그는 연단 위에서 몸을 기울여 신도들을 훑어보고는 힘주어 말했다.

"형제자매 여러분, 여러분이 오늘 주님께 하시는 행동이 아돌팽의 행동과 똑같은 것입니다! 한 번도 미사에 참석하지 않다가, 갑자기 두 손을 모으고 감동한 눈빛으로 신심에 가득 차 죄를 뉘우치면서 미사에 왔습니다. 아돌팽 같은 형제자매 여러분! 주님께서 제 아버지처럼 순진해서 여러분의 진의를 끝까지 모르실 거라고 생각하지 마십시오. 전능하신 하느님께서는, 진정으로 죄를 뉘우치거나 돌아가신 조상님의 안식을 위해 기도하고 영원한 구원에 한 발짝 다가가기 위해 이 미사에 오지 않은 사람들이 이 자리에 많다는 사실을 잘 알고 계십니다. 하느님께서는 샘이 흐르지 않기 때문에 여러분이 미사에 참석했다는 사실도 잘 알고 계십니다!"

많은 신자들이 거양성체 때처럼 고개를 숙였다. 그들 중에는 마음이 무거워 그런 사람도 있지만 터져 나오는 웃음을 가리기 위해 고개를 숙인 이도 있었다.

주임 신부는 잠시 그들을 쳐다보고 소맷자락에서 눈처럼 하얀 손수건을 꺼내 이마를 닦았다. 그러고는 사방을 둘러보며 빈정대는 투로 강론을 계속했다.

"여기에는 자신의 텃밭을 걱정하는 이도 있고, 목장을 걱정하는 이도 있습니다. 그리고 돼지를 걱정하는 사람도 있는가 하면 파스티스 칵테일에 무엇을 넣을지 몰라 걱정하는 사람도 있습니다! 여러분은 콩을 위해 기도를 올리고, 토마토를 위해 주기도문을 바치며, 돼지감자를 위해 할렐루야를 부르고 호박을 위해 호산나를 외치고 있습니다. 이는 전부 아돌팽의 기도와 같습니다. 털이 다 뽑힌 오리 새끼처럼 날개가 없으니 이 기도들은 하늘까지 올라가지도 못합니다!"

이어지는 침묵 속에서 벨루아조 씨의 목소리가 들렸다. 그 자신은 자기 목소리를 듣지 못하는 듯했다.

"어디서 많이 들어본 말이군. 하지만 전혀 상관없는걸."

혼란스러운 미소를 짓고 있던 주임 신부는 첫 마디의 의미를 이해하지 못한 것처럼 보였다. 그는 다시 대화체로 강론을 이어 갔다.

"이제 샘에 대해서 진지하게 말해 봅시다. 형제자매께 고백하건대 저는 어제부터 샘에 대한 생각만 했고, 계속해서 같은 질문을 스스로에게 해보았습니다. 지금까지 줄곧 깨끗하게 넘쳐흐르던 물이 왜 이렇게 절실한 순간에 멈춰버린 걸까요? 이장님의 요청으로 정부는 똑똑한 사람이 분명한 젊은 전문가를 우리에게 보내 주셨습니다. 다시 한 번 전화가 불가사의한 일을 한 셈이죠."

신부는 필록셴을 쳐다보았고, 아첨을 들은 필록셴은 미소로 화답했다. 그리고 전문가는 겸손하게 "흠" 하는 소리를 냈다.

"마을 회관에서 주민을 다 모아 회의를 했고, 저는 무슨 말이 오갔는지 알고 있습니다. 전문가께서는 수 킬로미터에 달하는 말로 사람들을 어지럽게 하며 시작하셨죠. 그러고 나서 과학적인 용어들이 오갔고, 그는 물이 다시 돌아올 것이며, 어쩌면 돌아오지 않을지도 모른다고 했습니다. 그리고 수레에 짐을 싣고 다른 곳에 가서 정착하라는 충고를 하셨죠…. 하지만 그 이상은 아니었습니다!"

주임 신부는 비난조로 고개를 끄덕이며, 양 손바닥을 펼쳐 보여 자신의 무력함과 체념을 표현하는 전문가를 똑바로 쳐다보았다. 그리고 의도적으로 이끌어낸 진실한 감정을 실어 계속해서 동정시를 읊었다.

"그것은 여러분이 태어난 집을 저버리는 것, 여러분의 아버지와 할아버지께서 많은 용기와 인내로 일군 밭을 내버려두는 것, 대부의 품에 안겨 처음 방문하고 언젠가 죽기 전 마지막 미사를 드려야 하는 이 성당을 떠나는 것을 의미하는 겁니다. 맞습니다. 모두 다 여기 이 제단 앞에 있는 계단 위에서 말입니다! 하늘의 심판관 앞에 설 때 여러분은 아돌팽이 될 것이기 때문입니다. 벽 주위에 기대어진 살구나무에 매미들이 투명한 수액을 빨아먹으며 노래하고 있는 이 마을의 묘지에는 여러분의 현재 친구보다 더 많은 친구들이 죽어서 묻혀 있습니다. 그뿐만 아니라 주님의 평화를 얻게 되는 그날 여러분도 이곳에서 잠들 것입니다…. 맞습니다. 전문가는 우리가 이 모든 것을 버리기를 바라는 것입니다. 왜냐하면 그의 비천한 과학이 우리를 구원할 방법을 찾지 못했기 때문입니다. 그러나 저는 저 똑똑한 사람을 믿지 않습니다. 왜냐하면 저는 전문가를 경계하기 때문입니다. 전문가들이란 언제나 땅을 파기만 하고 철제 탑밖에 못 세우는 사람들입니다. 저 전문가도 점토층, 작동하지 않는 사이펀과 비싼 운반차에 대해서만 언급했을 뿐이지요. 요컨대, 그는 재료만을 언급했습니다. 왜냐하면 그것밖에 모르기 때문에 다른 것을 언급할 수 없는 것입니다!"

다시 한 번 전문가는 자신은 무력하다는 손짓을 했고, 학교 선생은 조용히 비웃었다.

"하지만 저는 좀 더 높은 곳에서 저희의 불행을 바라보았습니다. 이 불행을 설명하고 우리가 물을 돌려받기 위해서는 보이는 것에서 더 나아가 대답을 찾아야 합니다. 왜냐하면 전지전능한 주님께서 창조하신 이 세상에서는 모든 것이 의미가 있고, 법칙이 있습니다. 주님의 허락 없이는 그 어떤 매미도 울지 않는 법이지요. 그러므로 이해하려고 노력해야 하며, 우리가 찾아야 하는 대답은 물리적인 사고로 우리의 아름다운 샘이 막혔다는 것이 아닙니다. 그것은 주님께서 허락하셨고, 어쩌면 원하셨기 때문에 일어난 일이라는 겁니다."

이 엄숙한 발언을 하고 신부는 다시 손수건을 꺼내 이마를 훔쳤다. 모든 신도들은 신심으로 조용해진 가운데 경청하고 있었다. 하지만 맨 앞에 앉아 있던 엘리아생은 혼자서 두리번거리며 신도들을 훑어보고는 2층 회랑에서 목수를 발견했다. 그는 목수에게 위협적인 시선을 던졌고, 목수는 이에 어깨를 으쓱하며 턱을 치켜들어 응수했다. 마침내 신부가 다시 강론을 이어갔다.

"옛날에 저는 그리스 비극이라는 세속의 책에서 왕이 범죄를 저질러 끔찍한 페스트가 휩쓸었던 불행한 도시 테베의 이야기를 읽은 적이 있습니다. 저는 스스로에게 물었습니다. '우리 가운데 죄인이 있는가?' 전혀 불가능한 일은 아닙니다. 가장 심각한 범죄는 신문에 나는 그런 종류가 아닙니다…. 많은 사람들이 정의를 무시한 채 살아가고 있습니다만 주님께서는 범죄를 모두 알고 계십니다."

바로 그때 마농은 계속해서 자신을 쳐다보고 있던 위골랭 쪽으로 고개를 돌렸다. 그녀는 마치 무엇을 공격하는 듯이 꼼짝하지 않고 차갑게 그를 쏘아봤다. 위골랭은 고개를 숙이고 파페의 옆구리를 찔렀다. 두 눈을 감고 강론을 듣고 있던 파페가 눈을 뜨자 마농의 시선과 마주쳤다. 그는 미소를 지으려 했다. 하지만 마농은 역시 그를 쏘아봤으며 갑자기 주임 신부의 목소리가 들리는 쪽으로 고개를 돌렸다. 신부는 비장하게 말했다.

"우선 저는 이 미지의 죄인께 말하고 싶습니다. 존재한다면 말입니다. 저는 그에게 이렇게 말하고 싶습니다. '형제여, 용서받지 못할 잘못은 없고, 속죄하지 못할 죄는 없습니다. 진실한 회개로 모든 것을 지울 수 있습니다. 그리고 우리의 위대하신 주님 예수 그리스도께서는 스스로도 놀랄 멋진 말씀을 하셨답니다. 천국에는 백 명의 의인보다 참회한 죄인을 위한 자리가 더 많다고 말이죠. 형제의 잘못이 무엇이든 간에, 얼마나 큰 죄를 지었든 간에 고치려고 노력하면서 회개하십시오. 그러면 형제께서는 구원을 받을 것이고 우리의 샘은 전보다 더 아름답게 흐를 것입니다.'"

위골랭은 두 번이나 파페의 옆구리를 찔렀지만 파페는 아무런 대답을 하지 않았다. 그러자 위골랭은 고개를 들어 신부가 자신을 쳐다보는지 확인했다. 아니었다. 신부는 다시 한 번 이마와 볼을 닦고 말을 이었다.

"우선 생각나는 순서대로 말씀을 드리도록 하겠습니다. 가만히 생각해 보면 우리의 정의로운 주님께서는 한 사람이 저지른 범죄에 대해 이렇게 많은 이를 벌하시지 않을 것으로 보입니다. 그러므로 우리에게 한 명의 큰 범죄자가 있는 것이 아니라면 여러 작은 범죄자가 있는 것이겠지요. 저는 살인자를 말하려는 것이 아닙니다. 각자 또는 단체로 여러 못된 행동을 범한 죄인들을 의미하는 것입니다."

안심한 위골랭은 깊이 숨을 내쉬었지만 신도들은 서로서로를 쳐다보는 중이었다. 왜냐하면 각자 이웃을 비난하기 위해 작은 죄를 지었기 때문이었다. 엘리아생은 신도들의 동요를 틈타 다시 한 번 목수를 쳐다보며 목에 손을 갖다 대, 목을 조를 것이라고 약속하는 듯했다.

"바로 그렇기 때문에 저는 여러분 모두 양심을 돌아볼 것을 바라는 바입니다. 그것은 침대에 걸터앉아 신발을 벗으면서 금방 참회하는 것이 아닙니다. 무릎을 꿇고 하는 겁니다! 그래야 생각을 하기 편리하니까요. 그런 다음 스스로에게 질문을 던져 보십시오. '내가 남에게 악한 짓을 했던가? 어디서? 언제? 어떻게? 왜?' 마치 할머니가 손자 머리에서 이를 찾는 것처럼 깨끗한 안경을 끼고 면밀히 살펴보십시오. 그렇게 해서 참회가 끝나면 신께 회개하시고 고해성사를 하러 오시기 바랍니다. 성사를 하러 오는 것이 부끄러운 사람이 있다면 구실을 만들어 오시면 됩니다. 팔에 물건을 끼고 정원을 지나 와도 좋습니다. 계란 한 다스를 가져오신다면 저는 그것이 필요하니 기쁘게 받겠습니다. 또는 연장을 가지고 와서 사제관에서 일을 하셔도 좋습니다. 마침 하수구가 막혔고, 마리에트가 3미터짜리 등나무 가지를 집어넣은 탓에 가지를 회수할 수 없었답니다.

저는 여러분께 비공식적으로 고해성사를 주겠습니다. 왜냐하면 진정한 고해는 백포도주 한 잔으로도 시작할 수 있는 것이니까요. 형제 여러분, 중요한 것은 진실함과 회개입니다. 자신의 죄를 정면으로 바라보고 신께 용서를 구하십시오. 신께서는 용서하기를 싫어하지 않습니다.

생각나는 대로 말씀을 드리다 보니 다시 한 번 화제를 돌려야겠군요. 어쩌면 여러분 가운데 진정한 죄인은 없을 수도 있습니다. 진짜로 나쁜 행동을 범한 사람 말입니다. 하지만 여러분 가운데 선행을 한 사람이 많습니까?"

이 질문에 필록센은 빈정거리며 중얼거렸다.

"선행이 무엇인지에 따라 다르지."

위골랭은 파페의 귀에 대고 속삭였다.

"파페가 신부님께 4,000프랑을 빌려 주셨잖아요."

중앙에 있는 복도 끝에 서 있던 앙주는 엘리아생이 자신에게 몸짓으로 위협하는 줄 알고 혼신의 힘을 다해 사팔눈을 하고 혀를 내밀면서 인상을 써서 응답했다.

"자, 자, 이것이 중요한 것입니다. 친애하는 형제 여러분, 여러분은 참된 형제가 아니십니다. 저는 여러분이 일하고 웃고 농담하는 것을 보았습니다. 그러나 한 번도 여러분 중에 누구 한 사람이 고아나 과부가 소유한 황폐한 포도밭에서 기쁘게 곡괭이질을 하는 것을 본 적이 없습니다…. 그 반대로 제 전임이셨던 시놀 신부님께서는 제게 '바스티드 펑뒤(금이 간 집)'의 끔찍한 이야기를 들려 주셨습니다. 저는 오늘 여러분께 그 이야기를 들려 드리려고 합니다."

신부는 이야기꾼의 어조로 말했다. 그는 특히 이야기를 모르는 학교 선생과 벨루아조 씨, 토목공학 전문가를 보며 말했다.

"어느 맑은 날, 전문가보다 더 끔찍한 어느 부동산 업자가 늘 그러듯이 도시에서 왔습니다. 그는 언덕 위에 있는 폐허를 한 채 구입했지요. 사람들은 그 폐허를 바스티드 펑뒤라고 불렀습니다. 왜냐하면 그 집에는 팔뚝이 들어갈 정도의 틈이 벽 곳곳에 있었기 때문이지요. 부동산 업자는 지붕을 얹고 벽의 틈을 석회로 발라 그 위에 미장 작업을 잘 마쳤습니다. 도시의 한 퇴직자가 그 집을 비싸게 사서 몽플레지르(나의 기쁨) 빌라라고 이름을 붙였답니다. 그때 시놀 신부님이 이곳으로 부임해 오셨습니다. 그분이 오셨을 때는 아무것도 모르셨죠. 신부님께서 몽플레지르 빌라에 대해서 말만 하면 사람들이 전부, 특히 미장공들이 낄낄대고 웃는 이유가 무엇인지 스스로 묻곤 하셨습니다.

어느 날 화려한 것을 좋아하던 퇴직자는 집에서 목욕을 할 생각을 했습니다. 그래서 물탱크용 펌프와 도관, 욕조를 구입했고, 다락에 물을 저장하는 큰 통을 설치하고자 했습니다. 미장공들이 와서는 더할 나위 없이 즐거워했습니다. 미장공들은 1,000리터 이상 저장할 수 있는 시멘트로 된 통을 다락에 설치했고, 퇴직자에게 마르는 데 시간이 걸리니 다다음날 오후 4시까지는 물을 받으면 안 된다고 말했답니다.

그날이 되자 모든 마을 사람들은 길가에 나와 서커스를 보는 양 몽플레지르 빌라를 쳐다보고 있었더랍니다. 퇴직자는 이미 펌프질을 하고 있었고, 그는 사람들이 전부 자신에게 뭘 바라고 있는지 궁금해하며 2층 창가에서 파이프를 피우고 있었습니다. 그는 아무것도 모르고 있었지요. 왜냐하면 4시 반이 되자 몽플레지르 빌라는 그의 머리 위로 무너져 내려 이튿날 그의 장례를 지내야 했답니다."

결론까지 나오자 많은 사람들은 이 재미있었던 장난을 회상하며 웃음을 참지 못했다. 왜냐하면 납작해진 퇴직자는 단순한 '도시에서 온 외부인'이었고, 거기다 퇴직자들은 대부분 다른 사람들이 일하는 것을 지켜보거나 세금을 갉아먹는 고아나 홀아비였기 때문이다. 불신자들도 성당이 떠나갈 정도로 크게 웃었고, 이에 주임 신부는 하늘을 향해 팔을 벌리고 외쳤다.

"이것이 우스운 일이랍니다! 주님, 이들을 위해 은총을 내려주소서. 이들은 자신들이 무슨 일을 하고 있는지 모릅니다."

그는 연단 위에서 몸을 구부리고 외쳤다.

"여러분은 모두 이 퇴직자의 죽음에 책임이 있습니다! 우선 책임이 있는 사람들은 부동산 업자와 미장공입니다. 그렇지만 이 일을 '알고 있었으며' 퇴직자에게 말을 하지 않았던 모든 사람들도 어쩌면 부동산 업자와 미장공보다 더 막중한 책임이 있습니다. 미장공은 이삼 일 동안 일하길 원한 거였고, 부동산 업자는 돈을 좀 더 벌려고 했던 것뿐이었습니다…. 이것은 변명이 아니라 동기입니다. 하지만 여러분은 어떤 이유로 입을 닫고 계셨습니까? 저는 인간의 악한 본능 외에는 답을 찾을 수가 없군요. 여러분께 필요한 사람은 신부가 아니라 선교사입니다!"

침묵이 깔리고 거의 모든 사람들이 발끝을 바라보았다. 신부의 목소리는 성당 천장까지 울렸고, 노파들은 쭈그리고 앉아서 의자 등받이 위로는 조그맣게 틀어올린 머리채만 보일 뿐이었다.

손수건으로 얼굴을 닦은 신부는 다시 목청을 높여 말했다.

"여러분은 이 퇴직자를 다시 만나게 되실 겁니다! 이곳에서가 아니고 하늘에서 말이죠. 여러분이 만나게 될 그는 불쌍한 영혼이 아닙니다. 왜냐하면 그의 영혼은 다이아몬드로 된 파이프를 피우며 천국에 있을 것입니다. 여러분이 보게 되실 것은 성 베드로의 저울에 있는 그의 몸입니다. 여러분이 계신 곳 반대쪽에 추 대신 놓여 있을 것입니다. 마치 암탉들이 부리로 쪼아놓은 것처럼 군데군데 구멍이 난 불쌍한 노인네의 몸은 무거울 것입니다…. 이것을 생각하십시오. 회개하십시오. 여러분께는 아직 시간이 있습니다…."

여기저기서 항의하는 속삭임이 들려왔다.

"저는 여러분이 놀라셨다는 것을 압니다. 이렇게 말씀하시겠지요. '도관을 만든 건 내가 아니야! 돈을 받은 건 내가 아니야! 난 다른 사람의 일에 참견을 하지 않으니 나한테 뭐라고 할 사람은 아무도 없어!' 그렇다면 여러분이 잘못 생각하신 겁니다! 남의 일이란 남을 돕기 위해서 하는 일입니다. 그걸 자선이라고 부르지요. 여러분도 아시겠지만 신의 사랑을 받기 위해서는 악을 행하지 않는 것으로는 충분치 않습니다. 덕행은 입을 닫고 있고, 눈을 감고 있으며 가만히 있는 것을 의미하는 것이 아닙니다. 덕행이란 행동하는 것이고, 선행을 베푸는 것입니다. 선행을 베풀 기회가 아주 많은 것은 아닙니다. 그렇기 때문에 저희가 준비가 되어 있을 때 인자하신 주님께서는 우리 눈앞에 선행을 베풀 기회를 주시는 겁니다. 주머니에 손을 넣은 채로 서서 발판으로 뛰어오르지 않는 사람들은 기차를 놓치게 되는 바보들입니다. 여러분 중 많은 분들이 그 경우에 해당합니다. 여러분께 이 말씀을 드리게 되어 유감입니다만, 관대함이 부족했고 형제애가 부족했으며 자선 활동이 부족했기 때문에 오늘날 여러분이 비싼 대가를 치르고 있는 겁니다.

여러분께서 수도 요금을 내지 않으면 수도 관리인이 어떻게 하는지 아시지요? 그는 큰 열쇠를 가지고 와서 여러분의 수도꼭지를 잠가버립니다. 그렇기 때문에 여러분이 정기적으로 수도 요금을 내는 겁니다. 그러면 마을에 내는 돈은 무엇을 위한 돈입니까? 그 돈으로 우리는 수도관을 사고 용접 비용을 내며 수도 관리인의 임금을 줍니다. 그러나 물은 마을에서 만든 것이 아닙니다. 그렇기 때문에 은총이 가득한 행동과 기도, 선행으로 하느님께 물 값을 내셔야 하는 것입니다. 여러분께서는 아주 오랫동안 밀린 두툼한 고지서를 내지 않았습니다. 그렇기 때문에 하늘의 관청이 수도관을 잠가버린 겁니다.

하지만 앉아서 슬퍼만 하고 있는 것으로 충분치 않습니다. 뭐라도 해야 합니다. 그래서 저는 지금까지 신도들이 소중하게 모시지 못한 우리 도미니크 성인의 도움을 얻고자 일요일에 기도 행진을 계획하고 있습니다. 도미니크 성인은 한 달에 초 세 개도 봉헌받지 못하셨답니다! 하지만 저는 도미니크 성인의 인자하심을 믿습니다. 그는 살아 계시는 동안 여러 기적을 일으키셨습니다. 오늘 저 높은 하늘에서 그가 어떤 기적을 행하실지 생각해 보십시오!

내일모레 저희는 성인을 가마 위에 모시고 그 가마를 지고 저희의 고통, 즉 메마르고 푸석푸석한 우리의 밭 사이로 지나갈 겁니다. 고통받는 작물을 보시면서 저희만큼이나 성인께서도 마음이 아프시길 바랍니다. 그래서 성인께서 언제나 그러셨던 것처럼 저희를 위하여 하느님께 간청을 드리셨으면 합니다. 저는 성모마리아 어린이 합창단 아이들과 회색 옷을 입은 수사님께 도미니크 성인의 가마와 봉헌용 초, 의상과 꽃다발을 준비해 달라고 부탁드리겠습니다.

그래서 목말라 죽어가는 우리 밭을 둘러보기 위해 가마의 깃발 아래 행진할 겁니다. 행진에 참가하신 여러분 귀에 멀리서 들려오는 종소리와 매미의 울음소리, 여러분의 발걸음 소리가 더 이상 안 들린다면 여러분의 영혼이 겸손하고도 진지하게 하늘을 향해 올라간 것입니다. 왜냐하면 기도 행진의 효력은 깃발에서 오는 것이 아니라 정화된 마음에서 나오는 것이기 때문입니다…. 여러분 모두가 약속하신다면 더할 나위 없이 좋겠지만, 여러분들 중 몇몇이라도 하늘에 경건하게 선행을 약속드린다면, 그리고 여러분이 저질렀을지도 모르는 악행을 속죄하겠다고 약속하신다면, 저는 물을 끊어버린 위대한 수도 관리자이신 주님께서 물을 돌려주기 위해 여러분의 회개만을 기다리고 계실 것이라고 확신합니다."

마지막으로 주임 신부는 이마의 땀을 닦고 설교단에서 내려왔다. 클라리스 부인의 손 아래서 오르간은 시편을 연주했고, 성모 마리아 어린이 합창단의 가늘고 날카로운 목소리는 순진함을 가장한 음흉함 속에 묻혀 높이 울려 퍼졌다. 떨리는 목소리로 노래하는 노파들의 간청이 곧 시작되었다. 투명한 음색에는 호르몬의 부족함과 자비로운 죽음에 대한 형언할 수 없는 두려움이 섞여 있었다. 그러고 나서 주임 신부의 굵지만 명료한 바리톤 음성이 헤매는 멜로디 속에서 자리를 잡았고, 이에 엘리아생은 거친 동물 울음소리로 화답송을 불렀다.

 엄숙한 평화가 제단에 찾아왔고, 놀란 불신자들은 꼼짝 않고 경청하고 있었다. 그때 문 두드리는 소리가 들리며 낯선 목소리 하나가 불쑥 튀어나왔다.

 "물 운반차가 왔어요!"

 돌바닥에서 의자 백여 개가 삐걱거렸고, 독실한 신자들은 불이라도 난 듯 공포에 떨며 우르르 밖으로 나갔다.

25

 물을 배급하는 데 싸움은 일어나지 않았다. 사람들은 저마다 갑작스럽게 다가온 공동의 불행을 심각하게 걱정했기 때문이었다. 다만 두 개의 큰 나무 통을 실은 짐수레가 도착했을 때 수군거림이 일긴 했다. 하지만 그것은 단지 분에 넘치는 바람에서 일었던 것일 뿐, 짐수레와 함께 빵집 주인이 나타났을 때 사람들은 경외심을 보이며 그에게 자리를 양보했다.
 위골랭과 파페는 멀찍이 떨어져 서 있었다. 물병 두 개 분량의 물로는 카네이션 자루 두 대도 살릴 수 없을뿐더러 그들에게 우물이 있다는 사실은 누구나 다 알고 있었다. 그들의 태도는 관대하게도 자신들에게 할당된 분량의 물을 다른 사람들이 가져가도록 두겠지만 그 이상의 것은 바라지 말라는 의미였다.
 위골랭은 신부님의 강론으로 깊이 동요되었다.
 "파페, 신부님은 그것에 대해서 말만 한 것이 아니라 저를 세 번이나 쳐다보셨어요."
 그는 속삭였다. 노인네는 그 스스로도 우려하고 불안했으나 그 사실을 인정하길 거부했다.

"그러면 그렇게 생각하거라! 네가 하루 온종일 바보스럽게 그 생각만 하고 있으니 사람들이 그 이야기를 하는 것처럼 보이는 게야! 나는 전부 다 잊어버렸다. 그리고 그 신부가 뭘 알고 있을 것 같으냐? 이곳에 온 지 1년밖에 되지 않았는데."

파페가 말했다.

"그래요. 하지만 누군가가 고해성사를 하며 말했을 수도 있죠."

파페는 잠시 입을 다물고 있다가 인정하며 말했다.

"앙글라드가 그랬을 가능성도 없진 않지…. 그는 너무 편협해서 다른 사람의 죄를 고해하고도 남을 사람이거든. 하지만 그렇다고 한들 우리한테 무슨 해가 되겠니?"

그들은 필록센의 카페를 향해 올라갔다.

"다만 내가 우려하는 건 그 처녀란 말이야…."

파페가 말했다.

"저도 그래요."

위골랭이 대답했다.

"그녀가 너와 잘 지내는 것 같지 않단 말이지."

"맞는 말씀이에요. 그녀는 절 두 번 쳐다봤는데요, 저를 보는 방식이 걱정이 돼요…. 마치 제게 '죄인은 바로 너야'라고 하는 것 같았거든요…."

"그 역시 네 상상일 뿐이다. 그녀도 마찬가지야. 아무것도 모를 게다…. 어쩌면 샘 때문에 시샘할지도 모르지만 그 이상은 아니야."

파페가 반박했다.

"그러면 왜 파페는 그녀가 우려스럽다고 말했어요?"

노인네는 잠시 주저하다 털어놓았다.

"왜냐하면 그녀가 널 원하지 않으리란 생각이 들었거든."

"왜요?"

"모르겠다. 그냥 든 생각이야…."

위골랭은 아무런 대답을 하지 않았다. 그는 느린 걸음으로 성당에서 나오고 있는 마농을 쳐다보고 있었다. 그녀도 위골랭을 보았지만 고개를 돌려 물 운반차에서 멀어지던 학교 선생의 어머니에게 미소를 지어 보였다. 선생의 어머니는 물뿌리개와 물병을 하나 들고 있었는데, 걸을 때마다 물병에서 물이 조금씩 넘쳐 흘렀다. 지나가는 길에 마갈리가 괜찮다고 만류하는데도 마농은 물뿌리개를 들어 주었고, 두 여자는 함께 멀어져 갔다.

위골랭은 뜨거운 살갗에 붙어 있는 축축한 리본 아래로 심장이 아려 오는 것을 느꼈다. 그가 말했다.

"저것도 역시 제게는 그리 좋은 일이 아니죠."

"왜?"

"선생이 언덕에서 그녀에게 말하는 걸 봤어요."

"언제?"

"지난달에요."

"나한테는 말하지 않았잖니."

"창피했어요."

"그들이 서로 좋아 지낸다 해도 놀랄 일은 아니지…. 빠른 시일 내에 그녀에게 청혼을 하는 게 좋겠다…."

파페와 위골랭은 카페 테라스에 도착했다. 그곳에는 질서 있게 성당에서 나온 불신자들이 이미 자리를 잡고 앉아 있었다. 그들은 강론에 대해 말하면서 물통을 싣고 지나가는 당나귀, 양철 물통과 물병의 무게 때문에 팔을 길게 늘어뜨린 동네 아낙들을 쳐다보고 있었다. 분수 주위에 있는 남자들은 앙주와 레 종브레에서 기술적인 도움을 주러 온 수도 관리인을 에워싸고 있었다. 레 종브레 수도 관리인의 능력도 거기서 거기였다. 그는 단지 "이건 가뭄 문제에요. 만약 일주일 내로 비가 오지 않으면 저희 마을에도 같은 문제가 닥칠 거예요"라고 반복해 말할 뿐이었다. 다른 이들은 그의 말을 듣고 우울해하거나 신경을 곤두세웠다. 늙은 메데릭은 약간 우스꽝스러운 기색으로 입을 크게 벌렸다. 조나스와 조지아는 손톱을 물어뜯었으며, 불쌍한 앙주는 손을 주머니에 찔러 넣은 채 시선을 아래로 향하고 구두 끝으로 땅바닥만 긁고 있을 뿐이었다.

바로 그때 불신자들은 엘리아생이 도착하는 것을 보았다. 까만 펠트 모자를 쓴 엘리아생은 물통 두 개를 실은 당나귀 뒤를 따라오고 있었다. 그 역시도 물병을 두 개 지고 있었다. 그의 당나귀는 집으로 가는 익숙한 길을 따라갔지만 그는 카페 테라스로 곧장 걸어와 술을 마시고 있는 사람들 세 걸음 앞에서 멈춰 섰다. 물병을 바닥에 내려놓고 허리춤에 주먹을 대고 화난 모양으로 똑바로 서서 경계하는 눈초리로 사람들을 쳐다보았다. 앙글라드는 차후 전개되는 상황을 지켜보기 위해 가던 길을 멈춰 섰다. 그리고 두 수다쟁이 아낙네와 할머니와 아이들이 몰려들었다. 엘리아생은 자신을 쳐다보고 있는 불신자들을 뚫어져라 쳐다보았다.

그때 꼼짝 않던 필록센이 왼쪽 눈을 감고 오른쪽 눈을 크게 뜨더니 혀끝으로 오른쪽 볼을 볼록 튀어나오게 했다. 그사이 카지미르는 팔꿈치를 테이블 위에 대고 마치 여우 얼굴처럼 팔뚝과 손이 직각이 되도록 만들고는 집게손가락과 약손가락을 구부려 굳건히 솟아나온 가운뎃손가락을 엘리아생의 얼굴에 들이대었다. 이 모욕적인 행동이 로마 시인 주브날에 의해 이미 묘사되었다는 것을 모르는 엘리아생이었지만, 그런 그도 이 행동의 의미와 대응이 필요하다는 것은 알았다. 그는 있는 힘을 다하여 테이블 다리에 침을 뱉었다.

그러자 빵집 주인은 탄산수에 담겼던 빨대를 들고 적의 신발 위로 물을 뿜어댔고, 그동안 팡필은 혀를 이 사이에 내밀고는 경멸적인 소리를 지어냈다. 호기심에 모인 많은 군중들은 크게 웃음을 터뜨렸다. 엘리아생은 힘껏 발길질을 했다. 그는 불신자들에게 등을 돌리고 한쪽 다리를 들어 마치 코끼리처럼 테라스를 향해 크게 방귀를 뀌었다. 그리고 나서 다시 그들을 바라보고 서서 펠트 모자 끝을 잡아 멋지게 인사를 하고는 다시 물병을 들고 당나귀의 발자국을 따라 잔걸음으로 기쁜 듯이 걸어갔다. 불신자들은 그의 뒤로 '돼지새끼', '비겁자', '똥 묻은 바지 모양' 등등의 갖은 욕설을 퍼부었다. 하지만 엘리아생은 뒤도 돌아보지 않았다.

*

물을 들고 가는 사람들이 젖은 신발 때문에 비틀거리며 우울한 기색으로 계속 줄을 이었다. 필록센은 이 광경을 더 이상 참지 못했다.

"여러분, 여러분의 기분 전환을 위해 제가 아페리티프 한 잔씩 돌리겠습니다. 여러분들이 전부 끔찍한 모습을 하고 계시니 한 사람씩 돌아가며 슬픈 표정으로 제 식당으로 오십시오."

"저런 세심한 감정이 나를 감동시킨다니까!"

벨루아조 씨가 말했다.

"이건 세심함이 아닙니다. 유권자들이 충격을 받지 않도록 하

기 위해서예요!'

이장이 반박했다. 베르나르가 말했다.

"그렇다면 저는 여러분께 더 나은 것을 드릴게요! 이런 재난 가운데 오늘이 제 생일입니다. 조용히 말씀드리는 건데, 한 잔의 기쁜 술이 학교 운동장에서 여러분을 기다리고 있습니다. 저를 따라오세요."

"우리도 말인가?"

꽝필이 물었다.

"여러분도요. 파페와 그의 조카 분이 우리와 함께 가시기 위해 딱 맞추어 도착하시네요."

"선생 집에요?"

위골랭이 물었다. 그는 감정에 복받쳐 몸을 떨었다. 그러면서 생각했다. '아마 그녀도 아직 그곳에 있을 거야. 모두들 앞에서 서로 무슨 말을 하려는 걸까?'

"네, 학교로요. 갑시다."

베르나르가 말했다. 그러자 필록센이 중얼거렸다.

"약간은 슬픈 표정을 지으세요. 부탁입니다. 더 이상 우리에게 물이 없다는 걸 잊지 마세요."

가는 길에 그들은 푸줏간 주인 클로디우스, 아페리티프 돈을 내기엔 너무 가난해서 더 이상 일상 모임에 나오지 않던 카브리당을 맞이했다. 선생은 카브리당의 팔을 잡아 함께 가자고 이끌었다. 사람들이 줄지어 가는 걸 본 동네 할머니들은 그들이 분수와 강론에 대해 논의하러 가는 것이라고 결론을 내렸다.

*

베르나르가 정원 문을 열었을 때, 그는 막 문을 나 서던 마농과 정면으로 마주쳤다.

"아! 가면 안 돼요, 안 돼요! 오늘은 당신도 함께 마셔요!"

그가 말했다. 그녀에게 반해버린 위골랭이 파페에게 몸을 숙이고 속삭였다.

"그가 그녀에게 '당신'이라고 존댓말을 했어요."

위골랭은 기쁜 듯이 윙크를 했다. 하지만 마을의 모든 남자들이 도착하는 데 겁을 먹은 마농은 도망치려 했다. 베르나르는 웃으면서 가는 길을 막고 그녀의 손목을 잡았다. 불쌍한 위골랭은 아카시아 나무 선명한 그늘 아래, 술병과 잔이 가득 놓인 긴 테이블 가로 선생이 자기가 사랑하는 마농을 데려가는 것을 보고만 있었다. 마갈리가 모두를 기쁘게 환영했고, 초대받은 사람들은 의자나 정원에 늘어진 난간에 자리를 잡았다.

"자, 그 강론에 대해서 여러분은 어떻게 생각하세요?"

마갈리가 물었다.

"어떻게 생각했으면 하는데요? 전부 말뿐이랍니다."

파페가 대답했다. 그러자 베르나르가 말했다.

"말뿐일지는 몰라도 애매모호한 의미를 담고 있기도 했죠. 물론 저는 분수가 하늘의 간섭에 의해 말라버렸다고 생각하지는 않습니다만."

"사람들은 전부 네가 신을 믿지 않는다는 걸 안단다. 너한테는 안된 일이지."

그의 어머니가 말하자 베르나르가 대꾸했다.

"그렇다고 제게 해가 되는 건 아니에요. 하지만 신부님께서는 자기가 알고 있는 어떤 범죄를 빗대어 말씀하시는 것 같았어요. 물론 신부님이 분명하게 말씀하실 수는 없었죠. 아마도 고해성사를 통해서 들었기 때문일 거예요."

"어떤 범죄? 누군가가 마을에서 범죄를 저질렀다면 모든 사람들이 다 알았을 게야."

난간 위 카지미르와 푸줏간 주인 사이에 앉아서 다리를 흔들고 있던 팡필은 난간 아래 있는 벽을 발꿈치로 툭툭 건드리면서 땅을 쳐다보고 있었다. 눈을 들어 쳐다보지도 않은 채 그는 말했다.

"권총이나 칼부림만이 범죄는 아니지!"

"제 생각에 그 강론은 누군가를 지목하는 듯했어요…."

베르나르가 말했다. 파페는 베르나르를 똑바로 응시하고는 불쑥 물었다.

"누구를 말인가?"

"그래요. 누구요?"

위골랭도 강한 어조로 물었다.

"내가 보기엔 신부님이 자주 위골랭을 쳐다보는 것 같았어."

빵집 주인이 말했다. 그러자 팡필은 웃는 시늉을 하면서 말을 이었다.

"특히, 페스트에 걸린 왕이 모든 사람들에게 병을 옮겼다는 말을 할 때 그랬지!"

"뭐, 뭐, 뭐라고? 그럼 내가 페스트란 말이에요?"

위골랭이 소리를 질렀다. 파페가 단호하게 말했다.

"그런 건 자꾸 말할 필요도 없다! 농담이라도 그런 소릴 하는 게 아니야! 우선 신부님은 우리 모두에게 말씀하셨어. 그래, 내가 여기 메모해 두었지. '인자하신 하느님은 단 한 사람의 범죄 때문에 모두를 벌하지는 않으실 겁니다'라고 했지. 신부님이 이렇게 말하신 거야. 그리고 그는 바스티드 펑뒤의 이야기를 들려 주셨지. 신부님은 모두가 말할 수도 있었는데, '아무도 말하지 않았기' 때문에 모두가 책임을 져야 한다고 말씀하셨다고."

파페는 모든 사람을 한 명 한 명 차례로 쳐다보았다. 그때 베르나르는 사람들이 파페의 시선을 피하는 것을 보고 놀랐다. 팡필은 미안한 기색으로 고개를 숙이더니 아래로 늘어뜨리고 있던 팔을 펼쳐 보였다. 필록센도 잠시 곤란한 듯 보였으나 갑자기 병을 잡고 따기 시작하더니 웃으며 말했다.

"강론 중에 내가 놀란 것은 신부님이 달걀 한 판 얻자고, 또 수도관을 뚫으러 와달라면서 재난 상황을 이용한다는 거야!"

그리고 그는 매우 조용한 가운데 잔들을 채우고, 자기 잔을 들어 올린 다음 즐겁게 말했다.

"베르나르 선생을 위하여!"

바로 그때 문이 열리고 앙글라드가 손에 모자를 들고 모습을 드러냈다. 그는 겸손하게 미소를 띠고 다가왔다.

"허허, 파스티스 냄새라도 맡고 오셨나요?" 필록센이 외쳤다.

"아! 아니라네! 마갈리 부인, 실례합니다. 제가 스스로 초대를 받아 온 건 아니랍니다!" 앙글라드가 말했다.

"하지만 저희가 대접할게요! 얼른 이쪽으로 와서 앉으세요!"

베르나르가 말했다.

"고맙네, 선생 양반. 하지만 그럴 필요는 없네…. 지금 일어나고 있는 일을 보면 한잔하고 싶은 생각이 없어. 파스티스 한잔하러 여기 온 게 아니거든. 물 때문에 왔소. 아이들이 목동 처녀가 여기 있다고 했거든. 내가 말을 하고 싶은 사람은 바로 그녀야. 그녀에게 중요한 할 말이 있거든."

마농은 놀라서 얼굴이 하얗게 질렸다. "제게요?"

"그래. 너한테 말이다. 왜냐하면 네가 원하기만 하면 우리에게 물을 돌려줄 수 있거든."

마농은 갑자기 겁을 집어먹었다. 이 노인네는 진실을 알고 있으며 모두 앞에서 그걸 말하려 하고 있다. 그녀는 말을 더듬었다.

"제가요? 어떻게요?"

"일요일에 있을 기도 행진에 오면 된단다. 오겠느냐?"

마농은 얼굴이 빨개져서 저도 모르게 불쑥 대답을 했다.

"아니요." 그녀의 어조가 모든 사람을 놀라게 했다. 특히 앙글라드는 크게 당황한 것처럼 보였다.

"그러면 영원히 분수의 물이 흐르지 않겠구나." 그가 말했다.

"왜 그러는데? 자네는 이 처녀가 성녀인 줄 아나?"

필록센이 말했다. 그러자 베르나르는 앙글라드를 향해 몸을 돌렸다.

"어르신은 아가씨의 참석 여부가 그만큼 중요하다고 보세요?"

늙은 농부는 난처해 보였다. 그는 잠시 주저하더니 여러 번 고개를 끄덕이고 말했다.

"다들 이해하겠지만, 마농은 아버지를 여의었지…. 더 이상 보호해 줄 아버지가 없는 거야. 대개 그런 경우에 인자하신 주님께서 그들을 돌보시지…. 고아의 기도는 종달새처럼 하늘로 바로 전해지고, 우리 주 예수 그리스도는 친히 그 노랫소리에 귀 기울여 들으신다고…. 우리들은 전부 보다시피 벌을 받고 있는 거라고. 주임 신부님이 분명히 말씀하셨지…. 하지만 마농은 죄가 없고, 그 이상일지도 몰라…. 아가씨가 우리를 위해 기도를 하러 온다면 우리는 구원받을 수 있을 거요."

그는 상당한 확신을 가지고 말을 했다. 앙글라드는 그의 납작한 가슴 위에서 천천히 모자를 돌리면서 기다렸다. 위골랭이 일어서더니 매우 빠르게 말했다.

"그래, 그래. 마농, 네가 와야만 해…. 네가 우리의 카네이션을 살려야 해…."

갑작스럽게 화가 치밀어 처녀는 주먹을 꽉 쥐었다. 자기가 무슨 생각을 하고 있는지 알지 못한 채, 마농은 일어나서 세 걸음 앞으로 나갔다가 멈춰 서서 다시 자리로 돌아왔다. 그리고 의자 뒤로 돌아가 덜덜 떨리는 손으로 등받이를 짚고 서선 위골랭을 똑바로 바라보았다. 그녀의 얼굴은 창백했다. 사람들은 그녀가 말을 할 거라고 생각했지만, 마농은 생각을 바꾸어 입을 다물었다.

필록센이 말했다.

"애야, 나는 그 기도 행진이 소용없을 거고, 다시금 샘에서 물이 솟게 하려면 엄청나게 큰 병따개가 있어야 하리란 걸 잘 알고 있다…. 하지만 앙글라드는 그것이 성공할 거라고 믿고 있고, 그렇게 믿는 사람이 마을에 앙글라드 한 사람은 아닐 거라고 네게 말해야겠구나. 그러니 그들을 기쁘게 해주는 게 어떠니? 네가 행진에 오지 않는다면 그들은 행진이 실패한 것을 네 탓으로 돌릴 게야!"

그때 마갈리가 마농에게 다가가 어깨 위에 예쁜 손을 얹으며 물었다.

"그곳에 오지 않을 이유라도 있는 거니?"

아버지가 돌아가신 이후 처음으로 마농은 베르나르가 곁에 있고, 그의 어머니 손이 그녀의 어깨에 올려져 있으며, 까만 화살표의 비밀을 공유하고 있는 팡필의 부드러운 시선에 의해 자신이 보호받고 있다는 느낌을 받았다. 그녀는 안정을 되찾고 분명하게 말했다.

"저는 아버지의 물을 훔쳤던 죄인들의 물을 위해서 기도하고 싶지 않아요."

팡필은 더 이상 참고 있을 수가 없었다. 그가 외쳤다.

"브라보!"

모두가 고개를 숙였다. 하지만 베르나르와 벨루아조 씨는 놀라서 눈을 크게 떴다. 그리고 파페는 얼굴을 붉혔다. 한편 온 힘을 다해 마농을 쳐다보고 있던 위골랭은 그녀의 말을 이해하지 못한 채 그렇게나 예쁜 그녀를 보면서 미소를 지었다.

"이게 무슨 말이니?"

마갈리가 소리쳐 묻자 베르나르가 대답했다.

"저도 모르겠어요!"

마농은 사람들을 손가락으로 가리키며 말했다.

"저 사람들은 알아들었어요. 보세요! 그들은 제가 무슨 말을 하는지, 왜 하느님이 그들에게 벌을 내리셨는지 알고 있어요."

"하지만 저는 무슨 뜻인지 모르겠어요."

베르나르가 말했다. 당황한 마갈리가 물었다.

"그럼 네가 미지의 죄인을 안단 말이니?"

"두 사람 있어요. 이 둘이에요."

마농은 말하면서 그 둘을 손가락으로 가리켰다. 겁을 먹은 위골랭은 경련으로 일그러진 얼굴을 들어 파페를 쳐다보았다. 파페는 화가 나 눈에서는 불똥이 튀었지만 얼굴은 새하얗게 질렸다. 하지만 그는 어깨를 으쓱하더니 조소를 머금으며 서둘러 말했다.

"이제 무슨 말을 하려는지 대충 짐작이 가는구먼! 부인, 제 조카가 카네이션을 재배할 생각을 했고 지난 3년 동안 돈을 많이 벌었다는 것을 말씀드려야겠습니다. 당연히 마을에선 소문이 돌았고, 사람들은 좋은 이야기를 하지 않았죠. 거짓과 소문이 무성했지요…. 사람들이 저 처녀에게 어떤 악한 말을 들려 주었는지 모르겠습니다만, 저 처녀는 그것을 순진하게 믿었지요. 왜냐하면 위골랭은 그녀의 아버지가 망한 자리에서 부자가 되었으니까요. 자, 바로 이것이 진짜 진실이죠!"

"아이고 맙소사!

팡필이 낮은 소리로 말했다. 하지만 늙은 위선자는 비틀거리지도 않고 애석한 기색으로 덧붙였다.

"물론 그녀의 아버지가 성공하지 못한 건 부당하지요. 하지만 그에게 운이 없었던 것도 사실입니다. 하지만 그것이 우리 잘못은 아니죠. 자, 제가 할 말은 다 했습니다. 게다가 우리를 범인 취급하려고 이곳으로 초대했다면, 초대는 감사하지만 이만 집으로 돌아가고 싶군요. 이봐, 갈리네트, 집에 가서 한잔하자꾸나!"

그는 문 쪽으로 발길을 돌렸다. 그러자 벨루아조 씨가 말했다.

"파페, 이렇게 급하게 물러나는 것은 당신께 유리한 태도가 아니지요. 사람들이 생각하기를…."

"사람들이 뭐라고 생각하는지엔 관심 없소. 나는 나에 대한 신념이 있을 뿐이오. 자, 갈리네트, 너도 오겠지?"

파페가 말했다.

"아니요, 지금은 아니에요. 저는 마농이 어떤 이유로 날 비난하는지 알아야겠어요. 왜냐하면 모든 걸 해결할 수 있는 방법이 있어요!"

베르나르는 위골랭의 말과 사람들의 난처한 기색에 놀랐다. 벨루아조 씨는 선생을 향해 몸을 숙이더니 자기가 속삭이는 줄로만 알고 큰 소리로 말했다.

"나는 이런 시골 마을의 엉큼한 이야기를 눈치 채고 있었지…."

"옳은 말씀이십니다!"

그때 팡필이 외쳤다.

"저는 어떻게 이들이 아가씨 아버지의 물을 훔쳐가기 위해 범죄를 저질렀는지 알고 싶어요."

베르나르가 말했다. 그러자 파페가 즉시 격렬하게 반박했다.

"그건 순전히 상상 속의 이야기라고! 저애 아버지가 한평생 물을 얻지 못한 것은 사실이지. 아마도 그래서 망했던 거고. 아주 똑똑한 사람이었으니 자기 땅에 샘이 있다는 사실을 알아챘을 수도 있지. 그는 오랫동안 샘을 찾았고, 사고로 죽지 않았더라면 확실히 샘을 찾았을 게야…. 나와 내 조카는 여자들끼리만 사는 걸 보고 그 작은 농가를 산 거라고…. 사실을 말하자면 농가가 약간은 우리 마음에 들기도 했고, 또 여자들을 위한 마음에서 그랬지. 그러고 나서 우리도 샘을 찾으려 했고, 운이 좋아서 샘을 찾은 거지. 이게 바로 저 처녀가 자기 물을 훔쳐갔다고 말하는 이유라고!"

그는 매우 씁쓸해하며 덧붙였다.

"은혜를 원수로 갚다니! 자, 가자, 갈리네트…."

벨루아조 씨는 자리에서 일어나 재판장처럼 위엄 있게 선언했다.

"잠시 기다리시오. 우리는 여러분께 정의를 구현할 준비가 되어 있습니다. 목동 처녀여, 일이 이렇게 진행된 것이 맞습니까?"

마농은 화가 나서 떨리는 목소리로 외쳤다.

"그렇지 않아요! 거짓말을 하고 있어요! 사실 샘은 오래전부터 있었다고요! 집주인이 죽자 저들은 농가가 경매에 붙여질 것이라 생각하고 샘을 막았어요. 이게 진실이에요!"

놀란 마갈리가 물었다.

"저들이 왜 그렇게 했겠니?"

"그래, 왜?"

파페가 위선적으로 소리쳤다.

"갈리네트, 가자."

하지만 벨루아조 씨가 크게 비웃고는 마갈리에게 대답했다.

"왜냐하면 물이 없으면 그 농가는 가치가 없고, 그들은 헐값에 농가를 얻을 수 있었으니까요!"

"아버지는 코앞에 샘이 있다는 사실을 전혀 모르셨어요. 그래서 3년 내내 르 플랑티에로 물을 길러 가셨죠. 이 살인자들의 잘못으로 고생만 하다 돌아가신 거라고요."

마농이 말했다.

위골랭은 한 발짝 앞으로 나아가 말을 하려고 했다. 하지만 파페는 갑작스럽게 그를 밀쳐내고 외쳤다.

"그래, 바로 이런 걸 중상모략이라고 부르지! 그래, 중상모략! 샘에 관해서는, 내가 시계로 그것을 찾아내는 걸 보지 않았니! 사실을 말해! 너도 네 어머니와 함께 있었고, 호박을 안고 있었어…. 이 시계로 말이다!"

그는 은으로 된 체인에 매달려 있는 시계를 꺼내어 수맥 탐사자처럼 흔들어 보였다. 그는 사람들을 둘러보며 주장했다.

"난 이 시계로 샘을 발견했다고!"

"한 시간도 채 안 걸려서 말이죠!"

마농이 말했다. 벨루아조 씨는 잠시 비웃은 다음 집게손가락을 들고 놀랄 만한 말을 했다.

"내 생각에는 말이지, 내 생각에 그 샘은 하느님께서 파스칼에게 말했던 것처럼, 즉 '네가 나를 이미 발견하지 않았었다면 나를 계속해서 찾지 않았을 것이다'라고 당신한테 말했을 거라고!"

이 놀라운 인용구는 아주 적절한 시기에 등장하여 베르나르는 몹시 즐거운 미소를 지었다. 하지만 그것은 레 바스티드 사람들을 매우 어리둥절하게 만들었다. 왜냐하면 그들에게 '파스칼'은 카트르 세종의 수도 관리인 파스칼을 의미했기 때문이다.

"파스칼은 이 일과 상관없다고. 딱 한 번 그를 만났고, 그가 상당히 재수 없는 어투로 말을 해서 따귀를 두 대 갈긴 적은 있지! 아! 당신들이 웃을지도 모르지만, 그게 사실이란 말이지. 그래, 이렇게 된 일이야. 이 처녀는 자신이 본 것을 믿지 않고, 자신이 보지 않은 것을 믿는 거라고! 우리가 샘을 막는 걸 본 사람이 누구야?"

파페가 화가 나서 대꾸했다. 사람들은 침묵으로 그에 답했다. 파페는 의기양양하여 다시 한 번 반복했다.

"우리가 샘을 막는 걸 본 사람이 누구야?"

그러나 이번에는 굵고 우렁찬 목소리가 들렸다.

"나요. 내가 당신들을 봤소!"

바로 엘리아생이었다. 소식을 듣고 온 그는 감히 정원 안으로 들어오지는 못했지만, 돌을 밟고 올라서서 바깥쪽 울타리 벽 위에 양팔을 대고 있었다. 그는 반복했다.

"나요. 난 당신들 둘 다 봤어요!"

"거짓말이야!"

파페가 외쳤다.

"일이 흥미진진하게 돌아가는군."

벨루아조 씨가 말했다.

"불쌍한 바보 녀석아, 대체 네가 무얼 보았는데?"

파페는 베르나르 쪽으로 몸을 돌리며 계속 말했다.

"이 녀석은 왼손인지 오른손인지 구분도 못한다고! 군대에서 사람들이 손에 '왼손', '오른손'이라고 써 놓았을 정도였어. 하지만 글을 읽을 줄 모르니 한 번도 제대로 구분한 적이 없어서, 결국 군대에서 쫓겨났지!"

엘리아생은 폭소를 터뜨리더니 정원 곳곳을 펄쩍펄쩍 뛰어다녔다.

"그래서 기쁜걸요! 쉽지는 않았지만 성공했죠. 어느 날엔가 대대장이 의심을 하긴 했죠. 왜냐하면 그가 말하기를…."

"지금 그 이야기에는 관심 없습니다. 당신이 무엇을 보았는지 알고 싶단 말이죠!"

벨루아조 씨가 말했다.

"그래. 네 꿈속에서 본 게 뭐냐?"

파페가 물었다.

"전 절대로 꿈을 안 꿔요. 오륙 년 전 일이에요."

엘리아생이 대꾸했다.

"거 보쇼! 날짜도 기억을 못하잖소!"

파페가 외쳤다.

"아마도 피크부피그가 죽은 지 보름쯤 지난 다음이었어요. 저는 새끼 자고를 잡으러 레 로마랭 농가에 갔었죠…. 샘은 흐르지 않고 있었어요…."

"그러니까 샘은 그때도 이미 막혀 있었다는 거야!"

파페가 말했다.

"완전히는 아니었죠. 밭 근처 덤불에서 방울방울 솟아나고 있었거든요. 집이 빈 이후로 새끼 자고들이 물을 마시러 오곤 했어요. 그래서 어느 날 아침 동틀 무렵에 저는 다락에 올라갔어요."

"그 집에는 어떻게 들어갔는데? 열쇠로 문이 잠겨 있었어!"

갑자기 위골랭이 물었다. 약간 곤란해하면서 엘리아생은 설명했다.

"나무 문 틈으로 톱니 칼을 집어넣어 가로빗장을 들어 올렸죠."

"정확하게는 죽은 사람의 집을 털려고 했다는구먼! 네가 지금 말하는 걸 들으면 헌병들이 관심 있어 할 거야!"

파페가 외쳤다.

"요점은 그게 아닙니다. 그리고요?"

베르나르가 말했다.

"그리고 다락에는 홈통 바로 아래 작은 회전 날개가 두 개 달려 있었어요. 그건 피크부피그가 자고를 그쪽으로 유인하기 위해 설치해 둔 거죠…. 그래서 전 낡은 의자 위에 앉았어요. 그때 누가 오는 걸 본 줄 아세요? 바로 연장을 든 이 두 사람이에요!"

파페가 비웃었다.

"그는 의자 위에서 잠들어버렸다니까. 보라고, 꿈 이야기를 시작하잖나."

하지만 엘리아생은 계속했다.

"처음엔 그냥 지나가는 줄 알았는데요, 전혀 아니었어요! 그들은 집에서 25미터쯤 떨어진 언덕에 멈췄어요. 사방을 유심히 둘러보더니, 파페는 작은 언덕 위로 숨으러 올라갔고, 위골랭은 날이 양쪽으로 있는 작은 곡괭이로 일을 하기 시작했어요. 저는 혼잣말로 '토끼 덫을 놓으려는데 헌병이 무서워 그러는구나'라고 했죠."

"그렇지, 딱 한 번 제대로 된 생각을 한 게로구나…. 그래, 자주 토끼 덫을 놓곤 하지. 너는 한 번도 토끼 덫을 놓은 적이 없는 게냐?"

파페가 말했다. 그러고는 벨루아조 씨에게 말했다.

"토끼 덫을 놓으려면 구멍을 파야 하지요! 그렇지 않나요? 이 바보 녀석이 그 광경을 본 겁니다…. 자, 갈리네트, 가자."

파페는 문을 향해 걸어갔으나 위골랭은 파페를 따라가지 않았다. 그는 붉으락푸르락하는 얼굴로 자리에서 일어나 외쳤다.

"싫어요. 싫어요. 저도 할 말이 있어요."

벨루아조씨가 말했다.

"나중에요, 나중에. 엘리아생, 아직 샘에 대해 말하지 않았어요."

"이제 할 거예요, 할 거라고요! 위골랭이 계속 땅을 파기에 저는 아마도 저들이 이 농가를 샀고, 샘을 찾고 있나 보다 생각했어요…. 저는 화가 났지요. 왜냐하면 아침나절 내내 제가 한 일은 다 헛수고가 되었잖아요. 저는 나갈 엄두가 안 났어요. 왜냐하면 제가 문을 몰래 여는 잘못을 했잖아요. 그래서 기다리면서 가져온 빵과 치즈를 먹었죠. 위골랭은 계속 땅을 파고 파페는 계속 주위를 살피고 있었어요. 그때 갑자기 의자가 삐걱거렸지요."

"그래서 네가 잠에서 깬 거지. 그러고 보니 아무도 없었던 게고…."

파페가 말했다.

"그때 파페가 두려워하는 걸 보았고, 위골랭은 '유령이 아니라 쥐예요! 토끼처럼 크네요!'라고 하는 걸 들었어요. 위골랭이 곡괭이질을 다시 하더니 갑자기 물이 구멍에서 솟아났어요…. 그러자 당신들은 회반죽을 준비했고, 둥근 나무 조각을 들더니 샘을 막아버렸지요. 그리고 나서 땅을 다시 다지고, 그다음에 떠났어요. 새끼 자고는 오지 않았고요…. 자 이것이 제가 본 거예요. 다 말했어요…."

마농이 말했다.

"훨씬 전에 그 사실을 저희 아버지께 말할 수도 있었잖아요."
그러자 엘리아생이 대답했다.
"저한테 뭘 바라시나요? 이건 제 문제가 아니었는데요…. 하지만 지금은 신부님이 말한 죄인이 저들이라는 걸 알지요. 인자하신 주님은 저들에게 벌을 내리고 싶어 하셨어요. 단지 저들에게 가는 물을 끊어버리기 위해서 주님은 우리 것까지 끊어버리셔야만 했지요. 그래서 제 땅은 야자수처럼 마르고 제 가지들은 죽어가고 있어요. 그러니 이제는 제 문제가 되었죠."
"확실한 증인이군요…. 피고들은 어떻게 생각하십니까?"
벨루아조 씨가 말했다.
"그가 꿈을 꾼 것 같소. 그리고 증인 한 사람은 가치가 없지."
파페가 말했다.
"맞습니다. 적어도 증인은 둘 이상이 있어야죠."
"다른 사람도 있어요."
마농이 말했다. 믿지 못하겠다는 표정으로 파페가 물었다.
"그 다른 사람이 누군데?"
"샘이요."
노인네는 이 예상치 못했던 대답에 놀란 듯했고, 벨루아조 씨는 반한 듯했다.
"제가 옹호하고 싶은 의견이군요! 어쨌든 이것은 재판정에서 좋은 인상을 줄 수 있는 의견입니다!"
파페의 눈에서 불꽃이 튀었다.
"무슨 재판정? 대체 누가 재판정을 입에 올리는데?"
"접니다! 우리는 당신이 의도적으로 이 재산의 가치를 하락시켰고, 주인으로 하여금 스스로를 소진시키는 노력을 하도록 강요했으며, 그 결과 그가 죽었고, 이후 미성년자인 이 처녀가 있었는데도 그 재산을 싼 가격에 매입하였다고 주장할 수 있을 겁니다. 이 처녀는 보상금 문제를 차치하고라도 재산 환수를 요청할 수 있답니다!"

위골랭은 자신의 사랑하는 마농에게서 눈을 뗄 수 없었다. 마농은 그를 딱 한 번 쳐다봤을 뿐이었다. 그는 아무 말도 못 들은 듯했다. 그러다 갑자기 자리에서 일어서더니 미친 듯이 크게 웃으며 외쳤다.

"보상금이라고요! 성모마리아여, 보상금이라고요! 하지만 여러분은 제가 모든 것을 그녀에게 주고 싶어 한다는 걸 모르십니다. 샘, 카네이션, 농가, 수베랑의 전 재산과 땅, 저택, 재산, 그리고 제 이름과 제 생명까지도요!"

그는 마농을 향하여 걸어갔다.

"너는 알고 있지. 내가 언덕에서 말했잖아! 잘 들어 봐. 여러분도 잘 들으세요! 여러분이 제게 불리하게 말한 이 모든 것이 진짜라고 가정을 해봅시다…. 사실이 아니지요. 하지만 그렇다고 가정을 해봅시다…. 상상해 봐. 여러분도 상상해 보세요. 제가 수년 전부터 카네이션을 재배하기 위해 그 농가를 원했다고 합시다. 그리고 하늘은 제가 성공하기를 바랐고요. 그래서 저는 행복했습니다. 아무런 근심도 없었고요. 단지 제 꽃과 돈만을 생각했지요. 그러다 어느 날 갑자기 너를 만났어. 그리고 널 사랑하게 되었지. 다 말할 수 없을 정도로 말이야…. 언제나 너를 보고 있고, 언제나 네게 말을 하고 있었지…. 잠도 잘 수 없고 뭘 먹어도 맛을 못 느껴. 네가 나를 원하지 않는다면 죽어버리거나 미쳐버리게 될 거야…."

"멍청아, 입 다물어라. 입 다물고 가자."

파페가 말했다. 그는 위골랭의 어깨를 잡으려 했지만 위골랭은 파페를 세차게 밀치고 거칠게 숨을 몰아쉬며 마농을 향해 다가갔다.

"생각을 해보렴, 생각을…. 내가 너한테 준 고통에 대한 후회와, 네게 줄 행복에 대한 만족을 생각해 보면 그렇게 나쁜 조합은 아닐 거라고 생각하지 않니? 내가 너를 위해 얼마나 열심히 일을 할지 모르겠니? 나도 내가 못생겼다는 걸 알아. 하지만 나는 용감하고 너는 충분히 우리 두 사람 몫만큼 예쁜걸…. 네가 낳게 될 아이들을 생각해 볼 때, 만에 하나 너의 아버지처럼 불구가 나온다고 해도, 그 아이는 내가 가장 사랑하는 아이, 나의 귀여운 녀석, 나의 가장 예쁜 아이가 될 거야. 나는 그의 요람 앞에 무릎을 꿇고 매일 용서를 빌 거라고…."

위골랭은 마농 앞에 무릎을 꿇고 앉아 그녀를 향해 양팔을 벌렸다. 굵은 눈물이 볼을 타고 흘러내렸다. 그는 흐느꼈다.

"마농… 내 사랑… 내 사랑…."

겁을 먹은 데다 역겨워서 그녀는 일어나 선생의 의자 뒤로 가서 섰다. 위골랭이 무릎을 꿇은 채 그녀에게로 다가오자 베르나르가 위골랭의 어깨를 붙들었다. 마농은 중얼거렸다.

"끔찍해요…. 그를 쫓아 보내세요…."

팡필도 자리에서 일어났다.

"이봐, 바보짓 하지 마! 어서 일어나, 어서!"

위골랭은 벌떡 일어나서 그를 쳐다보지도 않은 채 밀쳐냈다.

"마농, 마농, 잘 생각해 봐…."

위골랭이 말했다.

"이봐요. 당신이 지금 자백한 죄를 저지르고도 그런 고백을 하다니 저속하군요."

베르나르가 차갑게 말했다.

"그가 무슨 자백을 했다고 그래!"

파페가 소리를 질렀다.

"그가 증인들 앞에서 자백을 했지 않습니까!"

베르나르도 소리쳤다.

"말도 안 돼! 말도 안 돼! 나는 그것이 가정이라고 했어요. 그러는 당신은 가정해 본 적이 한 번도 없나요? 그리고 이게 뭐야! 엊그제 도착한 선생 녀석이 언덕에서 마농과 말을 나누다니? 틀림없이 당신은 마농을 데리고 즐기려 할 뿐인데! 그녀가 예쁘지 않았다면 아마 나한테 불리한 말을 하지도 않았을 거예요! 그리고 바보가 한 명 더 있지. 다 봤다고 밀고한, 자기네 가지 때문에 울고 있는 저 커다란 겁쟁이! 아무 말도 안 한 다른 사람들도 마찬가지예요! 마농, 네 아버지는 이제 죽어서 더 이상 걱정거리가 없어. 하지만 난 걱정을 하지. 장은 그의 호박들이 말라죽는 걸 지켜봤지. 그래서 사람들은 눈물을 흘리며 가슴 아파했어. 하지만 나는 바로 그 장소에서 내 카네이션이 시들어가는 걸 지켜보고 있고, 너를 향한 사랑에 죽어가고 있는데, 어느 누구도 그 때문에 가슴 아파하지 않는다고!"

문가에서 파페가 외쳤다.

"어서 오너라, 갈리네트. 집에 가자!"

위골랭은 갑자기 파페를 향해 눈물에 젖어 잔뜩 찌푸린 얼굴을 돌렸다.

"싫어요. 싫어요. 이건 전부 파페 잘못이에요! 파페가 내 모든 걸 잃게 만들었어요! 내가 이걸 알았더라면! 내가 알았더라면!"

그는 양손에 얼굴을 묻었다. 파페는 위골랭을 향해 다가왔다.

"갈리네트, 들어 보아라…."

그러자 위골랭은 갑자기 뒤로 물러서서 난간을 뛰어넘어

5미터 아래 금작화 덤불로 뛰어내리더니 도망을 쳤다. 그는 비탈 위의 케르메스 덤불을 가로질러 미친 듯이 뛰어가서 소나무 숲 사이로 사라졌다.

파페는 사람들이 있는 곳으로 다시 돌아왔다.

"나는 남겠소. 여기 있는 모든 사람들이 위골랭에게 불리하게 말하고 있으니 나는 여기 남아서 그를 변호하겠어!"

"어려우실 거예요. 우선 파페 자신부터 변호하셔야 할걸요!"

베르나르가 말했다.

"학교 선생, 나도 설명 좀 합시다! 선생도 저 아가씨 때문에 위골랭이 미쳐버린 걸 봤잖소! 그녀가 일부러 그랬다고 말하지는 않겠소만, 그것이 사실이지! 위골랭은 무슨 말을 하는지 모르고, 무슨 짓을 하는지도 모르고 있소. 엊그제, 벙어리 하녀가 아주 맛있는 그릴에 구운 버섯을 내왔다오. 그날 저녁 위골랭은 저녁을 먹지 않으려 하더니 '배가 약간 아파요. 낮에 달팽이 요리를 너무 많이 먹었나 봐요. 이제야 배가 아파오네요'라고 말했다고. 그가 전부 다 말하든 아무 말도 안 하든 똑같은 거라오! 이 샘 이야기도 말이 안 되는 거고!"

그는 자신에게 유리한 증언을 해달라는 눈초리로 레 바스티드 사람들을 한 사람 한 사람 쳐다보면서 외쳤다.

"레 로마랭에는 샘이 있었던 적이 없어. 어쩌면 작은 웅달샘은 있었을지도 모르지. 하지만 진짜 샘은 내가 찾아낸 것이라고! 이보게들, 당신들은 나처럼 레 바스티드 사람이지. 샘이 있었던 적이 없다고 말하라고!"

사람들은 모두 조용히 불확실한 눈길만 주고받았다. 단지 엘리아생 한 사람만이 주머니에 손을 찔러 넣고 어깨를 으쓱하더니 말을 하려고 했다. 그때 파페가 엄숙하게 호통을 쳤다.

"조심들 하라고! 샘이 있다는 걸 알았다면, 그것을 꼽추에게 말하지 않은 당신들도 그의 죽음에 대해 책임을 져야 하는 거야!"

"더러운 놈! 더러운 늙은이 같으니라고!"

팡필이 중얼거렸다. 마농은 이를 꽉 물고 한 명씩 차례로 사람들을 쳐다보았다. 하지만 어느 누구도 감히 말을 하지 못했다. 그때 베르나르가 침묵을 깨뜨렸다.

"보세요, 이장님. 그 샘을 알고 계셨습니까?"

필록센은 곤란해하며 주저하다가 대답했다.

"자네도 알겠지만, 난 언덕에 자주 가지 않는다네…. 친구를 따라 우연히 사냥을 가는 게 다지. 레 로마랭은 너무 멀다고…."

"그 샘에 대해 말하는 것은 들으셨고요?"

"말하는 것을 들었냐고? 그건 들었고말고…. 피크부피그네 샘이 하나 있었는데, 오래전부터 사용하지 않는다고 말하는 걸 들었어. 그래서 그 샘이 말라버린 줄 알았지."

"다른 분들은요. 여러분도 아무것도 모르세요?"

베르나르가 다시 물었다. 사람들은 파페의 번뜩이는 눈빛 아래 걱정스러운 눈길을 주고받았다. 바로 팡필이 또다시 마음을 먹었다.

"물론 모두가 알고 있었지…. 모두가 그것을 알고 있었다고!"

그러자 카지미르가 나섰다.

"내가 어렸을 적에 우리 아버지가 그곳에 보내서, 도끼나 대팻날을 물에 담그도록 병에 물을 담아오라고 시키곤 하셨지…. 그때는 그리 큰 개울은 아니었어. 내 손목 정도 되는 물줄기였지만 물은 빠르게 흘렀지. 가장자리에는 로즈마리 뿌리가 하얗고 두꺼운 실처럼 둥둥 떠다니곤 했어…."

"앙글라드 선생님, 선생님은 알고 계셨죠?"

"불행히도 알고 있었다네…. 피크부피그의 아버지였던 카무앵 르 그로는 그 물로 채소밭을 가꾸곤 했었어…. 그는 수레 가득 채소를 담아 장에 가져가곤 했지…."

"그러면 여러분은 장 선생이 부인과 아이와 함께 물을 실어 나르다가 죽어간 것도 알고 계셨겠네요?

팡필이 말했다.

"모두가 다 알고 있었지. 구릉에서 우리는 그들이 물통과 물병을 들고 왔다 갔다 하는 걸 봤으니까."

"마지막에는 거의 달려갔다고…. 우리는 그가 쓰러질 줄 알았어. 하지만 남의 일에 참견하기에 나는 너무 가난했다네."

카브리당이 말했다.

베르나르는 화가 머리끝까지 치솟았다.

"결국 여러분은 모두 그 사실을 알고 있었군요. 그런데 그분께 그분이 가지고 있는 소중한 재산을 알려주어 스스로의 생명을 구해낼 한 마디를 해줄 용기를 낸 분은 단 한 사람도 없었다는 말이군요!"

벨루아조 씨가 말했다.

"전 다른 사람들께 화를 내고 싶지 않습니다만, 여러분은 모두 말 한 마디나 간단한 행동만으로도 저지르지 않을 수 있었던 범죄의 공범입니다…."

그들은 모두 고개를 숙였다. 파페가 무슨 말인가를 하려는 순간, 마농이 고개를 들지 않은 채 낮은 목소리로 말했다.

"저희를 살리려고 애썼던 사람이 딱 한 분 계세요. 하얀 돌 두 개에 까만 화살표를 그려 주신 분이죠…. 하지만 그 의미를 이해하지 못했어요. 그분은 진정한 남자예요. 그분께 감사를 드립니다. 하지만 다른 분들은, 모두…."

갑자기 눈물을 흘리면서 그녀는 소리쳤다.

"인자하신 주님이 기적을 베풀려고 하실지라도 썩어빠진 마음만 있으면 그 기적을 거절하기엔 충분해요!"

마농이 심하게 흐느껴 울자 마갈리가 그녀를 품에 안았다.

"네가 옳다. 하지만 기적은 바로 네가 일요일에 행할 수 있단다…. 네 불행은 우리의 죄야…. 네가 기도 행진에 온다면 너의 기도가 우리를 용서하는 기도일 게야…."

그러자 벨루아조 씨가 차갑게 대꾸했다.

"희생자더러 자신을 괴롭힌 사람들을 위해 기도해 달라고 부탁하는 것은 완전히 파렴치한 일입니다!"

앙글라드가 온화하게 말했다.

"하지만 바로 그것이 우리 주님께서 하시는 일이에요. 아마도 그녀는 지금 천국으로 갈 수 있는 기회를 얻은 것일지도 모르지요. 그녀가 기회를 놓치는 건 잘못이지요. 왜냐하면 그 기회는 아무 때나 오는 것이 아니거든요. 저는 가끔씩 적이 없어서 불행하답니다. 왜냐하면 그들을 위해서 기도할 기회가 없는 것이니까요."

"그렇게 친절한 사람들이 어떻게 그의 아버지가 죽도록 그냥 뒀을까요?"

앙글라드는 눈을 들어 하늘을 쳐다보고 팔을 벌렸다가 천천히 겸손하게 내리고는 고개를 숙였다.

필록센이 말했다.

"사실은, 사실은 이곳 출신이 아닌 사람, 특히나 크레스팽 출신의 사람을 변호하기 위해 어느 누구도 감히 수베랑 가에 대적할 엄두를 못 냈다는 거지. 자네도 알지 않는가. 크레스팽 사람들이 어떤지…."

마농의 샘

"네. 크레스팽 사람은 그렇게 죽어도 된단 말이군요…."

베르나르가 빈정거렸다.

"특히나 사람들은 제 할머니를 매우 싫어해요. 그래서 그녀의 아들에게 복수한 거예요."

마농이 중얼거렸다.

앙글라드가 놀라서 물었다.

"네 할머니? 어떤 할머니?"

"레 바스티드를 떠나 크레스팽에서 결혼하신 분이요."

"무슨 이야기를 하는 거냐?"

카지미르가 물었다.

"미친 소리지. 이제 됐어. 난 이만 가볼 테니…."

파페가 그렇게 말하며 문을 향해 두어 발짝 걸어가자 앙글라드가 조용한 목소리로 물었다.

"네 할머니의 성함이 어떻게 되시니?"

그는 질문을 던졌지만 이미 대답을 예측하고 있었다.

"아저씨도 잘 알고 계시잖아요."

마농이 말했다. 앙글라드는 두 손을 마주 잡고 마농에게 다가왔다.

"그러니까 플로레트… 라고 말하는 건 아니겠지?"

"맞아요. 그분 아들이 죽은 그 집에서 태어났다는 플로레트 카무앵이에요!"

"아이고! 여기 있는 누구도 그 사실을 몰랐어!"

팡필이 경악을 금치 못하며 말했다.

"저기 계신 늙은 범죄자는 계속 알고 있었어요. 위골랭도 알고 있었고요."

파페는 문가에 도달했다.

"파페, 플로레트의 아들인 걸 알고 있었나요?"

카지미르가 외쳤다. 그러자 파페는 차갑게 대꾸했다.

"그런다고 뭐가 달라지는데?"

하지만 마을 사람들에게 있어서는 그 한 마디로 모든 것이 달라졌다. 크레스팽에서 온 아마추어 농부를 불운한 운명에 던져 버린 것은 결국 이긴 게임이었지만, 그 희생자는 레 바스티드 출신인 플로레트의 아들이었다. 외부에서 온 구매자나 임차인이 아니라, 어머니의 유산을 상속받아 가족의 재산을 가진 정당한 주인이었던 것이다.

앙글라드가 말했다.

"달라지지. 그는 내 사촌조카였단 말이야! 오, 성모마리아여, 우리가 대체 무슨 짓을 한 겁니까! 고향으로 다시 돌아왔는데, 그 친척들이 그를 죽이다니!"

카지미르가 말했다.

"저도 그래요. 제 친척이에요."

팡필이 외쳤다.

"어쨌든 그는 이곳 사람이었어!"

"그렇지 않아!"

파페가 불같이 화를 내며 소리쳤다.

"아이는 아버지에 의해서 결정되는 거야. 그 증거로 아이는 아버지의 성을 따라서 한평생 그 이름을 가지고 살아가잖아! 그의 이름은 크레스팽의 대장장이였던 그의 아버지처럼 카도레였고, 그는 크레스팽에서 태어났어! 그리고 플로레트는 성미가 고약한 여자였다고! 그녀가 우리 곁에 있었다면 우리처럼 정상적인 자식을 낳았을 테고, 이런 일은 결코 일어나지 않았을 거야! 이건 전부 그녀 잘못이고, 난 전혀 책임이 없어!"

그는 문을 벌컥 열어젖히고 나가버렸다.
"수베랑 놈들이 더러운 놈인 줄은 알고 있었지만, 이 정도까지일 줄은 전혀 몰랐어."
팡필이 말했다.
"이제 다 알겠다. 전부 알겠어."
앙글라드가 말했다.
"뭘요?"
베르나르가 물었다. 앙글라드는 여러 번 고개를 끄덕이고는 결국 낮은 목소리로 말했다.
"그가 지금까지 결혼하지 않은 건 바로 플로레트 때문이라네."

*

화가 난 파페는 조카에 대한 욕설을 중얼거리며 수베랑 저택으로 돌아왔다. 그는 위골랭이 일요일 점심을 먹으러 집에 와 있을 것이라고 생각했다. 나뭇가지를 태우는 불 위에서 잘 익은 닭고기가 돌아가고 있었다. 하지만 위골랭은 아직 오지 않았고, 벙어리 하녀는 크게 상심하여 닭고기 때문에 걱정을 하고 있었다.

'그 바보는 자신이 말한 것 때문에 창피해하고 있을 거야…. 그리고 그 처녀는 제 할미와 똑같아. 그녀도 결코 위골랭은 원치 않을 거야….'

파페는 화가 치밀어 늙은 다리가 흔들거렸다. 테이블 앞에 앉아서 파이프를 채운 다음 백포도주 한 잔을 따랐다. 오후 1시 반이 되자 벙어리 하녀는 그에게, 이미 너무 많이 익은 닭고기 반쪽을 내왔다. 파페는 우울해져서 기계적으로 식사를 했다. 전혀 후회는 없었다. 하지만 수베랑 가의 마지막 후손이 보여준 미약함과 어리숙함에 심히 실망했다.

"그처럼 겁쟁이라면 지금쯤 침대에서 울고 있을 게 분명해."

그리고 레 바스티드 사람들이 자신을 위해 거짓 증언하길 거부했던 것은 전통에 어긋나는 일이었다. 그는 큰 소리로 말했다.

"별 희한한 도덕관념을 가진 사람들이야! 어미, 아비를 배신한 못된 인간들 같으니라고…."

그는 무화과 몇 개를 먹고는 말했다.

"이제 위골랭이 어디 있는지 알겠다! 노새를 데리고 물을 뜨러 갔을 거야. 잘했어. 그게 가장 중요한 거지. 재판정이라고! 저당은 그럼 아무 소용없는 거라고? 이런! 화를 가라앉히기 위해서 낮잠이나 한숨 자야겠군. 그런 다음 위골랭을 찾으러 가야지."

*

소식은 금세 마을에 퍼졌다. 그에 대한 설명도 하나 둘씩 꼬리를 물고, 가족들끼리 촌수를 세어 보기도 했다.

늦은 식사를 하는 동안 앙글라드는 아내 베랄드와 게걸스럽게 식사를 하면서 주의 깊게 듣고 있던 숙부가 쌍둥이 형제에게 오랫동안 설명을 했다.

"생각을 해보자꾸나. 나의 할아버지였던 클라리우스는 카무앵 르 그로의 아버지 카무앵 바르베트의 누이와 결혼을 했단다. 카무앵 르 그로는 플로레트의 아버지였으니, 클라리우스가 카무앵 르 그로의 숙부가 되는 거고, 플로레트에겐 할아버지가 되는 거지. 엘리사 카무앵이 우리 할머니니까 나는 클라리우스의 손자가 되는 거야. 그러니까 플로레트는 나의 육촌형제고, 그의 아들인 불쌍한 꼽추는 육촌조카가 되는 거야…. 아니다. 내가 잠시 착각을 한 것 같구나. 다시 헤아려 봐야겠다. 그러니까….”
 조나스가 끼어들었다.
 “그러니까, 얌얌….”
 조시아가 말을 이었다.
 “그러실 필요 없어요… 왜냐하면 저희는… 하….”
 조나스가 말했다.
 “하나도 이해가 안 가니까요.”
 그러자 베랄드가 말했다.
 “어쨌든, 저희 집안도 친척이에요. 어떻게라고 구체적으로 말은 못하겠지만, 우리가 결혼할 때 아버지께서 주신 캉트페르드릭스의 재산은 카무앵 집안의 딸이 받은 유산이었어요. 그때 공증인이 서류를 읽어줬던 거 기억 안 나요?”
 앙글라드가 말했다.
 “자, 아들들아, 너희들은 양쪽으로 그 처녀의 친척이구나.”
 조나스가 말했다.
 “저라면요, 그녀가 원한다면, 우리는….”
 조지아가 말했다.
 “세 번이라도 친척이 될 수 있어요. 나는 네가 그녀와 결혼했으면 좋겠어. 왜냐하면….”
 조나스가 말했다.
 “쌍둥이는 모든….”
 조지아가 말했다.
 “모든 걸 공유하거든.”

26

 일요일 오후는 우울했다. 사람들에게 널리 퍼져 있던 우려를 덜어주기 위해 필록센은 1등에 20프랑, 2등에 10프랑이 걸린 페탕크 콘테스트를 열었다. 하지만 그는 레 종브레에서 온 두 방문객, 우체부와 지나가던 불량배 등을 포함해 선수를 열 명 정도밖에 모으지 못했다. 집에 물이 나오고 있는 이들이 즐겁게 1등과 2등 상을 차지하는 동안, 레 바스티드 사람들은 가끔씩 경기를 중단하고 광장을 가로질러 가서 분수 주위를 둘러싸고 있는 기운 없는 사람들 틈에 끼곤 했다. 그동안 여자들은 헌신적으로 저녁 미사를 드리러 가서 기도를 올렸다.
 사람들은 플로레트의 꼽추 아들, 수베랑 가의 탐욕, 매일매일 심해져가는 가뭄과 마을을 떠날 준비를 하는 카브리당에 대해 이야기를 했다. 늙은 메데릭은 물이 다시 나오지 않는다면 마을을 떠나 로크빌로 가겠다고 했다. 그곳에서 외딴 빌라의 수위 자리를 얻을 수 있기 때문이었다. 언덕 위쪽의 구릉에서는 보초 한 명이 라 페르드릭스 계곡을 멀리서 지켜보고 있었다. 보초를 서고 있던 앙주가 마을 저수지 근처에서 한나절을 보내며 물이 다시 흐르기 시작하면 불꽃을 쏘아 올려 신호를 하기로 했던 것이다.

6시쯤 되자 불신자들은 평소처럼 카페로 모여들었으나 파페는 오지 않았다. 필록센은 수베랑 가 사람들의 성격에 대해 세세하게 설명하고 있던 중이었다. 하지만 그 두 불한당이 훔쳐간 재산을 환수하는 것까지 설명할 기회는 없었다. 왜냐하면 로제트의 열두 살짜리 아들 토냉이 숨을 헐떡거리면서 뛰어왔기 때문이다. 그는 곧장 학교 선생에게 다가갔다.

"선생님, 파페가 선생님을 보고 싶다고 말하라고 했어요. 선생님과 이장님, 그리고 벨루아조 씨도요. 여러분이 들으면 좋아하실 거라고 했어요."

"뭘?"

필록센이 물었다.

"모르겠어요. 그냥 빨리 오시라고 했어요. 오시면 기뻐하실 거래요."

아이가 말했다.

"그가 어디 계시는데?"

베르나르가 물었다.

"레 로마랭 농가에 있어요. 그는 문 앞에 있는 돌 위에 앉아 계세요. 파이프를 피우면서요. 여러분들이 기뻐하실 거래요."

아이가 다시 말했다.

"가 봅시다. 그의 기분이 최고조에 달한 모양이군요!"

벨루아조 씨가 말했다.

"설마 그럴 리가! 어쨌든 가 보도록 합시다."

필록센이 말했다.

*

　그들은 농가의 문턱에 앉아 있는 파페를 발견했다. 파페는 아이가 말한 것처럼 파이프를 피우고 있었다. 한 마디도 하지 않고 그들이 다가올 때까지 기다렸다가 얼이 빠진 시선에 하얗게 질린 얼굴로 그들을 쳐다보았다. 그는 그들 뒤편에 있는 무언가를 손가락으로 가리켰다.
　큰 올리브나무의 무성한 가지 사이로 위골랭이 밧줄 끝에 매달려 천천히 뱅그르르 돌고 있었고 그 아래 풀밭에는 사다리가 나동그라져 있었다. 그는 그네 고리에 매달린 거였다.
　팡필은 앞으로 뛰어나가 목을 매단 위골랭의 다리를 가슴께로 붙잡아 몸을 받쳐 들었다. 그동안 선생이 사다리에 올라가 칼로 밧줄을 잘랐다.
　"그가 살아날 희망이 있습니까?"
　벨루아조 씨가 물었다. 그러자 팡필이 대답했다.
　"바짝 마른 생선처럼 뻣뻣하군요."
　네 사람은 위골랭을 부엌에 있는 그의 침대로 데려왔다. 베르나르는 길게 나온 푸른 혀 위에 수건을 덮었다.
　"자, 당신들이 한 짓이지."
　"이봐요, 이봐요. 파페 스스로도 그가 미쳐버렸다고 말하지 않았소! 오늘 아침에 말하고서는!"
　필록센이 말했다. 팡필은 죽은 위골랭의 머리에 빗질을 했다. 그걸 본 카지미르가 말했다.
　"그를 치장하는 건 불가능할 것 같군. 너무 늦었어…."
　"내일 저녁에는 가능할지도요."

베르나르가 말했다.

"우리가 그의 혀를 입 안으로 집어넣을 수 있을 거라고 생각해요?"

카지미르가 물었다.

"확실하진 않아요. 하지만 그게 중요한 건 아니지요."

"제가 그 말을 하는 이유는, 천국에 이런 모습을 하고 간다면 위대한 베드로 성인은 그가 자신을 놀리고 있다고 생각할 것 아니겠어요."

카지미르가 말했다. 그러고는 곧바로 자신이 성 베드로의 존재를 인정했다는 걸 알아차리고 진정한 불신자답게 덧붙였다.

"물론 내가 그걸 믿는 건 아니죠. 하지만 위골랭은 걱정할 수도 있잖아요."

작은 궤짝에 다가갔던 벨루아조 씨는 팔을 쭉 뻗어 봉투 하나를 집어 들고는 말했다.

"이건 뭡니까? 내게 쓴 편지군요! 파페에게 쓴 다른 편지도 하나 있소."

파페의 눈이 갑자기 반짝였다.

"전부 내게 주시오! 전부 내게 달라고!"

"여기 당신 편지요. 다른 건 '공증인 벨루아조 씨에게'라고 적혀 있소. 어쩌면 유언장일지도 모르는 서류를 내놓을 수는 없지요…."

파페가 자신의 편지를 열어 보지도 않고 주머니 속에 넣은 반면, 벨루아조 씨는 봉투를 열고 조용한 가운데 목매단 자의 메시지를 읽었다.

공증인 벨루아조 씨에게

이건 중요한 공중 문제라서요, 선생님께 글을 남겨요. 이건 제 유언이니, 고대로 행해 주세요.

제가 겁을 머겄다고 생각하시면 안 돼요. 우선 전부 사실이 아니에요. 게다가 증인도 두 명이 아니에요. 두 명이 있어야 하는 거자나요. 그리고 이건 카네이션 때무니 아니에요. 카네이션이 죽으면 하는 수 업죠. 그건 그냥 꽃인걸요. 이건 제 사랑 때무니에요. 그리고 그녀가 절 절대로 원하지 안을 거라는 걸 깨다랐어요. 그러케 생각했어요. 왜냐면 제 사랑의 리본이 타버렸거든요. 그리고 제가 모두들 아페서 결혼하고 십고 전부 그녀에게 주겠다고 말했을 때 그녀는 그 압에서 제게 침을 배텄어요. 그리고 학교 선생 뒤로 숨었지요. 우선 저는 그들이 언덕에서 대화를 나누는 걸 봤어요. 그녀는 그에게는 배에 돌을 던지지 안았어요. 그녀는 땅을 처다보면서 그의 말을 들었고, 그가 말을 끝내면 그녀는 그가 다시 말하길 기다렸어요! 그리고 그는 놀라지도 안코 그걸 당연하게 생각했어요. 그를 죽이고 시펐어요. 네, 마자요. 하지만 그러면 그녀가 괴로워 할 거예요. 그래서 안 했어요. 하는 수 업죠. 저는 그녀를 빼앗고 싶지 아나요. 그는 자신의 행복을 몰라요. 하지만 전 제 불행을 알아요. 전 그걸 견딜 수 업써요.

이제 제 유언을 시작해요.

나는 크레스팽에서 온 꼽추 장 카도레의 딸인 마농 카도레 아가씨에게 레 로마랭 농가를 물려준다. 농가와 그 안에 있는 걸 전부 물려준다. 전부. 주임 신부는 죄인이 죄를 뉘우치면 물이 다시 소슬 거라고 했어요. 저는 뉘우쳐요. 물이 다시 흐를 거예요. 카네이션은 멋질 거고 잘 팔릴 거예요. 트레믈라 씨의 주소는 카날 부두 6번지예요. 파페가 알고 있어요.

그럼 모두들 안녕.

이건 내 유언이에요. 마지막 바람은 신성한 거예요.

공식 서명, 위골랭 수베랑. 날짜, 오늘은 9월 6일이에요.

벨루아조 씨는 조용한 가운데 편지를 다 읽은 뒤 잠시 생각에 잠기며 말했다.

"유언은 당연히 공개를 해야 합니다. 그러지 않으면 그 유언을 이행할 수 없으니까요. 그러므로 여러분께 이것을 읽어 줄 수 있다고 생각합니다."

그들은 꼼짝 않고 들었다. 베르나르는 자신에 대해 말한 부분에 놀라기도 하면서 당황한 듯 보였다. 벨루아조 씨는 베르나르를 쳐다봄으로써 강조했지만 그는 단지 어깨를 으쓱하고 집게손가락 끝으로 관자놀이를 두드릴 뿐이었다. 파페는 태연한 듯 보였다. 하지만 편지를 다 읽고 나자, 그가 물었다.

"사랑의 리본이 무언가?"

죽은 이를 단장하느라 애쓰고 있던 광필이 대답했다.

"이리 와서 보세요. 이것 같아요."

광필이 셔츠를 살짝 들어 보이자 그들은 놀라워하며 처녀 가슴만큼 부풀어 오른 붉고 노란 혹 위에 까만 핏자국이 엉겨 있는 푸른 리본을 발견했다.

"그 더러운 계집의 리본이구먼! 그걸 잘라버려! 불에 태워버리란 말이야!"

파페가 외쳤다.

"저는 아무것도 손대지 않을 거예요…. 죽은 이의 바람은 신성한 거니까요."

광필이 말했다.

"미친놈의 바람은 아무 소용없는 거라고."

파페가 반박했다.

종양을 자세히 관찰한 베르나르는 의견을 내놓았다.

"아마도 이 감염 때문에 정신착란이 있었던 것 같은데요."

"그 녀석을 미치게 만든 원인에 대해서는 나보다 자네들이 더 잘 알 것 같은데."

파페가 대답했다. 그러자 팡필이 곧바로 질문했다.

"그런데 파페, 그가 파페에게 보낸 편지엔 뭐라고 썼어요?"

"혼자 있게 되면 읽을 거라네."

파페의 표정은 어둡게 굳었고 시선은 냉정했다.

"이제 자네들은 마을로 가게나. 가서 벙어리 하녀더러 성당에 가서 초를 봉헌하라고 해. 가장 큰 초로 적어도 여섯 개를 봉헌하라고 말이야. 그리고 그 애의 할머니께서 짠 낡은 아마 천을 준비하라고 전하고. 팡필, 자네는 가서 관을 짜게나. 다락에 오래된 참나무 판자가 있을 거야. 나를 위해서 준비해 두었던 늙은 참나무 판자 말이야…."

"알고 있어요. 그걸 주문한 사람이 파페잖아요."

팡필이 대답했다.

"그를 위해 그것들을 쓰게나. 그리고 자네들, 사람들에게는 나무에서 떨어졌다고 말하게. 무덤에 들어갈 때까지 적어도 사흘은 비밀로 하라고. 그 이유는 신부 때문이야. 그에게 필요한 의식을 제대로 치러주지 않을까 봐 말이지. 이제 물러가 보게나."

"난 파페와 함께 있겠소."

필록센이 말했다.

"아니. 그럴 필요 없어. 하지만 원한다면 장례식 전날, 밤새울 때 다시 오게."

그들은 죽은 위골랭을 한 번 쳐다본 다음 차례로 나갔다. 그들이 채 스무 걸음도 안 갔을 때 파페가 나오더니 소리쳤다.

"하녀에게 먹을 걸 가져오라고 전해 주게나."

*

저녁이 되었다. 그들은 마을로 내려왔다. 팡필과 카지미르가 수베랑 가의 관과 무덤을 준비하기 위해 앞장섰다. 필록센, 베르나르와 벨루아조 씨는 산책을 하는 사람처럼 사건에 대해 말을 하면서 왔다.

필록센이 말했다.

"사랑 이야기에 대해선 하나도 이해를 못하겠어."

벨루아조 씨가 답했다.

"그런 사람이 어디 자네 하나뿐이겠나?"

"황무지 한가운데 동굴에서 사는 그 처녀가 이 마을에서 가장 큰 재산을 물려받을 유일한 상속인인 수베랑 가의 후손을 거절했다니, 전혀 이해가 안 간다고."

"그는 정말 못생겼어요."

베르나르가 말했다.

"모든 남자들이 다 못생겼다네. 그러나 그는 용감했어. 그래, 정말 용감했지. 그리고 내가 말하는 건 그녀가 그를 사랑할 수 있었을 거라는 말이 아닐세. 그와 결혼할 수 있었을지도 모른다는 거지. 그랬다면 아마 최고의 복수였겠지. 그녀는 그걸 이용해 다르게 행동할 수도 있었고…."

필록센이 대꾸했다.

"그런 상황에서 그녀가 어떤 기쁨을 누릴 수 있었을지 잘 모르겠는걸. 하지만 내가 제대로 알고 있는 것은 죽은 위골랭이 얼마나 못생겼는가하곤 상관없이 그가 상황을 제대로 이해하고 있었다는 거요."

벨루아조 씨가 말했다.

"어떤 상황 말인가요?"

필록센이 물었다.

"흔히들 사랑은 맹목적인 거고 고통스러운 질투에 눈이 멀면 착시 현상이 생겨 모든 비밀을 꿰뚫어 본다는 거지."

그렇게 말하며 벨루아조 씨는 베르나르를 쳐다보았다.

"예쁜 목동 처녀가 내가 아니라 자네 쪽으로 몸을 피한 건 사실이잖나."

"세상에. 왜냐하면 그녀는 내게서 더 가까운 곳에 있었기 때문이라고요."

베르나르가 반박했다.

"물론이지. 하지만 그녀가 그곳에 왔으니 자네 곁에 있지 않았겠나. 파페, 엘리아생과 필록센으로부터 여러 차례 물러서서 말이야."

"전 그녀가 일부러 그랬다고 생각하지 않습니다."

"나도 그렇게는 생각 안 하네. 그래서 나는 자네가 가을 숲에서의 광물학을 곁들인 사랑 놀음을 그렇게나 멀리 끌고 갔으리라는 인상을 받았단 말이지…."

"그렇지 않습니다! 그녀는 야생 동물과 비슷한 자신감을 가지고 있어요. 계산 없이 매우 순진하게 행동한단 말입니다…. 그리고 제가 그녀가 어리다는 사실을 남용할 기회가 있었다고 한들, 저는 결코 그러지 않았을 겁니다. 그건 정말 못된 행동이라고요."

베르나르가 말했다.

"이런, 이런, 내가 자네 나이였다면 사물을 그런 식으로 바라보지 않았을걸세. 어쨌든 자네가 그것을 원한다면 우리는 내일 동이 트자마자 그녀에게 이 엄청난 소식을 전하고 그녀의 재산을 돌려주는 유언을 알리러 가겠네."

*

그동안 파페는 벽난로에 포도나뭇단을 넣어 불을 밝히고 있었다. 그리고 나서 궤짝의 서랍을 뒤져 가위 한 개를 찾았다. 공포와 연민으로 인상을 잔뜩 찌푸리고 파페는 초록색 리본을 꿰고 있는 끈적끈적한 실을 잘라 아궁이에서 사용하는 집게로 집어 불에 던져 넣고, 리본이 정화의 불꽃 속에서 활활 타들어 가는 것을 보았다. 자신의 의무를 다하고 나서 그는 양초 봉헌이 있기 전에 이미 침대 머리맡에 초를 두 개 세우고 촛불을 켰다. 그리고 의자를 죽은 이에게 가까이 가져간 다음 주머니에서 편지를 꺼냈다.

파페, 저는 떠나요. 왜냐하면 더 이상 살 수 업스니까요. 저는 계속해서 일어나는 일을 보고 싶지 아나요. 아실 거예요. 제가 좋아하는 것에서 실증이 났어요. 그녀에게 농가를 줘쓰요. 그리고 숨겨 논 거 전부하고요. 아실 거예요. 파페가 아는 불 왼쪽 돌 아래에요. 494닢에 6닢을 더해 500을 만들어요. 그녀에게 500닢을 가지고 있다고 말했어요. 이런 상황에서 제가 거짓말을 하게 만들지 마요. 이해하실 거예요. 그러고 문제를 만들지 마세요. 그녀 잘못이 아니에요. 제 잘못도 아니고요. 파페 잘못도 아니에요. 이건 운명이에요. 트레플라 씨가 꽃갑에 대해 그녀를 속이지 안토록 조심해요. 그리고 저를 위해 미사를 해달라고 말해 주세요. 왜냐면 저 위에선 제가 샘 때문이라고 설명해야만 하니까요. 전 이

만큼 죄를 지은 적이 없어요. 하지만 이번 일은 걱정이 돼요. 분명 꼽추가 무슨 일이 일어났는지 말할 거예요. 즉시 미사를 드려 주세요.

나의 파페, 영원히 안녕. 파페를 떠나는 거슨 속이 상해요. 하지만 저는 남아 있을 수 업써요. 사람들에게 이제 그녀는 500닢, 농가, 카네이션을 가졌다고 말해야만 해요. 괜차는 시작이죠. 즐겁자고 하는 건 아니에요. 그녀는 원하는 사람하고 결혼해도 돼요. 교육을 마니 받은 사람이라도 좋아요. 키스를 보내요.

파페는 편지를 두 차례 더 읽고 나서 중얼거렸다.
"불쌍한 겁쟁이 같으니라고… 불쌍한 갈리네트!"
그는 오랫동안 파이프 속을 채웠다.
"그 애한테 냄비를 넘겨줄 거라고 생각했다면, 네가 틀렸다…. 그리고 카네이션은 다 죽을 거야. 왜냐하면 물이 돌아오지 않을 거니까 말이지. 그리고 이 마을도 죽은 마을이 될 게다. 그들에게는 잘된 일이지. 그들은 모두 다 너에게 불리한 말을 했으니…."

그는 파이프를 촛불 가까이로 기울이고 몇 모금 빨아들인 후 다시 말을 이었다.
"그래, 수베랑 가문이 그렇지…. 미친놈이 셋, 목매단 놈이 셋, 그리고 난 병든 다리에 혼자 남았지…. 내 다음엔 아무도 없고 말이야…. 아무도, 아무도, 아무도 없어…."

27

별빛 아래 마농은 동굴 앞에서 비쿠 옆에 앉아 있었다. 밥티스틴과 엄마는 자고 있었다.

마농은 매우 중요하지만 자신이 핵심을 간과하고 있는 많은 사건들에 대해 숙고해 보았다. 이제 그녀는 다 말했다. 수베랑 가의 사람들은 범죄로 얻은 이익을 잃었고, 마을에는 더 이상 물이 없으며, 그녀의 아버지는 복수에 성공했다. 그리고 재난을 완성시켜 줄 타는 듯한 가뭄은 하늘의 공모를 입증해 주었다. 위골랭의 카네이션에 대해 생각하면서 그녀는 낮은 소리로 웃기 시작했다. 그러곤 다음 날 범죄의 꽃이 고통받는 광경을 훔쳐보러 가기로 결심했다.

그런데 옷을 벗는 동안 갑자기 걱정이 엄습했다. 그녀가 모든 걸 알고 있다고 사람들 앞에서 밝힌 행동은 신중하지 못했다. 아마도 어떤 사람들은 그들의 범죄와 처벌이 완벽하게 일치한다는 사실을 알고 그녀에게 복수할 마음을 품을지도 모른다.

그렇다면 그들은 물을 돌려달라고 강요하기 위해 막대기와 쇠스랑을 가지고 그녀를 찾기 시작할 것이다. 그녀는 사람들 앞에서 귀까지 새빨개지지 않은 채 거짓말을 할 수 없다는 걸 알고 있다. 그렇지만 확실히 입을 다물고 가만히 있을 수는 있다. 그리고 선생과 선생의 어머니가 그녀를 보호해 줄 것이다. 어쩌면 벨루아조 씨도 보호해 줄지 모른다. 어쩌면 이장도….

*

아침 7시가 되자 벨루아조 씨와 필록센, 베르나르는 마농에게 위골랭의 죽음을 알려 주고, 그녀 아버지의 재산을 다시 소유할 수 있을 것이라고 말하기 위해 레 바스티드에서 출발했다.

유언 이행이라는 중요한 역할을 맡은 벨루아조 씨는 칼라를 빳빳이 세운 어두운 색깔의 재킷을 입었다. 그의 모습에 흥분한 이장은 도회지 정장을 입었지만, 베르나르는 여전히 낡은 사냥 조끼를 입고 지질학 연구 상자를 어깨에 메고 있어서 걸을 때마다 상자 부딪히는 소리가 났다.

그날은 해가 매우 뜨거웠다. 여름은 9월까지 길어졌으며 바람 한 점 불지 않았다. 소나무 숲에서는 수천 마리의 매미가 울어댔다. 자스 드 밥티스트 고원에 이르자 절뚝거리던 벨루아조 씨가 멈추더니 말했다.

"미안하지만, 신발에 '양심'이 들어갔네!"

그는 큰 바위 위에 앉으러 가서 부츠의 단추를 풀기 시작했다.

"양심이라니? 유언장에 관한 건가?"

필록센이 물었다.

"아니야. 우리말로 '양심'이란 단어는, 라틴어로 걷는 데 지장을 주고 발에 상처를 내는 신발에 들어간 '돌'을 말한다네. 매혹적인 비유법으로 우리는 그 단어에 도덕적인 의미를 부여한 거지."

이렇게 말하면서 그는 부츠를 거꾸로 흔들었고, 그러자 작은 조약돌이 떨어졌다. 학교 선생은 웃기 시작했다.

"세상에, 제가 라틴어는 잘 모르고 이제 한 단어 배웠지만 저도 양심은 있습니다. 다만 제 신발 속에 들어 있는 게 아니라서 말입니다. 두 분은 그 처녀 목동에게 유언장을 읽어 주러 가실 건가요?"

"물론이지. 그녀의 재산에 대해서 알려 주어야만 한다고. 내게 주어진 일이야."

벨루아조 씨가 말했다.

"그렇다면 저는 그것을 읽는 자리에 없는 것이 더 나을 겁니다. 왜냐하면 몇몇 문장은 듣기에 난감하거든요. 저한테나 그녀에게나 말입니다…. 저는 그녀들을 보러 나중에 가겠습니다…. 지금은 레프레스키에르를 한 바퀴 돌아보러 갈게요. 그곳에서 멋지게 화석화된 굴껍질 층을 봐 두었답니다."

이렇게 말을 하면서 그는 협곡 아래쪽으로 비스듬하게 내려갔다.

"자, 그런 섬세함으로 인해 선생이 존경받는 겁니다! 조금 후에 봅시다."

벨루아조 씨가 말했다.

그들은 돌이 많은 언덕을 따라 멀어져 갔다.

*

마농은 염소젖을 짜느라고 분주했다. 에메는 우체국에 답장

없는 편지를 부치러 레 종브레에 갔다. 밥티스틴은 정원에서 곡괭이질을 하고 있었다. 그러다가 갑자기 그녀가 몸을 일으켰다. 그러면서 손으로 부채꼴 모양을 만들어 귀에 가져갔다.

"소리를 내지 마. 잘 들어 봐."

멀리서 종이 울렸다. 피에몽 여인이 말했다.

"마을에 누군가가 죽었어."

마농은 성호를 긋고 말했다.

"주세페 아저씨의 자리를 차지하려고 했던 그 노파일지도 몰라요…."

"도둑 같으니라고! 악마가…."

그녀는 저주를 퍼붓던 중 말을 멈췄다.

"아니야. 죽은 사람을 욕하면 안 되지."

그녀도 성호를 긋고는 기도문을 외웠다. 그때 마농이 외쳤다.

"저기 이쪽으로 오는 것 같은 두 사람이 보이네요!"

"제대로 차려입었어… 장례식에 가는 사람들이 길을 잘못 든 게 아닐까?"

"아니에요. 이장님과 벨루아조 씨예요. 여기 뭘 하러 오는 거지?"

마농이 말했다.

*

필록센의 우정 어린 인사와 공증인의 보다 격식을 차린 인사가 끝나자, 벨루아조 씨가 말했다.

"어머니께서는 집에 계십니까?"

"레 종브레에 가셨어요. 언제 돌아오실지는 모르고요."

"그거 곤란하게 됐군요. 하지만 아가씨가 대신 제가 전해 드린 소식을 어머니께 알려 드릴 수 있을 것 같네요. 그건 개인적으로 아가씨와 관련된 일이거든요. 좀 앉아도 되겠습니까? 왜냐하면 한참 동안 자갈이 특히 많은 길을 걸어 왔거든요."

벨루아조 씨가 말했다. 그러고는 넓적한 돌 위에 가서 앉았다. 그동안 밥티스틴은 이장을 위한 의자를 가지고 왔는데, 그는 그냥 서 있겠다고 했다. 마농은 이 두 사람이 어떤 소식을 가지고 왔는지 자문해 보았다.

"지금 멀리서 들려오는 건 위골랭의 죽음을 알리는 종소리입니다. 그는 내게 그의 마지막 바람을 제대로 이행할 임무를 맡겼습니다. 제가 가져온 소식은 그의 유언입니다. 그가 당신께 레 로마랭 농가를 남겼거든요."

벨루아조 씨가 말했다. 매우 놀란 마농은 자기가 꿈을 꾸고 있지나 않은지 자문했다.

"그런데, 그는 어떻게 죽었나요?"

"목을 매달았단다! 네가 그녀를 매두었던 그 올리브나무에 말이야!"

필록센이 진지하게 대답했다.

"왜요?"

"이 유언장이 아가씨께 말해 줄 겁니다."

벨루아조 씨는 주머니에서 봉투를 하나 꺼냈다.

"제가 아가씨께 읽어 드리겠습니다. 고인이 철자법을 틀린 탓에 읽는 데 문제가 좀 많으니 말이죠."

그가 유언장을 펼치는 동안 마농은 밥티스틴에게 통역을 했다. 주세페의 죽음 이후 처음으로 밥티스틴은 크게 웃고는 집 안으로 뛰어 들어가 숨었다.

벨루아조 씨는 천천히 또박또박 절망에 빠진 화훼가의 마지막 메시지를 읽었다. 그는 잠시 멈춘 다음 마농에게 그의 가슴에 꿰매어진 '사랑의 리본'에 대해 설명했다. 마농은 자신의 리본이 그렇게나 오랫동안 미친 남자의 피와 땀이 범벅된 가운데 달려 있었다는 혐오감에 살짝 인상을 썼다. 하지만 위골랭이 그녀가 선생 뒤로 숨었다고 비난하는 문장을 벨루아조 씨가 읽자 살짝 얼굴을 붉혔으며, 곧 그 이야기에 대해 전혀 기억하지 못하는 것처럼 놀란 기색을 보였다.

마침내 공증인은 편지를 다 읽고서 그녀에게 다른 봉투를 내밀었다.

"자, 이것은 제가 맞춤법을 지켜서 쓴 유언의 사본입니다. 다시 쓰는 데 굉장히 주의를 기울였지요. 원본은 제가 보관하겠습니다. 왜냐하면 오늘 즉시 오바뉴의 공증인에게 가져다 주어야 하기 때문이지요. 그리고 아가씨의 농장을 되찾은 데 대한 축하의 말씀을 드리고 싶습니다."

벨루아조 씨가 말했다.

"너무 늦었어요, 너무 늦었어요…."

마농이 말했다.

"나도 안단다."

이장이 말했다.

"하지만 어느 날엔가 샘이 다시 흐른다면 너는 그 농가를 비싼 값에 팔 수 있을 거고, 네 지참금을 마련하는 데 보탬이 될 게다…. 그래, 그렇게 다 정리가 되었단다. 하지만 난 네게 몇 가지 말을 하고 싶구나. 자, 요약을 해보자꾸나. 물이 돌아오지 않는다면, 마을은 살기 어려워진단다. 텃밭은 다 죽어가고 있고, 물 운반차에서 떠온 물은 자연적이지 않은 맛이 나고 말이야. 그래서 마실 물을 길러 카트르 세종까지 다녀올 거란다. 그러면서 사람들이 이야기를 하고 또 하지. 아낙들은 우리가 이렇게 벌을 받는 게 너 때문이라고 한단다. 지나가면서 다른 사람들은, 언덕 위에 있는 샘에 대해 잘 알고 있으니 아마도 무슨 일이 일어나고 있는지도 네가 잘 알고 있을 거라고들 하고…. 어쨌든 짧게 결론만 말하자면 네가 기도 행진에 왔으면 하는구나. 물론 그런다고 우리에게 물이 돌아온다는 건 아니야. 하지만 네가 온다면 사람들이 입방아를 찧는 것을 그만두게 할 수는 있을 것 같구나. 이제 우리는 돌아가신 네 아버지가 플로레트의 아들인 걸 알았으니, 너는 네 고향에 있는 거나 마찬가지야. 이게 내가 하고 싶었던 말이다. 너는 네가 원하는 대로 해도 좋다. 이제 나는 다시 마을로 내려가서 의사를 맞이해야 한단다. 왜냐하면 사망 증명서에 서명을 하기 전에 의사가 질문을 많이 할 거고, 어쩌면 위골랭이 정말 혼자서 목을 매달았는지 확인하기 위해서 헌병이 올지도 모르니 말이지. 그럼 잘 있거라. 그리고 너무 걱정하지 마라."

"나는 바로 오바뉴로 가서 아가씨 일을 처리할 겁니다. 또 봅시다. 안녕히 계세요."

그들은 멀어져 갔다.

마농은 염소들을 한데 모아 자신의 다정한 마가목 언덕까지 내려가서 생각에 잠겼다. 해는 이미 중천에 떠서 매미들의 광적인 음악을 부채질했고, 바닷가에서 불어오는 산들바람은 그리 세지 않았다. 뜬눈으로 밤을 지새워 기운이 빠진 그녀는 덫을 돌아보러 갈 힘이 없었다. 마가목 아래 앉아서 그녀는 위골랭의 자살에 대해 생각했다. 조금도 고마운 마음이 들지 않았고 그를 동정하기보다는 소식에 놀랄 뿐이었다…. 그녀는 그의 유산에 대해 다시 읽어 보았다. 엉터리 철자법은 공증인의 멋들어진 화려한 필체로 바뀌어 있었다.

불행한 남자의 사랑 고백은 그녀에게 몸서리치는 반감만을 안겨 줬을 뿐이었다. 그녀는 신께서 그의 범죄를 벌하시기 위해서 이런 허황된 열정을 던져 주신 것이고, 농장을 유산으로 남긴 것은 훔쳐간 물건의 때늦은 반환일 뿐이라고 생각했다. 하지만 '학교 선생'과 관련된 문장은 여러 번 반복해서 읽어 보았다. 언덕에서 선생이 그녀에게 말을 건 것은 사실이었다. 하지만 그는 전혀 '배에 돌을 맞을 만한' 말을 한 적이 없었다. 그 반대로, 그는 언제나 예의바르고 조심스럽게 행동했다. 물론 저수지에서는 꿈속에서의 '키스'에 대해 말을 했지만, 그는 그녀가 엿듣고 있는 줄 몰랐으며, 이 목을 매단 멍청이조차 그녀가 듣고 있는 줄 몰랐었다.

다른 한편으로 보면 마농은 선생을 겨우 알게 된 정도였다. 그를 만난 건 여섯 번밖에 되지 않았다. 소나무 아래서 점심을 먹던 날과 저수지에서 본 날 두 번은 모습을 보이지도 않았다. 그리고 한 번은 산토끼를 잡아 칼과 바꾼 날이었다. 그다음에는 분수의 물이 멈춘 날 아침이었고, 또 한 번은 토목기사와 함께 산책을 한 날이었다. 마지막 만남은 강론이 끝나고 그녀가 사람들 앞에서 다 말한 날이었다···. 그녀가 기어오는 위골랭을 피해 물러서서 '선생 뒤로 숨은' 것에 대해 말하자면 일부러 그런 것은 아니었다. 특별한 건 하나도 없었다. 단지 샘에 대한 비밀을 잔인하게도 간직하기만 했던 마을 사람들 틈에서 선생은 그녀의 아버지처럼 도시에서 온 청년이었다. 그러므로 그녀가 그의 곁으로 간 것은 자연스러운 일이었다. 한데 죽은 이는 스스로의 광기 때문에 그녀가 사랑에 빠졌다고 결론을 내린 것이다. 어리석은 일이었다.

하지만 그 잘생긴 청년은 마농과 진정으로 공감대를 형성했다. 그리고 그녀가 자주 선생을 생각하는 것도 사실이었다. 하지만 그것은 반짝이는 멋진 칼 때문이었다. 매일 아침 그녀는 칼날에 침을 묻혀 사암으로 날카롭게 갈아 칼날을 관리했다. 그 칼로 거의 힘들이지 않고 매우 단단한 나무를 깎을 수 있었다. 작은 톱날은 불필요하게 달려 있는 부속품으로 여겨지기도 하지만 두꺼운 가지를 쉽게 자를 수 있는 위력을 갖고 있었다. 그리고 이런 물건을 잘 알고 있는 엔초도 그녀에게 경탄의 말을 했다.

"이건 스웨덴 산 강철이야. 면도날을 만들 때 쓰는 거랑 같은 종류지."

송곳은 띠나 구두 밑창을 뚫고, 작은 가위는 정확함과 우아함의 기적과 같은 존재였다. 거기에 손톱용 끌도 있었으니, 그녀는 예전에 오바뉴에 갈 때 외투 안으로 숨겨야만 했던 손톱을 다듬을 수도 있었다…. 그렇게 이 칼은 일종의 보물이었다. 칼을 배낭에 넣기 전에 칼 표면에 키스를 하는 경우도 있었다. 하루에 열 번 정도 칼을 사용하다 보니 그 칼을 준 사람에 대해 생각하는 것은 매우 자연스러운 일이었다. 그것은 감사하는 마음에서 나온 것이지 사랑에서 우러나온 건 아니었다.

우선 사랑을 하기 위해서는 두 사람이 필요했다. 누군가 자신을 사랑하지도 않는 사람을 사랑하도록 스스로를 내버려 둘 수는 없지 않은가. 선생은 적어도 스물다섯 살은 되어 보였다. 그러니 어쩌면 아마 그는 도시에 있는 어느 처녀와 약혼을 했을 수도 있다. 그리고 그녀와 같은 불쌍한 목동 처녀에게는 관심이 없을 수 있다. 아니면 자연스러운 관대한 마음에서 관심을 가질 뿐이다. 하지만 꿈속에서의 '키스'는 무언가 생각할 거리를 준다. 하지만 우선 그 키스는 흔히 생각하는 연인끼리의 입맞춤은 아니었다. 사람들은 아이에게, 아빠에게, 친구에게 볼에 키스를 하곤 하지 않는가. 키가 큰 엔초도 일요일에 르 플랑티에에 오면 언제나 그녀의 볼에 키스를 한다. 학교 선생도 그렇게 말한 건 분명 농담을 하려는 것이었지, 아무런 의미가 없었을 것이다…. 게다가 선생은 아침에 소식을 전하기 위해서 이장님과 벨루아조 씨와 함께 오지도 않았다. 방학 중인데도 그가 오지 않은 것은 사실이다….

어쨌든 복수는 그녀가 바랐던 것보다 더 완벽하게, 더 끔찍하게 이루어졌다. 그녀는 마가목 그늘의 바위 위에서 기지개를 켰다. '모래 상인'의 행복했던 시절처럼 눈꺼풀이 무거워졌다.

그녀는 눈을 감고 잠에 빠져 들었다.

*

마을 사람들에 대한 이장의 말이 끔찍한 꿈을 꾸게 만들어 마농은 선잠을 잤다. 꿈속에서 농부들이 몇몇 무리를 지어 동굴을 향해 올라오는 것을 보았다. 그들은 곤봉과 쇠스랑을 들고 매우 조용한 가운데 한 걸음 한 걸음 천천히 걸어가고 있었다. 그러더니 갑자기 여자들이 보였고, 한 무리의 노파들이 증오에 가득 찬 고함을 지르고 있었다….

그녀는 도망치려 했다. 하지만 더 이상 움직일 수 없다는 사실을 깨닫고 공포에 질렸다. 그런데 갑자기 학교 선생이 나타나 그녀 앞에서 멋진 목소리로 외쳤다.

"그래요, 바로 그녀가 샘을 막았어요. 하지만 여러분은 당할 만했어요! 그건 그녀의 의무이자 권리예요. 여러분께 경고하는데, 누군가 그녀에게 손대려고 하면 저를 먼저 상대해야 할 거예요!"

노파들은 두려움에 소리를 지르며 도망쳤다. 남자들은 멈추어

서서 거의 전부 다 친절한 챔피언에게 인사를 하기 위해 모자를 벗어 들었다. 그녀는 여전히 선생 뒤에 숨어 있었다. 그러다 갑자기 놀라운 것을 발견했다. 그가 꼽추였던 것이다! 등이 굽은 것이 아니라 크고 아름다운 혹이 달려 있어, 그 혹을 이용해 물이 가득 든 무거운 병을 나를 수도 있을 것처럼 보였다! 부드럽고 강한 감정이 그녀를 깨웠다. 기쁨의 눈물이 가득한 채로 일어난 그녀는 자신이 얼마나 그를 사랑하는지 깨달았다.

*

팔을 둥근 아치 모양으로 구부려 뒤로 젖힌 몸을 지탱한 채 반들반들한 바위에 앉아서 마농은 멀리 레프레스키에르의 푸르른 언덕을 바라보았다. 그녀는 행복한 걱정과 일종의 자신감에 젖어 있었다. 그때 개가 부드럽게 짖어대며 그녀를 불렀다. 고개를 돌리니 검정개가 베르나르의 발치에 앉아 있었다. 그는 비탈길의 라벤더 덤불 가운데 앉아서 미소를 지었다. 그녀는 즉시 일어나서 미소로 답하며 얼굴을 붉혔다.

"소식은 들으셨죠?"

"네."

"그럼 이제 무엇을 하실 건가요?"

"모르겠어요…. 저는 그곳에서 다시 살 수 있을 거라고 생각하지 않아요. 저나 어머니께 좋지 않은 기억이 너무 많아서요. 그리고 제 그네가 있던 자리에 목을 매단 그를 계속 보게 되겠죠…. 분명히 그는 집에 체취를 남겼을 거예요…."

"이해합니다. 하지만 다른 문제는 결정하셨어요?"

"이장님께서 기도 행진에 오라고 권유하셨어요."

선생은 일어나서 한 단어 한 단어 강조하면서 말했다.

"물이 다시 흐르지 않고, 아가씨께서도 물이 다시 오지 않을 거라고 생각한다면, 저 역시도 당신께 기도 행진에 참가하라고 권하겠어요. 흔히 '늑대와 함께 울어야 한다'고들 말하지요. 저는 양의 무리에 속해 있다면 양과 함께 울 필요도 있다고 생각하거든요."

그의 푸른 눈에 어두운 그늘이 서렸다.

"저는 그 무리 사람이 아닌걸요!"

"우리는 우리가 속한 무리를 선택할 수 없어요. 이 마을은 당신 할머니의 마을이지요. 그리고 당신의 조상 중 많은 사람들이 이 마을 출신이에요…."

"저희 할머니는 마을 사람들을 정말 싫어했어요. 그들더러 짐승이라고 말했어요. 그들은 제대로 그걸 증명했죠. 저는 제 아버지가 어떤 사람과 친구가 되길 바라셨는지 몰라요. 한 번도 말씀하신 적이 없거든요. 하지만 느끼고 있었어요…. 우린 딱 한 번 마을에 내려갔었지요. 그때 그들이 아버지에게 공을 던졌어요. 등에 말이죠."

"알아요, 알고 있어요. 바보 같은 사고였죠. 운이 나빠서 당하신 거예요. 공을 던진 건 그 작고 친절한 카브리당이었어요. 지금까지도 후회하고 있죠. 진정한 죄인은 수베랑 가의 사람들이에요. 당신에 대해 마을 사람들이 잘못 알도록 말했고, 마을 사람들에 대해 당신한테 말할 때도 당신을 속였죠. 그게 그들의 첫 번째 범죄에 이은 두 번째 범죄예요. 하지만 만약 아가씨 아버지께서 어느 날 아침에 큰 신발을 신고 벨벳 바지를 입고서 이장님을 보러 오셔서 '제가 플로레트의 아들입니다'라고 말씀하셨다면 마을 사람들은 그를 받아들였을 거예요. 물론 그들의 방법으로 말이죠. 물론 그들은 은밀히 호박과 토끼에 대해 험담을 했을 것이고, 수베랑에 대해 비난을 하지도 않았을 겁니다. 하지만 가뭄이 계속되었을 때 앙글라드의 쌍둥이 형제나 팡필, 카지미르는 곡괭이를 어깨에 지고 레 로마랭에 올라와서 덫을 놓을 때 필요한 여왕개미를 찾는다는 핑계로 밭에 물이 넘치게 했을 수도 있습니다."

베르나르가 말했다.

마농은 선생의 멋진 남자 목소리를 들으며, 그을린 갈색 얼굴에서 반짝이던 아버지의 눈과 유사한 타는 듯한 갈색 눈을 쳐다보았다. 그녀는 갑자기 동요해서 중얼거렸다.

"아버지가 틀리셨다고 말씀하시는 건가요?"

"아닙니다, 아니에요… 하지만 희생자들이 언제나 죄가 없는 건 아니죠. 그리고 어쨌든 간에, 아버님은 복수를 했지 않습니까. 핵심 죄인은 죽었고, 남은 사람도 슬픔과 분노로 반은 미쳐버린 겁에 질린 노인네뿐이고요. 입을 다물고 있었던 죄밖에 없는 다른 사람들은 올해 수확의 반을 잃었어요. 그들에겐 아내와 아이들이 있고요."

"저희 아버지에게도 아내와 아이가 있었죠."

그는 잠시 입을 다물고 있다가 말을 이었다.

"누가 까만 화살표를 칠한 거죠?"

그녀는 고개를 들고 말했다.

"목수 아저씨요."

"그럴 줄 알았어요. 게다가 그는 당신께 아버지의 관은 마을에서 제공한 거라고 했지요. 하지만 그건 사실이 아닙니다. 그가 제공한 거예요."

마농은 잠시 조용히 있다가 반박했다.

"그는 농부가 아니에요. 물이 필요한 사람이 아니라고요."

"하지만 그분한테도 필요해요. 젊은 사람들이 마을을 떠난다면 그는 억지로 다른 곳에 가서 정착해야 한다고요…."

마농은 시선을 내리깔고 아무런 대답도 하지 않았다. 그가 계속 말했다.

"저희 할머니는 교회에 다니는데 가끔씩 제게 성경을 읽어 주시곤 해요. 잔인하고 엄격하신 이스라엘의 신께서 말씀하시길 '이 도시에 의인이 한 명이라도 남아 있다면 이 도시는 멸망하지 않으리라' 라는 구절이 기억나네요."

그녀는 여전히 대답하지 않고, 신경질적으로 회향 가지를 물어뜯고 있었다. 그가 낮은 목소리로 말했다.

"아직까지 아버지께서 살아 계시고, 물을 돌려줄 능력을 갖고 계셨다면, 어떻게 하셨겠어요?"

그녀는 갑자기 눈물로 반짝이는 눈을 들어 올렸다.

"아, 아버지라면, 아버지라면…."

"아버지 생각을 하신다면, 그분이 하셨을 일을 하셔야 해요."

그녀가 울자 선생은 개를 쳐다보며 말했다.

"비쿠, 요 전날 네가 머리에 돌을 맞고 놀랐던 날, 너를 피해 도망쳤던 그 녀석을 잡으러 함께 가지 않으련?"

*

밤이 되자마자 그들은 작은 동굴 입구를 막아 두었던 흙더미 앞에서 만났다. 언덕 위의 소나무 숲 뒤로 보이는 달은 쟁반처럼 둥근 모양이었다. 미지근한 바람이 불었고, 두 마리의 귀뚜라미가 서로 대답했다. 베르나르는 운동화를 신고 있어서 그림자만 보일 뿐 소리를 내지 않았다. 까만 만틸라 스카프로 머리카락을 단단히 묶은 마농은 그를 도와 터널 입구의 돌을 치웠다. 베르나르는 50파운드나 되는 돌들을 소리도 내지 않고 움직이는 목동 처녀의 능숙함과 힘에 놀랐다.

터널 입구를 통과하는 것은 매우 어려운 일이었다. 망치 소리가 밤에 메아리가 되어 사람들을 깨울 수도 있었기에 그들은 입구를 넓힐 엄두를 내지 못했다. 마농이 먼저 동굴로 들어가 촛불을 켰다. 베르나르는 체구를 줄이기 위해 옷을 벗고 수영복으로 갈아입은 뒤 틈 사이로 미끄러지듯이 들어왔다. 하지만 아플 정도로 비틀어도 그의 어깨는 좁은 틈을 통과하지 못하고 그 자리에 걸려버렸다. 그래서 마농은 앞으로 쭉 뻗은 베르나르의 양손을 잡고 온 힘을 다해 당겼다. 틈새에 끼인 죄수의 두툼한 손을 꽉 붙잡은 채 여러 차례 시도한 끝에, 마침내 어깨가 틈새를 빠져나왔고, 그는 쉽게 안으로 들어왔다. 애를 쓴 마농은 염소 새끼가 태어나는 장면을 생각했다.

그녀는 물가에 초 네 개를 세웠다. 베르나르는 물웅덩이 안으로 들어갔는데, 그러자 수면이 높아졌다. 그들은 동굴 반대쪽으로 떨어지는 폭포 소리를 들었다. 그들은 마농이 벽에서 분리해 놓았던 돌 판을 있는 힘껏 들어 올렸다. 마농은 아무 말도 하지 않고 그를 도왔고, 등에 피가 나는데도 아랑곳하지 않고 움직이는 남자의 근육을 바라보았다. 가끔씩 그녀는 밖으로 나와 바깥을 살피고, 조용히 망을 보고 있는 비쿠를 쓰다듬어 주었다. 시멘트 마개는 광부용 막대기에 오랫동안 저항하는 듯하더니, 조금씩 조금씩 부스러져 나갔고, 갑자기 해방된 물이 깊게 떨어지는 소리가 들려 왔다. 베르나르는 물속에 팔을 넣어 진흙 몇 줌을 집어 들었다.

"자, 됐어요."

그가 말했다. 그의 얼굴은 땀에 젖어 반짝였고, 이마에는 젖은 까만 머리 한 가닥이 흘러내렸다.

"등이 아프지 않으세요?"

"물론 아프죠. 타는 듯하네요."

그가 웃으며 말했다.

"바위 끝부분에 닿아서 그래요. 망치로 끝을 깨 볼게요."

그녀는 앞장서서 팔꿈치를 대고 기어갔다. 한 손에는 망치를 들고 다른 손에는 촛불을 들었기 때문에 기어갈 수밖에 없었다. 그녀는 하나씩 날카로운 끝부분을 깨뜨렸고, 톱니 같은 바위 끝이 뭉툭해졌다. 소리가 날까 두려워 마농은 바위를 살짝 두드릴 수밖에 없었고, 그래서 시간이 오래 걸렸다. 베르나르도 기어서 그녀 뒤를 따라왔다. 좁은 통로의 이끼 낀 천장에 목이 닿아 서늘했다. 터널은 마농과 베르나르의 몸으로 꽉 찼으며 그의 눈에 보이는 마농의 맨발은 선사 시대의 점토를 긁으며 지나갔다. 손바닥을 땅에 대고 있고 허리가 아픈 와중에도 그는 춤추는 그림자에서 샘 처녀의 부드럽고 야성적인 체취를 맡았다. 지하수가 연주하는 작은 음악 소리를 가르고 그는 마농의 심장 고동 소리를 들었다. 갑자기 촛불이 꺼지면서 시원한 밤바람이 그의 얼굴에 불어왔다.

그녀가 말했다.

"이제 통과할 수 있을 거예요."

그는 마농의 손을 잡기 위해 팔을 길게 뻗었다. 그녀는 세로 벽에 발을 받치고, 뒤로 몸통을 내밀었다. 베르나르는 마농의 손을 놓지 않은 채 일어섰고, 몹시 반짝이는 눈빛으로 그녀를 쳐다본 나머지 마농은 눈을 아래로 향하며 매우 빠르게 말했다.

"아직 다 끝난 게 아니에요. 이제 돌을 제자리에 두어야 해요."

그녀는 한 발 뒤로 물러서서 손을 빼고는 머리를 리본으로 다시 묶었다.

나란히 서서 그들은 두 개의 큰 바위를 동굴 입구까지 굴렸다. 힘을 쓰는 도중에 그들의 어깨는 간간이 서로에게 부딪혔고, 땀방울이 손등에 떨어졌다. 마농은 볼이 매우 뜨겁고 다리가 후들거리는 것을 느꼈다. 입구가 완전히 막히자마자 그녀는 바위 위에 앉아서 깊이 숨을 들이쉬며 말했다.

"혼자는 절대 못했을 거예요. 돌을 다시 올려놓는 것보다 위에서 돌을 떨어뜨리는 게 더 쉽네요!"

그녀는 스카프로 땀에 젖은 얼굴을 닦았다.

"두세 그루의 노간주나무를 옮겨 심는 일만 남았어요. 그건 제가 할게요."

베르나르가 말했다.

"제 생각에는 나무를 제자리에 옮겨 심는 건 날이 밝으면 하는 게 나을 것 같아요…. 내일 아침에 저 혼자 다시 올게요."

"옳은 말씀입니다. 게다가 물은 이미 저수지 쪽으로 흐르고 있어요. 물이 저수지에 가득 차면, 사람들은 더 이상 그 물이 어디서 오는지 알려고 안 할걸요!"

베르나르가 말했다. 그러고는 옷을 다시 입으러 덤불 뒤로 돌아가며 물었다.

"전혀 후회 안 해요?"

"이미 한 건 한 거예요. 아버지 말씀만 안 하셨어도…. 하지만 결국 당신이 옳았어요."

"아가씨 계산이 정확하다면 물은 내일 아침 일고여덟 시쯤에 저수지에 도달할 거고, 한 삼십 분 정도 더 지나면 분수까지 흐르겠군요."

그는 금속이 부딪치는 소리를 들었다.

"뭐 하시는 거예요?"

"연장을 숨기고 있어요. 너무 무겁거든요. 내일 아침에 당나귀를 데려와서 가져갈게요."

"제가 지금 동굴까지 가져다 드릴게요. 오늘 밤은 너무 아름다워서, 달빛 아래서 산책을 하고 싶거든요."

그녀는 대답하지 않았다. 양말을 바로 신으며 그는 말을 이었다.

"마을은 축제 분위기겠어요. 하지만 주임 신부님께서는 내일모레 있을 기도 행진을 취소해야 해서 실망하실 거예요…. 아! 하느님의 선행에 감사드리기 위해 행진을 할 수도 있겠네요! 우리가 생각했던 것보다 물이 더 빨리 돌아올 수도 있겠어요."

운동화 끈을 묶으면서 그는 자신의 이론을 설명했다.

"앙주가 말하기를 저수지의 물은 폭우가 지나간 지 일고여덟 시간이면 붉게 변한다고 했어요…. 하지만 작은 동굴의 물이 붉게 변하는 데는 얼마나 시간이 걸릴까요? 아마도 서너 시간이면 되겠죠. 그러면 동굴에서 저수지까지 가는 시간은 그만큼이나 줄어들 거예요!"

이번에도 그녀는 여전히 대답이 없었다. 베르나르는 셔츠 단추를 채우고 벨트를 맨 다음 얼굴을 닦았다.

"제가 걱정하는 건 이장님과 내기를 할 시간이 없다는 거예요. 이장님께서는 샘이 다시는 흐르지 않을 거라고 생각하시거든요. 아마도 포도주 몇 병은 따낼 수 있었을 텐데 말이에요…."

그가 말하는 동안 짧게 개 짖는 소리가 멀리서 들렸다. 그가 목소리를 낮추었다.

"조심하세요. 누가 있어요."

그는 귀를 기울이고 다시 말했다.

"아마도 여우가 지나갔나 봐요."

하지만 그녀가 여전히 대답을 않자 그가 물었다.

"당신 생각에 개 같아요, 여우 같아요?"

그녀는 침묵으로 대답했다. 그는 소리 없이 덤불에서 뛰어나왔다. 마농은 더 이상 바위 위에 있지 않았다. 그는 낮은 목소리로 불러 보았다.

"마농, 어디 계세요?"

갑자기 그는 자갈이 굴러 떨어지는 소리를 듣고, 고개를 들어 보았다. 달빛 아래 건너편 언덕 위의 하얀 암석으로 된 작은 둔덕 가로 그녀는 개보다 먼저 뛰어가고 있었다.

28

 아침 7시쯤 마농은 소중한 칼에 달려 있는 가위와 손톱용 끌로 세심하게 단장을 한 뒤 염소 떼를 따라 르 플랑티에 계곡에서 출발했다. 그녀는 행복해 하면서 생각에 잠겼다. 잠들기 전에 했던 것처럼 지난밤에 있었던 모든 광경을 다시 생각해 보았다. 다시 한 번 그녀는 말 한 마디 없이 그냥 도망친 것이 옳은 일이었는지 자문해 보았다…. 물론 소설 속에서 젊은 처녀들에게 달밤은 언제나 위험한 것이었다. 하지만 소설은 현실이 아니다. 어쨌든 그가 밤에 산책을 하러 언덕에 온 적은 한 번도 없지 않은가. 아마도 달빛의 아름다움, 밤공기에 퍼지는 식물들의 냄새, 그리고 귀뚜라미 소리가 곁들여진 푸른 달빛의 고요함에 매혹이 되었던 것이리라. 그러므로 그가 전혀 의도하지 않은 것을 그의 탓으로 돌리는 것은 부당한 일이다. 왜냐하면 그는 한 번도 무례한 말을 한 적이 없고, 걱정스러운 행동을 했던 적은 더더욱 없기 때문이다. 그리고 이렇게 우스꽝스럽게 도망친 것에 그는 동정하며 웃어넘겼을 것이다…. 그녀는 기회가 된다면 적어도 거리낌 없이 지내기 위해 다시는 거절하지 않겠노라고 다짐했다.

그녀는 춤을 추면서 문제의 동굴 입구까지 내려왔다. 멀리서 보기에 인공적으로 만든 돌 무더기는 아주 자연스러워 보였다. 다만 그들이 놓아둔 바위 세 개만이 뒤집어져 있었다. 바위의 보이는 면에 흙과 나무뿌리가 묻어 있기에 마농은 이것을 옳게 뒤집어 두고, 돌 사이에 백리향 가지와 위쪽 둔덕에서 뽑아온 멋진 노간주나무를 심었다. 그리고 그곳에서 멀리 떨어지면서 풍경의 자연스러움을 확인하기 위해 여러 차례 뒤를 돌아보았다. 그것은 완벽하게 풍경과 어우러져 있어 어느 누구의 이목도 끌지 못할 정도였다.

그녀는 저수지를 향해 갔다. 가끔씩 마농이 너무나 빨리 걸어갔기 때문에 비쿠는 염소들이 그녀를 제대로 따라가도록 강요하지 못할 정도였다. 그녀의 공범이 예고했던 것처럼 물이 이미 도착했는지 알아보기 위해 서둘렀다. 마농은 어쩌면 베르나르도 이미 와 있을지 모른다고 생각했다.

*

이미 베르나르는 그곳에 와 있었다. 저수지 가에 앉아서 다리를 늘어뜨리고는 금이 가서 갈라진 시멘트 바닥의 수도꼭지를 쳐다보고 있었다. 그는 마농이 다가오는 것을 보며 말했다.

"아직 물이 돌아오지 않았습니다. 왜 그런지 자문하던 중이었지요…. 곧 9시가 될 텐데…."

마농은 저수지 바닥으로 펄쩍 뛰어, 무릎을 꿇고는 수도관에 한쪽 귀를 대 보았다. 그는 우아하고 정확한 마농의 동작에 감탄했으며, 처녀답다기보다는 다람쥐나 흰 담비처럼 매우 돋보인다고 생각했다.

마농은 한참 귀를 기울이고 있었다.

"아무 소리도 안 들리는데요."

그녀는 몸을 일으켜 저수지 가장자리로 뛰어 올라와 베르나르에게 다가와서 낮은 목소리로 말했다.

"물이 돌아올 거라고 생각하세요?"

"네. 제가 부수었던 마개의 잔해가 관을 막고 있지 않다면 말이죠…. 아니면 물이 흐르는 길에 막혀 있던 작은 사이펀이 한두 개 있어서 그쪽으로 흘러갔을 수도 있습니다. 평상시의 수위를 되찾자마자 물을 빨아들일 건데 말입니다…."

"우려하는 바가 있어요. 만약에 물이 기도 행진 이후에 다시 오면 어쩌죠?"

"그게 어때서요?"

"그러면 사람들은 성인이 기적을 일으켰다고 믿을 거잖아요."

"그건 초를 서른여섯 개 봉헌하면 나타나는 기적이고, 신부님께서는 신앙심이 없는 사람들을 교회로 전도하는 기회로 이용하실 겁니다!"

"네. 하지만 제가 고해성사를 하러 갈 때 말이죠…."

"사람들은 자신의 잘못만 고해를 하면 됩니다. 아가씨는 마을에 물을 돌려주실 거니까, 죄는 용서받을 겁니다. 그리고 요즘에는 기적이 충분치 않습니다. 그러니 기적이 일어나는 데도 그걸 저버리는 건 그리 자비로운 일은 아니지요."

그는 손목시계를 바라보았다.

"오늘 아침에는 아가씨와 오래 시간을 보내지 못해요. 위골랭의 장례식에 가야 하거든요. 장례식은 10시랍니다…."

"교회에서 치러지나요?"

"아니에요. 사람들이 주임 신부님께 그가 나무에서 떨어졌다고 말을 했고, 신부님께서는 그걸 믿는 척하셨어요. 하지만 헌병들이 오는 바람에 다 아시게 되었죠. 그럼에도 신부님께서는 묘지에서 종부성사를 주시기로 하셨습니다."

"다행이네요."

"그렇다고 다시 살아나는 건 아니죠."

"현생에서는 아니지만, 후생에서는 모르죠."

"저도 그랬으면 좋겠습니다. 만일 물이 결코 돌아오지 않는다면요?"

베르나르가 일어서면서 물었다. 마농은 어깨를 으쓱했다.

"인자하신 하느님께서 제가 옳았다고 인정하시는 거죠."

*

그녀는 오후에 저수지에 다시 왔다. 계곡이 내려다보이는 언덕에 도착했을 때 멀리서 계곡 아래쪽을 지나가는 작은 마차가 보였다. 작은 나무 물통을 실은 네댓 마리의 노새와 남자 대여섯 명이 지나가고 있었다. 그녀는 금작화 덤불에 몸을 숨겼다.

'저 사람들은 무엇을 하러 오는 거지?'

그녀는 곧바로 샘이 흐르기 시작했지만 아직까지 마을에는 도착하지 않아 그들이 저수지에 물을 뜨러 오는 것이라고 생각했다. 그녀의 위치에서는 저수지가 보이지 않았다. 그들이 가까이 다가오자 마농은 우선 벨루아조 씨의 파나마모자를 알아보았고, 그 뒤로 필록센과 수도 관리인 앙주, 그리고 키 작은 카브리당이 보였다. 노새 뒤로는 학교 선생이 유약을 바른 물병을 든 팡필과 대화를 나누고 있었다.

마농은 금작화 덤불 아래로 들어가 저수지가 보이는 둔덕 끝으로 이동했다. 저수지는 전날과 마찬가지로 깨끗하게 비어 있었다. 그녀는 사람들이 도착하면 실망할 거라고 생각했다. 하지만 그들은 전혀 놀라지도 않고 이글거리는 태양 아래 여러 조각으로 금이 간 뜨거운 시멘트 위에다 물통을 비우기 시작했다.

"너무 늦었어! 저수지 겉칠을 다시 해야겠어."

이장이 간단하게 말했다. 그가 팔 아래 끼고 있던 포도주 병을 들고 마개를 땄다. 그동안 카브리당은 천 가방에 넣어 가져온 잔을 돌렸다. 그들은 무화과나무 아래 둥글게 모여 앉았다. 아직 물병을 비우지 않았던 팡필은 마치 물이 섞일 걸 알고 있는 압생트 술에 물을 붓듯이 가느다란 물줄기를 저수지에 쏟아 부었다.

그러고 나서 그들은 평소처럼 대화를 나누었다. 카브리당은 유감스러워 하며 부이야디스에 사는 사촌네 집에 아내를 데려다 주러 이튿날 마을을 떠날 결심을 밝혔다. 그의 아내가 출산이 임박했기 때문이다. 그는 마을을 떠나게 되는 이유를 말했다.

"자식은 이집트콩과 같은 게 아니에요. 메마른 곳에서 낳을 수는 없죠…. 그리고 만일 물이 돌아오지 않는다면 저도 그곳으로 갈 거예요. 사촌들은 신선한 채소를 크게 재배하고 있는데, 함께 일하러 오라고 자주 제안하곤 했어요…. 그리고 그들은 아이도 없거든요…."

클로디우스는 또 다른 푸줏간 주인인 팡페트와 동업을 하러 발렌틴에 가서 정착할 생각을 하고 있다고 말했다. 팡페트는 류머티즘 때문에 모든 손님을 감당하지 못했다.

그러자 아연실색한 앙주가 외쳤다.

"그러면 이제 마을에는 아무도 안 남을 거잖아요?"

"나이든 사람들은 남겠지. 그리고 나이든 사람들은 구두쇠에

이가 없어서 고기를 먹지 않는다네…."
 클로디우스가 대답했다.
 필록센은 회의적인 태도를 보였다. 그는 허황된 꿈을 꾸지 말아야 한다고 했다. 샘은 말라버렸고 확실히 사람들은 마을을 떠날 것이다.
 "돈 문제라면 상관없다네. 내 연금과 모아 놓은 저축, 그리고 담배 몇 갑이면 살아갈 수 있다네…."
 필록센이 말했다. 그러고는 동요되지 않는 듯한 베르나르를 쳐다보았다.
 "베르나르 선생, 자네는 어떻게 할 건가? 젊은이들이 떠나면서 아이들을 데려갈 거야. 학교를 유지하는 데 어려움이 많았다네. 학생들이 충분히 남지 않는다면 학교 문을 닫아야 할지도 몰라!"
 "저는 공무원입니다. 아시다시피 작년에 저는 생 루에 가는 걸 거절했죠…. 제가 이곳에 있을 필요가 없다면 다른 곳으로 발령이 날 겁니다. 어쩌면 승진할지도 모르죠!"
 그는 즐거이 말을 했다. 마농은 조용히 뒤로 물러나 르 플랑티에로 다시 올라갔다. 지나가는 길에 회향나무 가지와 노간주나무 가지를 잡아 뜯으면서 고개를 숙인 채 빠른 걸음으로 걸었다.

29

마을의 재난에 대한 소식은 레 종브레나 뤼사텔에는 큰 파장을 불러일으켰다. 이는 큰 두 마을을 먹여 살리는 샘에 대한 위협이었기 때문이다. 이런 위험은 농부들의 동정심을 일깨웠다. 레 바스티드 사람들을 특별히 좋아하는 건 아니지만, 이웃 동네에서는 기도 행진에 대표를 파견해서 분수를 되살리고 이 고장의 척박한 토양에 너무나 잔인한 형벌을 거두어 달라고 하늘에 요청하기로 했다.

의식을 집행하는 '성직자'들이 매우 작은 성당에서 준비를 하는 동안 죽은 분수를 둘러싼 사람들은 점점 많아져 광장으로 이어지는 계단 아래까지 넘쳐났다. 하지만 말소리는 전혀 들리지 않았다. 물론 몇몇 사람들이 낮은 소리로 대화하기는 했지만 불신자들을 제외하고는 거의 모든 사람들이 입을 다물고 있었다. 불신자들은 카페 테라스에 자리를 잡고 가톨릭 종교와는 관련이 없는 대화를 나누고 있었다.

벨루아조 씨가 말했다.

"고대에는 제사장들이 하늘의 화를 누그러뜨리기 위해 제단에서 그 고장에 사는 가장 아름다운 처녀의 목을 잘랐다네. 하지만 오늘날 우리의 친절한 신부님들은, 기독교인들의 신께서 행진이나 천국에 계신 도미니크 성인의 후광을 노래하는 성가 몇 소절에 만족하실 거라고 생각한다네…. 이건 대단한 발전임을 인정해야만 한다고!"

"선생은 그게 무슨 소용이 있다고 생각하세요?"

빵집 주인이 물었다. 학교 선생은 고개를 끄덕이고 다소 신비로운 태도로 말을 이었다.

"그거야 알 수 없죠!"

"뭐라고? 그럼 선생은…."

필록센이 소리쳤다.

"아니요. 말씀드리지 않을 겁니다. 하지만 저는 첫 기도에 분수가 흐르기 시작한다면 어떻게 생각해야 하는지 자문하고 있는 중입니다."

"그렇게 된다면 내게는 끔찍한 결과가 될 거요. 왜냐하면 내 생각을 통째로 바꾸어야 하거든! 나는 마누라에게 뭐라고 대답해야 할지 모를 거란 말이지. 그리고 즉시 고해성사를 하러 가야만 할 거야!"

빵집 주인이 말했다.

"그렇지! 그래서 위험한 거야. 왜냐하면 불행히도 오늘 물이 다시 흐른다면 자네처럼 생각할 바보 같은 놈들을 몇몇 알고 있단 말이지! 그러면 마을 전체가 성직자 나부랭이들로 가득할 테고, 나는 이장 자리를 잃게 될 거라고!"

필록센이 빈정거리면서 말했다.

"그게 확실하지. 기적에게 용서란 없지!"

카지미르가 말했다.

"난 기적을 믿지 않는다고! 차라리 예수쟁이들의 뛰어난 능력을 믿으면 믿었지!"

"허허! 놀랄 일도 아니군요."

선생이 단호하게 말했다.

"이보게, 이보게, 예수쟁이 수도사들이 무엇을 어떻게 하는데 그러나?"

믿을 수 없다는 태도로 벨루아조 씨가 물었다.

"그들이 어떻게 하는지는 아무도 모르지! 그들은 현자에 신비로운 사람들이야. 다행히 레 바스티드를 위해 성가신 짓을 할 거라고는 생각 않네만. 우리 마을은 관심을 끌기에는 너무 작단 말이야!"

필록센이 말했다.

그때 갑자기 힘찬 종소리가 들렸다. 앙글라드의 쌍둥이, 늙은 메데릭과 바르나베가 짊어진 가마 위에 올라탄 성인이 성당에서 나왔다. 어린이 성가대 단원들에 둘러싸인 주임 신부가 뒤를 따르고 있었다. 그의 뒤로 앙글라드가 자랑스럽게 성인의 후광을 들었으며, 그의 옆에는 레오나르 성인을 받들어 죄인을 위해 기도하는 레 종브레의 성직자가 있었다. 이들 네 명은 회색의 수도사 복장을 하고 있어 간신히 눈만 볼 수 있었다. 그들 뒤로 앙주는 수가 놓인 깃발의 대를 허리에 매단 채 서 있었다. 불신자들은 이 모습에 크게 기뻐했는데, 앙주는 그에 대해 어깨를 으쓱하거나 조소를 보내지는 않았다. 하지만 필록센은 그를 용서하면서 말했다.

"분수 때문에 그는 지금 뭘 하고 있는지 모르고 있는 게야. 일주일 전부터 술 한 잔도 마시러 오지 않은 걸 생각해 보게나!"

뤼사텔에서 온 대표단들은 노인 성가대와 교회지기가 이끄는 성모마리아 어린이 합창단 단원 열두 명으로 구성되었다.
곧 행진이 시작되었다. 주임 신부의 지휘 아래 엘리아생은 목동의 개처럼 으르렁거리며 대열을 만들었다. 하지만 앙글라드는 걱정스러운 태도로 누군가를 기다리는 듯 끊임없이 주위를 둘러보고 있었다. 갑자기 그의 얼굴에 미소가 번졌다. 학교 선생의 어머니와 함께 마농이 나타난 것이다. 회색 스카프로 머리를 가린 그녀는 큰 밀짚모자 아래 미소를 짓고 있는 마갈리를 따라왔다. 마농은 시선을 아래로 향한 채 걸었지만 움직이지 않고 있는 수많은 사람들의 존재를 느꼈다. 깃발과 금색으로 빛나는 성인이 지배하고 있는 군중을 보았을 때 그녀는 이 의식의 중요성과 그 규모에 놀랐다.
'사람들이 내가 한 짓을 알면 내 몸을 산산조각 낼지도 몰라.' 마농은 생각했다. 하지만 베르나르를 제외한 어느 누구도 결코 알지 못할 것이다. 게다가 베르나르는 테라스에 있었고, 모두에 맞서 그녀를 방어해 줄 능력이 있었다…. 확실히 그는 미간을 찌푸린 채 마농을 엄숙한 시선으로 쳐다보았다. 그녀는 그가 크게 웃음을 터뜨리고 싶은 것을 억지로 참고 있다는 걸 알아차렸고, 그래서 시선을 낮추었다. 하지만 거짓에 속아 넘어간 신부가 그녀를 향해 드러나 보일 정도로 인자한 표정을 짓자 그녀는 동요했다.
한 치의 편협함도 없이 진실되고 깊은 신앙심을 보이는 사제가 사람들 입에 두고두고 오르내릴 거짓 기적을 탄생시켰다고 그녀를 비난할지 모른다. 베르나르는 웃었지만 하늘 높은 곳에 계신 도미니크 성인께서는 이 신성모독을 다 보고 계셨기에, 그녀는 도미니크 성인의 동상을 차마 바라볼 엄두를 내지 못했다. 지나가는 길에 앙글라드가 그녀의 어깨에 손을 얹었다. 그는 눈에 눈물이 글썽한 채로 미소를 지었다.

"친척 아가씨, 같이 갑시다. 함께 기도를 드리지요…."

그때 주임 신부님께서 성가대의 합창에 맞추어 시편을 낭송했고, 행렬은 움직이기 시작했다. 아름다운 음악에 동물 울음소리 같은 엘리아생의 노랫소리가 섞여들었다. 엘리아생이 테라스 앞에 도착하자, 벨루아조 씨는 일어서서 손에 모자를 들고 그의 넓은 아량을 보여주며 성인이 지나갈 때 크게 인사를 했다.

성가를 곁들인 기도 행렬은 광장을 지나가 오랫동안 마을을 한 바퀴 돌았다. 행렬은 수호자이신 하느님께 고난을 보여주기 위해 밭 가장자리에 멈춰 섰고, 신부가 무정한 햇볕 아래 푸석푸석해진 땅을 축성했다. 몰래 마농은 흘끔흘끔 마을을 쳐다봤다. 그녀는 선생이나 어느 누군가가 나타나서 손으로 나팔 모양을 만들고는 '물이 도착했어요'라고 외치기를 기대하고 있었다.

그동안 텅 빈 광장에서 불신자들은 대화를 나누고 있었다.

"난 저런 건 안 믿어. 당신들 앞에서 내 페르노 세 병을 걸지. 물론 잃기를 바라면서 말이지."

필록센이 말했다.

"좋습니다! 괜찮으시다면 전 네 병도 좋습니다."

선생이 말했다.

"네 병으로 하지!"

"제가 이 내기를 인정합니다. 어쨌든 그건 내기에서 진 사람의 건강을 위하여 우리가 마시게 될 테니까요."

벨루아조 씨가 말했다.

그동안 베르나르는 계속해서 분수를 쳐다봤다. 그는 분수가 조용한 데 놀라면서 일주일도 넘게 샘에 물이 흐르지 않아서 혹시 영원히 작동하지 않게 되었는지 스스로에게 묻고 있었다.

멀리서 애원을 담아 시편을 낭송하는 소리가 들렸고, 외로운 매미는 늙은 뽕나무에서 울고 있었으며, 불신자들은 걱정하며 입을 다물었다. 갑자기 필록센이 외쳤다.

"자, 자, 이렇게 늘어져 있지 맙시다. 어찌되었든 한잔하고, 돈을 걸고 카드 게임이나 합시다."

*

노랫소리가 가까워 왔을 때, 그들은 다섯 번째 판을 진행하던 중이었다. 곧 행렬이 모습을 드러냈고, 분수를 둘러싸며 원 모양으로 둥글게 모여들었다. 사람들은 모두 낙심한 듯 보였고, 마농은 걱정스러운 눈초리로 베르나르를 쳐다보았다. 하지만 앙글라드는 여전히 미소를 짓고 있었다. 주임 신부가 투명하고 맑은 목소리로 전례의식을 시작했고, 군중은 연민 어린 열정으로 답송을 불렀다.

바로 그때 사람들은 이상한 외지인이 다가오는 것을 보았다. 매우 넓은 까만 펠트 모자를 쓰고 예술가들이나 하는 두 줄로 된 넥타이를 맨 외지인은 둥근 얼굴에 커다란 코 주변의 피부색이 화사했다. 그리고 아름다운 진회색의 두 눈은 빛나고 있었다. 그는 넉넉한 어두운 푸른 빛 벨벳 정장을 입었으며 손에는 끝이 은으로 장식된 지팡이를 들고 있었다.

과장된 호기심에 그는 군중을 가로질러 와서 주임 신부 옆 맨 앞자리에 섰다. 그러더니 성인 앞에서 엄숙한 제스처를 취하고 고개를 들어 하늘을 쳐다본 다음 깊이 감정을 실어 맑고 큰 목소리로 화답송을 불렀다.

의심이 많은 필록센이 물었다.

"저 사람은 누구인고?"

"예수쟁이 수도사의 수장이지요."

베르나르가 딱 잘라 대답했다.

그 순간 앙주가 갑자기 돌아서더니 회색 옷을 입은 한 고해자의 손에 깃대를 쥐여 주고는 분수로 다가갔다. 그는 구리 관에 귀를 대고 외쳤다.

"무슨 소리가 나요!"

부드러운 성가가 딱 멈추었고, 매우 경건한 조용함 속에서 앙주가 다시 귀를 기울이더니 외쳤다.

"수도관에서 소리가 나요!"

사람들이 다가갔다. 바람 소리가 들리더니 그 소리는 점점 커졌다. 불신자들은 동시에 일어섰고, 벨루아조 씨는 매우 큰 소리로 물었다.

"무슨 일인가요?"

"수도관에서 바람 소리가 난대요!"

빵집 주인이 말을 하고는 앙주 쪽으로 달려갔다. 필록센은 하얗게 질렸고, 학교 선생은 고집스럽게 시선을 아래로 향하고 있는 마농을 쳐다봤다. 그동안 앙글라드는 입을 크게 벌리고 깃대를 잡고 있는 주름진 손을 부들부들 떨었다. 벨루아조 씨가 군중을 헤치고 가서 소리를 들으려고 할 때, 분수가 세 번 기침을 하더니 수도관에서 가는 물줄기가 바람에 흔들리며 모습을 드러냈다. 구리 관은 계속 기침을 하다가 갑자기 물줄기가 둥글게 뿜어져 나오면서 분수의 돌 조각상을 두드리며 노래를 하기 시작했다. 앙글라드는 "기적이야!"라고 외쳤고, 레 종브레에서 온 성전 관리인은 눈에 띄게 흥분한 상태로 "무릎을 꿇으세요! 모두 무릎을 꿇어요!"라고 외쳤다. 군중은 무릎을 꿇었고, 신부는 양팔을 하늘로 벌린 채 인자로운 목소리로 하늘을 향해 엄숙하게 감사 기도를 드렸다.

"보잘것없는 텃밭을 위하여 주님께 감사드립니다. 목동과 포도밭, 목장을 위하여 감사드립니다. 오늘 밤 다시 푸르른 옷을 입게 될 허허벌판을 위하여 감사드립니다!"

그가 이 고귀한 기도를 하는 동안 남자들은 마치 광장에 폭탄이라도 터진 듯 갑자기 사방으로 도망을 갔다. 저수지를 향해 달려간 것이다. 성인상을 들고 있는 사람들과 늙은 앙글라드만 영웅처럼 자리를 지키고 있었다.

그때 할렐루야를 부르는 크고 낭랑한 목소리가 들려왔다. 라틴어 성가를 부르는 이는 그 외지인이었다. 그 목소리에 매혹된 주임 신부는 즉시 그를 따라 노래를 하기 시작했고, 성가대가 합창을 했다. 양 다리 사이에 모자를 끼고 분수를 등지고 선 외지인은 지휘자처럼 엄숙하게 양팔을 흔들었고, 감사와 환희의 성가는 광장 주위의 건물 꼭대기까지 가득 울려 퍼졌다.

"내가 말하지 않았소! 저 사람이 예수회 수도사의 대표라고! 저 사람이 기적을 일으킨 사람이라오! 주임 신부보다 라틴어 성가를 더 잘 부르지 않소!"

필록센이 다시 말했다.

"우리도 가봅시다. 진짜건 가짜건 기적은 없습니다…. 이건 단지 우연의 일치일 뿐입니다!"

벨루아조 씨가 말했다.

"다행스러운 우연의 일치지요! 이렇게 우리의 물이 되돌아온 데다, 이장님께서 잃으신 네 병의 페르노로 목을 축일 수 있으니까요!"

선생이 말했다.

"술이라면 좋소. 첫 병을 가져오리다. 하지만 이장 자리는 저들에게 못 준다고!"

필록센이 말했다.

할렐루야를 부른 후 조용한 침묵 속에서 분수의 옛 노랫소리가 들리는 가운데 주임 신부는 분수 꼭대기의 돌 조각상을 축성했다. 그런 다음 환한 표정을 짓는 앙글라드 앞에서 당황한 마농에게도 축복을 내렸다. 마농은 부끄러워하면서 고개를 숙였으나 신부는 진지하게 말했다.

"진정한 기적은 하느님께서 주신 영혼으로부터 나오는 것이지요."

그리고 신부는 군중 쪽으로 몸을 돌려 여자들만 남아 있는데도 불구하고 말했다.

"형제들이여! 우리 마을을 구원하신 도미니크 성인을 성전으로 모셔 제단 앞에 감사를 드리러 갑시다!"

성인을 태운 가마 뒤에서 주임 신부는 여자들을 이끌어 성당으로 향하게 했다. 생각에 잠긴 마농은 광장 한가운데 남아서 분수가 흐르는 것을 지켜보았다. 그동안 낯선 가수는 필록센이 술잔을 돌리고 있던 카페 테라스로 향했다.

"허허! 그는 자신의 능력을 숨기려고 성당으로 들어가지 않았다고! 자네들이 하고 싶은 대로 말해도 좋네만 바로 이런 것이 예수쟁이들의 방식이지! 이제 그는 우리를 염탐하러 왔다네!"

필록센이 말했다. 낯선 사람은 무리 앞에 멈추어 서서 예를 갖추어 인사를 했다. 필록센은 즉시 반격에 나섰다.

"선생은 노래를 참 잘하시더군요. 특히 성가를 말이에요! 익숙한 듯하던데요!"

"제 전공은 아닙니다만, 성당에서 열리는 중요한 행사에서 노래를 불러야 할 때가 종종 있었죠. 저는 빅토르 페리솔입니다."

낯선 사람이 미소를 지으며 말했다. 그는 마치 자신의 발언에 대한 효과를 기다리는 듯이 좌중을 둘러보았지만 아무런 반응이 없었다. 다만 벨루아조 씨 한 사람만 친절하게 대답했다.

"선생님, 반갑습니다."

필록센은 양손을 허리에 대고 턱을 치켜들어 낯선 사람을 똑바로 쳐다보았다.

"나는 이 마을의 불신자 이장이라오. 나는 기적이 두렵지 않소."

낯선 사람이 당황한 듯 보이자, 필록센은 경계하는 어조로 덧붙였다.

"그와는 정반대지!"

"지금 막 겪은 기적은 다소 유쾌한 것이었죠. 저는 누가 이런 기적을 두려워할지 모르겠습니다. 하지만 분명히 알 수 있는 것은, 이 매력적인 마을에서 제 이름을 아는 사람이 전혀 없다는 것입니다. 분명 카루소의 이름도 모르시겠지요. 저는 그 사실을 아무렇지 않게 받아들인답니다."

"그러니까 선생께서는 가수이신가요?"

베르나르가 물었다.

"네, 그렇습니다. 한때는 전성기도 누렸지요. 하지만 제가 말하고 싶은 건 그게 아닙니다. 오늘 제가 박수갈채를 받지 않았다고 해도, 여러분께서는 제가 궁금해하는 것을 가르쳐주실 수 있을지도 모릅니다…. 저는 '르 플랑티에'라는 곳을 찾고 있습니다. 르 플랑티에를 아십니까?"

"물론이지요. 그곳에서 살고 있는 처녀가 여기 있답니다."

"허허! 혹시 저 아이는 마농이 아닌가요?"

낯선 사람이 물었다.

"바로 그녀랍니다! 마농을 아시나요?"

"이게 제가 알고 싶은 것이군요!"

가수가 외쳤다. 그가 자신에게 다가오자, 마농은 놀랐다가 베르나르가 그의 뒤를 따라오는 것을 보고 안심했다.

"아가씨, 제 소개를 드리자면, 전 빅토르 페리솔입니다. 본인이지요."

마농은 그 이름을 들어본 적이 없어 뭐라고 말해야 할지 몰랐다. 테너 가수는 말을 이었다.

"아가씨가 에메 바랄의 따님이십니까?"

"네, 그분이 제 어머니예요."

"그렇다면 아가씨는 틀림없이 제 이야기를 들으셨겠군요!"

"빅토르 아저씨! 빅토르 아저씨인가요?"

마농이 갑자기 말했다.

"그렇단다!"

그가 소리쳤다.

"어머니께서는 아저씨께 편지를 많이 보내셨어요."

"50통도 더 보냈지! 그녀는 내가 지금 마르세유에 있다는 걸 몰라서, 세상에서 가장 멋진 저녁 식사에 초대하려고 파리에 있는 오페라 코믹 극장으로 편지를 보냈더구나. 하지만 '부쉬 뒤 론 지방, 르 플랑티에 성'이란 주소 말고는 아무것도 없었어…. 그 르 플랑티에를 지도란 지도, 여행사에서 다 찾아봤고, 집배원에게도 물어봤지. 하지만 어딘지 알 수가 없었어…. 그리고 편지들이 약간 시적이고 일관성이 없어서, 나는 그 르 플랑티에 성이 일종의 양로원이 아닌가 하는 생각을 했단다. 결국에 나는 평소처럼 파리에서 돌려보낸 편지를 어제야 받았지. 그 편지에 레 종브레의 우체국 소인이 찍혀 있더구나. 전화번호부에서 레 종브레를 어렵지 않게 찾아내서 오늘 아침에 도착했단다. 우체국 부인이 내게 레 바스티드에 가서 물어보라고 조언을 해주었지. 그래서 이곳에 온 것이란다! 얼른 르 플랑티에로 가자꾸나!"

마농은 매우 곤란한 표정을 짓고는 빠른 속도로 말했다.

"지금 당장은 갈 수가 없어요…. 어머니께서 부탁하신 심부름을 해야 하거든요."

"좋단다. 이 카페 테라스에서 차가운 음료수를 마시며 기다리고 있으마!"

마농의 눈짓에 따라 베르나르가 그녀 뒤를 따라왔다. 그들이 작은 길로 이어지는 코너를 돌자마자 마농이 속삭였다.

"저희 어머니가 아저씨에게 무슨 말을 하셨는지는 모르겠지만, 아저씨는 성에서 저녁 식사를 할 거라고 생각하나 봐요. 어떡하죠?"

베르나르는 큰 소리로 웃기 시작했다.

"저는 창피하단 말이에요. 어머니가 거짓말을 했다는 걸 알게 되실 거라고요."

"그는 예술가예요. 좋게 이해하실 거예요. 가는 길에 그 분한테 사실대로 말할게요."

"그러세요. 그래도 먹을 게 있어야 할 텐데…. 아저씨는 뚱뚱한 편이니 많이 드실 거예요. 저희 집에는 그다지 먹을 만한 게 없어요. 계란에 토마토에…. 우리는 많이 먹는 편이 아니거든요. 포도주도 없어요. 먹을거리를 사야만 해요. 제게 금화 한 닢이 있어요. 사람들이 금화를 받을까요?"

베르나르가 미소를 지었다.

"우선 저희 어머니를 보러 갑시다!"

*

친절한 마갈리는 아들의 설명을 귀 기울여 듣고 말했다.
"간단한 문제야. 지하실에 가서 포도주 네다섯 병을 가져오거라. 그리고 두 번째 선반에서 정어리 세 통, 오이 피클 작은 병도 가져오고. 마을을 지나갈 때 빵을 사면 된다. 불 위에 맛있는 토끼 스튜를 얹어 놓았으니 8시쯤 그걸 가지고 가마."
"오! 그 먼 길을 오실 필요는 없어요! 그리고 어딘지는 알고 계세요?"
마농이 말했다.
"귀여운 아가씨, 아가씨가 살고 있는 동굴이 어딘지 베르나르가 가르쳐 줬어요. 어딘지 잘 알고 있답니다. 그리고 언덕길을 걸어가는 건 괜찮아요. 내 걱정은 하지 말고, 가서 토마토소스 오믈렛을 준비하세요. 8시에 내가 도착할 거랍니다. 나는 궁금했어요. 아가씨의 어머니도 만나보고 싶고요. 그리고 그 동굴도 보고 싶어요. 게다가 테너 가수 양반과 대화를 나누는 것도 마음에 드네요. 저는 테너 가수들을 좋아하지만 언제나 먼 곳에서 바라봤었죠. 그뿐만 아니라 부탁을 드리면 오페라 한 소절을 불러 줄지도 모르죠! 자, 어서 가 봐요. 가다가 빵을 사는 걸 잊지 말고요."

*

그들은 필록센과 팡필, 황급히 달려온 카지미르와 매혹된 벨루아조 씨 앞에서 〈내가 왕이었다면〉 로망스를 부르고 있는 초대 손님을 발견했다. 그는 마지막 음을 길게 끌고는 인사를 했고, 관중들은 박수갈채를 보냈다.

"그곳은 멉니까?"

빅토르가 물었다.

"2킬로쯤 가야 해요."

베르나르가 대답했다.

"그럼 자동차를 타고 가지. 광장에 세워 뒀으니…."

"그곳에 그냥 두시죠. 왜냐하면 마을 바깥에는 오솔길밖에 없답니다!"

베르나르가 답했다.

"마음에 드는군! 하지만 그 포도주 바구니는 내가 들고 가고 싶네."

빅토르가 외쳤다. 그는 베르나르의 손에서 바구니를 받아 들었다. 이미 베르나르는 빅토르의 이탈리아산 가방을 짊어졌다.

*

그들은 언덕길을 따라 올라갔다. 가는 길 내내 테너 가수는 멈추지 않고 말을 했다.

"나는 그녀를 〈베르테르〉 순회공연 때 만났지. 나이가 아주 어린 초보였어. 하지만 힘 있고 아름다운 목소리를 가졌고, 그 당시 무대에 서는 소프라노로서는 그리 잘 알려지지 않았지만 듣기 좋은 가수였지…. 합창단에서 제1소프라노를 맡았었고, 가끔씩 프리마돈나 역도 하곤 했어…. 카스텔노다리 지역에서 거구에다 생긴 건 별로지만, 바오바브나무에 앉은 꾀꼬리처럼 감탄할 만한 목소리를 가진 우리 샬로트가 스튜를 먹고 제대로 체하는 바람에, 툴루즈에 도착했을 때는 그 줄기콩 때문에 그녀가 고음을 못 낸다고 사람들이 알려 주더군. 그래서 귀여운 에메가 그날 저녁에 노래를 하게 된 거야! 툴루즈에서! 생각해 보라고!"

그는 주머니에서 손수건을 꺼내 땀이 흐르는 이마를 닦으면서 반복해 말했다.

"툴루즈에서!"

그는 걱정스러운 한숨을 내쉬고는 말을 이었다.

"사람들은 그 사실을 아침 9시에 내가 면도를 하고 있을 때 알려 주더구나. 나는 '어린것이 혼 좀 나겠는걸, 나 빅토르 페리솔도 혼 좀 나겠고 말이야. 즉시 피아니스트와 함께 극장으로 데리고 가서, 하루 종일 연습을 시켜야겠다'고 생각했단다. 우리는 샌드위치로 점심을 때웠지. 난 무척 걱정을 많이 했어. 그런데 그날 저녁에 어떤 일이 일어났는지 알겠니?"

그는 잠시 멈춰 서더니 지팡이를 땅에 꽂고 기다렸다.

"물론, 저희가 그것을 알 리 없지요. 어서 말씀해 주세요!"

베르나르가 미소를 지으며 말했다.

"그날 저녁, 툴루즈에서 나는 큰 성공을 거두었단다! 첫 곡으로 〈카바티나〉를, 두 번째로 로망스를 불렀고 마지막에

〈달빛〉을 불렀더니 우레와 같은 환호 소리가 터져 나왔지! 세 번이나 노래를 해야 했다니까! 그날 저녁 나는 최고의 기쁨을 누렸단다…. 아마도 내 생애 가장 아름다운 공연이었지."

"어머니는요?"

마농이 물었다.

"네 어머니 때문에 전혀 곤란하지 않았단다! 게다가 그녀는 아주 예쁘기도 했지. 그녀는 청중의 열광에 자극을 받은 거야. 약간 우려했던 C플랫 음정에도 불구하고 우리는 그날 세 번이나 커튼

콜을 받았단다. 마지막 커튼콜에서 환호 속에 인사를 하러 나왔을 때⋯."

그는 마농의 손을 잡고 말했다.

"나는 그녀의 손을 잡고 청중 쪽으로 나갔지⋯. 정말 최고였단다! 그날 저녁부터 네 어머니에게 관심을 가졌지."

그가 신비로이 윙크를 하자 학교 선생의 얼굴 반쪽이 일그러졌다.

"나는 그녀의 목소리를 다시 잡아 줬어. 왜냐하면 너무 목 아랫쪽에서 소리가 났거든. 우리는 함께 〈마농〉, 〈베르테르〉, 〈라크메〉, 〈내가 왕이었다면〉 등등 노래를 부르며 여러 차례 순회공연을 했단다. 그 무렵 미국에서 나를 불렀지."

그는 잠시 멈춰 서서 고개를 흔들고는 말을 이었다.

"내가 미국이라고 말한 건, 한 기획사에서 유명한 마시아로바와의 파트너 자리를 제의했다는 걸 뜻한단다. 기관차처럼 듬직한 여자였는데, 목소리도 기관차처럼 우렁찼지. 그녀 옆에서 노래를 부르는 데 돈을 많이 받았단다. 그 여자 목소리는 미국인들에게 인기가 많았지. 내 목소리도 그렇고. 그렇게 해서 텍사스 출신의 그 매혹적인 여자와 결혼한 거란다. 그녀는 나한테 잔소리를 많이 했지. 옥수수 위스키를 많이 마신 탓에 죽었단다. 그녀는 내게 복잡한 추억과 다소 많은 유산을 남겼어. 그래서 난 프랑스로 돌아왔단다. 전쟁통이어서 군대에 있는 극장에서 노래를 했지. 하지만 귀여운 에메를 다시 보지는 못했단다. 사람들이 말하길 그녀가 순회공연으로 괜찮은 경력을 쌓았고, 사랑하는 사람을 만나 재산가와 결혼했다고 하더라. 그래서 그녀가 성에서 산다고 썼을 때도 놀라지 않았지!"

마농은 베르나르를 향해 절망적인 시선을 보냈고, 그는 즉시 말을 했다.

"다시 말하면 부인께서는 그런 상상을 하며 매우 행복해 하셨다는 말이지요. 왜냐하면 모든 것을 아름답게 생각하시거든요. 바꾸고 변형해서 말이지요…."

"예전부터 항상 그랬다네. 하지만 편지를 보면 약간 더 심해진 것 같아."

빅토르가 단언했다.

"저희 아버지가 돌아가신 후부터 그래요. 어머니는 깨어 있는 상태에서도 꿈을 꾸시죠."

마농이 말했다.

빅토르는 다시 멈춰 서서 눈살을 찌푸렸다.

"그러니까 그게 성이 아니라고 말하려는 거냐? 그럼 간단한 빌라 정도?"

"그 정도도 아니에요."

"그럼 다행이구나! 낡은 농가보다 더 아름다운 건 없지!"

빅토르가 외쳤다.

마농은 낼 수 있는 만큼 용기를 내서 말했다.

"농가도 아니랍니다. 양 우리예요."

빅토르 페리솔은 딱 멈추어 서서 우울한 톤의 낮은 목소리로 말했다.

"양 우리라고?"

"네. 동굴에 있어요…. 하지만 잘 가꾸어 둔걸요. 가구도 있어서 일반 집처럼 보인답니다."

하지만 뚱뚱한 빅토르는 듣지 않았다. 그는 큰 펠트 모자를 벗고서 하늘을 쳐다보며 말했다.

"하늘에 계신 하느님, 다시 돌아왔군요."

그는 차례로 두 젊은이를 쳐다보며 신뢰가 가득한 어조로 말했다.

"자네들이 나에 대해 알아차리기엔 너무 젊지. 다른 사람들은 다 아는 것처럼 나는 열 살 때부터 열일곱 살 때까지 양치기를 했단다. 그렇지, 바스 알프스 지방의 산에서 양을 돌보았단다. 그때는 글을 읽을 줄도 몰랐어. 하지만 어느 날 유명한 알추위스키 씨가 마을 성당에서 내가 노래하는 걸 들으셨지. 그리고 나서…."

그가 갑자기 말을 멈추고서 다른 어조로 말을 이었다.

"식사를 하면서 다 이야기하도록 하지. 밖에서 대화를 나누는 중에 요약해서 말하기엔 너무 중요하고 너무 고귀한 이야기야. 그러니까, 양 우리란 말이지. 내가 동요된 것도 당연하지. 어느 날 집시가 내게 '넌 양 우리에서 나왔으니 어느 날 저녁 양 우리로 돌아가리라' 라고 했지. 정말 놀랍지 않은가?"

"경이로운 일이에요!"

베르나르가 말했다.

"게다가 내게 일어난 모든 일이 놀라운 일이지. 자네들의 얼을 빼놓을 다른 많은 이야기도 해주겠네!"

빅토르가 말했다.

"아직도 오페라에서 노래를 하세요?"

마농이 물었다.

"가끔씩 부르지. 거리낌 없이 말하자면 내 식욕으로 망가진 외양 때문에 많이 부르지는 못한다네. 베르테르나 데 그리외 역할을 술통이 굴러가는 몸매로 맡을 수는 없지…. 그래…. 그리고 나이 때문이기도 하단다. 나는 쉰 살이란다…."

그는 우울한 태도로 고개를 젓고는 갑자기 힘차게 말했다.

"아냐, 거짓말 할 이유가 있던가? 나는 54년 동안 잘 지냈다네.

그러니 쉰다섯 살이지. 내 목소리로 말하자면 한 번도 목소리를 잃었던 적이 없네. 하지만 내게도…."

그는 끔찍한 자백을 하기 전처럼 잠시 머뭇거리다가 겸손한 태도로 말을 이었다.

"나도 바리톤을 할 때가 있어. 그렇지…. 게다가 그건 테너의 운명이지…. 몸속에 있는 깨끗하고 순한 기관은 나이가 들면서 점차 어두워져서 목에서 가슴으로, 배꼽 발끝까지 내려가, 〈유대 여인〉에 나오는 늙은 헤브루 노인네처럼 반저음이 되지. 아직 그 정도까지는 아니지만…. 나는 아직까지 멋진 가성으로 노래를 할 수 있다네. 하지만 이제 더 이상 오페라 전 곡을 힘을 잃지 않고 부를 수는 없다고 털어놓아야겠네…. 참 아쉬운 일이지. 왜냐하면 모든 것을 고려해 볼 때 나는 예전보다 노래를 더 잘할 수 있기 때문이지. 그러니까 이제야 노래를 할 줄 알게 된 걸세…."

그가 말하는 동안 마농은 이 남자와 어머니 사이의 관계에 대해 생각해 보았다. 대부분의 아이들이 그렇듯이 그녀는 부모님의 과거에 대해 거의 아는 것이 없었다. 그는 어머니가 매우 어린 초보였으며 그가 그녀를 도와주고 보살펴 줬다고 말했다. 그녀 어머니 스스로도 그는 선하고 인자한 사람인데 빅토르가 답장을 하지 않는 것이 놀랍다고 말했다. 마농은 빅토르가 말하고 손짓하는 것을 지켜보았다. 자신에 대한 이야기만 했기 때문에 약간은 우스꽝스러워 보였지만, 어린아이 같은 까맣고 큰 눈을 하고 있어서 그녀는 그를 친구로 받아들이기로 했다.

그들은 높은 푸른 절벽 아래 언덕을 따라 르 플랑티에에 거의 도착했다. 바위 협곡 옆구리에 걸쳐져 있던 석양이 언덕 꼭대기를 붉게 물들이고 있었다. 멀리서 양 우리를 에워싼 돌벽이 벌써 보였다. 빅토르가 멈춰 서서 경치를 바라보았다.

"아름답구나! 이 계곡은 〈파우스트〉에 나오는 〈발푸르기스의 밤〉의 무대가 되면 멋지겠어…. 저 바위들은 오페라에서처럼 종이로 만들어진 듯하구나. 경탄할 만해!"

빅토르가 말했다. 그때 사람들의 모습은 보이지 않았지만 〈마농〉의 마지막 장의 긴 소절을 부르는 여자 목소리가 들려왔다. 빅토르는 눈을 크게 뜨고는 멈추어 섰다. 그는 잠시 동안 노래를 듣고 나서 말했다.

"그녀야!"

그는 갑자기 오솔길 위에 포도주 병이 든 바구니를 내려놓고, 지팡이와 모자를 케르메스 덤불 위에 던졌다. 그때 에메가 아이리스 꽃다발을 가슴에 안고 테레빈나무 숲에서 나오고 있었다.

"아! 이제야 내가 죽을 수 있구나!"

그녀가 노래했다. 언덕을 내려오는 그녀를 향해 올라가면서 빅토르가 답했다.

"아니오, 살아야 하오! 이제는 위험 없이 살아갈 수 있소. 둘이서 꽃이 가득할 길을 함께 가오…."

그러면서 빅토르는 에메를 품에 안았다. 그들은 얼굴을 맞대고 세상에 그들밖에 없는 듯 듀엣으로 마지막을 노래했다. 노랫소리는 메아리가 되어 계곡에 오래오래 울려 퍼졌다. 젊은이들은 목소리의 힘과 감미로움에 놀라 꼼짝하지 않고 노래에 귀 기울였다. 이 뚱뚱한 남자의 목소리의 부드러움으로 볼 때 그가 유명했던 이유가 있었다.

젊은이 둘이 그들에게 다가갔을 때 마농은 어머니의 얼굴을 알아보지 못했다. 그녀의 눈은 다시금 빛나고 있었다. 마농은 어머니가 남편을 위해 자신을 희생했다는 것을 어렴풋이 느꼈다. 빅토르는 레이스가 달린 손수건으로 눈물을 닦고 세상에서 가장 간단하게 평했다.

"목소리가 메조소프라노처럼 낮아졌소. 하지만 여전히 높은 파 음을 쉽게 내는구려. 음색도 훌륭하고…."

하지만 그는 집게손가락을 들고 단점도 말했다.

"그래도 고음이 아직 약해. 하지만 쉽게 고치겠는걸."

*

마갈리가 도착했고, 그동안 마농은 토마토소스 오믈렛을 준비했다. 베르나르는 통조림 뚜껑을 열고 있었으며 밥티스틴은 열두 마리의 지빠귀와 티티새에 기름칠을 하고 있었다. 양 우리에서 빅토르는 〈호프만의 이야기〉를 콧노래로 흥얼거리며 에메를 도와 식탁을 차렸다.

식사를 하는 동안 테너는 왕성한 식욕을 보이면서도 말을 계속했다. 베르테르가 죽는 부분을 듣고 사나운 인디언 추장들이 눈물을 흘리던 미국에서의 순회공연, 뉴멕시코에서의 성공, 그를 찬양하던 아름다운 여인들이 분장실에 가져다 준 수십 개의 꽃다발 때문에 질식해서 죽을 뻔했던 필라델피아에서의 공연 등을 이야기했다. 마갈리는 놀라서 입을 벌린 채 그의 이야기를 들었고, 에메는 기뻐서 웃으며 즐겁게 손뼉을 쳤다.

식사를 시작한 이후로 마농은 경외심을 품고 빅토르를 지켜봤으며 그의 재치에 웃곤 했다. 하지만 베르나르는 이따금씩 그녀 얼굴에 스치는 그림자를 발견했다. 그는 마농의 어머니와 테너 가수가 친한 것을 보고 아버지 생각이 나서 마농의 기분이 상했다고 생각했다. 하지만 그는 곧 그녀가 다른 이유 때문에 걱정하고 있다는 것을 알게 되었다.

빅토르가 아몬드를 까려고 주먹을 쓰는 바람에 흔들거리는 테이블 위로 접시들이 튀어올랐다. 그가 말했다.

"이제 진지한 이야기를 좀 해보지. 이 양 우리는 그림 같은 풍경에 매력적이고 감동적이기까지 하다오. 나는 오늘 저녁에 별빛 아래 문 앞에서 담요를 두르고 어린 시절을 생각하면서 잘 거라오. 하지만 난 당신을 이곳에 둘 순 없소. 그렇게는 안 되지. 이런 황량한 곳에 여자들끼리 있다 보면 어떤 일이 일어날 수도 있소!"

"안 돼요! 안 돼요! 엔초와 지아코모 씨가 항상 주변에 계세요. 그리고 이곳을 지나다니는 사람들은 사냥꾼이거나 풀을 뜯으러 오는 불쌍한 노인들이지, 사나운 동물은 없어요! 여기서 저희는 매우 행복하다고요!"

마농이 말했다.

"너는 네가 행복하다고 생각할 거야. 다른 곳을 전혀 모르니 말이야. 양처럼 뛰어다니고, 양들이 보는 걸 보고 지내지. 하지만 너는 열일곱 살밖에 안 됐잖니. 하지만 네 어미에겐 전혀 다른 문제란다."

"선생 말씀이 옳아요. 여전히 젊고 아름다운데 이렇게 멋진 목소리까지 가진 여인에게는, 혼잣말을 하면서 동굴에서 지낸다는 건 벌을 받는 거나 마찬가지예요!"

마갈리가 말했다.

"그래서 내 제안은 이렇단다. 현재 나는 마르세유 예술원 교수이자 마르세유 오페라 합창단의 지휘자야. 금전적인 문제를 보자면 그다지 좋은 형편은 아니지만 상관없소. 밀드레드를 기리기 위한 거니까. 나는 오페라 극장에서 가까운 옛 항구 쪽에 방이 여러 개 있는 큰 아파트를 가지고 있는데, 그곳에서 아주 매력적인 나이 든 누이와 함께 살고 있소. 내일 당신들 둘을 그곳으로 데리고 가겠소. 에메는 제1소프라노로 오페라 합창단에서 노래를 하고, 여름이면 카지노에서 몇몇 공연을 할 수 있을 거야. 그리고 마농을 어느 정도 교육시켜야지. 가정교사를 찾아 주지. 머리 손질을 하고 옷을 입고, 춤을 추고, 거기다 노래하는 법까지 가르칠 거요."

마농은 시선을 아래로 향하고 작은 목소리로 말했다.

"도시에 가면 저는 병에 걸려 죽을 거예요!"

"바보 같은 소리 마라! 상점들과 불이 켜진 거리, 극장과 오페라를 보면…."

빅토르가 대답했다.

"제 개는요? 제 염소는요? 당나귀는요? 그리고 언덕은요?"

그녀는 눈물을 참는 데는 성공했지만 턱을 떨고 있었다. 에메가 말했다.

"빅토르 말이 맞아. 넌 네가 모르는 것에 대해 판단을 할 수가 없잖니…."

이때 베르나르가 나섰다.

"마농 입장에서 생각해 보아야 합니다. 마농의 정신세계는 아직 원시적이에요. 우리가 새장에 넣고 싶어 하는 새의 정신세계라고 할 수 있죠. 다른 한편으로는 빅토르 선생님의 생각에 동의합니다. 당신 어머니는 가능하다면 다시 문명사회에서 생활하셔야 해요. 왜냐하면 어머니께서는 분명히 이런 외로운 삶이 아무 의미가 없을 테니까요…."

"그러면 문제가 해결이 안 되지!"

빅토르가 말했다. 그러자 마갈리가 제안했다.

"들어 보세요. 좋은 생각이 있어요. 마농의 생활을 너무 갑자기 변화시키면 안 되지요. 도시의 모든 변화를 겪게 되면 그녀는 야위어 갑갑함을 느끼고, 밤새 울곤 하다가 지쳐 쓰러지겠지요…. 제 생각에는 마농이 얼마 동안 마을에서 지낸다면 그게 일종의 중간 단계가 될 듯싶어요. 그러면 사람들을 만나도 그들에게 말하는 게 익숙해지겠지요. 가끔씩은 저를 따라 도시에도 가고 인사차 선생께도 들르고, 그러면 조금씩 적응하지 않겠어요?"

"저는 레 로마랭에서 살고 싶어요."

마농의 대답에 마갈리가 말했다.

"레 로마랭 농가에서 말이에요? 그곳에 동물들을 두고 원할 땐 언제나 가축을 산책시키러 갈 수는 있지만, 아가씨 나이의 처녀가 혼자서 언덕에 있는 농가에서 지낼 수는 없어요. 우리 집에 방이 있으니, 당분간은 우리 집에서 지내도록 해요. 집안일 하는 것을 도와주면, 내가 요리하는 법과 바느질 하는 법 등등을 가르쳐줄게요. 어떻게 생각해요?"

마농은 대답하지 않았다. 그녀는 마주잡은 두 손을 무릎 위에 가지런히 놓고 양 갈래로 늘어뜨린 머리 아래로 식탁보를 내려다보고 있었다.

"베르나르 선생, 선생 생각은?"

빅토르가 물었다. 젊은이는 고개를 들고 미소를 지었다.

"그녀가 저희 집에 오기를 원한다면, 앞으로 마농은 저희 집을 결코 떠나지 않을 거라고 생각합니다."

그러고는 테이블 너머로 팔을 뻗어 샘 처녀에게 손을 내밀었다. 그녀는 살짝 상을 찌푸리더니 갑자기 일어나서 어둠 속으로 도망쳤다.

30

 도지사를 만나러 갈 때 입었던 멋진 까만 프록코트를 입고 삼색 휘장을 둘렀으며 오페라 모자를 단정하게 쓴 이장이 세 번 공을 튕겨 포석을 맞추자 관중들은 박수갈채를 보냈다. 그때까지 자신이 이겼다고 생각했던 카지미르는 크게 놀랐다. 두 사람의 결투 심판을 보고 있던 벨루아조 씨는 '14 대 14'라고 선언했다.
 일요일 정장 차림의 관중은 벨루아조 씨의 군청색 재킷과 진주가 박혀 빛나는 넓은 넥타이를 칭찬했다. 특히 그의 실크해트는 매우 높아 벨루아조 씨가 모자에서 토끼를 꺼낸다고 해도 아무도 놀라지 않을 정도였다.
 하지만 그날은 교구의 축제일도 아니고, 더군다나 일요일도 아니었다. 4월의 아름다운 아침이었고, 학교 선생의 결혼식 날이었다. 새신랑이 도착하기를 기다리면서 이장과 카지미르는 페탕크 공 바구니를 그냥 지켜보고 있을 수만은 없었고, 필록센은 대장장이에게 '한 수 가르쳐 줄 것'을 제안하며 즉시 하얀 장갑을 벗어던졌다. 카지미르는 동정심에 비웃으며 이장의 제안을 흔쾌히 받아들였던 것이다.

그래서 그들은 14 대 14점이 되었고, 마지막 판인 다음 판을 가져가는 사람이 완벽하게 이기는 상황이었다. 걱정스러운 반전에 말없이 지켜보던 관중들의 목은 바짝바짝 타들어 갔고, 바로 그때 결혼 행렬이 나타났다.

맨 앞에 신부인 귀여운 마농이 모습을 드러냈다. 마농은 굽이 높은 여성용 신발을 신어 키가 매우 커 보였기에, 망사로 된 전통적인 하얀 웨딩드레스가 없었으면 그녀를 못 알아볼 뻔했다. 그녀는 금발머리 위로는 진짜 오렌지 꽃으로 만든 화환을 쓰고 있었다. 화환은 팡필과 카지미르가 소중하게 선물한 것이었다. 그들은 카지미르는 밤에 레 종브레의 공증인 집에 오렌지 꽃을 훔치러 갔다. 이 공증인은 괴짜라 정원 한구석에 정성을 기울여 오렌지 나무를 기르고 있었다. 게다가 좋아하던 언덕을 기억하기 위해 마농은 부드러운 하얀 화관 가운데 붉은 보랏빛의 넓은 꽃 네 송이를 꽂았다. 이 꽃은 시스투스 덤불 꽃으로 영국 사람들은 '로즈로크'라고 불렀고, 프로방스 사람들은 '메쉬귀'라고 불렀다.

마을 회관으로 이어지는 언덕을 내려오면서 마농은 빅토르와 팔짱을 끼고 왔다. 웅장한 빅토르는 〈베르테르〉에 출연했을 때 입었던 까만 망토로 몸을 둘렀고, 망토 자락이 〈롱주모의 마부〉에 나오는 반짝거리는 부츠 위에서 나풀거려, 부츠에 비친 그의 모습은 그 어떤 사람보다 더 환하게 보였다. 총사가 쓰는 넓은 펠트 모자 아래로 빅토르의 크고 까만 두 눈은 자신감과 마음에서 우러난 감정으로 반짝거렸다.

그들 뒤로는 베르나르와 그의 어머니가 엄숙하게 걸어오고 있었다. 마갈리는 머리부터 발끝까지 베이지색 레이스로 치장을 했는데, 짚으로 만들어진 모자 주위에 살짝 드리운 베일 사이로 미소 짓는 모습이 보였다. 베르나르는 새 양복을 입고 똑바로 서 있었다. 양복은 벨 자르디니에르에서 맞춘 것이 분명했다. 게다가 빳빳하게 세운 셔츠 칼라 아래로 사파이어가 박혀 있는 하늘색 실크 넥타이를 매고 있었다. 다시 말해 신랑 신부 두 사람 다 평소보다 훨씬 아름다웠다. 그들 스스로도 오늘만은 전혀 검소하지 않다는 사실을 알고 있었다.

그 뒤로 친척 처녀의 결혼식을 위해 멋진 회색 모자를 사서 쓰고 나타난 앙글라드가 뒤따랐다. 그는 위엄 있게 에메의 팔짱을 끼고 왔다. 에메는 오페라 무대에 설 정도는 아니지만 마을 회관에서 보기에는 너무 환하게 화장을 했다. 하지만 망사 모자는 그녀의 아름다운 눈을 보기 좋게 가려 주었다. 그녀 뒤로는 똑같이 까만 프록코트를 입고 중산모를 쓴 네 명의 신사가 걸어왔다. 이들은 사람들이 마땅히 인정해 준 빅토르가 초대한 손님이었다.

그들이 공원으로 들어오자 필록센은 손을 들어 그들을 세운 다음 외쳤다.

"마지막 판이오. 잠시만 기다리게!"

필록센은 팡필에게 모자를 건네고 뒤로 몸을 젖힌 다음 눈높이에서 잠시 공을 들었다. 그런 다음 조용한 가운데 앞으로 공을 던졌다. 사람들은 공이 포석에 맞는 소리를 들었고, 그 뒤로 박수 소리가 이어졌다.

필록센은 겸손하게 인사를 했고, 사람들은 그의 뒤를 따라 마을 회관으로 들어갔다. 그때, 신부가 갑자기 빅토르의 팔을 놓고 웨딩드레스를 들어 올리고선 플라타너스 나무 뒤에 몸을 반쯤 숨긴 작은 무리의 사람들을 향해 달려갔다. 그들은 엔초와 지아코모, 밥티스틴이었다. 두 나무꾼은 매우 깔끔했지만, 올리브색 모자에 핑크색 넥타이, 파란 재킷, 초록색 굽이 달린 밝은 노란색 신발 차림 때문에 마치 거대한 앵무새 같았다. 마농은 중간에서 두 사람의 팔짱을 끼고 그들을 데려오려고 했다. 회색 정장을 입은 밥티스틴은 도망을 가려 했다. 하지만 베르나르가 밥티스틴을 붙잡아 팡필의 손에 넘겼다. 풀을 먹여 빳빳하게 깃을 세운 셔츠를 입고 있는 팡필은 거의 반쯤 목이 졸린 상태였다.

결혼 행렬은 로즈마리와 노란 금작화 꽃으로 장식한 마을 회관 안으로 들어갔다. 엘리아생이 신성한 마을 회관 안으로 들어오지 못하게 마을 아이들을 막아서자, 아이들은 실망해서 소리를 질렀으나, 곧 다른 이야깃거리로 위안을 삼았다. 신부에게 친절한 태도로 인사를 한 벨루아조 씨는 팔 사이에 멋진 실크해트를 끼고 간단한 동작으로 모자를 파이처럼 납작하게 만들어버렸다. 갑자기 이 광경에 홀린 아이들은 창문에 바짝 다가가서 다른 광경을 볼 수 있기를 바랐다. 하지만 벨루아조 씨는 위엄 있게 가서 자리에 앉더니 납작하게 희생된 모자로 얼굴에 부채질을 하는 기이함을 보일 뿐이었다. 그때 이장이 주례를 시작했다.

*

결혼식이 진행되는 동안 마사캉 농가 뒤편에서 파페는 혼자서, 위골랭이 살지 않은 뒤로 꽃밭을 파고든 시스투스와 회향 덤불을 지팡이 끝으로 뒤적거리고 있었다. 그는 까만 벨벳으로 된 새 정장을 입고 까만 모자를 쓰고 까만 넥타이를 맸다. 가끔씩 덤불 속에 손을 넣어 붉고 하얀 카네이션을 한 줌씩 뽑아냈다. 그 카네이션은 위골랭이 전역한 후에 심었던 최초의 꺾꽂이 가지에서 살아남은 꽃들이었다. 카네이션 가지들은 우연히 다시 돋아났고, 그 가지에서 꽃이 많이 피었지만 크기가 작아 트레플라 씨는 아마 그것을 받아들이지 않을 터였다. 노인네는 갑자기 고개를 들었다. 성당에서 결혼식 종소리가 들렸다. 파페는 라피아 야자수 줄기로 꽃다발을 묶고 마을로 내려왔다.

*

이장의 주례사는 오랫동안 박수갈채를 받았다. 특히 주례사를 쓴 벨루아조 씨가 오랫동안 박수를 쳤다. 마농은 "고향 사람들에 의해 배신당한 마을의 아이"에 대한 기억과 "잃어버린 소중한 우정에 대해 생각하며 모든 레 바스티드 주민들이 쓰디쓴 회한을 느낀다"는 구절에서 깊이 감동했다.

마을 회관을 나오는 길에 놀란 아이들은 벨루아조 씨의 또 다른 업적을 볼 수 있었다. 아이들은 그가 우스꽝스럽게 접어둔 모자를 다시 펴서 머리에 쓰려고 할 때 놀래 주려는 심사로 벨루아조 씨를 기다렸다. 하지만 놀란 건 아이들 자신이었다. 벨루아조 씨는 앙글라드와 대화를 나누면서 팔 아래 끼고 있던 납작한 모자를 꺼내 들고는 간단한 자극으로 모자를 살짝 터져 나오게 해서, 대화를 중단하지 않고도 모자를 새것처럼 원상복귀시켜 머리에 썼기 때문이다.

*

성당에서의 결혼식은 대단히 성공적이었다. 신부에게 어울리는 약간 창백하거나 발그레한 표정을 제외하고 마농은 어떤 감정의 기복도 보여 주지 않았다. 베르나르는 위엄 있고 자신감에 찬 멋진 태도를 취했다. 마갈리가 우는 것은 자연스러운 일이었다. 에메와 빅토르는 새신랑, 신부 곁에 자리를 잡지 않고 이층 복도에 있는 오르간 옆에서 그들의 신기한 손님과 함께 머물렀다.

그들 중 늙고 키가 작은 사람은 오르간 연주자였는데, 그는 레바스티드 사람들에게 고대 악기의 진정한 음색을 들려 주었다. 다른 세 사람은 마르세유 오페라의 가장 뛰어난 합창단원이었다. 오르간의 낮은 음색과 조화를 이룬 전문가의 목소리는 빅토르의 감정이 넘치는 목소리와 에메의 천상의 소프라노와 어우러졌다. 그들의 목소리가 작은 성당의 천장에 부딪쳤다가 신도들 쪽으로 울려 퍼졌다. 그러자 이 천상의 음악은 정말 하늘에서 내려온 듯한 느낌을 자아냈다. 게다가 벨루아조 씨 스스로도 음악이 곁들여진 이 혼인 미사로 대성당이 왕자의 결혼식을 치르는 듯한 영광을 누릴 수 있었다고 훗날 단언했다.

성당 앞 계단에서 베르나르는 아이들을 향해 10수짜리 동전을 한 움큼 던졌다. 그때 파페가 광장 한구석에 나타났다. 파페는 왼손에 붉고 하얀 카네이션 한 다발을 안고 성당을 향해 내려오고 있었다. 그는 지팡이를 짚지 않고 걸었는데, 그가 한 발 한 발 힘주어 걷기 위해서 무던히 노력하는 것이 보일 정도였다. 모든 사람들이 그가 왔다는 사실에 놀랐다. 파페의 정장이 멋진데다 그의 엄숙한 태도 때문에 사람들은 화해의 제스처로 신부에게 꽃다발을 주고 어쩌면 신부가 결혼식 피로연에 그를 초대할지도 모른다고 생각했다. 소리치면서 뛰어놀던 아이들도 모두 꼼짝 않고 조용히 있었다. 걱정하며 곤란한 태도로 마농은 남편의 팔을 잡고 속삭였다.

"뭐라고 말을 해야 할지 모르겠어요…."

하지만 파페는 시선을 지평선에 고정한 채로 군중은 쳐다보지도 않고 지나쳐 갔고, 그의 오른손에는 묘지의 두꺼운 열쇠가 들려 있었다.

   결혼식에 참가한 사람들은 말없이 그가 공원으로 내려가는 것을 지켜보았다. 그는 돌아보지도 않은 채 고독하게, 홀로, 한쪽 다리를 끌면서 슬프게, 하지만 수베랑 가의 마지막 사람으로서의 자존심으로 고개를 꼿꼿하게 들고 똑바로 서서 멀어져 갔다.

31

 1년이 지나도 마을은 여전히 똑같았고, 레 바스티드 사람들의 사고방식은 변하지 않았다. 다만 학교 선생과 그의 아내는 마을 사람들의 신망을 얻었다. 그리하여 마을 이장은 실크해트를 쓰고 장갑을 끼고서 마르세유 시청에 가서 선생의 동의하에 베르나르 올리비에 선생의 폼프 발령을 취소하고 레 바스티드에서 승진시켜 달라고 장학사에게 요청했다.
 관대한 빅토르와 결혼한 마농의 어머니는 마르세유 오페라 극장 근처 옛 항구에 있는 넓은 아파트에서 살았다. 빅토르와 에메 둘 다 최고로 행복했으며, 마농은 다음과 같은 빅토르의 성공적인 편지들을 받곤 했다.

 귀여운 내 딸에게,

 네 어미 소식을 보낸다. 우리는 아주 잘 지낸단다. 이 기회에 내가 준비도 하지 않고 〈베르테르〉의 알베르 역으로, 리카르도 골디니를 대신했다는 것을 말하고 싶단다. 아주 편안하게 바리톤을 소화했고, 정말 큰 성공을 거두었다고 단언할 수 있단다. 우리는 여덟 차례나 커튼콜을 받았어! 네 어미의 목소리가 합창단 목소리를 압도했단다. 한 마디로, 네 어미의 목소리밖에 들리지 않았단다. 키스를 보낸다.

추신. 《르 프티 프로방살》 신문에 난 내 사진을 보았니? 사진이 잘 나왔단다. 나는 두 번째 줄 오른쪽에서 일곱 번째에 있지. 우리는 올라가서 화요일 점심 때 양 넓적다리 고기에 송로버섯, 생토노레 케이크와 샴페인을 들 거란다. 마르세유에서 여덟 번 커튼콜을 받은 건 필라델피아에서의 열다섯 번에 해당한단다.

*

불신자들의 모임은 여전히 카페 테라스에서 열렸지만, 중요한 멤버가 한 사람 추가되었다. 바로 주임 신부로, 처음에는 지나가는 길에 서서 그들에게 말을 걸던 것이 이제는 테이블에 같이 앉아 있는 것으로 발전했다. 주임 신부는 유쾌한 사람이어서, 그가 오면 적어도 저녁 기도 시간까지는 대화에 신중을 기해야 했다. 그 덕에 팡필과 카지미르는 "신부님께 예의를 지키기 위해서" 일요일마다 미사에 참석했다.

벨루아조 씨의 하녀도 바뀌었다. 그의 하녀가 주인을 바꾸었다는 표현이 더 옳을 것이다. 하녀가 '촌놈'들이 사는 마을에서 늙은 수전노의 비위를 맞추어 주는 것도 지긋지긋하다며 마르세유로 떠났기 때문이다. 물론 그녀는 직업도 바꾸었다.

새로 온 하녀는 열여덟 살로 매력적인 신데렐라였다. 그녀는 가끔씩 주인에게 반말을 하고 가끔씩은 너무 친근하게 '장'이라고 이름을 불렀다. 그 점에 있어서 벨루아조 씨는 관대하게 "아직 어리니까"라며 넘어가곤 했다.

파페는 더 늙었다. 그는 이제 거의 일하지 않았고, 쾅필이 계곡에 있는 그의 포도밭을 가꾸었다. 하지만 파페는 매일 아침 마사캉 농가로 올라가 카네이션 꽃밭 세 이랑을 가꾸어 매 일요일마다 위골랭의 묘소에 꽃을 가져다 주었다. 그래도 매일 카페 테라스에 카드 게임을 하러 기꺼이 나왔으며 절대 불만을 토로하지 않았다. 마농이 지나가는 길에 남편에게 미소를 지어 보였던 하루 저녁만은 예외였다. 카페에 있던 사람들이 마농이 멀어져 가는 것을 쳐다볼 때 필록센이 말했다.

"그녀가 예뻐졌다는 건 정말 놀라운 일이야…."

학교 선생은 의기양양했고, 파페는 중얼거렸다.

"그녀는 언제나 예뻤어. 물론 그게 내 불행이었지만."

파페의 콧수염으로 눈물이 흘러내렸다. 그는 두 번 코를 훌쩍이고는 말했다.

"자, 누가 으뜸 패를 가지고 있나?"

*

밥티스틴은 염소, 당나귀, 개와 주세페의 큰 도끼를 가지고 레로마랭에 정착했다. 그녀는 약초를 캐고 치즈를 만들며 떠도는 삶을 살았고, 앙글라드의 쌍둥이들이 밭을 경작하러 왔다. 그들은 생각해야 할 것이 너무 많았고, '매우 정교한 일'이었기 때문에 카네이션 재배는 포기했다. 하지만 샘이 있었던 덕분에 늙은 카무앵 르 그로의 채소밭을 다시 꾸려 나갈 수 있었다. 제철이 오면 그들은 야채를 가득 실은 수레를 끌고 오바뉴 시장에 내려가 곤 했다.

　목요일이나 일요일에 마농과 베르나르, 마갈리는 밥티스틴과 점심을 먹으러 오곤 했는데, 여전히 밥티스틴은 아궁이 가에 앉아서 먹었다. 가끔씩 베르나르와 마농 부부는 첫새벽에 언덕으로 떠나곤 했다. 베르나르는 장학사가 노고를 치하했던 '박물관'을 세우기 위해 돌을 채집했고, 마농은 '예전처럼' 덫을 놓았다. 그리고 그들은 오래된 마가목 아래서 점심을 먹었다. 마농은 도마뱀에게 주려고 배낭에 항상 우윳병을 챙겨 다녔다. 하지만 큰 도마뱀은 프로이트가 설명했던 반발심으로 잘생긴 베르나르가 있을 때면 동굴에서 나오려 하지 않았다. 남편이 멀어져 가면 미소를 짓고 관대한 태도를 취했지만 여전히 화가 난 상태였다. 가끔씩 팡필이 장총을 메고 부부와 함께 오기도 했다. 마농은 까만 화살표 사건으로 팡필에게 진정으로 친절하게 대했다. 팡필은 백리향 가지를 놓은 잉걸불에 갈비 혹은 소시지를 굽거나 세이보리 가루를 가지고 고기를 재어놓곤 했다. 그러는 동안 마농은 소나무에 올라가서 남편의 발치에 솔방울을 떨어뜨리곤 했다.

　9월이 되자 그들은 이 산책을 중단해야만 했다. 마농은 뒤로 등을 쭉 편 채 걸어 다녀야 했으며 처음으로 굽이 있는 신발을 신었다. 그리고 팡필은 아무도 모르게 뤼사텔 성당에 가서 아기가 꼽추로 태어나지 않도록 초를 봉헌하고 왔다.

32

 수도 관리인 앙주의 고모인 늙은 델핀이 마을에 돌아온 건 바로 그 해였다. 그녀는 예전에 메데릭의 아들과 결혼했었다. 마르세유의 세관원이었던 그는 저축을 열심히 해서 결국 연금을 받았으니 그의 꿈을 온전히 이루었다. 그들은 늙을 때까지 행복하게 살았으나, 불행히도 불쌍한 델핀은 조금씩 시력을 잃어갔고, 신체적 불행을 극복하도록 따뜻하게 도와줬던 그녀의 남편은 그들의 금혼식 날에 죽었다. 그래서 그녀는 모아놓은 재산과 연금 절반을 가지고 조카네 집으로 지내러 왔다. 그녀의 조카는 떨 듯이 기뻐했다.
 델핀은 키가 크고 어깨가 넓었지만 매우 말랐다. 팡필은 그녀가 괜찮은 "무화과나무 허수아비가 될 수도 있었을 텐데…."라고 말하곤 했다. 게다가 남자 얼굴만큼이나 큰 얼굴에 주름이 자글자글해서 아이들은 그녀를 무서워했다. 그 주름은 그녀의 남편이 죽자 대리석처럼 하얀 얼굴에 두꺼운 가면처럼 영원히 새겨져 버렸다.

매일 오후 그녀의 조카인 예쁜 클라레트는 눈 먼 노파를 공원으로 데리고 와 볕이 잘 드는 벤치에 앉았다. 델핀은 항상 새하얀 머리 위에 레이스로 된 까만 만틸라 스카프를 두르고 있었다. 턱 아래에 금으로 된 듯한 스카프 죔쇠로 스카프를 묶고 어깨에는 약간 해진 까만 벨벳 숄을 둘렀다. 지팡이 손잡이에 두 손을 가지런히 모으고 그녀는 조용히 꿈을 꾸면서, 어릴 적 그대로인 마을의 소리를 듣고 있었다. 그러면 지나가는 모든 사람들이 그녀에게 말을 걸었고, 가끔씩 그녀가 예전에 알았던 파페가 곁에 와서 앉았다. 그들은 토종닭이 열두 마리씩 묶음으로 팔리던 때, 계절이 제때 찾아오던 시절, 자신들이 까만 머리였던 옛 시절 이야기를 했다….

*

가을날 저녁 그들은 석양을 등지고 앉아 평소처럼 수다를 떨었다. 석양빛이 그들의 어깨 위로 따뜻하게 내리쬐었다.

파페는 아프리카와, 통째로 바비큐를 했던 양고기, 피리와 탬버린 소리에 맞추어 배꼽춤을 추던 아랍 무희들에 대해 말했다. 노파는 한 마디도 하지 않고 그의 말을 듣더니 보이지 않는 눈으로 그를 쳐다보며 말했다.

"배꼽춤을 추는 무희는 참 예뻤겠지. 하지만 당신이 거기 있을 때 바보짓을 했어…."

"내가?"

"그래, 당신이. 난 '바보짓'이라고 표현했지만, 실제로는 거의 범죄나 다를 바 없었지!"

"무슨 바보짓?"

"당신이 잊었을 리가 없어."

"나는 자네가 무슨 말을 하는지 모르겠네. 모든 사관들이 내게 만족했어. 내게 훈장을 줬지! 내가 부상당했을 때, 그들은 나를 하사에 임명하려 했어."

"그건 다른 문제야. 나는 당신이 받은 편지 한 통을 말하려는 거야."

"무슨 편지?"

"당신이 답장을 했어야 하는 편지. 그런데 당신은 답장을 보내지 않았어."

파페는 희끗희끗한 굵은 눈썹을 찌푸리며 그녀를 쳐다보았다.

"누구한테서 온 편진데?"

"좋아! 내게 말하고 싶지 않나 보군. 당신은 내가 모르고 있다고 생각하겠지."

델핀이 말했다.

"델핀, 내 맹세하는데…."

"맹세 같은 건 하지 마, 이 불신자 같으니라고! 당신한테 기분 좋지 않은 일을 떠올리게 해서 미안하네. 저기 클라레트가 오고 있는 소리가 들리는군…. 아가야, 이리 오렴! 이제 쌀쌀해지려나 보다. 불가에 있는 편이 좋겠다. 세자르, 잘 있어요. 내일 보자고. 조용히 있어. 아무에게도 절대 말한 적이 없는 거니, 당신에게도 절대 말하지 않을 테야!"

*

파페는 오랫동안 생각을 했다.

대체 누가 아프리카에 있는 그에게 편지를 쓴 걸까? 가족과 개,

노새, 수확에 대한 소식을 쓴 아버지가 보낸 편지 서너 통을 받았다. 그의 어머니가 몇 마디 애정 어린 말을 써 넣은 게 전부였다. 앙글라드도 그에게 한두 장 엽서를 보냈었다. 그리고 누가 있나? 아무도 보내지 않았다. 확실히 아무도 없었다. 델핀이 착각을 했음에 틀림없다. 아니면 그녀가 그를 혼란스럽게 하려고 지어낸 걸까? 그럴지도 모른다. 그녀가 정신을 잃기 시작했나? 그녀 나이에는 불가능한 것도 아니다. 하지만 금방 파페는 이렇게 쉬운 답변들을 제외시켰다. 델핀은 아무것도 말하지 않기 위해 말을 꺼낸 적이 한 번도 없다. 그리고 그녀의 기억력은 아직도 생생했다. 확실히 무언가 있었다. 그것이 무엇이란 말인가?

침대에 누워 있던 그에게 갑자기 생각이 떠올랐다. 사실 그는 그의 아버지가 돈을 빌려 주고 압류 위협을 가했던 유명한 술꾼 카스타뉴에게서 편지를 한 통 받았던 것이다. 그 카스타뉴는 재산을 압류당하면 자살할 거라고 말하면서 파페더러 늙은 아버지에게 말을 좀 해달라고 간청했었다. 파페는 그의 말을 한 마디도 믿지 않았으며, 답장을 쓸 생각조차 하지 않았다. 두 달 후, 아버지는 그에게 편지를 써서 다른 소식들 가운데 카스타뉴가 목을 매달았다는 소식을 전했다.

"그녀가 말하고자 하는 게 이것이라면, 솔직히 정말 아무 일도 아닌걸!"

하지만 그는 아침에 면도를 하며 다시 생각했다.

"사람들은 돈을 돌려받는다는 전제하에서 빌려 주지. 내가 카스타뉴에게 답장을 쓰고, 아버지에게 편지를 썼다고 해도 달라질 건 하나도 없었을 게야. 아버지는 나보다 더 황소 같은 고집불통이었지. 그리고 아버지가 옳으셨어!"

파페가 큰 소리로 말했다.

파페는 델핀을 광장에서 5시에 다시 만났다.

"내 당신 걸음을 기억하고 있지."

그녀가 말했다.

"눈이 보이는 것처럼 귀가 밝구먼!"

"그래도 세자르, 눈만은 못하지. 아니야, 눈만은 못해…."

"델핀, 자네가 어제 말한 편지, 그게 뭔지 알아냈네."

"그래. 오랫동안 찾지 말았어야 했어. 왜냐하면 곤란한 거니까 말이야. 다른 이야기를 하자고."

델핀이 말했다.

"내가 왜 곤란한데? 카스타뉴는 전혀 쓸 만했던 녀석이 아니야. 내가 신세를 졌던 것도 아니고. 그 녀석은 언제나 술에 취해 있곤 했었지. 그래서…."

"그래서, 당신은 계속 아무것도 아닌 척하고 있지만 그건 시간 낭비에 위선적인 태도야. 그 카스타뉴 녀석은 기억도 안 나고 내가 말하고 싶은 이야기도 아니라고."

"그래, 그럼 누가 나한테 편지를 쓴 건데?"

"누군지 당신이 아주 잘 알고 있지. 잊을 수가 없을 테니까!"

"델핀, 지금 우린 성당 앞에 있다고. 저 위쪽 종루에 십자가도 보이고. 십자가 앞에서 연극은 하지 않겠다고 맹세할게. 나는 우리 아버지, 앙글라드와 카스타뉴를 제외한 사람에게서 편지를 받은 적이 없다고 맹세해."

노파는 보이지 않는 눈을 파페 쪽으로 돌렸다.

"그렇다면 그건 끔찍한 일이군."

그녀가 말했다.

"왜 그러는데?"

"위선적으로 거짓말을 하지 않는다고 다시 한 번 맹세해."

"다시 한 번 맹세하네. 나한테 편지를 쓴 사람이 누군가?"

그녀는 잠시 주저하다가 파페 쪽으로 몸을 숙이고 작은 소리로 말했다.

"플로레트."

파페는 몸을 떨었다.

"플로레트 카무앵?"

"플로레트가 둘이 아니란 걸 당신도 잘 알고 있을 텐데."

"그녀가 내게 편지를 썼다는 게 확실한가?"

"우체부에게 편지를 건네준 게 바로 나였다네. 왜냐하면 플로레트는 사람들이 그걸 모르길 바랐거든."

"델핀, 나는 그 편지를 절대 받은 적이 없다는 걸 하느님 앞에서 맹세하네…. 왜냐하면 그녀 편지를 내가 어떻게 잊을 수 있었겠나. 자네가 사실을 알고 싶다면, 내가 이제껏 한 번도 다른 사람들 앞에서 말한 적은 없네만, 난 그녀의 까만 머리핀과 연필로 써서 반쯤 지워진 메모를 아직도 간직하고 있다네. 물론이지. 하지만 내가 돌아왔을 때 그녀는 더 이상 마을에 살고 있지 않았어. 그녀는 크레스팽의 대장장이와 결혼을 했고, 이미 아이까지 낳았다네!"

델핀은 두 손을 마주잡았다.

"어떻게 편지가 분실될 수 있지?"

"자네도 알겠지만, 그곳에서는 시도 때도 없이 국경을 넘나들었고, 그런 곳은 외딴 마을이나 산속이었어. 종종 식량도 탄환도 못 받곤 했지…. 그러니 편지가 분실되는 건 아주 가능한 일이지. 그리고 내가 그 편지를 받았다면 아직까지도 글자 하나 틀리지 않고 외우고 있을 거라네…."

 노파가 고개를 푹 숙이자 턱이 가슴에 닿았다. 그녀가 중얼거렸다.

 "그게 사실이라면 정말 끔찍한 일이군."

 파페도 속삭였다.

 "그녀가 날 사랑했다고 생각하나?"

 "바보같으니라고!"

 "그녀는 한 번도 내게 말하고 싶어 하지 않았어. 그 이후에도 말이지…. 무도회에서 돌아온 저녁에 그 일이 있었는데, 이후에도 그녀는 나를 가지고 노는 듯했지."

 "그녀 성격이야. 하지만 내게는 전부 말했다네. 그녀가 자네를 사랑했다는 걸 알아. 그리고 그 편지, 나는 읽었다네."

 그녀는 과거를 회상하며 생각에 잠겨 오랫동안 입을 다물었다. 파페는 감히 말을 하지 못했다. 하지만 그는 하늘에 던진 돌을 피하려는 것처럼 목을 아래로 쑥 집어넣고 고개를 숙이고 있었다. 마침내 그녀가 중얼거렸다.

 "그녀는 당신을 사랑한다고, 당신 이외에 아무도 사랑하지 않겠노라고 썼어."

 파페는 세 차례나 목을 거칠게 문질렀다.

 "그리고?"

 "아이를 가졌다고도 썼고."

 "뭐라고?"

 "그렇다니까. 당신이 삼 주쯤 전에 떠났지…. 그래서 그녀는 당신이 자기랑 결혼을 약속한다고 아버지께 편지를 쓴다면 기다리겠다고 썼지…. 그러면 그 편지를 마을 사람들에게 다 보여줄 수 있을 테고, 아무도 그녀를 놀리지 못했을 테니까."

파페는 일어서려고 했지만 다시 벤치 위에 털썩 주저앉았다. 그는 중얼거렸다.

"델핀, 델핀, 자네 확실히…."

"내가 그 편지를 읽었다고 하지 않았나. 게다가 그녀가 편지를 쓰는 것까지 도와줬다니까…. 불쌍한 그녀는 잠도 못 잤어. 그래서 악마의 탕약을 먹고 아이를 지우려고도 했다네…. 언덕에서 바위로 뛰어내리기도 했어. 하지만 아이는 잘 살아남았지. 그래서 그녀가 자네를 싫어하게 된 거야. 그녀는 오바뉴에 춤을 추러 갔다가 거기서 키 크고 잘생긴 크레스팽의 대장장이를 만났지. 그녀는 그와 결혼해 마을을 떠났고, 아무도 그 아이가 태어난 걸 몰랐어…."

"그 아이가… 살아서 태어났는가?"

"살아서 태어났지. 하지만 꼽추였어."

파페는 가슴에서 올라오는 서늘한 한기를 느꼈고, 심장은 갑자기 마비된 갈비뼈 사이로 팽창하는 것 같았다. 그는 숨을 내쉬지 않았고, 호흡을 할 수도 없었다.

눈이 먼 노파가 말을 이었다.

"초기에 그녀는 내게 여러 차례 편지를 썼어. 그녀의 남편이 정말 멋진 사람이고 꼬마 아이가 참 똑똑하다고 하더군…. 그녀는 아이가 커가면서 다른 사람처럼 되기를 바랐어. 그리고 나는 결혼해서 마르세유에서 살게 되었지…. 멀리 있으면, 금방 서로를 잊곤 해…. 사람들이 말하기를 그녀가 죽었고, 남편도 죽었다 더군. 그 아인 커서 뭐가 되었는지 모르겠네. 어쩌면 아직도 크레스팽에서 살고 있을 게야. 세자르, 그 아이를 보러 그곳에 가보게나. 자네는 혼자고, 돈이 많아. 어쩌면 그 아이는 자네가 필요할지도 몰라…."

그녀는 꼼짝 않는 파페 곁에서 자리에 없는 사람처럼 오랫동안 침묵했다.

종이 천천히 저녁 기도 시간을 알렸고, 키가 작은 두 노파가 종종걸음으로 광장에 나타났다.

"오, 델핀. 별나기도 하지. 인자하신 주님이 자네를 부르는 동안 그 늙은 악마와 수다나 떨고 있는 건 그리 좋지 않아!"

델핀이 일어섰다.

"내 잘못이 아니라고. 클라레트가 늦은 거야! 이리 와서 나를 도와주게…. 세자르, 내일 봐요. 당신을 위해서 기도할게."

*

두 시간 후에 선생은 클럽에서 나왔다. 그는 클럽에서 관보에 실린 '군내의 미개간지에서의 공동 방목권'에 관해 모호한 부분을 필록센에게 설명해 주고 오는 길이었다.

이윽고 밤이 되었다. 어둠 속에서 가는 이슬비가 내리고 있어, 가로등의 노란 불빛이 간신히 보일 정도였다. 저녁 바람에 낙엽들이 회오리처럼 쓸려 다니고 있었다. 모자가 벗겨지지 않도록 한 손으로 꾹 누르고 학교 선생은 사랑하는 아내를 보러 공원을 서둘러 뛰어가고 있었다. 그러다 갑자기 속도를 늦추었고 벤치에 앉은 까만 그림자를 보곤 멈춰 섰다. 그는 가까이 다가갔다.

파페가 혼자서 빗속에 앉아 있었다. 그는 움직이지 않은 채 지팡이 끝에 두 손을 포개고 그 위로 턱을 받치고 있었다.

"파페, 안녕하세요… 괜찮으세요?"

노인네는 까만 모자 아래로 비에 흠뻑 젖은 하얀 수염 아래 입을 벌린 채로 납빛이 된 얼굴을 들었다.

"여기 계시면 안 돼요. 자, 가세요. 제가 댁까지 모셔다 드릴게요."

베르나르가 말하며 파페가 일어나는 것을 도왔다.

"제게 기대세요."

파페는 오랜 친구처럼 그의 팔을 잡았다. 고개를 숙인 채 그는 숨이 막힌 듯한 신음 소리를 내면서 천천히 흐느꼈다.

"어디 편찮으세요?"

파페는 대답하지 않았다. 그들은 가로등을 켜려고 앙주가 올라가 있는 사다리 곁을 지나갔다.

"안녕하세요! 어디 아프세요?"

앙주가 말했다. 파페는 못 들은 듯했다. 선생이 대답했다.

"예, 심하게 안 좋으세요. 제가 댁에 모셔다 드리려고요."

"화주를 섞은 따뜻한 탕약 한 잔이면 괜찮아질 거예요…. 파페, 조심하세요. 아저씨 나이엔 살짝 바람만 불어도 돌아가실 수 있어요! 괜히 겁나게 하지 마시고 얼른 가서 주무세요!"

구릉에서 노인네는 멈춰 섰다. 그는 온몸을 덜덜 떨고 있었다.

"제 생각에는 의사 선생님을 부르는 게 좋을 것 같아요…. 원하신다면 제가 레 종브레에 전화를 하러 갈게요."

베르나르가 말했다. 파페는 쉰 목소리로 조그맣게 대답했다.

"괜찮아. 고맙네. 내가 왜 이러는지 알고 있다네. 알고 있어…. 알고 있다고…."

파페가 돌아오는 것을 보고 있던 벙어리 하녀가 문가에 나타났다. 그녀는 미안해하는 작은 소리를 내며 그를 마중하러 내려왔다. 하녀는 파페의 팔을 잡아 집으로 들였다.

*

　이튿날 필록센은 파페가 일요일 정장 차림을 하고 내려오는 것을 보았다. 그는 파페가 가까이 오자 놀라는 소리를 냈다.
　"파페, 무슨 일이 있어요?"
　그의 얼굴은 왜소해 보였고, 희끗희끗한 머리색은 눈처럼 하얗게 변해 있었다.
　"레 종브레에 가는 길일세. 거기서 할 일이 있다네."
　파페는 절뚝거리면서 가버렸다.
　"무슨 일이 있는 거지? 무슨 일이 생긴 것이 틀림없어."
　필록센은 혼잣말을 중얼거렸다. 그때 목공소 문턱에서 담배를 피우고 있던 광필이 필록센을 불렀다.
　"파페를 봤소? 거의 죽은 사람 같더구먼!"

*

　그날부터 파페는 매일 아침 7시 미사에 모습을 보였다.
　"좋은 징조가 아니야. 내가 그의 관을 짜야 하는 게 아닌가 하는 생각이 들었다고!"
　광필이 말했다.

*

　빵집 주인은 계곡 쪽으로 나 있는 창문으로 파페가 매일 마사캉에 올라가는 것을 보았다. 그는 저녁이 되어서야 내려왔다.
　"걱정이 되는구려. 파페가 거기서 조카 생각을 하러 가는 거야. 불쌍한 노인은 이제 완전히 혼자야…. 겨우 걸어다닐 수 있는 정돈데….”

빵집 여주인이 말했다.

며칠 후 파페는 힘을 비축한 듯했다. 파페가 공원에서 델핀과 함께 있는 모습이 보였다. 매일 저녁 그는 그 편지와 플로레트의 숨겨진 이야기에 대해서 말했다. 하지만 그는 결코 자신에 대한 이야기를 털어놓지 않았다.

아침이면 그는 빵집 근처에 자리를 잡았다. 눈치가 빠른 빵집 여주인은 파페가 빵을 사러 오는 마농을 기다리고 있다는 사실을 알아차렸다. 그는 마농을 놓치지 않고 쳐다보았고, 그녀가 떠날 때면 최면에 걸린 듯이 그녀를 따라갔다.

어느 날 여주인이 남편에게 말했다.

“헤헤! 바람둥이 노인네가 아직도 젊은 처자를 좋아하네그려!”

빵집 주인은 어깨를 으쓱했다.

“정신이 돌았다는 말이겠지!”

*

파페가 종부성사를 받으려고 주임 신부를 부른 때는 크리스마스이브였다. 그는 볼이 핼쑥해져서 창백한 얼굴로 누워 있었지만, 평소처럼 말을 했고, 눈빛은 또렷했다.

“친애하는 형제님, 저는 형제님께서 죽을 때가 다 되었다는 것이 이해가 안 갑니다!”

“저는 안답니다. 저는 오늘 밤에 죽을 걸 압니다.”

파페가 말했다.

“왜 그렇게 생각하시는지요?”

"더 이상 살 마음이 없으니 죽을 겁니다. 자, 이제 고해를 하겠습니다. 제가 고해가 필요한 걸 아시게 될 겁니다."

"자살이 죽을죄라는 걸 알고 계시지 않습니까?"

신부가 말했다.

"자살할 필요도 없습니다. 그냥 오늘 내 명이 다할 것이기 때문이지요. 고해를 들어 주시고, 절차에 따라 죄를 사하여 주시지요."

파페가 말했다.

*

주임 신부는 수베랑 저택에서 오래 머물렀다. 그는 생각에 잠겨 저택을 나왔다. 문간에서 어두침침한 하늘에 차가운 바람이 부는 가운데, 그는 소식을 듣고 와서 손을 주머니에 넣고 어깨를 움츠린 필록센과 앙주, 팡필을 보았다. 그들은 성유가 지나간 자리에 고개를 숙였고, 팡필이 문을 두드리러 갔다.

문은 열리지 않았다. 그러나 벙어리 하녀의 얼굴이 창가에 보였다. 두 손을 마주잡아 한쪽 볼에 대고는 파페가 자고 있다고 알렸다. 그들은 카드 게임을 하러 클럽으로 내려갔다.

자정미사 종소리에 파페는 소리 없이 일어났다. 그는 긴 편지를 썼다. 그런 다음 정성을 들여 면도를 하고 하얀 머리를 빗었다. 그리고 자신이 가진 가장 멋진 정장을 입었다. 까만 벨벳 양복과 옛 방식으로 수가 놓인 조끼를 입고 실크 술이 달린 넥타이를 맸다. 새끼손가락에 금반지를 끼고 묵주를 양손에 쥐고 그는 침대에 누워서 서서히 사그라졌다.

*

 이튿날 아침 사람들은 빵집에서 마농의 아기가 태어났다는 소식을 들었다. 남자아이란 것 외에 다른 소식은 듣지 못했다. 하지만 10시쯤 되자 선생이 도착했다. 마농 대신에 그가 빵을 사러 왔다. 사람들은 빵을 사러온 건 핑계고 그가 사람들에게 축하받으러 왔다는 것을 잘 알고 있었다. 그는 마치 혼자서 애를 낳은 것처럼 매우 자랑스러워했다. 그 태도에 아낙들이 놀랐다.

 그는 마치 전례 없는 사건인 양 아들이 크리스마스 새벽 5시 35분에 태어났다고 알렸고, 즉시 미소를 지으며 레 종브레의 산파가 아들이 8파운드 이상 나갈 거라고 했다고 덧붙였다. 아이는 엄마를 닮아 파란 눈에 금발이지만, 그 밖에는 몽펠리에 출신인 까무잡잡한 자신의 아버지를 닮았다고 했다. 물론 그는 사진으로만 본 아버지였지만 말이다. 마침내 그는 재미있는 것처럼 아이의 등은 평평하고, 우체통에 편지를 넣을 때처럼 쑥 나왔다고 말했다. 그 말에 빵집 여주인은 딸아이를 낳느라고 끔찍한 진통을 겪었던 경험을 이야기했다. 딸아이가 태어났을 때, 몸은 매우 말랐지만 머리가 커서 끈까지 달린 오뚝이를 낳는 줄 알았다고 했다. 하지만 열두 살이 된 딸아이는 예쁜 처녀가 되었다.

 학교 선생은 이 이야기를 심각하게 받아들이지 않았다. 왜냐하면 사람들이 못생기게 태어난 아이는 예뻐진다느니, 예쁘게 태어난 아이들은 못생겨질 게 분명하다느니 말했기 때문이다. 그래서 선생은 아들의 외양은 해부학적으로 완벽하고 크면서 더욱 완벽해질 거라고 확신에 차서 위엄 있게 단정했다. 그러고는 그래야만 한다고 우기지는 않을 것이며 이는 운에 따른 것이라고 겸손하게 덧붙였다. 하지만 그의 미소는 말과 일치하지 않았으며, 사람들은 그가 스스로 세상에서 가장 예쁜 아이를 낳았다고 기뻐한다는 걸 알아차렸다.

바로 그때 팡필이 빵집으로 들어왔다. 손에 줄자를 들고서 그는 파페의 죽음을 알렸고, 이 슬픈 소식에 아무도 놀라지 않았다.

"지금 치수를 재고 오는 길입니다. 저는 1미터 75센티를 계산해 뒀었는데, 1미터 68센티밖에 안 되더군요. 다행이지요. 더 작게 계산했더라면 무릎까지만 들어가고 그 아래는 불편한 자세로 두어야 했을 거예요."

"어젯밤에 돌아가셨나요?"

학교 선생이 물었다.

"네. 5시에서 5시 반 사이에 가셨을 거예요. 왜냐하면 8시에 벙어리 하녀가 커피를 가지고 왔을 때는 저승사자처럼 꼿꼿했대요. 하지만 그는 멋지게 보였답니다. 깨끗하게 면도를 하고, 말끔하고 단정하게 차려입고 살짝 미소를 짓고 있었어요. 죽을 때가 돼서야 성격을 바꾸다니, 참 이상한 일이 아닐 수 없지요!"

*

장례식은 엄숙했다. 거의 모든 마을 사람들이 묘지까지 수베랑 가의 마지막 후손과 함께했다. 그는 생 므네의 성가대원이었고, 주임 신부는 멋진 설교를 했다. 그는 파페의 생애 마지막 순간에 인자하신 하느님께서 이 불쌍한 죄인께 은총을 내려 주셨다고 말했고, 이에 필록센과 팡필, 벨루아조 씨는 빈정댔다.

묘지에 다녀와 하느님을 그분 집으로 돌려보내고 나서, 주임 신부는 학교 선생의 집을 방문했다. 신부를 맞이한 것은 환한 표정을 짓고 있던 마갈리였다. 테이블 위에는 핑크색 도자기로 된 작은 요강 주위로 아기 기저귀, 턱받이, 배냇저고리 따위가 쌓여 있었다.

"안녕하세요, 신부님. 세례 날짜를 잡으러 오셨나 봐요?"

"그 문제도 의논하도록 하지요."

신부가 야릇하게 대답했다.

방학이었으므로 베르나르는 아내의 침대 가장자리에 앉아 있었다. 마농은 아기 요람 가장자리에 손을 올리고 있었는데 평소처럼 여전히 예뻤다. 그녀의 금발머리가 햇살이 비치는 한가운데 있어서 마치 베개 위에 후광이 서린 듯했다. 베르나르가 말했고 그녀가 웃었다. 게다가 마을에서 가정부로 일하는 셀린 덕택에, 이들 부부는 세상에 둘만 있는 것처럼 서로 말하고 웃고 껴안곤 한다고 소문이 나 있었다.

마갈리가 신부님이 오셨다고 알리자, 선생은 당황했고 마농은 신성한 분이 친히 집에 축복을 내려 주시러 오셨다는 사실에 자랑스러워했다. 신부는 우선 행복한 부모에게 축하의 말을 전했다.

"물론 저는 아이 아버지가 독실한 신자가 아니라는 걸 알고 있습니다. 하지만 그것은 종교적이기보다 정치적인 의견이고, 아이 엄마가 아이에게 세례를 주려고 하는 건 막지 않으리라 생각합니다."

"물론 아니지요! 그러지 않으면 장모님께서 까무러치실지도 모릅니다. 장모님께서 대모가 되고 싶어 하시거든요."

베르나르가 말했다.

"좋습니다. 그래서 저는 내일 세례식을 거행하는 게 어떨까 하고 제안하는 바입니다. 아기의 첫 외출치고는 좀 이른 편이지만 그럴 만한 이유가 있습니다. 이 아이는 우리 주님과 같은 날 태어났기 때문에 그분의 가장 아끼는 제자였던 세례자 요한 축일을 기려 세례를 받는 것이 좋을 듯합니다."

"좋아요. 아기 이름도 장*이에요!"

마농이 말했다.

"완벽하군요. 대부도 구하셨습니까?"

신부가 물었다.

"네. 벨루아조 씨예요."

주임 신부는 눈살을 찌푸렸다

"불신자가 또 한 사람 있군요. 게다가 품행도 의심스럽고 말입니다."

"알아요. 하지만 그의 이름도 장이에요. 세례도 받았고요. 장이라는 이름의 다른 사람은 몰라요."

"그렇다 칩시다. 그가 고해성사를 한다면 무척 기쁠 겁니다! 그러면 내일 합시다. 그리고 전 해야 할 일이 있네요."

그는 사제복 주머니에서 봉인된 봉투를 꺼냈다.

"매우 험난한 생활을 했지만 신자다운 최후를 보내고 방금 저세상으로 떠난 세자르 수베랑이 이 편지를 선생께 가져다 줄 것을 부탁했습니다. 신자다운 최후를 보내셨다고 말씀드리게 되어 기쁩니다. 이걸 직접 부인께 드립니다."

"제 아내에게요? 이상하군요. 그 둘은 한 번도 사이가 좋았던 적이 없는데요."

베르나르가 말했다.

"범죄자였어요."

마농이 말했다.

"죄인의 죄는 이미 사해졌습니다. 이제 그는 하늘나라의 심판을 받겠지요."

신부가 엄숙히 말하며 마농에게 편지를 건넸다.

"그러면 내일 아침 11시에 뵙도록 하겠습니다."

그는 아이에게 강복을 해주고 떠났다.

*

마갈리가 신부를 배웅하고 다시 뛰어 들어왔다.

"이게 무슨 일이니?"

베르나르는 눈을 너무 동그랗게 떠서 이마에 주름이 질 정도였다. 그동안 마농은 봉투를 열었다.

"당신한테는 한 번도 말한 적이 없지만, 얼마 전부터 그는 정말 노망이 난 것 같았어요."

"어떤 면에서?"

"매일 아침 빵가게에서 저를 기다리질 않나, 여기저기 저를 따라다녔어요."

"하루에도 열 번씩 집 앞을 지나갔어. 그러고는 멈춰 서서 창문을 쳐다보기도 했단다!"

마갈리가 말했다.

"눈빛이 이상했어요."

마농이 말했다.

"그가 당신한테 말을 걸었어?"

"아니요. 그렇지만 말하고 싶어 하는 것 같은 인상을 받았어요. 어쨌든 겁이 났다고요! 어느 날 저녁, 제가 분수 가에 혼자 있었는데, 멀리서 오랫동안 저를 쳐다봤어요. 제가 자리를 뜰 때는 키스를 보내더라고요!"

"이런! 이런! 노망난 노인이 음탕한 행동을 하는 건 종종 있는 일이지. 그 편지는 사랑 고백을 하는 걸 거야!"

베르나르가 말했다.

"그 외엔 남은 것도 없지. 네 아버지께 그런 짓을 한 후에 말이다."

마갈리가 소리쳤다.

베르나르는 와서 침대에 걸터앉았고, 그들은 얼굴을 마주대고 편지를 읽기 시작했다.

*

나의 귀여운 마농에게.

레 종브레의 공중인이 내 전 재산을 너한테 줄게다.

"허!허! 친절하시기도 하시지! 그런데 이 눈치 빠른 늙은이가 반말로 썼어!"

네가 놀랄지도 모르겠지만, 이것이 바로 신만이 아시는 진실이란다. 땅도 많고, 집도 세 개나 되지. 공중인이 땅문서와 서류들을 네게 줄 게다. 마사캉의 작은 농가를 주의 깊게 보거라. 부엌에 들어가면 침대 밑에, 네 남편더러 땅을 파보라고 해. 딱 가운데, 가운데 벽돌 아래야. 벽돌을 집어 들고, 석회를 깨야 해. 그리고 판판한 돌 두 개를 꺼내면 땅에 묻혀 있는 큰 단지가 있을 게다. 금화로 가득 차 있지. 6,000루이야.

"6,000루이라고! 말도 안 돼. 노인네가 꿈을 꾸든지 우리를 놀리고 있는 거야."

마갈리가 소리쳤다.
"기다려 보세요, 어머니."
마농이 말했다. 그녀는 계속해서 읽어 내려갔다.

이게 프랑스 혁명 때부터 대대로 전해져 온 수베랑 가의 재산이야. 하지만 너를 위한 게 아니란다. 네가 놀라서 팔짝 뛸지도 모르지만, 막 태어난 네 아가를 위한 거란다. 내 손녀의 아들을 위한 거란다.

"이게 도대체 무슨 의미죠?" 마농이 물었다.
"즉, 네 아이가 파페의 증손자란 말이지." 마갈리가 대답했다.
"전부 다 말도 안 되는 바보짓이야! 그러니까 파페는 우리 아기를 위골랭의 아이라고 생각했다는 거야?" 베르나르가 말했다.
"잠시만요. 들어보세요!" 마농이 말했다.

왜냐하면 네 아비가 내 아들이었으니까, 내가 평생을 기다려온 수베랑 가문의 후손이니까, 내가 가만히 죽도록 놔둔 아들이니까…. 왜냐하면 그가 내 아들인지 몰랐단다. 내가 샘에 대해 말만 했으면, 지금은 하모니카를 불면서 너희가 내 수베랑 저택에 살러 왔을 수도 있는데 말이다. 그 대신에 죽어버렸지. 아무도 모르지만 어쨌든 난 사람들을 볼 낯이 없다. 나무에게도 부끄럽구나. 마을에는 모든 걸 다 아는 사람이 있어. 네가 내 편지 얘기를 하면 그녀가 설명해 줄 게다. 그녀 이름은 델핀이야. 눈 먼 노파지. 그녀가 네게 다 말해 줄 거다. 아프리카 때문이야. 그녀에게 물어보렴. 아프리카 때문이야. 신의 사랑에 대해 물어보렴. 네게 키스를 보낸다고 말할 자격이 없구나. 네게 감히 말을 걸 생각도 못했지.

그래도 어쩌면 지금이라면 네가 나를 용서할 수도 있겠지. 그리고 불쌍한 나와 위골랭을 위해서 가끔은 기도를 할 수도 있고…. 나 스스로도 내가 불쌍하구나.

내가 결코 나쁜 감정으로 네 아비에게 다가간 적은 없다는 걸 생각해 주렴. 목소리도 몰랐고 얼굴도 몰랐으니까 말이다. 가까이서 눈을 쳐다본 적도 없단다. 우리 어머니 눈을 닮았겠지. 다만 그의 곱사등과 고생하는 걸 봤지. 내가 주었던 고생 말이다. 이제는 내가 했던 생각 때문에 지옥도 감지덕지라는 걸 이해한다. 저 위에서 네 아비를 만나면 겁내지 않을 게다. 그 반대지. 이제는 그도 수베랑 가문이란 걸 알겠지. 더 이상 내 잘못으로 꼽추는 아니겠지. 그도 바보짓 때문에 일이 일어난 걸 알 거야. 그리고 난 그가 날 때리기보다 보호해 줄 거라고 믿는다.

잘 지내거라, 내 귀여운 손녀딸.
너의 할아비
세자르 수베랑

옮긴이의 말

마르셀 파뇰은 프랑스에서는 장 지오노와 마찬가지로 프로방스 지방의 대표적인 작가이자 프랑스 현대 소설, 연극, 시를 논하는 데 있어 빼놓을 수 없는 중요한 작가이다. 그러나 아직까지 우리나라에는 소설 『어린 시절의 추억』 시리즈와 1990년대 초 개봉되었던 영화 〈마농의 샘〉의 원작자 정도로만 알려져 있다. 파뇰은 소설가로, 시인으로, 수필가로, 극작가로 왕성한 작품 활동을 하였으며, 여러 고전 작품을 불어로 옮겼을 뿐 아니라 영화감독으로도 큰 성공을 거두었다.

1895년 프랑스 남부 마르세유 근처의 작은 마을인 오바뉴에서 태어난 마르셀 파뇰은, 일찍부터 글을 깨우쳤던 재능이 남다른 아이였다. 초등학교 교사인 아버지와 재봉 일을 하는 어머니 사이에서 태어난 그는 여섯 살의 나이로 일찌감치 학교에 들어갔다. 평화로운 프로방스 지방에서 남부럽지 않은 행복한 어린 시절을 보냈고, 언어와 문학 학사로 대학을 졸업한 그는 1916년 마르세유에서 시몬과 결혼을 한 후 중고등학교에서 영어를 가르치며 연극 분야에서 열성적으로 작품 활동을 했다.

그러던 중 처음으로 영화를 접하게 된 1930년 이후, 영화감독이자 시나리오 작가로서의 그의 인생이 시작되었다. 이때부터 그는 장 지오노의 작품 및 자신의 소설을 영화로 제작하기 시작했으며, 1945년 영화배우 자클린 부비에와 재혼, 두 자녀를 두었다. 1946년에 그는 프랑스 한림원 아카데미 프랑세즈의 회원으로 임명되었다. 1974년 파리에서 사망할 때까지 파뇰은 소설 및 희곡 창작과 영화 제작 활동에 매진했고, 말년에는 자신의 행복했던 유년 시절을 회고하며 『어린 날의 추억』, 『마농의 샘』 등을 출판했다.

1962년 『언덕의 물』 연작으로 출판된 『장 드 플로레트』와 『마농의 샘』은 1952년 파뇰 자신에 의해 영화로 제작되어 처음으로 대중에게 선보인 작품이다. 당시 파뇰의 아내였던 자클린이 마농 역을 맡아 출연한 영화 〈마농의 샘〉은 장장 네 시간에 걸쳐 파뇰이 어린 시절을 보낸 프로방스의 아름다운 자연 경관을 담아냈다. 이 영화 시나리오를 바탕으로 출판된 것이 바로 소설 『마농의 샘』이다.

『마농의 샘』은 프랑스 남부 프로방스의 작은 마을 레 바스티드 블랑슈의 독특한 자연 경관을 배경으로 하는 삼대에 걸친 사랑과 인간애, 질투와 증오가 뒤얽힌 이야기다. 마을의 대부호인 수베랑 가를 지키던 노인 세자르는 결혼을 하지 않아 후손이 없다. 넓은 토지와 막대한 금화를 소유하고 있지만, 물려줄 사람이 없는 상황에서 세자르는 조카인 위골랭에게 모든 희망을 걸고 있었다. 그러나 못생기고 배운 것도 없고 말이나 행동이 어눌한 위골랭은 결혼에는 관심이 없다. 하지만 그는 돈을 벌고 지키는 데는 수베랑 가문의 후손답게 뛰어난 감각을 타고났다. 그는 군대에서 알게 된 친구를 통해 카네이션 재배가 큰돈이 된다는 사실을 알고 자신도 카네이션 재배에 나서기로 마음먹는다. 그런데 비가 많이 내리지 않고 물도 충분치 않은 고장에서 꽃을 재배한다는 것은 '샘'을 확보하느냐에 따라 성패가 좌우되는 문제였다.

위골랭과 세자르 노인은 마을 언덕에서 혼자 살고 있는 피크부피그의 땅에 오래되어 사용하지 않는 샘이 있다는 사실을 알고 그의 땅을 사고자 하지만 사냥꾼인 피크부피그는 그런 홍정에는 관심이 없다. 그런데 이때 피크부피그가 갑작스럽게 죽고 만다. 두 사람은 샘의 존재에 대해 아무것도 모르는 타지에 사는 세금 징수원인 피크부피그의 조카가 유산을 상속받게 되리란 걸 알고, 그한테 땅을 싼값에 사기 위해 샘을 일부러 막아놓고 판매 공고가 나기만을 기다린다.

한데 두 사람의 바람과는 달리, 유산 상속인 장은 땅을 팔 생각이 없었다. 꼽추인 장은 심지어 그 땅에다 토끼 농장을 꾸리기로 마음먹고 오페라를 부르는 아름다운 아내에 어린 딸까지 데리고서 노새 등에 엄청난 도회지의 짐을 싣고 이사를 온다. 절망한 위골랭은 안절부절못하지만 세자르는 그를 안심시킨다. 샘이 없는 땅에서 농사를 짓는다면 결국엔 망하게 될 테니, 만사는 시간문제라는 것이다. 이렇게 해서 숨겨진 샘의 존재를 알고 있는 수베랑 사람들과, 샘의 존재를 모른 채 밤낮으로 비가 오기를 기다리고, 하루에도 열두 번씩 수 킬로미터나 떨어진 곳으로 물을 뜨러 걸어 다녀야 하는 장과 가족의 대결이 시작된다.

세자르 노인은 물 때문에 극심한 고통을 받는 장과 그의 딸 마농을 지켜보며 고소해한다. 마을 사람들은 이러한 사실을 잘 알고 있었지만 하나같이 입을 다물고 있다. 왜냐하면 외지인을 도와주기 위해 수베랑 가문에 반대할 수 없었고, 모두 다 가난한 마을 사람들은 세자르 노인에게 어느 정도 빚을 지고 있었기 때문이다. 그리고 결국 장이 우물을 파기 위해 다이너마이트를 터뜨리다가 돌조각에 맞아 숨졌을 때도 마을 사람들은 수베랑 가문의 승리를 지켜보기만 할 뿐 누구도 나서지 않는다. 아버지가 죽자마자 바로 자기 집 마당에서 우물이 치솟는 것을 본 마농은 이유는 정확히 알지 못하지만 위골랭에 대해 엄청난 분노와 증오감을 갖는다.

제1부 「장 드 플로레트」의 내용은 이렇게 끝난다. 그리고 제2부 『마농의 샘』에서는 몇 년 뒤, 헐값에 사들인 땅에서 카네이션을 재배해 큰 부자가 된 위골랭과 그의 사랑을 중심으로 이야기가 펼쳐진다. 그즈음 마농은 아버지가 죽은 뒤로 약간 정신이 나간 어머니와 산골짜기 동굴에서 염소를 키우며 사는 목동 처녀로 훌쩍 자라 있다. 반짝이는 금발머리에 야생동물처럼 빠르고 날렵하며 숲속의 요정처럼 아름다운 마농을 사람들은 '샘 처녀'라고 부른다. 이 아름다운 처녀가 숲 속에서 목욕하는 것을 보게 된 위골랭은 단숨에 사랑에 빠지고 마농의 사랑을 얻기 위해 그녀를 남몰래 따라다니며 도움을 준다. 하지만 위골랭의 바람과는 달리 마농은 그를 끔찍해하고 그의 사랑을 거부한다. 이때 우연히 위골랭의 비밀을 알게 된 마농은 수베랑 가문과 침묵했던 마을 사람들을 향해 가장 참혹한 복수를 준비한다.

순박하고 선량하지만 마을 규칙에 지나치게 속박되어 있는 사람들의 침묵 속에서, 지역의 대부호인 수베랑 가문의 이익을 위한 범죄가 저질러졌고, 그 범죄는 묵인되어 10년이 지난 후 마을 전체에 '샘이 완전히 멈춰버리는' 재앙으로 닥쳐온 것이다. 결국 가뭄이라는 자연 재해로 인해, 수베랑 가의 범죄는 마을 사람들에게 더 이상 '다른 사람의 일'이 아닌 '자신의 일'로 다가오고, 급기야 범죄의 전모가 드러난다. 하지만 범죄의 이면에는 그 누구도 몰랐던 출생의 비밀이 숨겨져 있고, 그 비밀이 드러나면서 결국 수베랑 가의 범죄는 부메랑처럼 되돌아온다.

『마농의 샘』은 프랑스 남부 지방의 대표 작가가 쓴 소설답게, 작품 전반에 묘사된 프로방스의 계곡과 벌판, 숲과 샘이 소설의 흐름에 중요한 영향을 미친다. 문명과 경제의 중심이 되는 '강'이 소설 속에서는 '샘'으로 구현되었다. 언덕과 구릉, 계곡이 많은 이 지방에서 경제활동을 위한 생명수를 얻기 위해서는 반드시 샘을 확보해야만 한다. 그래서 샘을 확보한 자와 샘을 확보하지 못한 자 사이의 갈등 구조, 물을 둘러싼 이해관계가 소설의 중심 모티프가 되는 것이다.

다른 하나의 갈등은 전통에 집착하는 마을 사람들과 타지에서 온 외지인 사이에서 생긴다. 전자에 해당하는 등장인물, 즉 수베랑 가와 마을 사람들이 전근대적인 사고와 생활방식을 고수하고 있다면, 외지인으로 대표되는 장 카도레의 가족 및 새로 부임한 베르나르 선생은 책을 읽고, 수학과 과학에 기초한 논리적 사고를 하는 신지식인이다. 두 집단 간의 차이와 다른 지식 기반 역시 소설의 긴장감을 자아내는 또 다른 요소라고 하겠다. 파뇰은 샘을 가진 자와 그렇지 않은 자, 전통을 고수하는 자와 신지식인 사이의 갈등, 사랑과 질투와 증오의 감정을 매우 사실적이고 긴장감 넘치게 묘사하고 있다.

1986년 클로드 베리 감독에 의해 다시 영화로 제작된 〈마농의 샘〉은 이브 몽탕이 수베랑 가의 대부 세자르 역할을 맡고, 다니엘 오퇴유가 위골랭을, 엠마누엘 베아르가 마농 역할을 연기했다. 영화는 그해 프랑스 내셔널 시네마 아카데미 그랑프리, 전미 영화비평가협회 최우수영화상을 수상했고, 세자르 상 8개 부분에 노미네이트 되어 다니엘 오퇴유가 남우주연상을 받았다.

2007년 초 막이 올랐던 뮤지컬 〈첫사랑〉이 마르셀 파뇰의 1931년 작 〈파니 Fanny〉를 모티브로 한 것이라는 소식을 들었을 때, 위대한 작가의 작품은 시대와 국경을 넘어 새로운 창작 활동에 영감을 불어넣어 줄 수 있다는 생각이 들었다. 현재 25개 국어로 번역되어 있는 파뇰의 소설뿐 아니라 수필 및 희곡도 국내에 소개되어 더 많은 사람들에게 프랑스 남부의 서정적인 정취를 감상할 수 있는 기회가 주어졌으면 좋겠다.

READ MORE IN PENGUIN

조르주 페렉
『사물들』

> 제멋대로 흐르게 놔둔 시큰둥한 성향이
> 어디로 자신들을 이끌지 그들은 몰랐다.
> 그저 흐르는 시간이 대신 선택해 주었다.

20세기 프랑스 문단의 천재 악동으로 꼽히는 조르주 페렉의 『사물들』은 스물을 갓 넘은 실비와 제롬이 사회에 진입하기까지의 과정을 그린 소설이다. 1960년대 프랑스 사회에 대한 사회학적 보고서라고 할 수 있을 정도로 당시의 사회상을 압축적으로 묘사하는 한편, 도시적 감수성을 절제된 언어로 표현한 수작으로 평가받는다. 클래식의 전통을 이으면서도 지극히 현대적이며, 소설적 재미를 잃지 않는 감각적인 글쓰기는 오직 페렉에게서만 찾아볼 수 있는 매력이다.

READ MORE IN PENGUIN

니콜라이 고골
『고골 단편집』

"단추, 은수저, 시계 같은 것들을 잃어버리면 모를까,
코를 어떻게 잃어버린단 말인가?
게다가 자기 집 안방에서!"

러시아 사실주의 문학의 창시자 니콜라이 고골은 관료주의 사회의 타락과 부패를 신랄하게 풍자하고 묘사함으로써 이후 러시아 문학에 커다란 영향을 끼쳤다. 이 책은 그의 가장 중요하고 사랑받는 단편을 골라, 고골 문학의 정수를 담았다.「코」는 사물에 생명을 부여하는 의인화 기법을 사용하여 직급에 대한 지나친 애정을 풍자하고 있다. 고골 최고의 걸작이라 일컫는「외투」는 '작은 인간'이라는 전형적인 인물을 창조해 낸 작품이다. 철저한 관료 사회에서 괴롭힘과 강요, 위협을 당하는 사람의 외로움과 인정받고 싶어 하는 인간의 보편적 욕구를 그렸다.「광인일기」는 더 높은 지위에 오르고자 하는 인간의 무한한 욕망을 통렬하게 드러낸 작품이다.